Contemporánea

Malcolm Lowry

Escúchanos, Señor, desde el Cielo, Tu morada

Traducción de
Carlos Manzano

DEBOLS!LLO

Papel certificado por el Forest Stewardship Council®

Penguin
Random House
Grupo Editorial

ÍNDICE

HIMNO DE LOS PESCADORES
de la isla de Man

Escúchanos, Señor, desde el Cielo, Tu morada. Como los de anta-
ño, en vano nos afanamos toda la noche, a menos que con nosotros
vengas Tú, que eres la luz. Ven, pues, Señor, para que podamos ver
Tu rostro. Tú, Señor, reinas sobre la furia del mar. Cuando ruge la
tormenta y arrecia el huracán, fuerte es tu brazo y frágiles nuestras barcas. Préstanos Tu ayuda, acuérdate de Galilea. Amén.

FISHERMEN'S HYMN

From the Isle of Man

PEEL CASTLE

1. Hear us, O Lord, from heaven Thy dwell-ing place Like them of old in vain we toil all night Un-less with us Thou go who art the light, Come then, O Lord, that we may see Thy face. A-men.

2. Thou, Lord, dost rule the rag-ing of the sea When loud the storm and fu-rious is the gale Strong is Thine arm, our lit-tle barks are frail, Send us Thy help, re-mem-ber Gal-i-lee. A-men.

EL BARCO MÁS AUDAZ

Era un día en que el rocío y la espuma del mar volaban y nubes negras presagiaban una lluvia traída desde el mar y sobre las montañas por un borrascoso viento de marzo.

Pero un nítido rayo de argéntea luz marina llegó desde el horizonte, donde el propio cielo era como plata resplandeciente, y allá lejos, en los Estados Unidos, el volcánico y nevado pico del monte Hood, se alzaba, alto, incorpóreo, separado de la tierra y, sin embargo, demasiado próximo, lo que constituía un presagio aún más seguro de lluvia, como si las montañas hubieran avanzado o estuviesen avanzando.

En el parque de aquel puerto de mar, los gigantescos árboles se bamboleaban y de ellos los más altos eran las trágicas Siete Hermanas, constelación de siete nobles cedros rojos que durante siglos habían crecido allí, pero ahora agonizaban, agostados, con las copas desnudas, descortezadas, y las ramas muertas. (Agonizaban para no seguir viviendo cerca de la civilización y, sin embargo, aunque todo el mundo había olvidado que recibían su nombre de las Pléyades y pensaba que se lo debían, por orgullo cívico, a las siete hijas de un carnicero que setenta años atrás, cuando la ciudad en desarrollo se llamaba Gaspool, habían bailado juntas en un escaparate, nadie tuvo valor para cortarlos.)

Las angélicas alas de las gaviotas, que volaban en círculo por sobre las copas de los árboles, destacaban, muy blancas y resplandecientes, en el cielo negro. La nieve fresca caída la noche anterior cubría a lo lejos las faldas de las montañas canadienses, cuyas heladas cumbres, masas de picos tras agujas, atravesaban en zigzag el país hacia el Norte y hasta donde alcanzaba la vista, y, por encima de todo, un águila con porte de esquiador descendía en veloz e interminable caída mundo abajo.

En el espejo —que reflejaba todo aquello y mucho más— de una vieja báscula, con la leyenda *Su peso y su destino* en torno a su frente y que se encontraba en el malecón, entre la parada final de trayecto del tranvía y un puesto de venta de hamburguesas, en aquel espejo situado abajo, junto a la orilla, poblada de juncos, del trecho de agua llamado Laguna Perdida, se veía acercarse a dos figuras vestidas con impermeables, un hombre y una muchacha hermosa y de expresión apasionada, destocados y extraordinariamente rubios los dos y cogidos de la mano, por lo que, de no haber sido por su parecido, como de hermanos, y porque el hombre, aunque caminaba con nerviosa rapidez juvenil, parecía ahora mayor que la muchacha, se los habría podido tomar por jóvenes amantes.

El hombre —apuesto, alto, pero fornido, muy bronceado y, al acercarse aún más, mucho mayor, evidentemente, que la muchacha y vestido con una de esas trincheras con cinturón preferidas por los oficiales de la marina mercante de cualquier país, pero sin la gorra correspondiente (además, la trinchera tenía mangas demasiado cortas, por lo que se le podía ver un tatuaje en la muñeca: al acercarse más, parecía un ancla, mientras que el impermeable de la muchacha era de una preciosa pana verde floresta)— hacía de vez en cuando un alto para contemplar la encantadora cara risueña de la muchacha y una o dos veces se detuvieron los dos a aspirar a bocanadas el salado y puro aire del mar y la montaña. Un niño les sonrió y ellos le devolvieron la sonrisa, pero era un niño ajeno: la pareja no iba acompañada.

En la laguna nadaban cisnes salvajes y muchos patos también salvajes: ánades reales, levancos, clángulas y cacareantes fochas negras de picos tallados en marfil. Los pequeños levancos salían volando con frecuencia del agua y algunos de ellos revoloteaban como palomas entre los árboles más bajos. Bajo esos árboles que bordeaban la orilla, otros patos estaban mansamente posados en el talud, cubierto de césped, con los picos metidos en el plumaje alborotado por el viento. Los árboles más bajos eran manzanos y espinos, algunos de los cuales empezaban a florecer antes incluso de haberse cubierto de follaje, y sauces llorones, cuyas ramas dejaron caer, a su paso, gotas de la lluvia de la noche anterior sobre las dos figuras.

Un mergo de pecho rojo surcaba la laguna y los dos paseantes se quedaron contemplando aquella rápida y airada ave marina, con su orgullosa cresta desordenada, tal vez porque parecía muy sola sin su pareja. ¡Ah, cómo se equivocaban! Al mergo de pecho rojo se unió entonces su compañera y, con un súbito arranque ansarino e inmenso alboroto, las dos criaturas salvajes salieron volando para posarse en otra parte de la laguna y pareció —a saber por qué— que ese simple lance había hecho sentirse a aquellas dos buenas personas —pues buenas son casi todas las personas que se pasean por los parques— muy felices otra vez.

Entonces vieron, un poco más allá, a un niño que, arrodillado en la orilla y contemplado por su padre, intentaba hacer navegar un barco de juguete en la laguna, pero el borrascoso viento de marzo no tardó en inclinar el pequeño yate hasta casi hacerlo zozobrar y el padre tiró de él con su palo curvado para recuperarlo y enderezárselo otra vez.

Su peso y su destino.

De repente el rostro de la muchacha, visto de cerca en el espejo de la báscula, pareció a punto de echarse a llorar; se desabrochó el botón más alto del impermeable para atusarse la bufanda y dejó al descubierto, colgada de una cadena áurea en torno a su cuello, una crucecita de oro. Ahora estaban parados junto a la báscula del malecón y —si exceptuamos a unos ancianos que daban de comer a los patos abajo y al padre y su hijo con el yate de juguete, todos los cuales estaban vueltos de espaldas, completamente solos—, cuando un tranvía vacío, tras dar la vuelta a la diminuta plaza del final de trayecto, arrancó de repente hacia la ciudad y el hombre, que había estado intentando encender su pipa, abrazó a la muchacha, la besó tiernamente y después, con la cara pegada a su mejilla, la mantuvo por un momento estrechada contra sí.

La pareja, tras haber bajado de nuevo hasta la laguna dando un rodeo, ya había pasado por delante del niño con el barco y su padre. Volvían a sonreír —o al menos lo intentaban, mientras comían sus hamburguesas— y seguían sonriendo cuando pasaron por delante de los finos juncos, donde un tordo alirrojo —que, como todas las aves por aquellos pagos, puede sentirse superior al hombre por ser su propio agente de aduanas y poder cruzar la frontera agreste sin impedimento— hacía como que no sabía anidar.

En el otro extremo de la Laguna Perdida, las dragonteas se adensaban y sus envainadas y encapuchadas hojas exhalaban su peculiar olor animal. Los dos amantes estaban acercándose al punto del bosque en que varios senderos avanzaban serpenteando entre los viejos árboles. El parque, rodeado por el mar, era muy extenso y, como en muchos parques del Pacífico nordoccidental, las autoridades habían tenido el acierto de preservar algunos trechos en su estado natural originario. De hecho, aunque su belleza probablemente no tuviera parangón, se parecía mucho —se habría podido pensar— a algunos parques norteamericanos, de no ser por la bandera del Reino Unido que galopaba eternamente junto a una caseta y por la aparición en aquel momento de una patrulla de la Policía Montada del Canadá que, espléndidamente montada sobre los mullidos asientos de un Chevrolet norteamericano, pasó, un poco más arriba, por el paseo de coches, cuidadosamente ajardinado, que, con sus túneles y rodeos, conducía hasta un puente colgante.

Más cerca del bosque había jardines con arriates protegidos de campanillas de invierno y aquí y allá algunos azafranes de primavera que elevaban sus dulces cálices. El hombre y la muchacha parecían ahora absortos en sus pensamientos, afrontando los embates del viento que hacían ondear la bufanda de la muchacha tras ella como un banderín y alborotaba el abundante pelo del hombre.

Un altavoz, encaramado en una furgoneta, rugía desde la ciudad de Enochvilleport, compuesta de rascacielos desvencijados, en diferentes niveles, unos con toda clase de chatarra, incluso aviones descacharrados, en los tejados, mientras que otros eran edificios decrépitos de bolsas de valores, nuevas cervecerías colmadas de luz verminosa incluso por la tarde y que parecían gigantescos aseos públicos para ambos sexos iluminados con luz esmeralda, construcciones que albergaban salones de té ingleses en los que podía decir la buenaventura una pariente de Maximiliano de México, fábricas de postes de tótems, pañerías con el mejor *tweed* escocés y fumaderos de opio en el sótano (aunque no bares, como si aquella ciudad sin alegría —igual que un horrendo libertino zarandeado por toda clase de innombrables vicios secretos— hubiera cacareado: «No, por ahí no paso. ¿Qué sería, si no, de nuestros muchachos?»), conflagraciones de cines y modernos edificios de pisos de color cereza y otros monstruos desalmados, que albergaran —bien podía ser— nobles luchas invisibles de la literatura, el teatro, el arte o la música, la lámpara del estudiante y el manuscrito rechazado, o pobreza y degradación indescriptibles, atracciones urbanas entre las cuales quedaban apretujadas algunas encantadoras casas antiguas, sombrías y cubiertas de hiedra y que parecían llorar, privadas de toda luz y postradas de hinojos, y en otras partes hospitales en bancarrota y uno o dos antiguos bancos de piedra sólida, víctimas de atracos aquella misma tarde, y entre los cuales aparecían también, a intervalos infrecuentes, allende un melancólico reloj blanco y negro que nunca sonaba y que marcaba las tres, chapiteles empequeñecidos pertenecientes a fachadas de madera con rosetones ennegrecidos, extraños domos mugrientos y con forma de cebolla e incluso pagodas chinas, por lo que al principio creías encontrarte en el Oriente y después en Turquía o Rusia, si bien al final, de no ser porque algunas de ellas eran iglesias, no te habría cabido duda de que te encontrabas en el Infierno; pese a ello, cualquiera que hubiese estado alguna vez en el Infierno de verdad debía de haber asentido ante Enochvilleport en señal de reconocimiento, ratificado por el espectáculo, al principio no carente de pintoresquismo, de los numerosos aserraderos que no cesaban de humear y devorar como demonios, Molochs alimentados por faldas enteras de montañas cubiertas de bosques que nunca volvían a crecer o por árboles que cedían su lugar a sonrientes regimientos de quintas al fondo de «nuestra hermosa ciudad en desarrollo», aserraderos que sacudían la tierra misma con su tumulto, que colmaban la ventosa atmósfera con un sonido como de gemidos y crujir de dientes: todos aquellos curiosos logros del hombre, que juntos creaban, como se suele decir, «la joya del Pacífico», bajaban como por una gran pendiente hasta un puerto más espectacular que los de Río de Janeiro y San Francisco juntos, con cargueros de altura amarrados en todos los ángulos a lo largo de millas y millas de fondeadero, heroico panorama al que casi las únicas viviendas humanas visibles a este lado del agua que parecían pertenecer —o en el que se pudiera hablar aún de la participación de sus habitantes— eran, paradójicamente, unas pocas y pequeñas chozas humildes y casuchas flotantes de construcción improvisada por sus moradores, que podrían haber estado vetadas enteramente en la ciudad, a la orilla del agua y dentro incluso del mar, donde se mantenían sobre pilares, como cabañas de pescadores (como parecían ser algunas de ellas), o sobre rodillos, unas obscuras y en ruinas, otras recién pintadas con gracia, y cuya construcción o instalación había estado inspirada, con toda evidencia, por alguna necesidad humana de belleza, aun cuando se vieran permanentemente amenazadas de desalojo, y todas ellas erectas, incluso las más sombrías, con sus chimeneas de hojalata acanalada humeando aquí y allá, cual vapores de juguete, como desafiando a la ciudad, ante la eternidad. En la propia Enochvilleport algunos anuncios de neón de colores espantosos llevaban ya un buen rato haciendo sus untuosos guiños y gesticulaciones que la añoranza y el amor transforman en poesía de la nostalgia; uno empezó a parpadear más alegre: PALOMAR, LOUIS

ARMSTRONG Y SU ORQUESTA. Un enorme hotel nuevo, gris y muerto, que en el mar podría haber sido un hito de romanticismo, soltaba humo por su fantasmal techumbre torreada, como si se hubiera incendiado, y más allá resplandecían todas las lámparas en el lúgubre patio del Palacio de Justicia —también en el mar casa de citas del corazón—, fuera del cual uno de los leones de piedra, recientemente volado por una bomba, estaba reverentemente cubierto con un paño blanco y dentro del cual un grupo de ciudadanos sin tacha había pasado un mes juzgando por asesinato a un muchacho de dieciséis años.

Más cerca del parque, aparecían las luces del proscenio de un como salón de actos, salpicado de guijarros, de la Asociación de Jóvenes Cristianos y teatro de variedades a un tiempo con el rótulo TAMMUZ, *El maestro de hipnotizadores, Esta noche a las 8.30* y delante de él los carriles de los tranvías, por los cuales se acercaba otro de ellos con destino al parque, llegaban —se veían— casi hasta los almacenes en cuyo escaparate el sujeto de Tammuz, somnolienta descendiente tal vez de las siete hermanas cuya fama había eclipsado incluso la de las Pléyades, pero que proclamaba su ambición de llegar a ser una psiquiatra, había pasado los tres últimos días durmiendo cómoda y públicamente en una cama de matrimonio como proeza publicitaria y por adelantado de la función de aquella noche.

Por encima de la Laguna Perdida, en la carretera que ahora subía hacia el puente colgante a lo lejos, de forma muy semejante a como una pieza de música de jazz asciende hacia un solo, un vendedor de periódicos voceaba: «¡LASH DESTINADO A SAINT PIERRE! ¡CONDENADO A LA HORCA EL MUCHACHO DE DIECISÉIS AÑOS QUE ASESINÓ A UN NIÑO! ¡Crónica detallada!»

También el tiempo se presentaba amenazador y, sin embargo, al ver a los amantes de paseo, los otros transeúntes por aquella parte de la laguna —un soldado herido que fumaba un cigarrillo tendido en un banco y uno o dos de esos seres indigentes, los muy ancianos que paran en los parques, ya que, a la hora de elegir, en lugar de conservar una habitación y pasar hambre, prefieren a veces, al menos en una ciudad como ésta, comer alguna cosa y vivir al aire libre— también sonrieron.

Pues, al ver pasar a la muchacha junto al hombre y cogida a su brazo, al verlos sonreírse, cuando se cruzaban sus miradas cargadas de amor, o pararse a contemplar el vuelo de las gaviotas o la escena en permanente transformación de las montañas canadienses veteadas de nieve y con sus algodonosas simas azulinas o a escuchar la hondura y majestuosidad del resonante fragor de un buque mercante (las cosas que hacían imaginar a los feroces concejales de Enochvilleport que la hermosura correspondía a la propia ciudad y tal vez no les faltara del todo razón) y el pitido de un transbordador al surcar la ensenada hacia el Norte, ¿qué recuerdos no revivirían en un pobre soldado, en los pechos de los desconsolados, de los ancianos, e incluso —quién sabe— en los agentes de la Montada, no de un mero amor juvenil, sino de amantes tan enamorados, que temían —parecía— perder un momento de su tiempo compartido?

Y, sin embargo, sólo un ángel de la guarda de aquellos dos —y seguro que tenían un ángel de la guarda— habría podido saber la más extraña de todas las cosas que estaban pensando, salvo que, como habían hablado tan a menudo al respecto y, sobre todo, cuando tenían la oportunidad, en aquel día del año, cada uno de ellos sabía, desde luego, que el otro lo estaba pensando, hasta tal punto, en realidad, que no constituyó ninguna sorpresa, pareció tan sólo el comienzo de un ritual, que —cuando se internaron por el sendero principal del bosque, por entre cuyas ramas, que los protegían del viento, se podía divisar, de vez en cuando, lo que sugería un fragmento de una partitura, un retazo del propio puente colgante— el hombre dijera:

«En tal día como hoy solté las amarras del barco. Fue en junio y hace veintinueve años.»

«Fue hace veintinueve años en junio, mi amor, y fue el veintisiete de junio.»

«Fue cinco años antes de que tú nacieras, Astrid, y yo tenía diez años y había bajado al embarcadero con mi padre.»

«Fue cinco años antes de que yo naciera, tú tenías diez años y habías bajado al embarcadero con tu padre. Tu padre y tu abuelo te habían construido el barco: un barco estupendo, de veinticinco centímetros de largo, muy bien barnizado y hecho de madera de tu caja de modelos de aviones y con una nueva y fuerte vela blanca.»

«Sí, era madera de balsa de mi caja de aeromodelismo y mi padre se sentó a mi lado y me dijo lo que debía escribir en la nota que iba a llevar dentro.»

«Tu padre se sentó a tu lado y te dijo lo que debías escribir», dijo entre risas Astrid, «y tú lo hiciste así:

»Hola,

»Me llamo Sigurd Storlesen y tengo diez años. Ahora mismo estoy sentado en el embarcadero de Fearnought Bay del condado de Clallam, en el Estado de Washington (Estados Unidos de América), a ocho kilómetros al sur del cabo Flattery, por el lado del Pacífico, y mi papá está junto a mí dictándome lo que debo escribir. Hoy es 27 de junio de 1922. Mi papá es guardabosques en el Parque Nacional Olympic, pero mi abuelito es el encargado del faro del cabo Flattery. Junto a mí tengo una canoíta reluciente que quien lea esta nota tendrá ahora en sus manos. Es un día ventoso y mi papá me ha dicho que meta la canoa en el agua, cuando haya introducido esta nota en ella y haya pegado la tapa, que es un trozo de madera de balsa de mi caja de aeromodelismo.

»Bueno, tengo que terminar esta nota ahora, pero antes pido a quien la encuentre que se lo comunique al *Seattle Star*, porque a partir de hoy voy a empezar a leer el periódico para ver si dice quién, cuándo y dónde lo ha encontrado.

»Gracias. Sigurd Storlesen.

«Sí, después mi padre y yo metimos la nota dentro, pegamos la tapa y la sellamos y metimos el barco en el agua.»

«Metisteis el barco en el agua y la marea, que estaba bajando, se lo llevó. La corriente lo atrapó de inmediato y se lo llevó, ¡y estuvisteis contemplándolo hasta que se perdió de vista!»

Habían llegado a un claro del bosque en el que unas cuantas ardillas grises correteaban por la hierba. Un indio de tez obscura y vestido con una cazadora, totalmente absorto en su amistosa tarea, daba de comer palomitas de maíz, de una bolsa, a una bruñida ardilla negra, que las mordisqueaba posada en su hombro. Eso les recordó que debían comprar cacahuetes para dar de comer a los osos, cuyas jaulas se encontraban más adelante.

Ursus Horribilis: y ahora estaban arrojando cacahuetes a aquellos tristes y torpes seres muertos de sueño —si bien aquellos dos osos grises estaban juntos, tenían incluso un hogar—, tal vez demasiado somnolientos aún para saber dónde se encontraban, envueltos aún en un sueño de lomas boscosas y arándanos silvestres en las cordilleras que Sigurd y Astrid volvían a ver, al frente, entre los árboles y allende una bahía.

Pero, ¿cómo iban a poder dejar de pensar en el barquito?

Durante doce años había errado por entre las tormentas del invierno, por soleados mares estivales: ¿qué aguas revueltas entre corrientes lo habrían atrapado? ¿Qué aves marinas salvajes —meaucas, petreles, gaviotas de rapiña, de las que siguen las hélices batientes, los obscuros albatros de aquellas aguas septentrionales— habrían bajado en picado hacia él o qué corrientes cálidas lo habrían llevado perezosas hacia tierra y corrientes de aguas azules lo habrían arrastrado tras la albacora, con barcos de pesca como jirafas blancas, o qué flujos glaciales lo habrían arrojado por entre la espuma hacia el propio cabo Flattery? Tal vez hubiera descansado, flotando en una cala protectora, donde la orca golpeaba, azotaba, las claras aguas profundas, lo hubiesen visto el águila y el salmón, lo hubiera mirado con ojos asombrados una cría de foca, hasta que las olas lo hubiesen hecho encallar, bañado por el sol de una tarde lluviosa, entre crueles rocas pobladas de percebes, embarrancado y golpeado por un flanco y por el otro en una pulgada de agua, como un ser vivo o una pobre lata vieja, empujado, aporreado en la orilla y volteado y vuelto a enderezar, arrojado arena arriba y después barrido otro metro playa arriba o arrastrado hasta debajo de una cabaña solitaria, gris de la sal, para volver loco toda la noche a un pescador con su débil y quejumbroso golpeteo, antes de que el reflujo se lo hubiera llevado en un obscuro amanecer de otoño y hubiese seguido su camino de nuevo por el piélago, por entre truenos, hacia Dios sabe qué feroz costa yerma y deshabitada, conocida sólo del pavoroso Wendigo, donde ni siquiera un indio habría podido encontrarlo, allí desamparado, perdido, hasta que las grandes y negras mareas rebosantes de enero o las inmensas y calmas mareas de la Luna de mediados del verano lo hubieran devuelto al mar para que reanudara su travesía otra vez...

Astrid y Sigurd llegaron ante un gran recinto, un poco apartado del sendero, con dos arces con hojas de pámpano (con sus bolas escarlatas —delicadas precursoras de sus hojas— ya visibles) que atravesaban el techo, y un refugio cavernoso a un lado, para que sirviera de guarida, y todo él, excepto los barrotes del frente, cubierto por una resistente tela metálica de malla ancha... considerada protección suficiente contra una de las fieras más satánicas que pueblan la tierra.

Dos animales habitaban la jaula, moteados como falsos leopardos de color pastel y parecidos a gatos decorados y con expresión maníaca: tenían las orejas cubiertas de enormes borlas y, como si fueran una feroz parodia de los arces con hojas de pámpano, también de su mentón colgaban borlas. Sus patas eran tan largas como el brazo de un hombre y sus zarpas, revestidas de piel gris de la que sobresalían unas garras curvadas como cimitarras, eran del tamaño de un puño humano cerrado.

Y las dos hermosas y demoníacas criaturas rondaban y recorrían el recinto sin cesar y hurgaban la base de su jaula, entre cuyos barrotes había el espacio justo para que introdujeran una garra asesina —un gorrión casi invisible, siempre a un brinco fuera de su alcance, se alejó picoteando el polvo—, hurgaban con voracidad eterna, aunque también buscaban con desesperación alguna salida, pasando y volviendo a pasar uno por delante del otro rítmicamente, como auténticos condenados y presa de algún hechizo imperioso.

Y, sin embargo —mientras contemplaban el aterrador lince canadiense, que parecía encarnar en forma animal toda la ferocidad pura de la naturaleza, al tiempo que mascaban cacahuetes, a su vez, y se pasaban la bolsa el uno al otro—, ante los ojos de los amantes seguía navegando aquel barquito luchando con los mares, a merced de una ferocidad aún más salvaje, durante todos aquellos años antes de que Astrid hubiera nacido.

¡Ah, su absoluta soledad entre aquellas inmensidades desiertas de mares encrespados y lluviosos, desprovistos incluso de aves marinas, entre vientos opuestos, o en la gran marejada muerta, sin viento, que sigue a un temporal, y luego, al soplar ráfagas que alzaban el rocío del mar como lluvia, como una visión de la Creación, volando el barquito hacia las alturas del cielo, desde las que chisporroteaban relámpagos de cobalto, y después se hundía en el abismo, pero ya estaba subiendo otra vez, mientras el entero mar encrespado con espuma cual lana de corderos iba replegándose hacia sotavento, toda la vasta extensión impulsada por la Luna, como los prados, los valles y las cadenas cubiertas de nieve de una Sierra Madre presa del delirio, en movimiento incesante, subiendo y bajando, y el barquito subiendo y bajando en un mar paralizante de blanco fuego a la deriva y espuma humeante que parecía arrollarlo y sin que dejara de oírse todo ese tiempo un sonido como un canto agudo, pero de armonía tan sostenida como de teletipos de telégrafo o como el perpetuo sonido, increíblemente agudo, del viento donde no hay nadie que lo oiga, que tal vez no exista, o el espectro del viento en las jarcias de barcos perdidos mucho ha, y tal vez fuera el sonido del viento en sus jarcias de juguete, cuando el barco volvía a inclinarse hacia delante, pero aun entonces, ¡sobre qué otras ignotas profundidades habría navegado!, hasta que a saber qué aves de mal agüero, vueltas por fin agentes divinos para él, qué aves de hierro con alas como sables peinando eternamente en la obscuridad las grises marejadas inconmensurables, le hubieran impartido misteriosamente su sentido de la orientación, al solitario y boyante barquito, impulsándolo con sus picos bajo ocasos dorados en un cielo azul, cuando navegaba cerca de costas montañosas de nubes con astros por encima de ellas o costas una vez más ardientes en el ocaso, cuando doblaba no sólo las terribles rocas empapadas de espuma, como incineradoras en aserraderos, de Flattery, sino también otros cabos desconocidos, durante aquellos doce años, ¡con cumbres gigantescas, imágenes de aridez y desolación, contra las que el corazón se ve arrojado y atravesado eternamente! ¿Y —lo más extraño de todo— cuántos barcos lo habrían amenazado, a su vez, todos aquellos años —los años también de los últimos barcos de vela que, con sus aparejos de montera, se dirigían raudos hacia su olvido—, durante aquella travesía de tan sólo cien kilómetros en línea recta desde su botadura hasta su puerto final, surgiendo imponentes de entre la niebla y pasando por su lado sin tocarlo, pese a ir cargados con cañones o hierro para guerras inminentes? ¿En cuántos cargueros ahora hundidos en el fondo del mar había viajado —si vamos al caso— él, Sigurd, cargados con mármol antiguo, vino y cerezas en salmuera, o cuyos motores seguían incluso entonces murmurando por alguna parte: *Frère Jacques! Frère Jacques*!

¿Qué extraño poema de la misericordia de Dios era aquél?

De repente, una ardilla trepó, ante su vista, por un árbol junto a la jaula y después, chachareando con estridencia, saltó de una rama y cruzó como una flecha la parte superior de la tela metálica. Al instante, uno de los linces, veloz y mortífero como un rayo, saltó por el aire como una flecha los seis metros hasta el techo de la jaula en pos de la ardilla y produjo, al golpear el alambre, un son como de guitarra colosal, al tiempo que metía por entre el alambre, como centellas, las cimitarras de sus zarpas: Astrid dio un grito y se cubrió la cara.

Pero la ardilla, sana y salva, intacta, corría ya ligera por otra rama, bajaba del árbol y se alejaba, mientras el enfurecido lince saltaba hacia arriba una y otra vez y su pareja, agazapada abajo, gruñía y bufaba.

Sigurd y Astrid se echaron a reír, pero entonces pareció en cierto modo injusto para el lince, que ahora lamía, solemne, la cara de su pareja. La inocente ardilla, por la que sentían tal alivio, casi podía haber estado luciéndose, casi podía, a diferencia del absorto gorrión, haber estado mofándose del animal enjaulado. El escape por los pelos de la ardilla —una posibilidad entre mil— que, pensándolo bien, debía de darse a diario, parecía algo insignificante, pero de pronto no lo parecía que hubieran estado ellos allí para verlo.

«Ya sabes cómo miré el periódico y esperé», dijo Sigurd, encorvado para volver a encender la pipa, mientras siguieron su camino.

«El *Seattle Star*», dijo Astrid.

«El *Seattle Star*... Fue el primer periódico que leí en mi vida. Mi padre siempre decía que el barco había ido hacia el Sur... tal vez hacia México... y creo recordar que mi abuelo decía que no, que, si no se deshacía en Tatoosh, la marea lo llevaría por el estrecho de Juan de Fuca, tal vez a Puget Sound incluso. El caso es que miré el periódico y esperé mucho tiempo y al final, como un niño que era, dejé de mirar.»

«Y pasaron los años...»

«Y crecí. El abuelo ya había muerto y mi padre... ya sabes... en fin, también ha muerto ya, pero nunca lo olvidé. ¡Doce años! ¡Imagínate...! Pero, ¡si es que estuvo viajando más de lo que llevamos nosotros casados!»

«Y llevamos casados siete años.»

«Hoy se cumplen siete años...»

«¡Parece un milagro!»

Pero sus palabras cayeron como flechas sin fuerza ante el blanco que aquel hecho representaba.

Iban caminando, tras haber abandonado el bosque, entre dos largas filas de cerezos japoneses, que el mes próximo formarían una etérea avenida de flores celestiales. Tras dejar atrás los cerezos, a derecha e izquierda del amplio claro, reapareció el bosque, que bordeaba los dos brazos de la bahía. Cuando se acercaban al Pacífico, bajando por la suave pendiente, el viento se volvió, en aquella remota parte del puerto, más tempestuoso: las gaviotas, glaucas y estentóreas, revoloteaban y se deslizaban por encima de ellos, chillando, y de repente ya estaban mar adentro.

Y ahora tenían delante el mar, al final de la cuesta que acababa en una playa abrupta, el mar desnudo y muy profundo, sin embarcadero ni malecón ni casucha simpática alguna, si bien a la izquierda se veían algunas casas bonitas, con luz en una ventana, que brillaba cálida por entre los árboles al borde mismo del bosque, como si fuera de un robusto Adán de la Columbia Británica, de regreso, sigiloso, al Paraíso con su Eva bajo la flamígera espada del querubín urbano.

La marea estaba baja. Por el agua corrían caballos blancos en torno a un punto. Los impetuosos embates de la marea, borbollones de plata batida, sobre el cruce de corrientes submarinas eran tan rápidos, que la propia superficie del mar parecía alejarse veloz.

El sendero se convirtió en una pista de ceniza al abrigo de una antigua construcción de madera, un salón de té desierto y cerrado con tablas desde el verano pasado. Las hojas muertas se deslizaban por el porche, más allá del cual, en una pendiente a la derecha y bajo un tempestuoso bosquecillo de abedules, aparecían, volcados, bancos y mesas para meriendas y un columpio estropeado. Era un panorama frío, triste, inhumano, el que allí se ofrecía y también más allá, con el estruendo de aquella profunda marea baja. Sin embargo, algo había entre los amantes que conmovía como un cariño y podría haber abierto de par en par los postigos, haber puesto en pie los bancos y las mesas y haber llenado todo el bosquecillo con las voces y las risas infantiles del verano. Astrid se detuvo un momento y descansó una mano en el brazo de Sigurd, mientras se encontraban cobijados bajo aquella construcción, y dijo lo que tantas otras veces anteriores había dicho, por lo que siempre lo repetían como un conjuro:

«Nunca lo olvidaré. Aquel día, cuando tenía siete años y vine al parque, aquí, de excursión con mi madre, mi padre y mi hermano. Después de almorzar, mi hermano y yo bajamos a jugar a la playa. Era un hermoso día de verano y la marea estaba baja, pero por la noche había habido una marea muy alta y se veían las líneas de maderas de acarreo y algas dejadas por las aguas... Estaba jugando en la playa, ¡y encontré tu barco!»

«Estabas jugando y encontraste mi barco y tenía el mástil roto».

«Tenía el mástil roto y le colgaban jirones de vela, sucios y fláccidos, pero tu barco estaba entero e intacto, aunque maltratado por la intemperie y con arañazos y había perdido el barniz. Corrí hasta donde estaba mi madre y ella vio la cera que sellaba el puente de mando, ¡y encontré vuestra nota, mi amor!»

«Encontraste nuestra nota, mi amor.»

Astrid sacó del bolsillo un pedazo de papel y, sosteniéndolo entre los dos, se inclinaron y (aunque ya apenas resultaba legible y se lo sabían de memoria) leyeron:

Hola,
Me llamo Sigurd Storlesen y tengo diez años. Ahora mismo estoy sentado en el embarcadero de Fearnought Bay del condado de Clallam en el Estado de Washington (Estados Unidos de América), a ocho kilómetros al sur del cabo Flattery, por el lado del Pacífico, y mi papá está junto a mí diciéndome lo que debo escribir. Hoy es 27 de junio de 1922. Mi papá es guardabosques en el Parque Nacional Olympic, pero mi abuelito es el encargado del faro del cabo Flattery. Junto a mí tengo una canoíta reluciente que quien lea esta nota tendrá ahora en sus manos. Es un día ventoso y mi papá ha dicho que meta la canoa en el agua, cuando haya introducido esta nota en ella y haya pegado la tapa, que es un trozo de madera de balsa de mi caja de aeromodelismo.

Bueno, tengo que terminar esta nota, pero antes pido a quien la encuentre que se lo comunique al *Seattle Star*, porque a partir de hoy voy a empezar a leer el periódico para ver si dice quién, cuándo y dónde lo ha encontrado.

Gracias.

SIGURD STORLESEN.

Llegaron a la playa desierta, salpicada de madera arrojada por el mar, por doquier esculpida, verticilada, apilada por mareas tan inmensas, que había una línea de algas y detritos sobre la hierba, detrás de ellos, y grandes troncos, leños y tocones retorcidos, en forma de cruz o petrificados en un feroz ataque de ira —o, mejor aún, algunos trozos de madera casi listos para quemar, para que alguien se los llevara a su casa, y automáticamente, recordando los inviernos en que ellos mismos habían pasado necesidad, los arrojaron lejos del alcance del mar para que alguien los recogiera—, y más tocones allí, al pie del bosquecillo, y bien visibles en los taludes boscosos guadañados por el mar a ambos lados, en los que crecían árboles resquebrajados, suspirando por la ribera. Y dondequiera que miraran había despojos, el tributo a la ira invernal: de gallineros, de boyas, de la pared de una cabaña de pescador con las ensambladuras de las tablas rotas y los clavos al descubierto. La furia había afectado incluso a la propia playa, había formado montículos, ondulaciones y barreras de guijarros y conchas que a veces debían escalar. Y por doquier se veían también los grotescos y macabros frutos del mar, con su estimulante olor a yodo, bulbos de algas de pesadilla, como anticuadas bocinas de coches, con un rastro de cintas de raso marrón de seis metros de longitud, fucos como demonios o los cercos desechados de espíritus malignos que se habían purificado y después más restos: botas, un reloj, redes de pescar rotas, una timonera demolida, un timón destrozado y tirado en la arena.

Resultaba imposible entender más de un momento que todo aquello, con su impresión de muerte, destrucción y esterilidad, fuera sólo una apariencia, que —por debajo de los desechos flotantes, bajo las propias conchas que crujían bajo sus pies, dentro de los arroyuelos que salvaban, abajo, en el borde de la marea— la vida, como en el bosque, hormiguease y se desplegara y bulliese la primavera.

Cuando Astrid y Sigurd estuvieron casi protegidos por un árbol desarraigado en una de esas bajas ondulaciones de la playa, advirtieron que las nubes se habían disipado sobre el mar, aunque el cielo no estaba azul, sino que seguía de color intensamente argénteo, por lo que podían ver al otro lado del golfo y distinguir —o así les parecía— la línea de algunas islas del golfo. Un carguero solitario con las grúas elevadas recibía los embates de las olas en el horizonte. Seguía viéndose un vestigio del monte Hood o podían ser nubes. También repararon, al Sudeste, en la base en declive de una colina, en un triángulo de verde lavado por la tormenta, como recortado entre la negrura que se cernía, en el que había cuatro pinos, cinco postes de telégrafos y un claro que parecía un cementerio. Detrás de ellos, las heladas montañas del Canadá ocultaban sus feroces picos y nevadas tras nubes aún más feroces y vieron que en el mar, que estaba gris, se formaban cabrillas y corrientes que se alejaban de la costa y rocío que saltaba atrás desde las rocas.

Pero, cuando el viento los embistió con toda su fuerza, mirando desde la orilla, fue como contemplar el caos. El viento arrastró sus pensamientos, sus voces, casi sus sentidos mismos, mientras caminaban, haciendo crujir las conchas, riendo y tropezando. No podían decir si era espuma o lluvia lo que los azotaba y cortaba la cara, si era espuma del mar o lluvia de la que había nacido el mar, hasta que por fin se vieron obligados a detenerse y quedarse allí cogidos del brazo... Y hasta aquella costa, por entre aquel caos, por aquellas corrientes, había llegado su barquito, con su inocente nota, procedente del pasado, para disfrutar por fin de seguridad y de un hogar.

Pero, ¡ah, los temporales que habían capeado ellos!

POR EL CANAL DE PANAMÁ

Del diario de Sigbjørn Wilderness

Frère Jacques
Frère Jacques
Dormez–vous?
Dormez–vous?
Sonnez les matines!
Sonnez les matines!
Ding dang dong
Ding dang dong...

Ésta es la canción incesante del barco.

Son las máquinas del *Diderot*: el canon repetido sin cesar...

Salimos de Vancouver, en la Columbia Británica (Canadá), para Rotterdam el 7 de noviembre de 1947 a medianoche en el *Diderot*.

Lluvia, lluvia y cielo obscuro todo el día.

Llegamos al anochecer, con llovizna: todo mojado, obscuro, resbaladizo. El edificio del muelle, enorme e iluminado por las mortecinas luces de bombillitas amarillas y muy espaciadas. Geometría negra en contraste con un cielo obscuro. Enjambre de luces brillantes: están cargando cajas de cartón con el rótulo *Producto del Canadá*.

(Esta mañana, caminando por el bosque, un momento de intensa emoción: el sendero, empapado, un cenagal, los tristes árboles chorreantes y las amarillentas hojas caídas; aquí está todo. No puedo creer que mañana no caminaré por el sendero.)

Primrose y yo somos los únicos pasajeros a bordo del carguero. Los tripulantes son todos bretones; el barco es francés, pero de construcción norteamericana. Un Liberty de unas 5.000 toneladas, 10 nudos y casco soldado eléctricamente.

Los estibadores abandonan el barco y sube a bordo el capitán. Aumenta la sensación de partida. Pasan horas y nada ocurre. Bebemos ron en el camarote, el del jefe de artilleros, situado entre el del capitán y el del radiotelegrafista. Primrose lleva puestas todas sus pulseras mexicanas de plata; está serenamente tensa, eléctricamente hermosa y excitada.

Luego: los funcionarios del Departamento de Inmigración, muy corteses y alegres. Hemos tomado coñac todos juntos en el camarote del capitán.

Después: suenan las campanas, han soltado las amarras, gritos desde el puente; despacio, de repente, nos movíamos. La pequeña franja de agua negra y aceitosa se ha ido ensanchando... El negro cielo nublado estaba despejándose y arriba brillaban las estrellas.

La Cruz del Norte.

8 de noviembre.

Fuerte viento salado, cielo azul claro, mar terriblemente agitada (zigzagueando con los embates del macareo) por el estrecho de Juan de Fuca.

—Geometría cetácea del cabo Flattery: fálica y furiosa faz de Flattery.

El cabo Flattery, con rocas empapadas de espuma, como incineradoras en aserraderos.

—Significado de la partida el día 7. Es que mi personaje Martin, en la novela cuyo primer borrador estoy intentando desesperadamente redactar (sabiendo más que de sobra que no voy a trabajar nada en la travesía, que va a durar precisamente siete semanas), había sentido pavor de iniciar un viaje un día 7 de cualquier mes. Para empezar, no íbamos a partir para Europa hasta enero. Después llegó la noticia de que el barco en el que íbamos a viajar no iba a zarpar y debíamos aprovechar la partida del *Diderot* el día 6, porque, de lo contrario, no podríamos hacerlo en ningún otro, pero no zarpaba el 6, sino el 7. La fecha de verdad fatal para Martin Trumbaugh es el 15 de noviembre. Mientras no partamos de Los Ángeles el 15 de noviembre, todo irá bien. ¿Por qué digo esto? Es que, además, la novela trata de un personaje que se ve implicado en la trama de la novela que ha escrito, como me ocurrió a mí en México, pero ahora me estoy viendo enredado en la trama de una novela que apenas he comenzado. La idea no es nueva, al menos en lo que se refiere al enredo con los personajes. Goethe, Wilhelm von Scholz, «La carrera con una sombra», Pirandello, etcétera, pero, ¿es que les ocurrió a esos autores tal cosa alguna vez?

Convertirlo en un triunfo: las furias, en gracias.

—La inenarrable sensación, inconcebiblemente desoladora, de no tener derecho a estar donde estás; las oleadas de angustia inagotable asediadas por el insaciable albatros del yo.

Hay un albatros, de verdad.

Martin pensó en los neblinosos amaneceres invernales a través de las ventanas de su cabañita; el Sol, un sol diminuto, enmarcado en una de las hojas de la ventana, como una miniatura, irreal, blanco, con tres árboles en ella, aunque no se vieran otros árboles, y reflejado en la ensenada, con una marea alta helada y en calma. Miedo a que ocurra algo a la casa en nuestra ausencia. La novela se llamará *Obscuro como la tumba en la que yace mi amigo*. No hablar de la casa para no estropear el viaje a Primrose. Conducta intolerable: recuerda a Fielding con hidropesía y subido a bordo en un cesto, en el viaje a Portugal. Caballerosidad y sentido del humor. Se hacía sangrar de vez en cuando para sacar el líquido. Hmm.

Esta desoladora sensación de alienación, posiblemente una sensación universal de desposesión.

El angosto camarote, tu evidente lugar en la Tierra.

El camarote del jefe de artilleros.

Curiosamente atormentado por no haber dado propina al camarero. ¿A quién dar propina? Por no querer ofender a nadie.

El horror de Strindberg a utilizar a la gente. Utilizar a la esposa propia como conejillo para la vivisección. Parece más honorable utilizarse a sí mismo. Esta idea tampoco es nueva, por desgracia.

La vida en nuestra cabaña habría salvado a Fitzgerald, pensó Martin (que había estado leyendo *The Crack—Up*). El último Laocoonte. Imposible encontrar a nadie menos parecido a Fitzgerald que Martin. Tristeza por que F. odiara a los ingleses. A mi juicio, su obra postrera representa esencialmente las mejores cualidades de caballerosidad y decencia de que tan a menudo carecen ahora los propios ingleses. Esa cualidad es propia esencialmente del alma de los Estados Unidos. ¿Se podrá expresar eso sin servilismo? O los buenos modales, con fidelidad al horrendo aspecto de Deathpic y Spaceclack, personajes de literatura barata, enemigos de la Tierra y de la Humanidad. Leer *Alc*, el semanario de los que empinan el codo, etcétera.

—Me gustaría expresar la deuda cultural de Inglaterra para con los Estados Unidos. Es enorme, mayor incluso, de ser posible, que nuestra deuda nacional, pero, ¿cómo la hemos utilizado? Colegiales de escuelas privadas pescando por delegación la trucha de Hemingway o el habla de Deathpic y Spaceclack. Ahora se detesta tanto a los ingleses en el Canadá, que estamos pasando rápidamente a ser una minoría trágica. Morir de hambre en Stanley Park antes que pedir ayuda. Ocurre todos los días. El Canadá, cuyo corazón es Inglaterra, pero cuya alma es Labrador. Claro, que yo soy escocés. En realidad, soy noruego.

Frère Jacques
Frère Jacques

—Interpretado por Louis Armstrong y su orquesta. Art Tatum al piano. Joe Venutti, violín. *Battement de Tambours.*

Y pienso en O'Neill. *Iceman* es un drama maravilloso. Me gustaría saber si ha sido consciente de la similitud con el tema de *El pato salvaje*, en el que se justifica la bebida como «ilusión de la vida». Ojalá hubiera escrito O'Neill más dramas sobre el mar. ¿La corbeta noruega? Mi abuelo, capitán del velero *The Scottish Isles*, se hundió con su barco en el océano Índico. Traía una cacatúa para mi madre. Recuerda la historia que viejos marineros contaban sobre él en Liverpool. Los propietarios cargaron mal su barco, se quejó, pero lo obligaron a zarpar, conque navegó derecho hasta El Cabo y regresó derecho a Liverpool y les hizo cargarlo correctamente.

—«El hombre que se hizo a la mar porque había leído *El mono peludo* y *La Luna del Caribe*.» (Ése fui yo hace veinte años, lo que explica en parte mi depresión a bordo. Sin embargo, el *Diderot* es un carguero que nada tiene que ver con mi experiencia. Un Liberty... pero hermoso de verdad, en mi opinión, aunque de una romántica lentitud. La comida es soberbia y grandes tragos de *pinard* en todas las comidas. Un viaje maravilloso, la verdad.)

—Un solitario albatros negro, como un machete con alas... en rigor, dos machetes... Albatros como un lejano y solitario extremo izquierdo en el *rugby* entrenándose...

Un ave de hierro, con alas como sables. En realidad, es el albatros negro, aunque el capitán dice que no.

Pero el capitán, por una vez, está equivocado. No es una meauca, aunque detrás hay una meauca tiznada, dice Primrose. El odio de Melville a las meaucas: pájaros de mal agüero. Tonterías. Espero que no zarpemos de Los Ángeles el 15 de noviembre.

Hemos cruzado la frontera y estamos ante la costa del Estado de Washington.

La muerte de un albatros
causa pena y dolor

(Pasaje de un fragmento de periódico dejado por el camarero en el camarote):

Un asta partida, una pierna rota, una red enredada
por no respetar una tradición marina.

Port Angeles, Washington (A.P). – Un profesor de la Universidad de Washington que no respetó la tradición del mar ha recibido una lección. Su triste historia salió a la luz cuando el buque explorador del Servicio de Pesca y Fauna Salvaje de los Estados Unidos arribó a este puerto. Todo comenzó cuando el investigador universitario John Firmin avistó un albatros blanco que volaba cerca del navío, dedicado a la exploración con red de arrastre de las profundidades marinas ante el cabo Flattery. Firmin pidió permiso para cazarlo y llevarlo al museo universitario por ser el primer espécimen de albatros blanco que se había visto en las aguas costeras de Washington.

La tripulación, horrorizada.

Los siete miembros de la tripulación gritaron al instante: «¡No!» Y recordaron a Firmin la suerte que corrió el «Viejo Marinero» de Coleridge y la mala suerte que, según una antigua tradición, persigue a quien mata un albatros, pero, dada la rareza del espécimen, etcétera.

Y, a la inversa, veamos un recorte de periódico que llevo conmigo:

Un albatros salva a un marinero

Sidney, viernes. Un marinero inglés que cayó al agua desde un transatlántico debe la vida a un albatros, que se posó en su pecho e hizo de baliza para orientar a quienes acudían en su ayuda.

El marinero John Oakley, de 53 años y oriundo de Southampton, cayó ayer de la popa del buque *Southern Cross*, de 20.204 toneladas, a diez millas de la costa de Nueva Gales del Sur.

Un niño que viajaba a bordo lo vio caer y avisó al oficial de cubierta. El barco dio la vuelta y bajaron un bote salvavidas.

Oakley estuvo oculto por las olas hasta que el albatros se posó en su pecho e hizo de baliza para quienes acudían en su socorro. –Reuters.

—El albatros es una de las mayores aves voladoras del mundo, con una envergadura que oscila entre los tres y los tres metros y medio y un peso de unos ocho kilos.

Ahora hay tres meaucas.
Ocaso dorado en un cielo azul.
Varios grandes meteoritos verdes de Géminis.

9 de noviembre.

Primrose y Sigbjørn Wilderness se sienten felices apretujados en el camarote del jefe de artilleros.

Sin embargo, Martin Trumbaugh no está demasiado feliz.

Trumbaugh recibe el nombre de Trumbauer: Frankie, Beiderbeccke *et al.*

Un petrel de las tormentas, con patas azules como un murciélago, muerto en la proa.

Ante las costas de Oregón.

Millares de gaviotas blancas. La tripulación les da de comer. ¿Se morirían de hambre nuestras gaviotas sin nosotros? La increíble claridad, como de joya, de algunos días de noviembre en la cabaña, con el sonido de una campana en la niebla. Reflejos, como de ruedas de molino, del sol en el agua, deslizándose por la cabaña. ¡Qué resplandor, tratándose de noviembre! Y las ramas de pino convertidas en felpilla verde.

11 de noviembre.

El atronador bramido de las sirenas antiniebla, campanas, pitos en el *Golden Gate Bridge*, en la niebla, combado a primeras horas de la mañana hacia el frío San Francisco. Pasamos por delante de Alcatraz. Contemplador de aves quien allí vive.

Se disipa la niebla: a la izquierda, Oakland está obscura, nublada, el puente desaparece entre bajas nubes grises. A la derecha, San Francisco: el cielo está de un azul delicado, el arqueado puente se pierde en la distancia, increíble, con sus cables y torres.

El capitán, con chaqueta forrada de piel, gorra azul y el cuello subido, imponente, con perfil ganchudo recortado en el cielo. Está irritado con los estibadores y grita maldiciones y órdenes en francés e inglés. El piloto, divertido, aburrido, respetuoso. Varios oficiales, tensos, alrededor.

Comentario brillante de una persona a la que en cierta ocasión presté *Ulises*, al devolvérmelo el día siguiente: «Muchísimas gracias. Muy bueno.» (Lawrence dijo también: «Es, todo él, un extraño ensamblaje de partes aparentemente incongruentes que pasan deslizándose unas por delante de las otras.»)

Abandonamos por la noche la ciudad enjoyada. Diamantes de *baguette* sobre terciopelo negro, dice Primrose: luces rubí y esmeralda del puerto. Luces topacio y oro en dos puentes.

Primrose está muy contenta. Nos abrazamos a obscuras, en cubierta.

14 de noviembre.

Los Ángeles. Un aviso en un cobertizo: *Cuidado con el gancho, que él no lo tendrá.*

Cálido mar de seda azul y sol suave.

15 de noviembre.

Desde luego, ahí vamos. Ya lo creo.

Tenemos otro pasajero: ¿su nombre? Charon («Caronte»). Naturalmente.

—El vapor *Diderot* partió de Los Ángeles con destino a Rotterdam el 15 de noviembre por la noche.

(Rec.: *La partida del barco*, que vi en el Theatre Royal en Exeter con mi madre y mi padre en 1923. Cada vez que se alzaba el telón, sonaban ocho campanas. Fantástica actuación de Gladys Folliot.)

El vapor *Tidewater*, un petrolero negro, se desliza muy cerca, vacío, con pasamanos rojos: *¿Marie Celeste?*

Descripción del ocaso: navegamos por una tina hirviendo. Mantones morados a estribor; desde la galera, olor a pan; a la derecha, costillas bermejas; en popa, como unas gachas violetas.

FRÈRE *Jacques*
FRÈRE *Jacques*

Gaviotas resoplando, siluetas y más meaucas.

Navegando cerca de una negra costa montañosa de nubes, coronadas de estrellas.

Y también está ahí el Sr. Charon.

16 de noviembre.

Hemos cruzado la frontera por la noche.

—En el ocaso, nubes plomizas, cielo negro, con una larga línea de bermellón abrasador, como un bosque en llamas de 5.000 kilómetros de largo, en lontananza, entre un mar y un cielo negros.

Islas extrañas, yermas como icebergs y casi tan blancas.

¡Rocas! —La costa de la Baja California, pináculos gigantescos, imágenes de aridez y desolación en las que el corazón se ve arrojado y empalado eternamente...

Frère Jacques, Frère Jacques Laruelle.

Baja California. De hecho, México a babor. Miles y miles de kilómetros de México.

—Pero nada resultaba comparable ahora a la inconcebible soledad y desierta belleza de la interminable costa mexicana (por la que el carguero se abría ahora paso despacio), mientras la caldera del barco decía «*Frère* Jacques, *Frère* Jacques, *d*ormez–vous, *d*ormez–vous» y una digarilla solitaria flotaba, se daba la vuelta, recortada en la espantosa costa purpúrea y el ocaso de la amargura...

dormez–vous
dormez–vous
sonnez lament*ina*
sonnez lament*ina*
dong dong dong
doom doom doom

La digarilla, que tiene una cola como la de la golondrina, es un ave de mal agüero en *Obscuro como la tumba en la que yace mi amigo*. Fue un ave de mal agüero para Primrose y para mí en Acapulco hace tres años y, sin embargo, una semana después aceptaron *El valle de la sombra de la muerte*. El libro estará dividido en tres partes, tres novelas: *Obscuro como la tumba en la que yace mi amigo*, *Erídano* y *La mordida*. *Erídano* es como un típico entremés y trata de la vida en la cabaña en el Canadá. *Obscuro como la tumba* versa sobre la muerte de Fernando, que es el Dr. Vigil en *El valle de la sombra de la muerte*. Una muerte real, según descubrimos. *La mordida* sucede en Acapulco. *El valle de la sombra de la muerte* funcionó como una máquina infernal. El Dr. Vigil ha muerto como el Cónsul: en la realidad, quiero decir. Por eso me devolvían las cartas.

Alguien ha escrito una ópera sobre otro cónsul. Es algo que me hiere. Algo así es también el tema del libro.

17 de noviembre.

El Sr. Charon contemplando México.

El demonio manos a la obra: 24 horas al día.

Todos los ruidos del barco se acompasan con la melodía de «Frère Jacques» (pensaba Martin), a veces las palabras eran

«Cuernavaca, Cuernavaca», en lugar de «*Frère Jacques*»; la máquinas solían cantar también

> *Please go* on!
> *Why not* die!
> *Sonnez les matines*...

es más: los ventiladores se les unían y armonizaban; lo juro, oí infernales coros aéreos cantando sin desafinar y a veces subían hasta un tono aterrador... y después volvía a empezar, diciendo algo completamente ridículo, en lugar de *ding dang dong*:

> *Sans* maison
> *Sans* maison

y, cuando entraba, literalmente, en ese surco, ya no cesaba nunca.

—La incapacidad casi para respirar, a medida que arrecia el calor: también la boca se te convierte en un perpetuo torno pulposo, la cara se te hincha hasta el punto de que apenas puedes abrir la boca, salvo para murmurar algo inane y siempre inacabado, como: «Creía que sería...» o «Por favor, querida, eso...»

Battement de Tambours

Obscuro como la tumba en la que yace mi amigo. Fernando está enterrado en Villahermosa, asesinado. Es que... esto... bebe demasiado mescal. *Whihky mehicano.* Alfred Gordom Pym.

Un título demasiado largo: ¿por qué no «Donde yace mi amigo» simplemente? (Propuso Primrose).

La distante e inane motocicleta del ventilador eléctrico, cuya brisa no te llega, aunque estés sentado debajo, contemplando cómo el sudor te agujerea las manos y sale filtrándosete por el pecho.

La tripulación está raspando herrumbre: martillos en el cerebro.

Blancos pelícanos coriáceos por la tarde.

Picos como machetes, apuntados hacia abajo. Pez espada invertido. Montañas yermas, con aletas afiladas o puntiagudas como conos. (¿La *Visión* de Yeats?)

Despertar de noche con los ojos doloridos y la visión borrosa para preguntarme (como Martin Trumbaugh, como el Cónsul, también llamado Firmin) dónde he dejado el zapato. ¿Tenía un zapato? Sí y el perdido parecía estar en su lugar, pero entonces, ¿dónde están los cigarrillos? ¿Y dónde estoy yo?, etcétera. Seguro que de pie ahora en el pasillo de un tren y con expresión ausente, pero entonces las máquinas otra vez con su *Frère* Jacques, *Frère* Jacques, *dormez–vous, dormez–vous*: naturalmente, qué leche vas a poder *dormez*.

Temo que fue por culpa de un *whiskey* norteamericano no muy bueno comprado en Los Ángeles porque me gustó su nombre: Río Verde. Aun así, no hay bastante ni para la mitad de esta travesía, pero tal vez el capitán invite a Sigbjørn Wilderness y a su esposa a un *apéritif* en el puente.

18 de noviembre.

La larguísima, muerta, cruel, triste y deshabitada costa de México.

Frère Jacques.

Despertar a las 3 de la mañana, tropezando por el obscuro camarote. ¿Dónde estoy?

5 de la mañana.

Primrose sale a ver el amanecer. Mar añil, formas negras y torturadas de montañas e islas puntiagudas, una hermosa pesadilla sobre un cielo dorado. Pasamos dos horas paseando y zigzagueando, entrando y saliendo, saliendo y entrando, del camarote a cubierta, sin poder conciliar el sueño. ¿Demasiado cerca de México?

El día se vuelve espantosamente caliente y calmo. Perdida de vista la costa. Estamos cruzando la boca del golfo de California. La tripulación, calzada con zuecos, está pintando ventiladores.

El capitán dice que están «embelleciendo el barco».

—en el ocaso, las islas Tres Marías, dos barcos, tres digarillas, azabache recortado en el cielo ambarino, nubes como coliflores hervidas pintadas por Miguel Ángel y después las estrellas, pero entonces Martin vio la fijeza del cerrado orden de su sistema: la muerte, en una palabra. Esa idea procede de Keyserling. (Sólo, que no están muertas, cuando las contemplo junto con Primrose.) Una verdad maravillosa en Lawrence a este respecto. «En cierto modo, mi vida extrae (escribe) fuerza de las profundidades del Universo, de las profundidades entre las estrellas, ¡del vasto mundo!» Creo que Primrose piensa algo así. ¡Y qué cierto era eso aplicado a ellos en Erídano! Pero ese sentimiento sólo puede experimentarlo indirectamente a bordo de ese barco, que lo aleja inexorable, y tal vez para siempre, del único lugar del mundo que ha amado.

Nuestro Sr. Charon, el Sr. Pierre Charon, es francés, pero desempeña las funciones de cónsul noruego en Papeete (Tahití). Un tipo excelente. Cogerá su barco en Cristóbal. *Bon vivant*. Lleva pantalón corto y largos calcetines blancos y dice que Henry Miller es una bomba atómica. También estuvo en la Legión Extranjera y de vez en cuando hace el paso de la oca en la cubierta de proa. También dice: *Vous n'avez pas de nation. La France est votre mère. Soldat de la Légion Étrangère.* Pero, vamos a ver, ¿quién había dicho eso ya? Pues, hombre, nadie más que un personaje de *El valle de la sombra de la muerte* y ya sabes lo que

En su soledad e inmovilidad, el Viejo Marinero añoraba la viajera Luna y las estrellas que permanecen inmóviles y, sin embargo, avanzan y el azul cielo les pertenece por doquier y es su designado lugar de reposo, su país de origen y su hogar natural, en el que entran sin anunciarse, como señores sin lugar a dudas esperados, y, sin embargo, las recibe una alegría muda.

le ocurrió al Cónsul en aquel momento, ¿verdad?, observó Sigbjørn Wilderness, al tiempo que se servía su cuarta zarzaparrilla.

Un hombre no enredado, sino muerto por su propio libro y las fuerzas malignas que pone en juego. Un tema estupendo. Comprar la *planchette* para el necesario dictado.

—La muerte se va de vacaciones: en un buque Liberty.

—¿O no? Lo oigo todo el día «reírse socarrón, como un pirata». La frase de Robert Penn Warren. La verdad es que Charon es, además, un buen tipo. Nos invita a un coñac, dice que me parezco a Don José con mi pañuelo de colores en torno a la cabeza, pero el capitán no lo invita a tomar un *apéritif* en el puente, *como a nosotros*. El caso de dos amos que se miran a la cara. Y, por cierto, ¿quién es Don José? ¿El tipo que mata a Carmen?

Todo el mundo habla tan rápido, que no oigo ni una palabra: una tripulación admirable.

La obra no deberá estar compuesta de tres libros, sino de seis y se llamará *El viaje interminable*, con *El valle* en el medio. *El valle* hace de batería diabólica en el medio. Sin embargo, debe triunfar la determinación, es decir, que en mi mano está hacer que así sea.

19 ¿o 21? de noviembre.

Ha caído el Gobierno francés: nuestra princesita se ha casado. La tripulación francesa brinda, galante, por la salud de la princesa Isabel. El radiotelegrafista, Carpentier, nos lee una larga crónica radiofónica en la cena: su inglés es peculiar:

«Y en aquel momento Lord Mousebatten...»

«*En Book*ing'am Palace...»

Sin la menor intención de ofender.

Estos bretones son unos marineros espléndidos: todos ellos corteses y bondadosos.

Ingleses que se enorgullecen de hablar francés, mostrando llamativamente que son grandes catadores de vino y refiriéndose a «mi amigo, el mejor cocinero de Normandía, claro está», con el objeto de desacreditar las ensaladas norteamericanas. ¿Quién ha conocido a un francés que adornara su inglés o fuera un buen catador de una jarra de cerveza negra y de un budín de carne y riñones?

Pero la maldición vivía para él en el ojo de los muertos.

—Pero he soñado con la muerte, un sueño horrible, *Grand Guignol*, sin mérito, pero tan vívido, tan palpable, que parecía albergar alguna amenaza, profecía o aviso táctil real y aterrador: primero se produce una disociación, yo no soy yo. Soy Martin Trumbaugh, pero no soy Martin Trumbaugh ni tal vez Firmin tampoco, soy una voz, pero con sensaciones físicas, entro en lo que sólo se puede describir —pero no lo haré— con dientes que apretados crujen tras mí; al mismo tiempo, y de forma inexplicable, es como pasar por el canal de Panamá y lo que se cierra tras mí es, por decirlo así, una compuerta; en cierto modo soy un barco ahora, pero también soy una voz y también Martin Trumbaugh y ahora estoy —o está él— en el reino de la muerte; dicho reino está —lo que resulta bastante poco imaginativo— totalmente lleno de putas blancas y chatas y seres sarnosos con caras pastosas y, de hecho, la cara se les desmenuza, cuando se la tocan, como periódicos recogidos del mar; la propia Muerte es un carcelero con su horrenda cara roja a medias arrancada y una pierna destrozada cuyos jirones siguen «sueltos» (porque se disculpó); es el carcelero y lo conduce a él o a mí o a eso y, rebasadas las puertas, está St. Catherine´s College de Cambridge y ese cuarto mismo (no sé qué quiere decir con eso), pero la Muerte, aunque horrenda, tiene voz amable e incluso dulce a su horripilante modo: dice que es una lástima que haya yo visto «toda la función», con lo que recuerdo el espectáculo de variedades de cuando he entrado, es decir, que recuerdo sillas móviles (en el sentido de escaleras móviles) en las que te sentabas como en una cafetería y algunos demonios necrófagos estaban sentados en esas sillas y otros parecían estar actuando de algún modo; dijo que eso significaba que yo estaba sentenciado y me concedió cuarenta días de vida, lo que en total me pareció mucha generosidad por su parte. ¿Cómo puede el alma recibir esa tunda y sobrevivir? Como el barco de juguete, en cierto modo. Resulta difícil de creer que un asqueroso y vil sueño de esa clase haya sido producido tan sólo por la propia alma, con su apasionada súplica de purificación a su inescrupuloso dueño, pero así ha sido.

Debe de haber sido algo que comí, pese al panegírico de la cocina francesa.

Sin embargo, Martin se despertó llorando, por no haberse dado cuenta nunca de que sentía semejante pasión por el viento y el amanecer.

Sí, hombre, eso es tequila.

(Esto me parece ridículo ahora, tras haberme levantado temprano y haber lavado una camisa.)

—Soy el camarero principal de mi destino, el fogonero de mi alma.

Nada puede superar el sufrimiento, el desconsuelo y la desdicha sin límites de una travesía como ésta. (Aunque todo el mundo es tan decente y la tripulación es la más amable que podríamos tener, la mejor comida, etcétera.

Los demonios compañeros del Espíritu Polar, los invisibles habitantes del elemento, participan en su mal y dos de ellos se cuentan que se ha concedido al Espíritu Polar, que ha regresado al Sur, una larga y severa penitencia para el Viejo Marinero.

El Marinero se despierta y su penitencia vuelve a empezar.

Despreciaba las criaturas de la calma.

Y los Trumbaugh estaban, naturalmente, pasándoselo de miedo, etcétera, etcétera.)

Una meauca, de reconocimiento sin duda.

Leviathan de Julian Green. El relato.

Acapulco en el través y lo reconozco al instante: antes que el capitán, de hecho. Ahí está Larqueta, con el faro, que pasa tan despacio, y hasta parece que se distingue la Quinta Eulalia.

Desde que pasamos ante Manzanillo, Acapulco es la primera señal de vida que hemos visto por toda la costa de México. Casi desde el barco, los oigo gritando para atraer a la gente a los camiones: ¡Calete! ¡Calete!

—Esto, Acapulco, es el lugar en el que sucede la escena principal de la novela que he estado escribiendo en estos últimos meses y aquí es donde Martin Trumbaugh encuentra su justo castigo. Es también donde Primrose y Martin vieron la digarilla en 1946. Una semana antes de la aceptación de *El valle de la sombra de la muerte*, que es cuando «todo» empezó a ocurrir. La historia de un hombre (el Hombre mismo, nada menos) al que el tiro joyceano le salió por la culata. Me oprime una sensación de exilio. La sensación de algo allende la injusticia y el sufrimiento, extraterrenal, me oprime, más que desolarme, más que confundirme, al pasar ante este lugar así. ¿Pasaré un día así por delante de Inglaterra, de mi casa, en esta travesía, por un capricho del destino, sin poder —o, peor aún, sin querer— poner los pies en ella? Acapulco es también el primer lugar de México que Martin pisó en su vida: en noviembre de 1936. Sí y el Día de las Ánimas. Recuerdo que iba en un bote hacia tierra y el loco echaba espuma por la boca y ponía en hora su reloj y los incorpóreos buitres a un kilómetro de altura entre truenos y todo aquel lúgubre horror está ahí, en calma, a babor y se va retirando despacio, tan inocente como Southend —on—Sea. Fue también entonces cuando apareció el Cónsul. La escena del primer mescal queda ahora a popa del través. Los años pasados escribiéndola —los más felices de su vida hasta entonces, con Primrose en la cabaña— y otras cosas, la mayoría quemadas. Sé lo que debe de parecer esa sensación: exactamente la de un es-

pectro que vuelve a visitar un lugar en la Tierra al que se siente
atraído irresistiblemente. Anhela dejarse ver, pero ni siquiera puede —pobre bolsa de gas suspendida en el aire— aterrizar. (Y, por
último, a la puesta de Sol, el capitán dijo, inocente: «Mire ese barquito mexicano que baja paralelo a la costa con todas las luces encendidas: un alma humana en la costa. ¿Verdad que es bonito?»)
En sus sentimientos se combinan por igual un deseo de venganza
y un deseo ilimitado y que nunca podrá satisfacer. El sentimiento
es también como la excomunión. Violación de los derechos espi-
rituales del hombre. ¿En qué otro lugar puede rezar a la Virgen de
Guadalupe? ¿Al Santo de las Causas Desesperadas y Peligrosas?
Ahí. Inmundo y avieso pueblecito. Eso es Acapulco. Desde luego, indigno de que se haga una tragedia por él, pero Martin Trumbaugh estaba pasando ante el teatro de la lucha de toda su vida,
la lucha de toda su vida futura, de haberla, en aquel interminable
paso por delante de las costas mexicanas. ¡La Virgen! ¡Cómo habían hecho sufrir allí a los Trumbaugh aquellos hombrecillos mal-
vados, perversos y rematadamente ignorantes! Le habría gustado
habérselas con ellos, con cada uno de ellos. El Ministro del Interior de la Muerte, en particular. País del Mal Absoluto. Protesta
ante las Naciones Unidas. ¿Cuántos estadounidenses y canadienses
morirían asesinados en él todos los años? Y echaban tierra sobre
ellos, sin investigación, para salvar la cara... ¿de quién? Algunos
mexicanos son tan buenos como malos son otros. Don José —Ah,
don José: entonces, ¿eso significaba el comentario del Sr. Charon?—, por ejemplo, en la Quinta Eulalia. Cuando pienso en el
riesgo que arrostró por nosotros, su caridad. Los mexicanos son
las personas más encantadoras del mundo, un país de lo más en-
cantador. El Gobierno mexicano parece seguir dominado por Satán, eso es lo único malo. Todos los mexicanos lo saben, lo temen
y, al final, nada hacen al respecto, pese a las revoluciones: en el
fondo, está más corrupto que en la época de Díaz. Rec.: *Juárez,
exiliado, desembarcando en secreto en Acapulco...*

¡Calete! ¡Calete! En el recuerdo. Los pequeños autocares, el
hombre presa de temblores, el fulgor de la playa en Pie de la Cuesta,

los tiburones y la mantarraya tan grande como un salón. Y los diminutos y brillantes peces tropicales en Calete... Y las vacaciones interrumpidas de Primrose, sus primeras vacaciones en diez años. Se las tendrán que ver conmigo, aunque sea la última cosa que haga: en papel, en cualquier caso.

Otra digarilla: el rabijunco común, golondrina gigantesca y rapaz del mar zapoteca.

Y envidiaba que ellas vivieran y tantos otros yaciesen muertos.

La lastimera canción del lento barco, que subía y bajaba; la desgarradora e interminable yerma costa purpúrea, sobre la que se recorta el gran rabihorcado solitario, con alas de murciélago y cola de golondrina, cayendo sin cesar, girando en silencio y girando y remontando el vuelo otra vez.

20 o 21 de noviembre.

FRÈRE Jacques
DORMEZ–vous?
SONNEZ les matines!
SONNEZ les matines!
Doom doom doom!
Doom doom doom!

Para sobrevivir a todo aquello —llegó a la conclusión Martin—, nunca debería dejar de anotarlo para no olvidarlo, con el acompañamiento de *Frère Jacques*, etcétera, pues representaba, para él, el fondo de toda pena y abyección.

Frère Jacques Frère Jacques dormez–vous?

¿Sería —pensó Sigbjørn— que no deseaba sobrevivir?

En este momento no tengo —parece— ambición...

Sigbjørn Wilderness (lástima que mi nombre sea tan bueno, porque no puedo utilizarlo) sólo podía rezar por que hubiera un milagro, por que le volviese, milagrosamente, algún amor a la vida.

Ha vuelto: hacer de nuevo aquel recorrido formaba parte, al parecer, de aquella dura prueba e incluso en aquel momento Martin supo que no era un sueño, sino un extraño simbolismo del futuro.

—El Gobierno francés ha vuelto a caer.

Pese a haber pasado la noche debatiéndose con los tormentos del *delirium tremens*, en el desayuno Martin Trumbaugh presentaba un aspecto notablemente bueno, bronceado y vigoroso.

«Está usted en forma».

«*Bon appétit*».

«*Il fait beau temps*»... y demás.

(Este caballero con el *delirium tremens* no soy yo. Todo lo escrito sobre la bebida es —dicho sea de paso— absurdo. Tengo que rehacerlo desde el principio, pues algo habrá que decir del conflicto, de la tristeza atroz, que puede propiciar asimismo la participación en la trágica condición humana, del autoconocimiento, la disciplina. El conflicto es importantísimo. La ginebra con zumo de naranja es la mejor cura para el alcoholismo, cuya causa real es la fealdad y la desconcertante esterilidad de la existencia, tal como nos la venden. De lo contrario, sería avaricia y, por Dios, que lo es. Buena observación: creo que me voy a acostar y pillar un poco de *delirium*.)

Llega a bordo una paloma blanca.

Y pasa volando una gaviota de rapiña.

Y vuelve a caer el Gobierno francés.

Las campanillas de iglesia que dan las horas, pues lo curioso de las campanas del *Diderot* es que son lentas, melancólicas, como los repiques, infinitamente tristes, de la catedral de Oaxaca: Oaxaca,

ahora a babor, patria de Fernando el Oaxaqueño y del Dr. Vigil,
muerto, asesinado, en Villahermosa.

«Pues es la Virgen de quienes a nadie tienen».

«Nadie va allí, sólo quienes a nadie tienen».

«Pues es la Virgen de los que a nadie tienen».

Obscuro como la tumba en la que yace mi amigo. ¿Dónde estará ahora la muchacha a la que solía escribir sus mensajes en antiguos muros monásticos? Deberíamos haberla buscado.

Canción para una marimba

o

En el burdel de madera los músicos desafinan

¡Oa–xa–ca! ¡Oa–xa–ca!
¡Oa–xa–ca! ¡Oa–xa–ca!
Es un nombre que recuerda
A un corazón
A un corazón destrozado de noche.
De palo de palo de palo son esas caras por la noche.
De palo de palo de palo son esas caras por la noche.
De noche los corazones destrozados son de palo.
De palo, de palo por la noche.

Limerick

Érase un joven de Oaxaca
Que soñaba que iba a Mintaka
Y moraba en Orión
Y no en el León,
La taberna en la que bebía, más negra.

Oración

Dios dé bebida a esos borrachos que se despiertan al amanecer
farfullando en el regazo de Belcebú, exhaustos
mientras atisban una vez más por la ventana
el espantoso día que asoma como un Pontefract.

—Con esto se podría sacar la impresión de que Martin era un tipo lúgubre y morboso. Todo lo contrario. Uno de los recuerdos personales más felices de Martin era el de un retazo de conversación que había acertado a oír sobre él: «Sólo de ver a ese chavalote me pongo contento para cinco días y lo digo en serio, ¿eh?»

Tengo la impresión de que, con arreglo al derecho del mar, el buque puede ir ahora a donde al capitán —o, mejor dicho, al *Commandant*— le plazca. Podría hacer el papel de Ahab y bordarlo, pues Francia no tiene Gobierno. La tripulación podría incluso —idea feliz— amotinarse, si lo deseara, y resultaría difícil a cualquiera —en Oaxaca, pongamos por caso— hacer algo al respecto, pero la tripulación no desea amotinarse por las simples razones de que a) éste es un barco feliz y b) quieren estar en casa para Navidad, y, en cuanto al *Commandant*, quien, a diferencia de la mayoría de los capitanes, cuenta con el respeto y el aprecio de todos, le resulta de una indiferencia sublime cuántos gobiernos puedan caer. Se trata, en verdad, como dice el jefe de camareros (un tipo entusiasta del *rubgy*), de un barco *bien chargé*. ¡Ojalá estuviera el mundo igual! A bordo de este barco se encuentran todas las variedades de la opinión política, pero aún no he oído una palabra descortés. ¡Si tuviéramos un mundo gobernado por bretones!

El baño turco del retrete y el olvido de dónde está la manija para tirar de la cadena...

Terror también en el retrete, sin apenas atreverse a moverse, ¿se molestará el capitán? Se preguntaba Martin Trumbaugh, entre dos deposiciones y, entre dos deposiciones, las posaderas caen al suelo.

En lugar de capitán, léase *Commandant*: en un navío francés el *Capitaine* es el primer oficial. El segundo oficial es el teniente primero, etcétera. Parece más propio de la marina de guerra que de la mercante. El *Commandant* utiliza el antiguo privilegio real de comer solo. Me gustaría saber si mi abuelo hacía lo propio. Por esa razón, se podría pensar que se trata de un barco no democrático, pero nada estaría más lejos de la verdad. Todos son igualmente corteses: primer requisito de toda democracia. La presencia de

Primrose puede tener algo que ver con esas manifestaciones evidentes, pero parece algo innato en los franceses. Como tampoco parece haber ninguna de las desgarradoras persecuciones, los mezquinos esnobismos, que solían darse en un carguero inglés. Como viejo marinero, me huelo esas cosas. Recuerdo la eterna discusión entre el contramaestre y el carpintero sobre cuál tenía más categoría: en realidad, el carpintero, aunque técnicamente es un artesano, y también al pobre tipo en su primera travesía, tan perseguido por la tripulación, que en una tormenta se quedó rezando por el lado de barlovento para que las olas lo tiraran por la borda, por no hablar del aprendiz al que tuvieron metido en el gallinero. Cuando llegamos a Dairen (entonces Dalny y ahora perteneciente a Rusia), la mitad de la tripulación tenía la sífilis. Según el tercer oficial, que hace de médico y debe saber de lo que habla, no ha habido un sólo caso de enfermedad venérea a bordo de este buque, desde que zarpó hace cuatro meses, cosa que vale la pena recordar, pues los británicos creen que la inventaron los franceses. De todos modos, la abuela inventó la penicilina. La sensata y saludable idea de que todos los marineros coman con vino y la misma comida para todos, que, además, es espléndida, diez veces mejor que la de aquel querido y viejo barco norteamericano cargado de bauxita en el que fuimos a Haití, si bien en sus viajes de regreso todas las provisiones proceden —conviene recordarlo— de los Estados Unidos. En un buque inglés, aunque la comida solía ser mejor de lo que se decía, se tomaban toda clase de molestias para procurar que nosotros, la tripulación, tuviéramos una comida mucho «peor» que los oficiales. En la travesía de ida a China —en 1927— no tomé ni una comida caliente durante dos meses. Probablemente ahora haya mejorado la situación. La única ventaja que, a mi juicio, tuvimos fue la de que, como el barco funcionaba con carbón, con la ayuda de una lona instalamos una piscina en una trampilla de carbonera. Aquí no parece que se pueda hacer lo mismo y es una pena para la tripulación. Los fogoneros y los estibadores —yo fui uno de estos últimos— ya no sufren, desde luego, pues ya no existen, pero los mecánicos y los engrasadores —los maquinistas— sí, como siempre, por lo que se les permite —¡soberbia y sensata compensación!— beber el doble de vino con las comidas. (Una de las consecuencias de ello es que nosotros nos sentamos a la mesa de los maquinistas, no sin antes haber sido expresa y cortésmente invitados, claro está.)

—¿Quién soy yo?—

Una gran ave negra crucificada en las crucetas, con alas tan grandes, que obscurecen la luz del trinquete; el capitán nos llama para que la veamos y dice: «No voy a matar al águila ni nada, nunca mato nada, pero...» «¡Matarlo! ¡Estaría bueno!», dice Primrose. Es un cóndor (*Gymnogyps Californianus*) con una envergadura de tres metros y constituye uno de los espectáculos más inhabituales del mundo, pues esa ave, parecida a un superzopilote o buitre de Thomas Wolfe, está casi extinguida; al cabo de un rato, ha desaparecido tan misteriosamente como había llegado.

Al capitán (al *Commandant*) le gustan los gatos, es un jugador de ajedrez de primera, pero le gusta enloquecer con un artilugio parecido a un yoyó, bebe ron antes de comer, duerme en una hamaca en el puente, porque en su habitación hace demasiado calor, se niega a hablar de política y, sin embargo, pertenece a la gran tradición de los capitanes que no sólo aman, sino que son, su barco; al mismo tiempo, no se puede librar de los patéticos subterfugios de unos hombres que añoran sus hogares y a sus esposas. En todas las travesías carga una tonelada de arena para sus gatos: Grisette y Piyu. Un tipo admirable que ha navegado a vela, como mi abuelo: divertido, amable, caritativo, la mejor clase de persona, absolutamente.

22 de noviembre.

El golfo de Tehuantepec: olas de zafiro calmas, largas, casi imperceptibles, la superficie como una *crêpe* (dice Primrose). Peces voladores de un azul eléctrico con alas de libélula volando por doquier y deslizándose por la superficie. Su repentina y rápida tracería en el agua —Próspero lanzando al ras almas aladas, como un niño lanza piedras al ras— y, de hecho, su breve paso celestial por el aire es como nuestros momentos de felicidad en la Tierra; una vieja tortuga pasa braceando solemne y nos echa una ojeada burlona. El cuerpo astral de Wallace Stevens escribiendo su maravilloso poema sobre Tehuantepec... Un pez volador deslizándose sobre el mar de zafiro hacia un albatros que flota para encontrarse con él: éxtasis. Primrose en el séptimo cielo... El mar zapoteca... Justo bajo la proa un tiburón: una forma obscura y brillante con aletas perversas que gira maravillosamente, nada rápida y después se sumerge, es verde, azul... desaparecido.

Mi fiel general Phenobarbus, ¿traidor hasta el final? (Nota para Martin.)

23 de noviembre.

Bajando por la costa de Guatemala, cruzamos la frontera con México a la caída de la tarde. Aquí la costa es mansa; las montañas, redondeadas, verdes y bonitas; de vez en cuando corre un río. Me gustaría verlo con volcanes escupiendo fuego en la noche.

El capitán nos cuenta una historia interesante sobre su última travesía por aquí: abajo un calor asfixiante, arriba los volcanes refrescándose la cabeza con la nieve. El capitán, con espléndida hospitalidad, nos invita casi un día sí y otro no a tomar un *apéritif* con él, por lo que hemos empezado a esperar, anhelantes, ese placentero interludio, a considerarlo casi un derecho.

El capitán nos cuenta otra historia: descubrió una hermosa isla mediterránea, a la que llevó a su esposa de vacaciones; todo perfecto: un hotel estupendo y barato, buena comida, playa, natación, ¡y no había nadie más! ¡Qué suerte! Pero, cuando se fueron a la cama por la noche, descubrieron por qué: las ratas; miles de ratas, que se colaban por ventanas y puertas toda la noche.

Primrose me cuenta: «Estaba sentada tomando el sol en cubierta cuando el capitán me ha invitado a tomar una copa en el puente inferior. (Tú estabas dormido en la litera de arriba, como el león en su cesto.) Es un hombre cordial, solitario y alegre, austero, entusiasta y juvenil. Me he referido a la crisis francesa y se ha reído y me ha dicho:

«Nunca oigo las noticias. Si arman otro follón, me largo a México».

«Hemos hablado de los gatos. Le he dicho que Piyu habla francés y le ha encantado. Los gatos se han ido a su caja y hemos sostenido una larga conversación sobre la limpieza de los gatos: me ha enseñado cómo Piyu y Grisette excavan agujeros, hacen sus necesidades y los cubren; es como un padre orgulloso que contempla a su hijo interpretar una obra al piano, observándolo todo y pidiendo mi atención y mi aplauso».

Sin embargo:

Sobre la libertad de todas las personas se cierne la sombra del inspector de Inmigración, con su tarjetita (no siempre pequeña) que te ha enviado por adelantado (y sus cinco hijos, su ansiedad por su esposa, sus ingresos insuficientes, su miedo al despido, su alergia al esprue —y analogía con él— y su novela inacabada) y haciéndote preguntas a las que nunca puedes contestar, a saber:

Información requerida a los pasajeros en tránsito o con destino a la Zona del Canal o la República de Panamá...

(1) Nombre   Apellido
     Sexo   Raza
(2) Fecha de nacimiento   Lugar de nacimiento
     Ciudadano de
(3) Profesión   Puerto de embarque
(4) Pasaporte num.   Expedido en   Visados para
(5) Puerto de llegada   Nombre del barco
     Fecha de llegada
(6) Destino   Boleto   Fecha de salida
(7) Dirección en el Istmo   Objeto de la visita
(8) Fecha de la última vacuna contra la viruela

(Y ahora vienen los insultos, que debe rellenar el funcionario de Cuarentena e Inmigración.)

Razones _____
Historial médico y de inmunización _____
Pasaporte expedido en _____
Observacioes _____
                                    (Iniciales) _____
                Historial después de la llegada
Salida para _____
Barco _____ Fecha _____ (Iniciales) _____

De esa forma sutil, todos los viajeros pierden la verdadera libertad en su mundo.

Un mar de zafiro. ¡Quién fuera pez volador!

Una tortuga, nadando somnolienta, recibe un golpe del barco, pero... se sumerge... Espero que no la haya herido.

Detrás, ballenas que expulsan chorros de agua, justo antes del ocaso.

Resulta extraño estar sentado el día siguiente en la propia sede de tu agonía, restablecido y en tus cabales, tras el milagro ocurrido.

> Qué milagro es sobrevivir a noches
> Como ésta, nadie sabe cómo y menos aún
> Cómo logramos un aire más puro que
> Jamás sopló sobre desesperación semejante.

Sé que pensaréis que esto lo escribió Tennyson, pero fui yo.

24 de noviembre.

Bajando por la costa de El Salvador —que está totalmente invisible—, los habituales elefantes de pizarra y costas escarpadas del ocaso y el cambio de luz en el mar, enteramente como en el más reciente supercinema de mi país; un hermoso carguero viejo y sucio en el horizonte que se mantiene a nuestra altura; al anochecer, de repente, Venus...

Y a lo largo de toda
su vida futura una
profunda aflicción lo
obligó a viajar de país
en país.

La agonía de Martin Trumbaugh está relacionada con la de las experiencias repetidas.

Las puestas de Sol de Nicaragua tenían el color de plátanos verdes y bistec.

Charon, solitario, mira con prismáticos hacia el Oeste. Hmm...

Al frente hay cuatro tormentas. Masas de cúmulos, blancas como la nieve en la cima, se van volviendo más obscuras e intensas a medida que bajamos los ojos hasta que a la altura del horizonte el banco de nubes es negro, delimitado nítidamente por una línea horizontal, bajo la cual se ve, negro, el mar. Entre ellos hay líneas verticales, como trazos de lápiz, de lluvia. El viento sopla de allí y refresca.

¿He mencionado el nuevo y patentado cabrestante, negro y aceitado, como una gigantesca dentadura postiza plantada en la cubierta de proa?

Un pequeño albatros posado en el mástil y atusándose las plumas.

Un elefante sentado en el horizonte.

Venus flotando en una nube malva.

El motor canta *La Marseillaise*.

Venus, con un halo alrededor, como la Luna...

El motor canta *The Kerry Dancers*.

Primrose... Primrose...

25 de noviembre.

Bajando por la costa de Costa Rica. Todo el día lloviendo.

Una plaga sobre todas las repúblicas centroamericanas, con su corrupción, su cursilería, sus dictadores, sus mordidas, sus turistas, sus fatuas revoluciones, sus volcanes, su historia, ¡y su calor!

La abominable desolación en el lugar sagrado.

Alarme

Le signal d'alarme consiste en 5 coups longs donnés par son-nerie et sifflet.

A ce signal:

– allez dans votre cabine

– couvrez–vous chaudement

– mettez votre gilet de sauvetage

– laissez–vous guider par le personnel et rendez–vous au Pont des Embarcations.

Côté à l'abri du vent

Abandon

Le signal d'abandon est donné par 6 coups brefs suivis d'un coup long.

A ce signal vous embarquerez dans le canot nº 1. Tribord
                                          ou 2. Babord

Selon la direction du vent.

Cie. Générale Transatlantique
Avis.   S.S. Diderot

(Aviso siniestro en el salón)

Chacun est prié d'économiser l'eau, attendu que nous ne pourrons pas nous en approvisionner avant Rotterdam.

Au cas où le gaspillage serait trop grand, nous serions obligés de rationner l'eau.

Bord le 22 Novembre 1947
le/2ème Capitaine

(Samuel Taylor Coleridge)

Seguridad

Su salvavidas está en este camarote.
Póngaselo como si fuera una chaqueta normal
pasando los brazos por las tiras de los hombros.
No se ponga nunca el salvavidas sin las tiras de los hombros.
Tire de los dos extremos del cinturón cruzándolos
por el pecho y ate las cintas firmemente.

(Wilderness Carlos Wilderness)

Rec.: pasamos San Francisco, bajo el monte Diablo, bajamos por Monterrey y cabo Saint Martin, por delante de San Pedro, sin advertir la Punta Firmin (sic), bajamos y bajamos, a 404 brazas en Carlsbad el 16 de noviembre, a 1.045 brazas ante el cabo Colnet, a 965 brazas a mediodía del 17, seguimos bajando por la costa de la Baja California, el 18 al mediodía, tras haber pasado por delante del cabo St. Lazaro (?) frente a La Paz, pero aún en el opuesto y peninsular cabo Falso (muy bueno lo de cabo Falso) —*Falso cabo de Hornos*, buen título para una novela, pero desalentador: ¿no hay falsos cabos de Hornos?— y cabo S. Lucas, bajando el 19 a 1.800 brazas frente a Tres Marías, a mediodía del 20 a 2.712 brazas, por debajo de Manzanillo, por Cabeza Negra, el 21, justo al pasar ante Acapulco, por Porta Malconda 2.921 brazas —¡Acapulco!— y saliendo al golfo de Tehuantepec el 22 al mediodía 1.833 brazas, el 23 —después del golfo de Tehuantepec— frente a San José, a 2.166 brazas, el 24 cerca de la Ribera del Guardián, tras haber pasado El Salvador, a 1.850 brazas.

Después de Acapulco: B. Dulce, Pta. Malconado, Morro Ayuca (?), Salina Cruz, Tehuantepec, La Puerta, Sacapulco —al entrar en Guatemala—, S. Benito, Champerico, San José y, en El Salvador, Acajutla, la Libertad, La Unión, en realidad —tras haber pasado del todo el golfo de Fonseca— Corinto, al aproximarnos a Costa Rica...

— el albatros, a medianoche, acurrucado en el trinquete, con su gran pico, desde el puente del capitán, como oro a la luz oscilante: cuando tenía el pico allí, era una tercera luz. Al final, el pico cambió de lugar y sólo se veían, desde babor, las plumas de la cola. Era la madre albatros. Pasó toda la noche allí, mientras que en el palo mayor, en la popa, había otros tres albatros jóvenes, acurrucados juntos, negros... La madre albatros había llevado su pequeña camada a bordo para descansar.

La belleza de ellas y su felicidad.

Él las bendijo en su corazón. La belleza de ellas y su felicidad.

26 de noviembre.

Por la mañana la tripulación capturó uno de ellos para Primrose. El albatros chiquitín, posado en la cubierta de popa, con sus rojas patas, pico azul esmaltado y suaves plumas de color cervato, nos bufaba. Después, para dicha mía, lo soltaron...

Frère Jacques. Frère Jacques. Dormez–vous? Dormez–vous?

La costa de Panamá es como la de Gales. El viejo Charon no ha querido venir a ver el albatros. Tras la captura del albatros, ha habido un nuevo alboroto, un barco en el horizonte que parece arder: ¿será un vapor volandero ruso propulsado con carbón?

LA VIDA EN LA MUERTE

El barco ardiendo resulta ser un viejo cascarón volandero que pasa muy despacio echando humo por la chimenea, como un Manchester

Pero la vida en la muerte empieza a surtir efecto en el Viejo Marinero.

que se hubiera hecho a la mar o la pira fúnebre del barco en *Youth* de Conrad: no le pasaba nada; después de haber imaginado un salvamento en el mar, en el que desempeñaría un papel heroico, me siento ligeramente decepcionado.

Malas noticias: por la llegada inesperada de más pasajeros en Cristóbal, tal vez nos separen a Primrose y a mí en camarotes diferentes...

LA MUERTE EN VIDA

Datos sobre el canal

Longitud entre el Pacífico y el Atlántico: 65 kilómetros.

Profundidad mínima del canal: 14 metros.

Elevación máxima por encima del nivel del mar: 25 metros.

Duración media de la travesía en barco por el Canal: 8 horas.

Duración del recorrido de la Zona en ferrocarril: una hora y quince minutos.

Apertura del Canal al tránsito: agosto de 1914.

Costo total: 543 millones de dólares.

(Miedo a que alguien me vea apuntar estos valiosos secretos de guerra, prestar ayuda y auxilio al enemigo. ¿Qué enemigo?)

Idea para una parte de una novela: hacer que les ocurra esto a los Trumbaugh de alguna forma, al modo de la triste experiencia de otra pareja en el último viaje, contada por el capitán. Un matrimonio muy unido teme verse separado, en Balboa, en camarotes diferentes. Decisión de escribir algo sobre eso para quitarme de la cabeza la posibilidad de que nos ocurra a

Ya estamos acercándonos al Canal de Panamá.

nosotros. No puedo ni pensar en estar separado de Primrose.

Entramos en Balboa con Luna llena y remontando un fuerte reflujo, nubes como espinas de caballa peladas y Hércules cernientes: los desastrosos ocasos ajenos para los viajeros enajenados.

(Martin estaba tan angustiado ante la idea de su separación, que por un tiempo, como ocurre a veces ante un desastre real, perdió todo sentido de las proporciones y por un momento fue, de hecho, como si hubiese olvidado lo más importante: la catástrofe anunciada de la propia separación o que, al no haber podido comprar una botella de Martell al jefe de camareros, dependía, para beber, de que el capitán lo invitara a una copa que nunca le había parecido más necesaria y a la que, por ser el capitán el representante más cercano de la compañía que lo había traicionado, nunca se había sentido con mayor derecho. Primrose volvió del puente sin nuevas noticias y la perspectiva de la copa parecía aún más remota, pues el comandante estaba ahora introduciendo su navío, contra un fuerte reflujo y bajo más nubes al Oeste como espinas de caballa peladas, en el puerto de Balboa; pese a esa obligación del capitán, que no podía ponerse, evidentemente, como una cuba en aquellas circunstancias —suposición que resultó equivocada—, Martin se sentía muy contrariado por que no los hubiera invitado; al cabo de un rato, Martin se tomó, airado, un trago de agua fría y entonces hubo algo muy extraño en la transformación de su emoción respecto de la copa en la tris-

Francisco Pizarro, nacido en España, comenzó su vida como porquerizo...

Con perdón.

William Paterson, fundador del gran banco de Inglaterra, que, sin embargo, había nacido en Escocia y comenzó su vida caminando hacia atrás por Inglaterra, con un hato de vendedor ambulante a la espalda, tras haber quedado muy impresionado por los recuerdos de un cirujano británico, Lionel Wafer, que había cruzado el Istmo camino del Perú en compañía de un tal William Dampier, escritor y filibustero, y que posteriormente se había quedado —como, más adelante, William Blackstone— unos años viviendo entre los indios, quienes lo habían cuidado y habían salvado su salud de una muerte casi segura, concibió —quiero decir que William Paterson concibió— la noble idea —considerando sin duda que con ello correspondería de forma indirecta a la hospitalidad de los indios para con un escritor que tanto admiraba— de tomar La Habana y apoderarse del Istmo, con lo que garantizaría a Gran Bretaña las llaves del Universo, como decían entonces, con lo que querían decir que permitía a quien poseyera dichas llaves imponer la ley en los dos océanos y pasar a ser árbitro del mundo comercial.

Ahora bien, aquel Paterson era un hombre hecho a sí mismo, pero —por mucho que podamos compadecerlo— a nadie se le ocultará que pronto iba a ser un hombre destruido por sí mismo.

(Me veo obligado a decir que la mayoría de la información transmitida en este comentario la he obtenido en el ameno libro de Helen Nicolay que tengo en las manos, titulado *The Bridge of Water* y publicado por etcétera, etcétera, y que nos ha prestado el tercer oficial de este navío. Y lo digo porque, por extraño que pueda parecer, nunca había leído un libro sobre el canal de Panamá.)

teza a flor de piel; también al cabo de un rato, como si aquel trago hubiera sido milagrosamente un licor, el vaso de agua fría de Martin Trumbaugh empezó a hacer efecto... No obstante, mucho después de que el barco hubiera quedado anclado y se encontrara ante las luces de Balboa y de que el capitán hubiese terminado de pescar en la popa y se hubiera acostado sin duda, pues la mañana siguiente temprano le correspondía a él la dura prueba de conducir el barco por el canal, Martin seguía abrigando la fútil esperanza que los invitara, esperando, pese a que, entretanto, había bebido al menos dos litros de *pinard* en la comida, por lo que era como para pensar que hubiese quedado al menos en parte saciada su ansiedad al respecto, pero no: seguía en ascuas en espera de la llamada del capitán a su puerta, más incluso que por la del sobrecargo, que precedería a la noticia definitiva de la liberación de su apuro. Dios mío, ¿esperarían así los pobres camareros una propina? ¿Sería también así, con aquella lacerante ansiedad, como esperaban los mexicanos *La mordida*? Lo asaltó el deseo de bajar y dar una propina al camarero inmediatamente, aunque tuviera que sacarlo de la cama, y...)

Al salir a cubierta, vio al Sr. Charon, que estaba contemplando la obscuridad con sus prismáticos en dirección al canal...

27 de noviembre.

Me despierta antes del amanecer —con el cielo aún gris, con Luna— el segundo oficial: los funcionarios de inmigración están en la *salle–à–manger* y deben ver nuestros papeles antes de que el barco entre en Panamá. Me visto atontado, medio dormido, presa de una aprensión airada yo mismo, pero, en realidad, detesto demasiado a todos los funcionarios de Inmigración para temerlos, y bajo tambaléandome. El capitán muy correcto, con un recargado uniforme blanco y charreteras negras y doradas, etcétera, está bebiendo coñac con los oficiales. En cinco minutos han acabado las formalidades —excepto que no nos invitan a una copa— y vamos a cubierta. Tengo que hacer una escena divertida con Martin a partir de esto. Ja, ja. Digarillas flotando inmóviles en torno a Balboa. El Sol sale por detrás del *Henry B. Tucker* de la Luckenbach Line.

A las 7 de la mañana, avanzamos entre boyas y, ante la boya 7, nos cruzamos con el vapor *Parthenia*, en dirección contraria y procedente de Glasgow; a la derecha, palmeras esmeralda, una taberna sobre pilotes y con luces intermitentes; mucho verde a derecha e izquierda; a la izquierda, una isla como una magdalena, completamente plana, tierra pantanosa y una extensión de selva esmeralda, como una ensalada de chicoria, y palmeras, entre las que se vislumbran casas blancas y lo que parece una hermosa playa, boyas como pequeñas torres Eiffel; al frente, la luz verde indica la primera *écluse* (esclusa); una playa verdaderamente hermosa ahora, bajo la ensalada de chicoria a la vuelta de la esquina; Balboa a la derecha, cuando nos acercamos a la primera boya, palmeras y objetos que parecen clubes de campo, pistas de golf; a la izquierda, la selva se vuelve más densa; 20 o 30 digarillas surcan el aire inmóviles, en cír-

Probablemente vosotros tampoco. Puede que en Tokio, en Moscú —en Acapulco, seguro— e incluso en Glasgow y tal vez en la Unesco incluso se encuentren obras más abstrusas al respecto, pero las pinceladas domésticas, de que da pruebas la Srta. Nicolay, pueden ser poco comunes, por lo que le expreso mi más profundo agradecimiento.

Conque, según nos cuenta, William Paterson embarcó en Bristol para las Bahamas y las Indias Occidentales, donde trabó amistad con nativos y bucaneros a un tiempo y enseñó teología a aquéllos y aprendió de éstos todo lo que pudo sobre la extraña región en la que se encontraba.

(Como, por ejemplo, que no había montañas altas hacia el golfo de Darien, por lo que sería fácil hacer un canal en ese punto.)

Tras haber formulado ese plan —cuenta Helen Nicolay— volvió a Inglaterra con la esperanza de interesar al Rey, pero, decepcionado, organizó, en su lugar, el Banco de Inglaterra, aunque pronto se retiró de su dirección —tal vez, explica la buena de la Srta. Nicolay, porque tenía demasiadas ideas novedosas para complacer a los directores, más conservadores— y, tras recaudar 900.000 libras, fundó la Compañía de Escocia con un repentino arranque de patriotismo tal vez, porque en aquella época Escocia e Inglaterra no estaban, como ahora, unidas.

Así, pues, en el año 1698 William Paterson se hizo a la mar junto con 1.000 colonos en la que llegó a conocerse como la Expedición de Darien y desembarcó en esta región que debe su fama a Balboa y Pedrarias —como también, de forma diferente, a Keats—, donde sin duda trabó amistad una vez más con nativos y bucaneros a la vez y enseñó teología a aquéllos y aprendió de éstos todo lo que pudo sobre la extraña región en la que se encontraba —otro viajero

culo; a la derecha, dársenas y después se acerca a nuestro flanco y veinte negros cargados con bolsas de lona suben por una escalerilla.

Orion: un modelo antiguo de acorazados y submarinos norteamericanos.

Hace bastante fresco al entrar en el canal: después, a la derecha, llanos cenagosos, una casa flotante en la playa, estacas rayadas sin un objeto claro y después algo inocente como un bosquecillo de alisos en nuestra tierra: 1.000.000 de clubes de campo o burdeles detrás; un faro como un peón de ajedrez, en tierra garcetas níveas en los cenagosos llanos junto a gigantescos caños de desagüe con el mismo fondo de ensalada de chicoria. Ahora el canal parece un estrecho riachuelo cualquiera con orillas legamosas.

Golondrinas gorjeando sobre nuestros mástiles y en torno a nuestras antenas, jugando en la cofia mayor, golondrinas juguetonas... y un estornino de larga cola.

Digarillas gigantescas tan corrientes aquí como los buitres en México, curiosa sensación de la tierra, aves que cantan.

Las esclusas.

La primera esclusa: Miraflores, 1913. Unas gigantescas y muy altas compuertas tachonadas de hierro, pero parecen demasiado estrechas para que un barco pueda introducirse en ellas... aun así, lo conseguimos. Divierto a Primrose contándole el absurdo chiste de *Punch* sobre dos campesinos que entran en el metro de Londres por primera vez. «Caray, Martha, mira, mira, ¡siempre aciertan en el agujero!»

Ascendemos 16 metros por una doble esclusa.

1.000 aves de mal agüero.

La segunda esclusa: Pedro Miguel, 1913.

Ascendemos diez metros en la segunda esclusa simple (simbólica) en diez minutos.

Más ensalada con ingredientes como acacias escarlatas y ceibos. Hombres que gritan: por «la mordida», seguro.

Corte de la Culebra.

El más negro episodio del horror del canal —fracaso, derrumbe, asesinato, suicidio, fiebre— en el Corte de la Culebra. Ahora nos deslizamos por un canal estrecho. Una selva preciosa, como una muralla, a ambos lados. Dos minutos aquí perdido entrañarían la muerte o una nueva vida muy peculiar: monos, aves, orquídeas, siniestras orquestaciones de la selva. Un calor como de baño turco en el infierno. Por aquí hay que cortar la selva a machetazos todos los días.

Una lápida conmemorativa en una roca.

Aparato como de sirenas antiniebla, cataratas remotas. Un miedo cerval, como el de un escritor tomando notas, a ser tomado por espía. Flotadores que se sumergen. Banderas doradas, dragas, blancos de tiro y los solitarios puestos en cada uno de los cuales hay un hombre que observa con prismáticos: altas torres de alambre. «Muchos platanares», dice Charon, con su gutural risa turca. «En tiempos había muchos caimanes, pero ahora no.»

ROBERT CHARON
Cónsul de Noruega
Isla de Tahití, Islas de la Sociedad

en el reino del oro— y en la que, para que pareciera más familiar, llamaron a su colonia Caledonia (como después llamaron Nueva Caledonia la región que ahora es la Columbia Británica) y Nueva Edimburgo la ciudad que fundaron, pero los españoles, tal vez por no parecerles bien la teología, se mostraron hostiles y los indios, tal vez por no gustarles el nombre de Nueva Edimburgo, además de no parecerles bien la teología, se mostraron de lo más indignados.

Pero en este punto la historia cobra un cariz trágico: centenares murieron de fiebre, incluidos la esposa y el hijo del pobre Paterson. Mientras Panamá y Cartagena acopiaron fuerzas terrestres y marinas para expulsar a los indeseables neocaledonios y el Rey de Inglaterra, para aplacar en parte a España y en parte a los comerciantes británicos, prohibió a los gobernadores de Virginia, Nueva Inglaterra, Jamaica, Barbados y Nueva York que prestaran asistencia alguna a la colonia de Darien.

Por último, Paterson se vio al borde de la locura —y la colonia obligada a abandonar—, por lo que, según cuenta la Srta. Nicolay, *en pleno océano los desbandados y medio muertos colonos se cruzaron con un navío camino del Oeste que iba en su socorro,* cuyos tripulantes, cuando llegaron, también abandonaron la lucha al cabo de diez meses. Hoy lo único que queda de aquel grandioso sueño, dice la autora, son dos nombres en el mapa: la bahía de Caledonia y Puerto Escocés. Y durante más de un siglo poco se supo sobre un canal del Istmo.

Pues una gran era de ilustración estaba amaneciendo en el mundo. Rousseau, Voltaire, Adam Smith, la electricidad, Sir Isaac Newton, Halley, Linneo, Herschel, Whitefield, Swedenborg, Priestley, el oxígeno, la vacunación, el correo barato, los tranvías y la Compañía de los Mares del Sur. Inglaterra con sus planes

La draga estadounidense *Tuscada*: imaginar la vida en una draga en las cenagosas aguas del canal de Panamá. Canal de Panamá abajo, toda clase de selvas, iguanas que parlotean sobre una roca, loros que farfullan; un tren, enteramente como en mi tierra, en Inglaterra, avanza lentamente junto a la orilla del canal, flores como de madreselva, una clase de cactus.

Un barco: *The Manatee*, de Londres.

Otro barco de Londres, todos en la dirección contraria y volando, como con la corriente. (Bergson.)

Mis compatriotas, esos groseros cabrones de Londres, ¡hacen pedorretas a los franceses! Estoy totalmente avergonzado. Me desagradan los londinenses, en cualquier caso, por ser, como soy, de Liverpool, o al menos en este momento. «La cortesía no es una forma vacía, sino la conformidad con el ser auténtico del hombre.» Los mexicanos, por ejemplo... Era como para echarse a llorar, pensó Martin. De vergüenza, cuando podrías haber llorado de alegría. (Aunque tal vez sólo estuvieran haciéndole pedorretas.)

Significado de las *esclusas*: en cada una de ellas estás encerrado, dice Primrose, por decirlo así, en una experiencia.

Una boya como un cisne blanco y detrás selva densa, colinitas verdes. Los faros como peones de ajedrez, ingeniosamente ideados para orientar: todo como el sueño fantástico de un niño o como una invención de Rube Goldberg.

—Árboles muertos que sobresalen del agua, seguramente en la ribera del antiguo lago...

En el lago Gatún almorzamos con una sensación de irrealidad, como si estuviéramos en un barco sin máquinas que navegara por la selva en un sueño.

En cuanto al pobre De Lesseps mismo (dijo Martin, que tenía la sensación, sin saber por qué, de parecerse bastante a aquel caballero, mientras se servía *pinard*), en vista de la nacionalidad del navío en que nos encontramos, mejor no hablar.

Por mi parte, pese a estar hereditariamente predispuesto a favor de los canales en general, pese a amarlos, en una palabra —cualquier niño podría entender cómo funciona un canal, es, de hecho, la primera construcción que un niño entiende— y, en cualquier caso, aquí habría acabado habiendo tarde o temprano un canal gracias a algún tipo de clarividencia platónica... lo que no es una censura de semejante logro (en ese sentido siento tal vez cierta envidia); mi opinión es la de que, mejor habría sido que se hubieran ido a tomar por culo todos, antes que causar tantos problemas, pues estoy un 150 por ciento a favor de los conflictivos indios de San Blas, cuyo territorio, ocupado por sus descendientes hasta hoy, ha seguido prácticamente desconocido, pero no dejo de sentir cierta simpatía por los dos adinerados caballeros norteamericanos, George Law y William H. Aspinwall, que al final se hicieron cargo del correo, aunque sólo sea porque el segundo de ellos dio su nombre a una ciudad con cuyo nombre se bautizó, a su vez, un faro que indujo a cierto autor a escribir un relato titulado *El farero de Aspinwall*

para desarrollar sus colonias americanas y después su brega para someterlas. Pedro el Grande y Catalina II en Rusia. Federico el Grande en Prusia, los tres Luises, la Revolución francesa y la dictadura de Napoleón. Inglaterra combatiendo contra Francia, Francia combatiendo contra España. Francia, Alemania y Alsacia. España combatiendo contra Portugal. Suecia atacando a Dinamarca. Rusia atacando al Imperio Otomano. Francia combatiendo a Rusia. Inglaterra, Francia, Holanda, Alemania combatiendo a España —y luego aplastando a Napoleón— y después Inglaterra combatiendo a España durante casi todo ese tiempo y en 1780 enviando dos flotas por separado al Istmo, una contra las colonias españolas en su flanco oriental y la otra para apoderarse del lago Nicaragua y del río San Juan en el Oeste y el oficial que mandaba aquella segunda expedición era Horatio Nelson, pero, pese a Horatio Nelson, quien comunicó que el lago Nicaragua era la clave para toda aquella situación, un Gibraltar en forma de isla, que, si hubiera estado en poder de Inglaterra, habría dividido la América española en dos, cuesta creer que tanta gente durante tantos años en aquella larga era de ilustración pudiese ser tan condenadamente estúpida, tan ferozmente ignorante, pudiera haber aprendido tan poco como para seguir haciendo precisamente algo tan sanguinario, pero, al parecer, eso fue lo que hizo, pues, según este interesante libro de la Srta. Helen Nicolay, que me ha prestado el tercer oficial, eso es lo que hizo, conque yo, personalmente, pese a ser inglés o, mejor dicho, escocés, y, por tanto, simpatizante en secreto del pobre Paterson, que fundó el Banco de Inglaterra, siento un gran alivio al leer lo que dice aquí de que en 1846 los Estados Unidos firmaron un tratado con Nueva Granada por el que obtenían derechos exclusivos de tránsito por el Istmo desde las fronteras de Costa Rica hasta el golfo de Darien y a cambio

sobre el que más adelante tendré ocasión de hablar.

Otras personas de la historia del canal de Panamá, según la cuenta aquí la Srta. Nicolay, por cuyos sufrimientos siento particular piedad, son unos 800 chinos, traídos hasta aquí para construir un ferrocarril, no porque fueran chinos, sino porque se suicidaron casi todos ellos cuando se los privó del opio al que estaban acostumbrados, invocando una antigua ley *que lo prohibía por razones morales*, a consecuencia de lo cual «se estrangularon o se colgaron con sus largas coletas (lo que ahora ha pasado a ser una costumbre universal de los ingleses) o se sentaron en la playa y esperaron a que subiera la marea y los ahogara».

(¿Cuánto faltará para Colón? ¿O para Cristóbal? ¿O para Aspinwall? ¿Podremos desembarcar y conseguir algo de licor? ¿Se habrán ido los funcionarios de inmigración? ¿O estarán abriendo su segunda botella?)

Lo que me recuerda que en algún punto de este libro se dice también que el comienzo de la labor real de excavación en el canal de De Lesseps constituyó el inicio «de una temporada de fiestas, a la que Sarah Bernhardt dio brillo viajando desde París para actuar en el teatro de Panamá», mientras un inglés que, evidentemente, no había vivido en Liverpool tuvo en aquella época la desfachatez de escribir a su llegada a Panamá que «sería difícil encontrar en la superficie de la Tierra un lugar con tal concentración de infamia, enfermedad y abominación moral y física».

Y eso es, más o menos, todo, salvo la perseverancia, previsión, destreza, iniciativa y heroísmo de sus constructores definitivos, naturalmente, que damos por descontados, y «la mordida», que nunca nos abandona, y salvo algunas cosas que este libro nos cuenta sobre el funcionamiento del Canal que tal vez no habríamos sabido, pese a estar pasando por él en este momento: que nuestras máquinas están cerradas y selladas; que nuestros marineros —razón tal vez por la que el maquinista jefe está en cubierta, muy acalorado y alterado— obedecen las órdenes del práctico; que, si no fuera por cierto equipo de dragado conocido como «flota de jacintos», tal vez no podríamos pasar, pues los jacintos de agua imposibilitarían la navegación; que nuestro buen capitán es, temporalmente, un simple elemento decorativo, pese a sus charreteras y su botella de Martell.

Después del almuerzo, la selva parece una gigantesca aglomeración de espinacas en el horizonte, con algunos solitarios árboles silvestres y de aspecto familiar de vez en cuando, como los que se podrían ver en Westmorland, bajo un ventoso y nublado cielo estival...

La última esclusa.

La esclusa de Gatún.

Descendemos veinticinco metros por una esclusa triple.

The Hawaiian Banker: Wilmington (Delaware), el alzamiento del sepulcro de la esclusa, como de la Atlántida, con el que los norteamericanos se lo están pasando bomba en el puente.

prometieron garantizar la neutralidad de cualquier canal que pudieran establecer y defenderlo de ataques extranjeros, lo que resulta muy elegante por mi parte, pues no he dicho nada de un antepasado mío que también tuvo un plan para el canal de Panamá, acogido muy favorablemente en una cena dada por De Lesseps en Nueva York en 1884.

—y ese hombre de ahí, sentado en la torre de control, en el muro central, tiene un modelo de las esclusas del Canal ante sí, minuciosamente reproducidas, que registra eléctricamente la profundidad exacta de las aguas y cada uno de los movimientos de cada una de las palancas, por lo que puede ver —horrenda imagen del mundo moderno— lo que sucede en todo momento... y puede que me haya visto incluso a mí tomando notas...

Esa gran cadena que se está alzando del agua de repente lo hace para impedirnos avanzar demasiado y esas aguas que se arremolinan hacia arriba a partir de la abertura cercana al fondo de la esclusa nos están haciendo ascender a razón de un metro por minuto, en silencio y sin órdenes.

Que esas pequeñas y rechonchas máquinas eléctricas que nos siguen y que tan distintas parecen de los camellos del Canal de Suez se llamen «mulas» y vayan atadas al barco por gruesos cabos...

En resumidas cuentas, caballeros, lo que quisiera decir sobre el Canal de Panamá es que es, a fin y al cabo, una obra genial —como la obra de un genio infantil, podríamos decir—, como una novela: en realidad, la novela que yo, Sigbjørn Wilderness, podría —permítaseme decirlo— haber escrito, tal vez esté, sin saberlo, escribiéndola, de hecho, con

Y nosotros contemplando, muy contentos, al enterarnos de que no nos separarán.

Gigantescas farolas de hormigón, como en un gran bulevar, con senderos de hierba, un faro —parece— en una pista de bolos, el Sol cae a plomo en primer plano y detrás un laguito, totalmente rodeado de selva sobre la que planeaban buitres, mientras se formaba una negra tormenta inminente: palmeritas aisladas y sacudidas por el viento en la pista de bolos y en primer plano el enorme buque de Wilmington (Delaware), alzándose despacio, tapando la vista, mientras en otros puntos se alzaban y se hundían otros barcos. Unos negros tiraban de sogas y los pasajeros de los barcos que se alzaban y se hundían tomaban fotos. Cochecitos eléctricos avanzaban despacio a lo largo del muelle.

Donde Kilroy también había estado y donde estaba una familia norteamericana, con gafas de sol y saludando con la mano (yo también lo hice), mientras los niños chupaban pirulíes. Un gran garfio recortado en el cielo —tres grandes buques en tres niveles diferentes—, ahora el faro solo, la bandera de los Estados Unidos ondeando y la Tricolor y de nuevo emergían el Sol, las nubes obscuras, el hormigón, la selva y volvía a desplegarse el lago: una obscuridad torrencial sobre el horizonte, antes inocente, de Westmorland, estaciones de pequeños tranvías en la pista de bolos y teleféricos con cabinas en los dos extremos (y un tambor en el medio) como montañas rusas y los zopilotes ascendiendo despacito hacia la tormenta sobre la selva y gaviotas volando en todas direcciones, pues habíamos llegado al mar Caribe.

Peligro. Capacidad: cuatro personas.

(Martin se toma esto en serio.)

Un viejo negro, con impermeable, salacot, el paraguas cerrado y polainas, camina cojeando a lo largo del muelle: ¿por qué hay siempre pobres viejos que caminan cojeando a lo largo de los muelles? YO.

Y un somormujo solitario que se zambulle en la última esclusa.

Contemplarlo —el canal de Panamá— volviendo la vista atrás desde el Caribe es como contemplar un parque de atracciones con grandes montañas rusas: incluso los faros contribuyen a la ilusión, pues parecen toboganes ingleses.

El viejo canal de De Lesseps se pierde a la derecha en un pantano, monumento triste para proyectos inacabados, aunque, en realidad, *es peor que eso.*

Lluvia cálida, cocoteros, pelícanos.

Despedida de Charon: baja el práctico, tras el paso del Canal.

—Sea como fuere Cristóbal en tierra —no es una ciudad, sino un dormitorio, como decía un amigo mío (J. L. D.)—, desde el mar, en plena lluvia, a las tres de la tarde, es uno de los lugares más deprimentes que imaginarse puedan en esta tierra de Dios; a un lado del puerto, una fila de casas, todas del mismo tipo exactamente de arquitectura, pero exactamente iguales en todos los detalles, parecidas a generadores eléctricos cuadrangulares, con tejados de zinc y la mampostería de algún material de color tostado los dos extremos de carácter diferente, regidos por leyes diferentes, pero, aun así, formando parte de la misma comunidad, uno de ellos lleno de calderas y talleres de reparación y el otro lleno de pabellones de golf y la selva a ambos lados, un extremo copiando los peores rasgos del otro, que, en cualquier caso, era una villa de la Edad Media y en la que en cualquier momento te esperas ver ambulancias que transportan a pacientes de fiebre amarilla o pilas de ataúdes en el muelle, pero donde lo único que ves, en realidad, son esas pequeñas y rechonchas máquinas eléctricas, llamadas mulas, atadas con gruesos cabos al barco, pues funciona —¡bien sabe Dios lo maravillosa y silenciosamente que funciona, ese mecano celestial, con sus cadenas que suben silenciosas desde el agua y las grandes compuertas de acero que se mueven en el más absoluto silencio y con perfecta facilidad, cuando pulsa el botón ese hombre sentado ahí arriba, en su torre de control, por encima de la esclusa más alta, quien, por cierto, soy yo, y que se sentiría muy a gusto, si simplemente no supiera que hay otro hombre sentado por encima de él en su torre de control invisible y que también tiene un modelo de las esclusas del canal ante sí, minuciosamente reproducidas, que registra eléctricamente la profundidad exacta de todo lo que yo hago y, por tanto, puede ver todo lo que me sucede en todo momento y, peor aún, todo lo que va a suceder...

Y, por último, a la derecha, caballeros, Cristóbal, con casas, según las describe aquí la Srta. Nicolay, encaramadas en pilares de hormigón para burlar las termitas, en interesante contraste con las patas de las camas del hospital de De Lesseps, metidas en jícaras de agua para proteger al paciente de los insectos reptantes y que, en lugar de reptar, preferían criar en esas jícaras de agua antes de saltar de cama en cama y de persona a persona, con lo que aportaban más pacientes a

y bordeado de amarillo en los marcos de las ventanas, se alzan bajo la selva, a solas al parecer: extrañado, dirigí los prismáticos al propio Cristóbal, donde, aunque al principio se veía lo que podría haber sido un antiguo edificio español, con arcos que sugerían soportales, me asombró descubrir que también allí, a lo largo del muelle, había esas casas, filas y filas de ellas, que parecían generadores eléctricos; al dirigir las lentes entonces a lo que, tal vez por error, supuse que era Colón, vi que estaba también compuesto enteramente de esos generadores eléctricos medio ocultos en las tinieblas; los demás objetos de interés eran una fábrica de gas y lo que parecía una iglesia metodista, conque volví a dirigir las lentes a la sección en la que, como si fuera de Fairhaven a New Bedford, había visto por primera vez los mismos generadores y a partir de allí seguí un largo rompeolas de piedras partidas con un faro esquelético —Punta Manzanillo— que ahora brillaba verde (o rojo); después vinieron más pasajeros y la despedida del Sr. Charon. «Nos veremos, no en Jerusalén, sino en Tahití», dijo (¿qué querría decir con eso y qué tendría que ver con Martin?), al tiempo que subía a bordo en plena lluvia.

Había olvidado decir que la tragedia de la separación de los Trumbaugh había quedado substituida por otra; iban a seguir teniendo su camarote como antes, pero, en cambio, no iban a poder desembarcar en Cristóbal; como hemos visto, habían anclado el barco bastante fuera del puerto, los pasajeros iban a acudir a bordo en lancha, el mar estaba obscuro y picado y el capitán pensaba partir lo antes posible, por lo que resultaba imposible desembarcar para comprar ron u otras provisiones. Por un momento, se le había ocurrido que tal vez se pudiera dar contraorden al *Amberjack* (¿por qué no *applejack*?), el barco norteamericano tripulado por negros que pasaba muy cerca y peligrosamente, con un racimo de plátanos en la proa, para que volviera a tierra y consiguiese algún licor, pero, al haber rechazado el camarero jefe los plátanos —por un dólar—, el *Amberjack* viró y se lanzó a las tinieblas otra vez; las otras lanchas que lo seguían quedaron rezagadas y viraron también hacia Cristóbal, pronto nuestros nuevos pasajeros estuvieron a bordo, dijimos adiós con la mano al Sr. Charon, que desapareció entre la lluvia en el buque norteamericano *Owl*, y zarpamos también nosotros. También zarparon los Trumbaugh con su camarote, pero sin licor.

¿Sería posible? Martin no abrigaba gratitud precisamente al respecto ni compasión tampoco del capitán, que había pasado ocho horas en el puente: apenas se atrevía a salir del camarote a cubierta para no perderse un *apéritif*, en caso de que lo invitaran. Al final, se afeitó y, como acto final de desesperación, se lavó incluso, en el lavabo, los pies, hazaña que llevaba meses sin proponerse, y después intentó cortarse las uñas de los pies, hazaña aún mayor, que llevaba sin duda muchos años sin proponerse, y, sin embargo, incluso aquellos preparativos paradójicos los estaba haciendo, en cierto modo, para el *apéritif* al que no iban a invitarlos. Fue Primrose la que al final no pudo

los hospitales de De Lesseps, pues así es como avanza la civilización, por lo que ahora tenemos los pilares de hormigón de Cristóbal y filas y filas de gabinetes secos con iluminación eléctrica, protegidos con gasa negra, con su maderamen pintado de blanco, en lugar de las patas de las camas en jícaras de agua, lo que en sí mismo fue un adelanto en la época en que se criticaba a Cristóbal por su baja tasa de mortalidad, y, hablando de jícaras de agua, veo, sin que me lo diga, que no vamos a conseguir nunca aquí una jícara de agua, ni en Cristóbal ni en Colón (ni en Aspinwall siquiera), aunque aquí hay algo digno de mención, cuando la Srta. Nicolay dice que la conclusión del Canal pasó casi inadvertida, que se abandonaron los planes de los Estados Unidos de hacer un desfile militar. Es que la Naturaleza no celebra sus victorias —observa la autora— en épocas ruidosas, sino que obra en silencio y, cuando ha cumplido su tarea, proclámenlo las consecuencias, ¡algo que deberían recordar todos los novelistas!

Pero casi he olvidado al farero de Aspinwall y ahí está o, mejor dicho, ahí vivió en tiempos. En la imaginación de otro novelista, ahí, a través de la cálida lluvia, en algún punto en esa dirección, desde la que nada obtendremos para nuestra iluminación, aunque eso fue exactamente lo que le pasó al pobre farero de Aspinwall: que, al contar con otro tipo de iluminación él mismo, no facilitó la iluminación para el faro, se quedó, de hecho, dormido, cosa que ningún farero debe hacer, aun cuando sea tan avanzado espiritualmente como para tener una iluminación en Aspinwall. Así, pues, os pido que contempléis con la imaginación, a través de esa cálida lluvia, el faro al que dio fama el famoso escritor polaco Henryk Sienkiewicz, cuya obra probablemente ya no esté en venta en este momento en Polonia, aunque lo estará, pero en cuya gran novela se inspira incluso ahora —según tengo entendido— una película

más y, mientras Martin contemplaba, acongojado, un barco, en el lúgubre horizonte, con la forma del Empire State, propuso que comprara algo de vino al camarero jefe. (Intentar encontrar razones para explicar la incapacidad de Martin para hacerlo... y también que al final enviara a Primrose a pedírselo al capitán.) Desde luego, podían comprar vino. (Ahora bien, Martin, desgraciado roñoso, quería comprar *pinard*.) Pero el capitán estaba en el mismo barco que ellos. Pues claro. Tampoco estaba seguro de que fuesen a poder conseguir siquiera provisiones en Curaçao, pero tal vez telegrafiara, radiotelegrafiase, para pedir a la Compañía que consiguiera provisiones... El largo día se eternizó hasta la cena, que Martin pasó callado y bebiendo demasiado *pinard* —y detestándolo a medias, porque sólo podía beberlo en la cena—... incapaz casi de hablar a los pobres salvadoreños y a otro personaje sombrío al que había vislumbrado por una puerta cuando estaba poniéndose un par de zuecos nuevos. ¿Sería posible que, incluso después de la cena, incluso después de que el capitán llevara mucho tiempo dormido, Martin siguiera pensando en eso, siguiese vacilando, sobre sus pies aún relativamente limpios, aunque hinchados, en el umbral, y, por decirlo así, esperando —sabe Dios qué—, que distinguiera, por entre el ronco coro cosaco del viento, el ventilador eléctrico, las máquinas y el mar, la palabra «*apéritif*, *apéritif*», sin cesar, como al son de *Frères Jacques*, repetida...?

En silencio en un pico de Bragman's Bluff.

En silencio en un pico de Monkey Point.

—Keats apenas podría haber escrito.

Al territorio de *La mordida*: adiós, ¡y que Cristo te mande penas! (En fin, lo retiro: bastantes te ha mandado ya. Vive, México maldito, para ofrecer al hombre un ejemplo de la caridad cristiana que profesas o, de lo contrario, ¡que la abominación te destruya!)

27 de noviembre.

Pero eso no fue nada en comparación con los tormentos (cuando casi habían salido del golfo de Darien, frente a Barranquilla) que padeció Martin el día siguiente, pese a que se levantó temprano, hizo sus más difíciles ejercicios indios y se lavó los dientes —con cautela—, pues, con el desasosiego de la creación —y también la obsesión por la limpieza— del día anterior, casi privado de alcohol, se los había lavado por lo menos ocho veces. Fue, en conjunto, un día saludable, pasado en gran parte al sol. Por otra parte, al parecer ahora probable que hicieran escala en Curaçao por la mañana y no por la noche (como se había temido), por ser domingo, Martin recordó que en ese caso todas las tiendas estarían cerradas; todo, de hecho, salvo la iglesia, el cuarto oficial, sin querer y sin tacto, dijo: «Sin *whiskey* y sin interés.» (En realidad, ese comentario correspondía a una isla deshabitada ante la que estaban pasando a estribor.) Después, aquella tarde, mientras intentaba estudiar francés con Primrose y el tercer oficial, en la *salle—à—manger* en la que el viento hacía volar librillos de cerillas y cigarros, entró el maquinista de la cara colorada y se sirvió, irritado, tres vasos de

que se está rodando en Roma con miles de extras y que dentro de unos años verán muchos en América... y oportunamente me dirijo a vosotros en América también, pues éste es vuestro canal —visto no por primera vez—, aunque por primera vez a precios populares que oscilarán —me atrevo a decir— de 1,25 a 2,40 dólares, en un cine. Se trata de un proyecto que, aunque podría haber beneficiado, de hecho, a Henryk Sienkiewicz, habría asombrado, sin lugar a dudas, al Sr. Paterson, escocés y fundador del Banco de Inglaterra, pese a que comenzó su vida caminando hacia atrás por Inglaterra y fue el primero en concebir el Canal de Panamá —en todos los precios van incluidos los impuestos— y, naturalmente, ya sabéis a qué libro me refiero:

QUO VADIS?

vino del frigorífico. «Hola, señor Wilderness.» (Antes había sido Sigbjørn. Más tarde, pareció a Martin oír su nombre vilipendiado: «*Il fait beau temps*» — «Pero con este viento», gritó el maquinista, «¡el Sr. Wilderness no va a poder desembarcar en Curaçao para comprarse su *whiskey*!» ¡Venga, hombre! Sin embargo, eso me sugirió la idea de que Martin pensara que la historia había corrido de boca en boca. Después, el martirio de las neurosis herméticas, el temor —totalmente imaginario— a los rechazos: consiguieron un poco de St. Julien (Martin volvió a intentar en vano comprar *pinard* al camarero jefe, que iba a hacer un pastel para su aniversario de boda, pero, ¿qué iba a suponer ese pastel para los Trumbaugh? El pastel mismo parecía una pesadilla. Pese a las estrellas, el viento y el Sol, Martin se había sumido casi en un complicado y absurdo abismo del yo y ya sólo le quedaba rezar para que otro milagro lo sacara de él...).

En realidad, según me ha contado Primrose, el jefe de maquinistas está furioso con el viento, porque puede impedirnos llegar antes de la noche a Curaçao —donde sólo hacemos escala para repostar— y entonces nadie va a poder comprar licor y todo el mundo, incluido el capitán, está seco.

Algas como un collar de ámbar, dice Primrose.

30 de noviembre.

Tres días, avanzando despacio por el Caribe meridional, ante la costa de Colombia y, pasado el golfo de Maracaibo, la costa de Venezuela.

Ahora la situación en Francia es grave, según he leído en un periódico panameño que nuestros nuevos pasajeros han prestado a Primrose: dos millones en huelga, sin transportes, disturbios, etcétera.

CURAÇAO

Entramos en Curaçao a primera hora de la mañana. Colinas bajas, yermas, sin árboles, sin hierba, con picos laterales y la alegre y pulcra ciudad. Un malecón —los holandeses se pirran por los diques, dice Primrose—, como un antiguo fuerte, pero, ¿dónde está el puerto? ¿Los barcos? Después nos introducimos de repente en un estrecho canal y, ¡zas!, entramos por la calle principal de Willemstadt. Se abre el pontón para nosotros y entonces el canal va a dar abruptamente a un gran puerto interior con centenares de barcos.

En Curaçao, *Havendienst II*, una lancha motora negra y el hermoso pontón que cruza el canal —que es la calle principal—: una ciudad encantadora, muy limpia y pulcra y holandesa, tejados rojos en punta, como un cuento de hadas holandés situado en los trópicos. Agua verde oliva con una película de aceite. La brisa del mar apesta.

Tras habernos procurado una caja de ron de los proveedores del buque, desembarcamos. Calles: Amstelstraat: tienda de todo a 10 centavos, Pinto y Vinck.

Koninklyke Nederlandsche.

Stoomboot—Maatschappy N.V.

y

> Hoogspanning
> Levensgevaar
> Peligro de Muerte
> Electricidad
> Danger

¡Lo pasamos muy bien!

Marineros, visiten su hogar; Cinelandia; Klipstraat (¿nombre apropiado?); visiten *Ice Cold Beer*; Restaurant La María; Emma Straat; Cornelis Dirksweg; Leonard B. Smith – Plein; Borrairestraat: *Jupiter* – Amsterdam...

Árboles de angélica como paraguas planos.

En una calle de extraños y sólidos bancos cerrados los domingos, que me recuerdan a *Los Buddenbrooks*, nos refugiamos de un chaparrón en el Wonder Bar: un lugar sin estilo, con la fachada abierta, tres mesas (como una heladería, dice Primrose) y una barra de un metro ochenta; dos negros en la barra que hablan inglés con acento holandés; éste va a ser un recuerdo feliz: beber un Bols y sentirnos como Hansel y Gretel con el chaparrón dominical, la muchedumbre dominical fuera, entorpecida por el pontón que barre como una guadaña y los grandes barcos pasando a toda velocidad por la calle principal.

De vuelta en el barco, en el muelle petrolero, el agua tiene todos los colores (y olores): rodean el barco como unas dunas de Hoylake, pero infinitamente más desoladoras, más como montones de escoria en una ciudad minera de Gales o lo peor del desierto de Sonora (México), con los mástiles de tres pequeñas fragatas sobresaliendo, como si hubieran naufragado, por encima de pequeños acantilados: la abominable desolación. Depósitos de petróleo, las cúpulas gemelas de una iglesia, como en Port–au–Prince, que se elevan por sobre los tejados de las azules, grises y pardas casas de adobe sin estilo y con ventanas como pequeños rectángulos negros.

La entrada a Curaçao es la más espectacular del mundo. A Hans Andersen le habría encantado la ciudad. En Curaçao la sensación marina y náutica es más intensa que en ninguna otra parte del mundo que conozco, excepto Liverpool.

Desde donde estamos amarrados se ven diez barcos —argentinos, británicos, costarricenses, noruegos, griegos, etcétera—, con un fondo de refinerías de petróleo (chimeneas de fábricas) que dan una impresión propia de Detroit más que de una remota isla de las Indias Occidentales, bajo un cielo lluvioso de acuarela, con parches de verde. *Taverns* – ¿Torrens? Barco inglés. *Río Atuel*, argentino. *Matilde*: no está indicado, probablemente venezolano. CPIM: sobre un depósito en forma de caja de píldoras.

Dalfoun: Stavanger (noruego). *Jagner*: Goteborg (sueco). *Clio*: Curaçao. *Plato*: Curaçao, techos de tejas rosadas en el muelle. Verboden te Ankeren. S.E.L. Maduro e Hijos; *Jupiter*: Amsterdam. Higland Prince; Seaman´s Home; Casa Cohen; Club de Gezelligheid; El Cristal, Estudio Fotográfico; Troost Ship; Chandler; G. Troost; Kelogovia; Joyería.

Ridículos ejercicios en masa, gente que subía y bajaba corriendo los puentes del barco en pantalón corto —cosa muy sensata probablemente— a bordo del petrolero noruego.

Me ha traído a la memoria el horror a los «cocodrilos», castigos en la escuela; intento imaginar la vida en un petrolero, el puro horror aséptico que entraña: casi mejor (me pareció por un momento) la mortandad provocada por la gonorrea en los barcos de la época de Martin...

—Ha llegado a bordo una carta que me ha causado mucha angustia: mi hermano me cuenta que mi madre está gravemente enferma en Inglaterra. Ésta va a ser la primera vez que la vea —espero aún— en 20 años. La última vez que la vi fue en la estación de Rock Ferry en Birkenhead (donde Nathaniel Hawthorne fue cónsul), cuando vino a despedirme al tren en que me marchaba a Londres. ¿Adónde pensaría, ay, que iba? ¿Adónde iba? Pero nunca volví. Aun así, siempre escribí, con regularidad, muchas veces más de lo que escribía para mí.

Zarpamos de Curaçao...

Frère Jacques
Frère Jacques
Dormez–vous?
Dormez–vous?
Sonnez les matines!
Sonnez les matines!

La entrada —ahora salida— del puerto de Curaçao por la parte de Venezuela: impresión final de su pontón, la sensación inmediata del carácter y la originalidad de un pueblo.

Ahora la costa desolada: una lagunita, con una iglesia minúscula situada a la derecha de la entrada y detrás una colina parda y, tras ella, una colina de color vino y detrás una colina violeta.

Una casa.

En el extremo derecho (mirando a babor) hay siniestros depósitos plomizos y acerados, todos ellos con un lunar en el centro (la sombra como de un hombre en uno de ellos), como escopetas de cañones recortados, y debajo petroleros, «donde las cabras llevan gafas verdes para comerse el periódico matutino...» Y un castillo, con un gigantesco acantilado como de Montana a la derecha: más castillos medievales que se alzan entre los depósitos de petróleo, una lagunita con veleros, que conduce a un agreste páramo como de Yorkshire...

Islitas en sombra al atardecer; formaciones como de Stonehenge.

Última vista: tres árboles marangos solitarios en un larguísimo banco de arena.

Reacción ante el magnilocuente ocaso.

—resolución—

1 de diciembre...

Ahora la situación inversa: Martin quiere invitar al capitán al *apéritif*, después de conseguir licor en Curaçao. Martin ha conseguido una caja de ron, por sólo 20 dólares, gracias al capitán. «Pero, ¿por qué no compra dos cajas, *Monsieur*? Yo mismo voy a comprar dos, tal vez tres, a este precio.» ¿Por qué no? Porque Martin quería hacer ver que no necesitaba dos cajas. ¡Qué equivocado estaba! ¡Y qué razón tenía el capitán! Ya apenas puede abrir la caja, porque se arrepiente de no haber comprado otra: el capitán lo sabe y por eso ha declinado, caritativo, la invitación a que tome el *apéritif* con ellos. No obstante, Martin, que ahora tiene también una madre, no quiere utilizarla como excusa para emborracharse. Esa clase de excusa absolutamente de buena fe aducida en semejante momento es la treta más sucia de los dioses.

—¡Resolución!

Otros pasajeros.

El húngaro de Nueva Mordida subió a bordo en Colón. Cuando he entrado en el salón, estaba respondiendo en español a los salvadoreños, que, según acaban de decir, creen que yo no lo entenderé:

«Entonces, ¿quién lo ha expulsado a usted?»

«La policía.»

«¿Y qué ha hecho usted?»

El húngaro, abriendo las manos y bajando la voz, cuando me he acercado, ha respondido: «Nada.»

El húngaro bebe de una jarra de plata propia, mira triste el mar, quisiera navegar por él en un barquito.

«Voy a territorio soviético...» Se encoge de hombros. «Bajo dominio ruso. Naturalmente, me juego la vida, pero», añade, «mi familia... Y, además, es que soy jugador.»

Tienes razón, hermano.

Los salvadoreños, muy bajitos, una pareja y su hijo, de unos 14 años, parecen judíos y son de lo más encantadores: van a París. Una nueva vida, si bien tengo la sensación de que han sufrido algún tipo de persecución también —tal vez antisemita—: ¿quién sabe? Somerset Maugham lo habría averiguado, pero precisamente la curiosidad es lo que me hace aborrecer a todos los escritores y es, por cierto, lo que les impide ser humanos. Primrose y la señora Mai sentadas al sol en cubierta, parloteando como cotorras y pintándose mutuamente las uñas de las manos y de los pies. Primrose chachareando en un francés atroz y en un español peor con la señora, que no habla inglés, y las dos riéndose de los errores de Primrose. (Yo también hablo un francés terrible y un español siniestro.) Después jugamos al parchís con ellos y nos caen muy bien. (El esnobismo de los novelistas cuyos personajes siempre hablan un francés atroz y beben «algo que pasaba por ser café».)

Además: tres ingenieros holandeses que vuelven a Holanda de Curaçao: Mynheer von Peeperhorn, Mynheer von Peeperhorn y Mynheer von Peeperhorn. También ellos son encantadores y amables, pero la única cosa que se le ocurre a Martin para entablar conversación es: «Bueno, pues, como decíamos sobre Hieronymus Bosch...», conque nada dice. Alcohólicos Hieronymus.

Serviría para describir las novelas sobre alcohólicos. Alcohólicos Hieronymus. ¡Bosh!

Estamos cruzando el Caribe hacia el Nordeste y mañana estaremos en el Atlántico...

2 de diciembre.

Nuestro aniversario. Al mediodía, a lo lejos, en el horizonte, un faro a estribor: la isla Sombrero. (Rec.: historia, muy pertinente, sobre Sombrero; en Baring Gould.) Me siento profundamente triste por lo de mi madre, pero de nada sirven las cavilaciones.

La tarta sobrevivió y nos la comimos, mal que bien, en el almuerzo. Hubo más vino, además. Muchos brindis y felicitaciones.

Recorremos el pasaje de Anegada y ya estamos en el Atlántico.

Algas como oropel, dice Primrose. El mar de los Sargazos queda directamente al Norte. *La isla de los barcos perdidos*, con Stuart Rome, en el Cinema Moreton de Cheshire (Inglaterra). Primera sesión a las tres de la tarde. Mi hermano y yo nos la perdimos hace 26 años. Ahora entramos en el océano Atlántico y las 4.000 millas que faltan para avistar tierra en Bishop's Point, en el Finisterre, pero, ¿para qué?

Las Tierras Altas del Atlántico: larga y profunda marejada.

Atlanterhavet.

No queda lejos, a estribor, Montserrat, donde modifiqué los libros de geografía al ascender la Montaña de la Suerte en 1929, en compañía de dos católicos: Lindsey, un negro, y Gomez, un portugués.

Un albatros.

Seis botellas de cerveza en la cima de la montaña.

Primrose dice: «Me da miedo este barco, una chapuza hecha en época de guerra por fabricantes de lavadoras»... Pero a mí me gusta, aunque se balancea aún más que el barco en que Conrad cargó con un tercio de peso «por encima de los traveses» en Amsterdam. Es un error suponer que este pobre barco Liberty no tenga ahora un alma simplemente porque unos fabricantes de lavadoras lo construyeran chapuceramente en 48 horas. ¿Qué decir de mí? Chapuceramente hecho por un intermediario del ramo del algodón en menos de cinco minutos. ¿Cinco segundos tal vez?

Otro barco a estribor: *Flying Enterprise*. Bonito nombre.

Gran tormenta a sotavento cerca del ocaso, que avanza y pasa en diagonal.

El comandante, con buena intención, me busca viejas revistas norteamericanas. El viejo *Harper's*. Un antiguo artículo aterrador, brillante e incluso profundo de De Voto sobre las últimas obras de Mark Twain. (Rec.: examinar esto un poco, el problema del «yo» doble, triple, cuádruple.) Crueldad casi patológica (me parece) para con Thomas Wolfe. ¿Le gustaría a De Voto saber lo que pienso de él, arrellanado en su butaca, vapuleando a una gran persona... y por qué? Porque es un hombre que, como habría dicho N., no puede replicar. Rec.: citar a Satán en *The Mysterious Stranger*. Y después, encima de esa obsesión con los fallos de Wolfe, encontrarse con una afirmación como ésta: «Soy (espero) un buen joyceano». ¿Por qué? ¿Para quedar bien con quién? Dicho por De Voto, es casi suficiente para hacerte odiar a Joyce. Y la verdad es que a veces odio a Joyce.

—Razón para los fallos de Thomas Wolfe, que probablemente el propio De Voto analizó perfectamente en otra parte a propósito de otro autor al que no odiara, como De Voto: la razón fue que Thomas Wolfe estaba apresurado, sabía que iba a morir, como N., con el mismo apresuramiento. ¿Y qué me dicen de lo que sí que tiene de disciplinado? ¿Sus maravillosos retratos, su humor, ferocidad, sensación de vida? Hay más sensación de vida de verdad sentida en Wolfe que en todo Joyce, si vamos al caso. Por mi parte, considero injusto también criticar a Wolfe por que pareciera que nada fundamental tenía que aportar (como se suele decir). No tuvo tiempo para hacerse una idea real de la vida. Con su gigantesco cuerpo, puede que no hubiera madurado hasta cumplir los 60. Que no tuviese tiempo fue una tragedia para la literatura y, por mi parte, creo que deberíamos estarle agradecidos por lo que nos ha dado. Sin embargo, hay mucho que aprender en los artículos de De Voto; angustioso resulta lo que dice sobre Mark Twain. Con todo, es posible que De Voto tuviera sus propios problemas, en su incómoda butaca. Suficiente para darte un *delirium* Clemens.

El mar me parece peor que antes, su extensión, procelosa, azul grisácea o lluviosa y sin aves marinas, nada me dice en este momento, si bien ahora entiendo perfectamente el miedo de Joyce al mar: (¡a saber los seres que habrá en él! No quiero pensarlo; anoche tuve una idea aterradora, cuando, según Primrose, la desperté diciendo: «¿Devolverán a mi madre al mar?» ¿Qué horrible sentido tendría esa pregunta? ¿La creencia en las sirenas? Martin tenía la impresión de haber ofendido también a algunos de los buenos franceses —el segundo maquinista y el tercer oficial detrás de él, curiosamente más distante—: *La Mer Morte*, un mar que se presenta después de una tempestad y cuando ha cesado el viento y ha dejado tras sí el gran oleaje inerte del día anterior: resaca por dentro y por fuera.

SITUACIÓN DEL VAPOR
Vapor *Diderot*
Fecha: 5 de diciembre de 1947
Latitud: 27° 24' N.
Longitud: 54° 90' O.
Rumbo: Rv. 45
Distancia: 230 millas.
Por recorrer: 2.553 millas.
Duración del día: 23 horas 40 minutos.
Velocidad media: 9 nudos 7.
Viento: N. 6
Mar: encrespada, viento
Firmado: CH. GACHET, primer oficial.

Dos chubascos: tormentas eléctricas de cobalto. El viento levanta espuma y la dispersa por el mar como lluvia, un pequeño chubasco.

Martin se sentía melancólico y rabioso, tumbado en su litera todo el día previendo muerte y desastres.

Durante los últimos días, desde que habían pasado por el pasaje de Anegada, había atravesado también un importante pasaje espiritual: ¿qué significaba?

El chubasco de la tarde azota de repente con un millón de martillos. El barco se estremece y da bandazos. La mar está blanca, centelleante, cubierta de lentejuelas: en un abrir y cerrar de ojos se ha disipado.

Una borrasca tremenda hacia el atardecer. Truenos. Relámpagos de cobalto revelan un mar chisporroteante... *visión de la creación*.

Alegró, a saber por qué, a Martin. Se levantó de su litera y bajó a cenar, embargado de jovialidad. Incluso echó una partida con los Mai, Andrich y Gabriel.

—me alegro de que el capitán me dé una buena acogida otra vez... la verdad es que creo haber pasado ahora por una dura prueba espiritual y haberla superado... si bien me resulta un poco difícil saber cuál.

6 de diciembre.

El cumpleaños de mi madre. Al levantarme de la cama esta mañana, he tenido la sensación de estar levantándome de la mesa después de la cena.

—olvido total de haber ido o no al retrete.

—al final, da igual; durante cinco días enteros... resultado: dolor en la espalda; no es de extrañar: olvido de los dientes, odio de los dientes, continuamente murmurando expresiones como «me gustaría saber»... «¿no podría haber sido como si...?»

—Tragedia de alguien que abandonó Inglaterra para poner varios miles de kilómetros entre los bravucones y homosapientes maestrillos de la literatura inglesa sin talento creativo y él tan sólo para encontrárselos tan firmemente afianzados y con mayor poder aún en los Estados Unidos, cuando llegó (piensa Martin), y responsables de la misma dictadura de opinión exactamente, opinión que no se basa en una experiencia o identidad personales compartidas o sentidas con un escritor determinado o en el amor a la literatura o incluso en un conocimiento intrínseco de la *escritura* y ni siquiera se forma independientemente, sino que depende por entero de camarillas que tienen el objetivo auxiliar de arrancar el capullo del florecimiento competitivo de un genio contemporáneo y original, al que, aunque lo vieran, no reconocerían. ¡Pues sí! Una persona como yo —prosiguió Martin—, que descubrió por sí solo a Kafka hace casi 20 años y a Melville hace 25, cuando tenía unos 15 años, y se embarcó a los 17, es presa de una indignación que no resulta fácil de explicar. Kafka significó algo espiritualmente para mí entonces: ya no. Melville, igual: me resulta casi imposible compartir con esa gente lo que significaron para mí. Han echado a perder a esos escritores para mí. De hecho, tengo que olvidarme de que existe algo llamado «literatura moderna» y «nueva crítica» para poder recuperar siquiera una parte de mis sentimiento y pasión antiguos. ¿Cómo voy a poder olvidar que, hace por lo menos diecisiete años, tuve que ser yo quien señalara a uno de los directores de la *Nouvelle Revue Française* que, en realidad, esa editorial había publicado *El proceso* de Kafka? Tras leerla —pues no, naturalmente, no la había leído—, ese tipo me dijo: «¿Escribió usted ese libro?» «¿Cómo? ¿No le ha gustado?» «No demasiado: la parte judicial era bastante graciosa, pero tuve la sensación de que estaba leyendo algo sobre usted». (Quince años después, su jefe hizo una obra de teatro a partir de él.) Igualmente, hace quince años, no pude encontrar un solo libro de Kierkegaard en la Biblioteca Pública de Nueva York, excepto el *Diario de un seductor*. (Unos años después, encontramos ese libro en el mercado en Matamoros, en el estado mexicano de Guerrero.) Ahora hace furor y probablemente haya una lista de espera en los departamentos de libros más vendidos para *Temor y temblor*. Y, sin embargo, ¿qué derecho tienen esos maestrillos ingleses de la literatura americana respecto de Kafka y Melville? ¿Acaso se han embarcado ellos? ¿Acaso han pasado hambre? Tonterías. Probablemente ni siquiera se hayan emborrachado ni hayan tenido una resaca decente. Como tampoco descubrieron por sí solos a Kafka y Melville... etcétera, etcétera.

Una brillante tirada de desprecio, pensó Martin (que padecía una ligera paranoia), mirando lo que había escrito y con la boca casi salivando. Despúes añadió:

¡Hay que ver lo fácil que es dejarse llevar por un impulso de odio! Algo de cierto hay en lo que digo (es decir, que es cierto sin duda que odio a esa gente), pero, ¿qué decir de todo esto, leído como Dios manda? ¡Qué testimonio de mi ineptitud, mi egoísmo, mi completa confusión, la verdad! Peor aún. Supongamos que analizamos esa tirada, comenzando por el final, para ver qué hace con ella nuestro persistente yo objetivo. En primer lugar, resulta patente que el autor cree que la literatura existe para su provecho personal y que el objetivo de la vida es emborracharse, embarcarse y pasar hambre. (¿Como muy bien podría serlo?) Además, no nos cabe duda de que el autor quiere que sepamos que ha tenido muchas resacas, se ha emborrachado con mucha frecuencia y ha pasado hambre. (Si bien esto último es dudoso, porque inmediatamente después lo califica de tonterías.) Desde luego, hemos de pensar, si lo leemos como Dios manda, que es un perro del hortelano de lo más singular, porque, por una razón no revelada, entre otras cosas, desea impedir a los «maestrillos ingleses de la literatura americana» que lean a Kafka y a Melville. Tal vez el autor quisiera simplemente ser, a su vez, uno de esos maestrillos curiosos (ya fuese en Inglaterra o en los Estados Unidos, ¿o en ambos sitios?) Misterio. El misterio envuelve también la mención de *Temor y temblor* y del *Diario de un seductor*, aunque también resulta patente que el autor se siente singularmente mal interpretado (hasta el punto de que por esa razón experimenta incluso como una experiencia mística en la Biblioteca Pública de Nueva York) y al mismo tiempo se siente en cierto modo como un precursor no reconocido, que tal vez viva en estado de «temor y temblor», tal vez esté sometido incluso a algún tipo de «proceso» en ese momento. ¡Y qué orgulloso se siente de haber sido confundido en su juventud con el autor de *El proceso*, si bien esa historia parece una mentira! (¿O no? Esa historia no es una mentira, Martin lo sabe, el problema es que ha contado ya tantas mentiras, que ya no puede impedir que la verdad no parezca una mentira.)

—Por desgracia, antes de que podamos obtener una visión real de la indudable verdad que imprecisamente parecen encerrar algunas de esas frase feroces, ciertas deficiencias sintácticas en ese primer párrafo nos obligan a poner en entredicho el propio «amor a la literatura» del autor (no parece ser muy extenso: tal vez sólo haya leído los tres libros que cita, si bien hasta eso podemos dudarlo); podemos preguntarnos por qué —si tanto desprecia a esos maestrillos— se preocupa tanto por su «poder» y también si no se habrá concebido en secreto a sí mismo como «un bravucón y homosapiente maestrillo sin talento creativo», en vista de lo cual no es de extrañar —podemos pensar— que no haya logrado interponer mil quinientos kilómetros de océano entre él y él mismo (por esquizofrénico que sea) y al final haya acabado descubriendo el único hecho indudable, inequívoco y brutal del asunto: el de que parece, la verdad, como si hubiera algún tipo de tragedia.

¿Cómo? La neurosis, de un tipo o de otro, marca casi cada una de las palabras que escribe, a un tiempo neurosis y una como salud feroz. Tal vez su tragedia estribe en que es el único escritor normal que queda en la Tierra y eso es lo que contribuye a su aislamiento y, por tanto, a su sensación de culpa. (Pero sin Primrose no sería escritor de tipo alguno ni tampoco normal.)

Aun así, es necesario que la gente emita juicios de vez en cuando y no se deje paralizar por una autocrítica tan aplastante como la antes citada, pues, de lo contrario, todo talento, si bien advertimos —lo que nos hace sonreír— que lo ha llamado genio, quedaría cortado en flor y el mundo no llegaría a nada. Y eso dio pie a Martin para pasar al asunto, la cuestión más bien, del equilibrio.

A nadie gusta (de hecho, parece tan intangible, ¿cómo se puede hablar de él?) y quienes lo recomiendan, si podemos decirlo así, son casi siempre desgraciados que, en cualquier caso, nunca han sabido lo que era demasiado (ya volvía a empezar Martin). Y, sin embargo, nunca ha habido una época en la Historia en la que fuera más necesaria la preservación de ese, el más despiadado, al parecer, de los estados, el equilibrio, una necesidad mayor en verdad de sobriedad (¡cómo la detesto!). Equilibrio, sobriedad, moderación, prudencia: esas impopulares y antipáticas virtudes, sin las cuales la meditación e incluso la bondad son imposibles, se deben recomendar en cierto modo, por ser tan antipáticas, como estados del ser que en cierto modo se deben adoptar con pasión, como, de hecho, las propias pasiones, pues el deseo vehemente de bondad es, a su vez, una pasión y, por tanto, está investido con todos los atractivos y los atributos de cualidades poco comunes y salvajes (aunque, personalmente, por mí puedes estar borracho como una cuba con aguardiente de moras, si bien tus posibilidades de equilibrio, salvo que seas un auténtico Paracelso, se reducen considerablemente en ese estado). Sin ese equilibrio, aunque sólo sea mental, pensó Martin, todas las reacciones, públicas y personales, suelen ser exageradas. Mientras que antes teníamos el sadismo en literatura, por ejemplo, ahora se manifestará una amabilidad equivalente, un desagrado ante cualquier forma de crueldad, pero no creeremos que presagie un cambio universal en el hombre, porque esa aparente amabilidad irá unida a otras cualidades en sí mismas grises o viles... si bien, por lo que a crueldad se refiere, se trata de un aspecto en el que el hombre debería dejar que el péndulo se inclinara hasta su extremo más alejado de compasión por todas las criaturas de Dios, humanas y animales, y permanecer en él.

Y, sin embargo, deberíamos poder impugnar la gratuita matanza de animales salvajes como algo esencialmente cobarde, indigno, despreciable e incluso suicida, sin sentirnos al mismo tiempo obligados a atacar al Hemingway de turno; debemos comprender que el Hemingway de turno tiene derecho a cazar animales salvajes y, mientras se dedica a esa ocupación sospechosamente masculina, no está, al menos de momento, disparando a nadie más.

Los bravucones y los maestrillos ahora van a la iglesia, en lugar de a reuniones comunistas, y la opinión popular los sigue, obediente, con el devocionario en la mano. A la iglesia del mito va otro puñetero montón: ¡Oh, cierra el pico!

Pero las personas a las que en verdad se debe la difusión del interés por Kierkegaard, que se deriva del interés por Kafka, de lo que merecen igual agradecimiento, son Edwin y Willa Muir, los brillantes traductores de Kafka, a los que se les debe, en virtud del prefacio a *El castillo*, y nunca se les ha reconocido. Como, de no haber sido por ese prefacio, Kierkegaard habría seguido sin duda relegado al olvido y los bravucones y... ¡Oh, cierra el pico! ¡Cierra el pico! ¡Cierra el pico!

Cuando Martin se pone a estudiar francés, después de un difícil período de abstinencia, pero aún con resaca, se encuentra, por no decir algo peor, en su gramática francesa con las siguientes frases:

Traduisez en français:

1. El hombre no estaba muerto, pero su mujer le dijo que hacía dos días que había muerto.

2. Se vistió como la Diosa de la Muerte.

3. La mujer abrió la puerta y ofreció al borracho una cena que no era demasiado apetitosa (todo ello procedente de una lectura en la página con el encabezamiento *L'Ivrogne incorregible*... y que comienza así: *Un homme revenait tous les soirs à la maison dans un état d'ivresse complet*; debajo había una fotografía de la Bourse de París tomada hacia 1900).

4. Debes sufrir por tu vicio, dijo ella. Todos los días vendré a traerte la misma comida.

5. La comida no importa, pero sufro de la sed; debes venir cada hora a traerme tres vasos de vino. En la última página de cubierta de este libro de color rojizo un gallo estampado en relieve (tal vez el que he mencionado antes borracho con aguardiente de moras) saluda al alba y debajo figuran estas palabras: *Je t'adore, ô soleil*, con letras doradas... *¿Qué presagia eso?*

Bondadosa observación de Lorca: «Me gustaría derramarle un río de sangre en la cabeza».

9 de diciembre.

¡Maldito tiempo! Lenta y obscura luz del día. La *salle à manger* está deprimente —los postigos de los ojos de buey están echados y las luces eléctricas encendidas al mediodía— y ruidosa, con atronadoras toneladas de agua cruzando la cubierta de proa.

Los pobres Mai, que se han acurrucado, cogidos del brazo, en la cubierta, parloteando como giboncitos, están ahora tristes y mareados; no han podido almorzar y al final se han tumbado todos en el banco de detrás de la mesa.

Sólo Gabriel sigue alegre: «He estado comiendo por cinco, seis y ocho, porque, cuando la mar está movida, siempre me da hambre».

¡Zas! El café, la leche, etcétera, caen en el regazo de Primrose y en el suelo. Temo que la haya escaldado (y así ha sido), pero gime porque se le han manchado sus nuevos pantalones de pana rojos tan bonitos.

O yo he sido marinero para nada o se acerca una tormenta espantosa (¡qué bien me ha quedado!). En realidad, para lo que me pagaban, lo fui casi para nada.

La Reina de las Tormentas, cuyo resplandor es temible.

Mares enormes, montañas de cumbres nevadas, pero con viento del Sur *en arrière*, por lo que el mar nos sigue; el *Diderot* surca las olas maravillosamente (pero balanceándose de un modo, que todo en el camarote va de acá para allá), como un Nathaniel Hawthorne llevado por el viento para ver al diablo en manuscrito o un velero corriendo por delante del viento: ha pasado otro buque Liberty, en la dirección opuesta, cabeceando hasta los cielos, y no debía de avanzar a más de 20 millas al día.

Nuestro barco de salvamento... que venía a reunirse con nosotros.

La tripulación, con chubasqueros y suestes, luchando contra la lluvia torrencial y el viento, extiende cuerdas de salvamento por la cubierta de popa, olas terroríficas más allá y atrás, más allá y atrás del tiempo.

Al atardecer, tremendo espectáculo de rocíos y olas rompiendo contra el buque; sin embargo, el humo negro que sale por la chimenea de la cocina directamente a *bâbord* muestra que el viento ha virado al Oeste...

10 de diciembre.

Temporal en aumento y, de hecho, lo que parece que vamos a tener es uno de esos conradianos y entrañables vientos del Oeste, temidos por los marinos, sobre los que leímos por primera vez en la escuela a la luz de una linterna, con los que la Luna, el Sol y las estrellas desaparecen durante siete días y al final uno mismo bajo las mantas.

Primrose dice: «Bueno, pues, esto es el Atlántico, el océano Occidental, tal como siempre lo imaginé».

Oyó sonidos y vio cosas extrañas y conmociones en el cielo y el elemento.

Un cielo bajo y salvaje y de vez en cuando un sol apagado; un mar muy gris con enorme balanceo (*grosse houle*), pero confuso y que rompe en todas direcciones y algunas olas que rompen con estrépito como las encrespadas en una playa, con curvas crestas nevadas desde las que el viento alza el rocío como una fuente. Algunas olas chocan y se elevan formando picos recortados por encima del buque, donde rompe la cumbre e incluso suelta chorros. Lo más inverosímilmente hermoso de todo: muy de tarde en tarde, aparece una luz en la cumbre y bajo el rocío aparece un pálido verde luminoso y brillante como fosforescencia, como si la ola estuviera iluminada por dentro con una llama verde.

Charles, de pie en la *passerelle*, nos cuenta que el viento tenía fuerza 8 a la una de la mañana, pero ahora ha bajado un poco. Hay una tormenta peligrosa, desde luego, por delante de nosotros, pero se mueve más rápida que nosotros, que vamos a 11 nudos.

Más tarde, casi en el ocaso, se ha levantado viento y sigue alzándose y la radio informa de que está virando en dirección sudoccidental. Al radiotelegrafista y al tercer mecánico, en la *passerelle* con nosotros, no les hace ninguna gracia, evidentemente, y murmuran entre sí y predicen una noche muy mala.

Han situado otro vigía más en el puente.

Gabriel señala la tercera escotilla justo debajo, sobre la que las olas no cesan de romper (rompen casi sobre el puente) y dice: «¡Harina! Pero el cierre es hermético». «¿Por qué?», dice Primrose. «¿Qué quiere decir?»

El comandante sube corriendo y mira en derredor: «No se balancea... no demasiado. Buen barco, ¿eh?» Bueno, excelente, decimos, cosa que le complace.

Le vent chante dans le cordage.

Más tarde. El viento es ahora de fuerza 9 y sigue alzándose, también ha cambiado de dirección y forma ángulo recto con la quilla. El viento hace parpadear el rocío como humo sobre la superficie del agua. Vamos a 9 nudos.

Rilke acude en ayuda de Martin, por mediación de *The Kenyon Review*: «La experiencia con Rodin me ha vuelto muy tímido para con todo cambio, toda disminución, todo fracaso... pues esas fatalidades no patentes, una vez que las hemos reconocido, sólo podemos soportarlas mientras seamos capaces de expresarlas con la misma fuerza que Dios les permite. El trabajo no me arredra precisamente, pero no quiera el Cielo que se me invite (inmediatamente al menos) a escudriñar algo más doloroso que lo que me correspondió en *Malte Laurids*. Entonces será un simple aullido entre aullidos y no valdrá la pena el esfuerzo...»

Pero, en realidad, Martin no ha leído un solo verso de Rilke y todo ello es, por su parte, un delirio de grandeza.

Y «las cosas deben cambiar en nosotros, desde la base, desde la propia base, o, de lo contrario, todos los milagros del mundo serán en vano, pues en esto veo una vez más cuán grandes son las dádivas que recibo y que, sencillamente, se pierden. La beata Ángela tuvo una experiencia similar: "*Quand tous les sages du monde*" dice, "*et tous les saints du Paradis m'accableraient de leurs consolations et de leurs promesses, et Dieu lui—même de ses dons, s'il ne me changeait pas moi—même, s'il ne commençait au fond de moi une nouvelle opération, au lieu de me faire du bien, les sages, les saints et Dieu exaspéreraient au delà de toute expression mon désespoir, ma fureur, ma tristesse, ma douleur, et mon aveuglement!"* Esto (dice Rilke) lo subrayé hace un año en el libro, pues lo entiendo con todo mi corazón y no puedo evitarlo, desde entonces ha resultado aún más válido...»

Frère JACQUES... Frère JACQUES...
Sonnez les MATINES! Sonnez les MATINES!

11 de diciembre.

El temporal, aún peor. Los pobres salvadoreños y holandeses encerrados en sus camarotes en la cubierta de popa, con la mar rompiendo justo encima, no pueden llegar a la *salle—à—manger*. Intento ayudarlos, pero resulta totalmente inútil, están todos mareados y, de todos modos, resulta imposible comer con los platos saltando de la mesa al suelo; casi imposible también beber, si quisiera: tengo que apoyar la espalda contra la pared, aferrar la botella con una mano y el vaso con la otra y verter un culito cada vez, también para Primrose. Tengo que escribir de pie.

TORMENTA SOBRE
LA ATLÁNTIDA

Martin tuvo un sueño en el que veía pinturas enloquecidas de El Bosco, en Rotterdam. Probablemente las haya visto en alguna parte, o reproducciones de ellas, en particular el espantoso San Cristóbal. El sueño real fue precedido de la visión de un cine gigantesco, al parecer también en Rotterdam, reducido, por lo demás, a una ruina catastrófica, una extraña torre alta y fina en cuya cima no cesaban de sonar campanas.

Después organillos tan grandes como tiendas y con sus manivelas accionadas con la energía que asociamos con un carbonero, a saber, yo mismo sacando cenizas del cuarto de calderas con un cabrestante... Conocí a un hombre que, al arrojar así las cenizas por la borda, cayó, a su vez, por la borda junto con la cuba de las cenizas. Aquel tipo se parecía también a mí.

Después el San Cristóbal, que llevaba a Cristo a la espalda y un pez en la mano derecha, un perro ladrando en la orilla opuesta, mujeres viejas, gallos y una como casa de gnomos en lo alto de un árbol en la que el gnomo había colgado ropa a secar en un segundo plano próximo, alguien que cuelga un oso con entusiasmo, al otro lado de otro tipo de río, con un fondo de castillos, la antigua Rotterdam, etcétera (¿lograremos llegar?), pero bastante moderna; un como diablo desnudo bailando, al parecer, junto a su ropa y preparándose para bañarse desde la ribera del río: un efecto general de horror inenarrable y humor satánico, pero, ¿por qué habría de soñar Martin con él? Clarividencia tal vez…

La Bestia

—La abominable desolación, en pleno lugar sagrado.

Pero el cuadro del Bosco de mayor importancia para *La mordida* podría describirlo así: en primer plano, aparece la misma figura en detalle, a la que luego volveré, en segundo plano hay una casa a la que le faltan algunas vigas en el techo, algunos cristales en las ventanas, etcétera, pero que da la sensación de una malignidad y un horror aún más inenarrables y al mismo tiempo pobreza y la más absoluta disipación; en el umbral un hombre y una mujer están hablando de algo que es —lo sabemos— horripilante y terrible, sin poder del todo decir por qué, a la derecha de esa casa, que, si la examinamos, también revela algunas señales de haber ardido en parte recientemente, y un viejo está orinando con ganas; volviendo a la figura en primer plano: parece un peregrino, con su hato a la espalda, con aspecto igualmente cadavérico y una pierna vendada (como la Muerte en mi otro sueño); en lo alto de un árbol bastante bonito, entre el hombre que está orinando y él, hay diversos objetos que, tras un examen detenido, resultan ser demonios de un tipo y de otro, el más notable de los cuales es un ser de rostro extraordinariamente ancho y felino y, sin embargo, de apariencia incorpórea, un poco como el Gato de Cheshire que aparece en las ilustraciones de la obra de Lewis Carroll. Esto debe figurar en *La mordida* durante el sueño de Trumbaugh, pues el significado de ese horror —un horror casi sin humor esta vez, a no ser que lo encarne el hombre que está orinando— es, en realidad, el del Peregrino —incluso el de Bunyan, si se quiere—, aunque la imaginería es mucho más profundamente religiosa, el hombre en primer plano es, de hecho, el protagonista, que aparta la cara de la condenación, cree él, abandona renqueando su casa y se sume en lo desconocido, aunque resulta que está cometiendo un gran error, pues su pobre casa era su salvación —como una imagen de su nicho en el otro mundo que se le ofreciese por anticipado— y su tarea era la de purificarla y reconstruirla, antes de ponerse en marcha... Al diablo con ello... Creo que el problema de Martin es el de que Hieronymus Bosch es, literalmente, el único pintor que puede apreciar lo más mínimo y, aun así, no demasiado, porque parece un reconocimiento ambiguo... en fin, lo que quiera que reconozca, el pobre diablo. ¿O se debía a que era un preadamita?

—Lo que en realidad me propongo con Martin es intentar señalar su situación de aislamiento, no sólo en la sociedad, sino también respecto de todos los demás artistas de su generación. Aunque tal vez sea inglés, en realidad pertenece a una tradición más antigua de escritores, nada ingleses, sino americanos, la tradición de la integridad y la caballerosidad jamesianas, de la que Faulkner y Aiken, pongamos por caso —aunque los dos son sureños, lo que plantea otras cuestiones—, son prácticamente los últimos exponentes vivos, si bien los asuntos que abordan en sus libros podrían haber asustado a sus mayores. Sin embargo, Martin es totalmente incapaz de mostrar esa clase de caballerosidad y tolerancia para con los escritores de la misma generación, la imagen exterior de cuyas almas se podría considerar la portada de *Esquire*, y que tienen tendencia a dividir a la Humanidad en dos categorías: a) los majos, b) los hijos de puta, los puñeteros bravucones, que...

Bah, pero lo que quiero decir es más o menos lo siguiente: puedo concebir un escritor hoy, aun cuando sea intrínsecamente un escritor de primera, que no pueda, sencillamente, entender, y nunca haya podido entender, lo que quieren decir, y han estado queriendo decir, sus cofrades escritores y que siempre ha sido demasiado tímido para preguntarlo. Ese escritor siente esa deficiencia suya hasta el punto de sentirse angustiado. Siendo, como es, esencialmente un tipo humilde, se ha esforzado al máximo toda su vida para entender (aunque, aun así, tal vez no lo suficiente), por lo que tiene su cuarto lleno de números de las revistas *Partisan Review*, *Kenyon Review*, *Minotaur*, *Poetry*, *Horizon*, incluso números antiguos de *Dial*, de cuyo contenido no acaba de entender nada exactamente, salvo cuando una ocasional contribución suya, de hace muchos años, le suena levemente, cada vez más levemente, porque, a decir verdad, ya no consigue entender su propia obra anterior y, sin embargo, vuelve a intentar, por cienmilésima vez, entender *La canción de amor de Alfred Prufrock*, por nuevemillonésima vez, forcejear con *La tierra baldía*, cuyo primer verso —pese a sabérselo de memoria, ¡claro está!— sigue resultándole tan obscuro como siempre y en el que nunca ha podido entender por qué había de compararse a Cristo con un tigre, si bien lo movió a leer a William Blake (en realidad, de niño se había sentido atraído por William Blake, porque había leído en el *Times* londinense de su padre que Blake estaba majareta), cuyo poema sobre el corderito tal vez sea la única cosa de toda la literatura que ha comprendido enteramente y aun en ese caso tal vez se esté engañando a sí mismo. Estoy bromeando en parte, pues, en realidad, mi escritor tiene una sólida base de conocimientos sobre Shakespeare. Hum. En cualquier caso, cuando encara en verdad el asunto, comprueba que a la formación de su gusto no necesariamente han contribuido cosas que le hayan gustado, sino cosas que ha entendido, o, mejor dicho, estas últimas son tan lamentablemente pocas, que ha acabado identificándolas ambas cosas. ¿Se trata de un retrato fantástico? Pues no es que este hombre no sea creativo, es que, por serlo tanto, no entiende nada: por ejemplo, nunca ha podido seguir la

trama de la película más sencilla siquiera, porque es tan suscep-
tible al menor estímulo de esa clase, que, mientras la contempla,
otras diez películas se desarrollan en su cabeza. Y lo mismo ocurre con la música, la pintura, etcétera. A sus 37 años, tras haber logrado una fama espuria por diversas obras que, como digo, hace
mucho que dejó de entender él mismo, advierte que sólo ha disfrutado de verdad con distanciamiento estético cuatro cosas en su
vida: un poema de Conrad Aiken, una representación de *Ricardo
II*, cuando contaba diez años de edad, en el hipódromo de Birc-
kenhead, un disco de gramófono de Frankie Trumbauer con Eddie Lang, Venuti y Beiderbecke y una película francesa dirigida
por Zilke (¿rima con Rilke?) titulada *La tragedia de un pato*. Pese
a todo, sigue logrando la heroicidad de leer unas páginas de *Siete
tipos de ambigüedad* de William Empson todas las noches antes
de quedarse dormido para no perder la práctica, por decirlo así, y
mantenerse al día...

Este retrato encierra una verdad, pues este hombre, aun siendo un artista auténtico —de hecho, probablemente no piense en
otra cosa que en el arte—, es, a diferencia de la mayoría de los artistas, un ser humano de verdad, pues, por desgracia, así es como la
mayoría de los seres humanos ven a otros seres humanos: como
sombras, mientras que ellos son la única realidad. Cierto es que
con frecuencia esas sombras son amenazadoras, o angélicas, el
amor puede moverlas, pero son esencialmente sombras, o fuerzas, y falta la pincelada del novelista en su percepción humana. En
verdad, nada puede ser más disímil de la experiencia real de la vida
que el retrato realista medio de un personaje. No obstante, la ce-
guera, el aislamiento y la angustia de Martin se deben, todos ellos,
a una razón. Me imagino que en el camino de Damasco, cuando se
le caiga la venda de los ojos, se le concederá la gracia de entender
también los heroicos esfuerzos de otros artistas. Entretanto, tendrá que habérselas, como se suele decir, con ellos en la obscuridad,
lo que constituye su penitencia.

(Nota: conviene decir en algún momento que Martin llevaba
tanto tiempo en este planeta, que casi se había engañado a sí mismo

para creer que era un ser humano, pero, con su yo más profundo, sentía que no era así o sólo en parte. No podía encontrar su visión del mundo en libro alguno. Nunca había logrado descubrir más que un aspecto superficial de sus sufrimientos o sus aspiraciones y, aunque se había acostumbrado a fingir que pensaba como las demás personas, no era así. Se considera que, cuando se descubrió que el mundo era redondo y no plano, logramos un gran avance, pero para Martin era perfectamente plano, pero sólo un poquito de él, el ruedo de sus propios sufrimientos, aparecía de una vez. Tampoco podía imaginarlo girando, pasando de Oeste a Este. Veía la Osa Mayor como se puede ver un anuncio iluminado, como algo fijo, aunque con asombro infantil, y pensando en los diamantes de su madre, pero no podía imaginar sus movimientos. El mundo no giraba ni tampoco las estrellas en sus órbitas o, cuando el Sol salía por sobre la montaña por la mañana, eso era exactamente lo que hacía. No era humano, no obedecía a las mismas leyes, aunque superficialmente lo mejor que se podía decir de él era que se trataba de un joven de apariencia normal con modales bastante ceremoniosos. ¿Cómo explicar, si no, el continuo y doloroso conflicto existente entre la realidad y él, incluso entre su ropa y él? «Hay una continua guerra fría entre mi ropa y yo». Como un hombre criado por monos, o entre caníbales, había adquirido algunas de sus costumbres; parecía un hombre, pero ahí acababa el parecido y, si bien compartía algunas de sus pasiones, las compartía también con los animales. Describir a Martin Trumbaugh levantándose de la cama, las complicaciones, futilidad, complicaciones con la ropa, la realidad, etcétera. Y, sin embargo, en su yo más profundo, tenía aspiraciones que no eran ni animales ni, por desgracia, demasiado comúnmente humanas. Deseaba tener fuerza física, no para derrotar a otras personas, sino para ser compasivo de forma más práctica. Valoraba la compasión por encima de todas las cosas, aunque veía la debilidad de esa aspiración. De hecho, cualquiera que dijese algo así parecería inmediatamente condenado por algún tipo de hipocresía ante él, del mismo modo que él se sentía condenado en ese momento. Esa debilidad de la autocompasión deseaba corregirla también. Valoraba la cortesía, el tacto, el humor, pero quería descubrir cómo se podían poner en práctica sin corrupción. Ahora bien, por encima de todo, valoraba la lealtad... o algo parecido a la lealtad, aunque en una forma extrema: la lealtad a sí mismo, la lealtad a sus seres queridos. Por encima de todas las cosas tal vez, quería ser leal a Primrose en la vida, pero quería serle leal más allá de la vida y en cualquier vida que pudiese haber en el más allá. Quería serle leal más allá de la muerte. En resumen, que en el fondo de ese caos que era su naturaleza idolatraba las virtudes que el mundo parecía haber desechado por considerarlas tediosas o tan sólo económicamente productivas o del todo ajenas a la realidad. De modo que tanto en su naturaleza inferior como en la superior, no se sentía humano y en general estaba tan enredado en las complejidades de su naturaleza, que con demasiada frecuencia no exhibía virtud alguna y sí todos los vicios, en tiempos palmarios y ahora obscuros; pecados que, pese a su victoria, gracias al protestantismo resultan menos funestos de lo que en realidad son y tenía toda la razón...)

Otro sueño sobre una gran catedral desierta y, sin embargo, maravillosamente participante en la vida, urinarios debajo de ella, tiendas dentro de su propia arquitectura, los grandes trípticos invisibles de Rubens en la obscuridad y el gigantesco tintinear de una campana enorme... la paz y los distantes sacerdotes reverentes de blanco transportando lingotes.

El radiotelegrafista rezando a solas en la iglesia y yo soy también él.

—*Delirio del mar bajo la Luna*—

11 de diciembre. Noche

Sin timón en un barco voy
En medio del mar, entre dos vientos
Que en contra soplan cada vez más.

Conviene tomar en serio la observación de Chaucer: algo no va bien en nuestro timón. Eso es lo que me parece al menos, aunque no puedo obtener información y, para humillación mía, no tengo conocimientos sobre el artefacto hidráulico del que dependemos, pero el buque no obedeció antes a su timón desde el puente superior y algo no va nada bien. Casi todos los marineros parecen estar trabajando abajo y sospecho que el segundo oficial ha bajado a observar el eje de la hélice, lo que es mala señal... Sin timón y sumidos en la tormenta estamos.

—Esta noche, en plena tormenta, frente a las Azores, por estar nuestro camarote —el del jefe de artilleros— a sotavento y ser el viento del Sudoeste, con mares tremendos, pero avanzar nosotros en la dirección del viento, hemos podido dejar nuestro ojo de buey abierto de par en par, mientras el barco se inclinaba a sotavento, y por él veíamos el mar que, como las grandes togas de un doctor en teología, se replegaba a sotavento, la espuma como lana de cordero; el viento en el cordaje alcanzó tal agudo tono de gemido, que casi sonaba a falso, como el de una película en torno a una casa embrujada y, de hecho, todo el buque sonaba como una inmensa exageración de lo mismo: metálico rechinar de cadenas, repiques sobrenaturales, tintineos, traqueteos y chachareos inexplicables y repentinos aullidos horribles; de abajo, donde las máquinas, llegaba un inimaginable ruido de aporreos, pitidos y golpazos, acompañados, además, a saber por qué, y a intervalos regulares —y como si

El Marinero entró en trance, pues el poder angélico hizo que el navío se dirigiera hacia el Norte con una velocidad mayor de la que la vida humana puede soportar.

estuvieran allá abajo ocultos algunos de los místicos arponeadores secretos de Ahab dedicados a fabricar sus armas— unos martillazos tremendos que siempre cesaban al cabo de un rato y sin duda tenían que ver de algún modo con la hélice, pero tan espantosos, que sólo podía explicárselos a Primrose diciendo que, en realidad, durante las tormentas era habitual que el jefe de máquinas mantuviera a sus intransigentes mecánicos dedicados a desprender la herrumbre (no me ha creído, pero ha asentido con la cabeza y con expresión grave) para que no se desanimaran o se aburriesen y perdieran los nervios; además, y también a intervalos regulares, había el ruido que parecía salir de la pared situada entre mi camarote y el del radiografista, como cuando se acciona un gato, que Sacheverell Sitwell nos ha enseñado a asociar con la despedida o el saludo vespertino de un *poltergeist*. Debajo de mí, tumbado en la litera, cuando era posible, el buque se retorcía y, en los momentos de crisis, como una mujer en una agonía de placer y, al mirar afuera y observar las gigantescas olas, alzándose por encima de nosotros y por doquier, como si estuviéramos en un volcán, parecía imposible que el buque sobreviviera al castigo que estaba recibiendo; ruidos horribles, trastornantes, llegaban también de la galera cerrada, dos cubiertas más abajo, donde aquel día el cocinero había recibido graves quemaduras, y, sin embargo, en ningún momento nos visitó el mar a través del ojo de buey, estábamos a salvo en medio del caos, el viento se alzaba hasta un aullido de lobos cuando avanzábamos

El movimiento sobrenatural se aminora; el Marinero se despierta y se reanuda su sacrificio.

hundiéndonos y me dejaba no sólo la sensación de que era imposible estar experimentando aquello, sino también y en todo momento la de no haberlo experimentado en absoluto.

Hemos tenido que cambiar de rumbo, dice el capitán, y navegamos a estima.

—Loca partida de ajedrez con el capitán en su camarote: la mayoría de las mesas y las sillas estaban sujetas a la cubierta (he estado a punto de decir: al suelo), otras sillas y demás están atadas, por lo que el camarote parece el cuarto de juegos del escapista —¡cómo detesto esa frase!—, pero el caso es que todo se vuelca de vez en cuando: apertura de *giuoco piano*; las piezas del ajedrez se sujetan en el tablero; la botella de *whiskey* encajada en la bota de marinero con forro interior de piel y situada junto a la mesa, porque la bota no se vuelca, es para mí, él apenas la toca; esta partida de ajedrez es su idea de una hora de relajación en lugar del sueño: me ha llamado para jugar en plena noche, como si yo fuera un cortesano medieval sujeto a los deseos del Rey; se lanza a la caseta de derrota, como cuando en el *rugby* se lanza uno de los jugadores, cuando la mitad de la líneas cerradas de los delanteros se encuentran sobre las veinticinco yardas del equipo contrario, pasada la línea de tiro, si bien en este caso los xv contrarios no son seres humanos, sino objetos, por fortuna estáticos; el radiotelegrafista lleva tres días sin dormir, parece medio muerto, el pobre hombre, sigue esforzándose cuesta arriba en el camarote del capitán de vez en cuando con noticias imbéciles sobre buen tiempo y vientos ligeros en el Báltico; entretanto, la escena de fuera, cuando puedo verla, es como un descenso a la vorágine. Otras noticias más serias van siempre acompañadas, para diversión sardónica del capitán, de algún comentario como «estos partes nada tienen que ver con la navegación». Es evidente que estamos en malas condiciones, si bien el capitán no tiene la intención de decirme cuál es el problema o al menos aún no; en cualquier caso, no nos oímos al hablar. Sin embargo, el capitán tiene una expresión muy grave, pese a lo cual, después de una larga partida, me derrota contundentemente. Grisette, la gatita, está encantada con todos esos dispositivos de escapista, que tan bien le vienen. Yo he estado tan absorto en el juego, que se me ha olvidado mirar al puente, que parecía anormalmente obscuro, para ver si había un hombre al timón. Sin embargo, le he dicho a Primrose que había uno, pero —que Dios me asista— no creo que lo hubiera.

—La partida de ajedrez me parece ahora totalmente irreal y algo como esa fantasmagórica, maravillosa y absurda escena en la película francesa de Epstein *La caída de la casa de Usher*, en la que Roderick Usher y el viejo doctor están leyendo junto al fuego y la casa ya se ha incendiado y no sólo eso, sino que, además, se están abriendo grietas en las paredes y, de hecho, la casa se está cayendo a pedazos a su alrededor, mientras las llamas avanzan poco a poco hacia ellos por la alfombra y, además, una demencial tormenta eléctrica está descargando sus relámpagos fuera, en la ciénaga, por la que la Sra. Usher, de soltera Ligeia, tras haberse alzado de su tumba, se está abriendo paso de vuelta a su casa con cierta dificultad; no obstante, Usher y el buen doctor, absortos en el relato, siguen leyendo; por cierto, que el inefable final feliz de esa película —pensó Martin— bajo las estrellas, con Orión convertida de repente en la Cruz y Usher reconciliado con su mujer en esta vida, pero en otro plano, fue una genialidad que tal vez superara al propio Poe y ahora se me ocurre que algo así debería ser el final de la novela...

> Roderick Usher rose at six
> And found his house in a hell of a fix.
> He made the coffee and locked the door,
> And then said, what have I done that for?
> But had poured himself a hell of a snort
> Before he could make any kind of retort,
> And poured himself a jigger of rum
> Before he heard the familiar hum
> Of his matinal delirium
> Whose voices, imperious as a rule,
> Were sharper today, as if at school:

Today, young Usher, you're going to vote.
Said Roderick, that's a hell of a note.
So he packed his bag full of vintage rare,
His house fell down but he didn't care,
And took the 9:30 to Baltimore
And was murdered, promptly, at half past four.[1]

—Tres holandeses errantes.

Más tarde. En un vano intento de conseguir alguna información, recurro al cuarto oficial, quien me dice —es la clase de información que podría haberme dado yo a mí mismo en una situación
similar— que todos los marineros están ocupados colocando una
ceinture en torno al buque para impedir que se parta. (La verdad
es que no es tan divertido como parecía: conseguir los recortes de
periódico con la historia contada por Pat Terry del barco que utilizaba cadenas para eso; además, es un buque de soldadura eléctrica; el peligro de que se parta en dos o de que se le agriete el casco
es muy real.)

Charles dice, sonriendo: «Mira, Sigbjørn, todos estos buques
Liberty se partían en dos en el Atlántico, en la guerra». Después,
al ver la cara que ha puesto Primrose, ha añadido: «No se preocupe, señora, hemos colocado una *ceinture* en el medio».

Más tarde. Mi instinto de marinero me dice, de repente —y
resulta asombroso con qué brusquedad se me echa encima semejante crisis— que, en realidad, va a ser un milagro de lo más rarí-
simo si salimos de ésta. Lo peor es no poder hacer nada. Peor aún:

---

[1] «Roderick Usher se levantó a las seis/Y encontró su casa en un inmenso
lío./Se hizo el café y cerró la puerta,/Y después dijo: "¿Qué he hecho yo para
merecer esto?"/Pero se había servido un trago de aúpa de ron/antes de oír el
rumrum habitual/de su delirio matinal/cuyas voces, imperiosas por lo general,/
eran entonces más ásperas, como en la escuela:/"Hoy, jovenzuelo Usher, vas a ir a
votar"./"Esa sí que es", dijo Roderick, "una faena mortal./Conque llenó su morral
de caldos con solera;/su casa se desplomó, pero para él fue como oír llover;/Tomó
el tren de las 9.30 para Baltimore/Y fue asesinado sin falta a las cuatro y media.»

no sé lo que están haciendo o, si creen estar haciendo algo, qué idea tienen de lo que puede ser. Pese a la broma del cuarto oficial, se oye, de hecho, un sonido como si el barco se estuviera partiendo. En un barco antiguo de los que yo conocía, si fallaba la dirección, había un anticuado timón de velero en la popa que podía entrar en acción directamente. Además —aunque resulte increíble— incluso en época tan avanzada como 1927, llevábamos velas a bordo y el encargado de las lámparas, uno de los suboficiales, puesto que ya no parece existir, correspondía al antiguo velero. Aquí no hay un timón como de velero y, desde luego, no hay velas, pero hay dos timones, uno encima del otro, en los puentes superior e inferior, y, por lo que he podido deducir, los dos están fuera de servicio. Sin embargo, todavía vamos gobernados por el timón y no vamos al pairo. Lo que hemos de agradecer es que no hayamos perdido nuestra hélice... aún.

—Martin se tomó a pecho su ignorancia de la naturaleza de la crisis y pensó que se debía a que aquellos buques Liberty no eran como los antiguos barcos —en los que se podía ver lo que ocurría—, se debía a que había una oclusión casi kafkiana, todo cerrado, horrendo, por lo que en el camarote del jefe de artilleros, si bien estaba comunicado con el puente, igual podría haber estado oculto en la cubierta superior de uno de los barcos de vapor de la Fall River Line, pero, pensara lo que pensase él, todo parecía formar parte de su aislamiento en sentido más amplio y, de hecho, como el suplicio final de...

A Primrose, cada vez que se tropieza con alguien, le aseguran que todo va bien y que no hay motivo de preocupación. No se deja engañar en modo alguno, pero finge que sí. Es buena navegante, pasa el tiempo comiendo bocadillos, pues llevamos dos días sin comida caliente, y contemplando la tormenta desde el puente inferior. ¿Qué otra cosa se puede hacer? No podemos montar en las literas, porque nos vemos arrojados de ellas. Los pobres salvadoreños, el deportista húngaro y los Mynheer Peeperhorns están, todos ellos, medio muertos del mareo y nada puede hacer nadie por ellos. Sin embargo, nuestra reserva de licor adquiere por una vez una dimensión de utilidad social. El segundo oficial nos informa de que todos los botes salvavidas a estribor han quedado destrozados. Sería como para pensar que advertiríamos semejante cosa, pero, a saber por qué, no fue así. Un bote salvavidas a babor está aún entero: *Côté à l'Abri du vent...* etcétera. Mientras, el timón ha vuelto a funcionar en el puente inferior.

Más tarde. Ahora la velocidad del viento es de 100 millas por hora. Parece increíble, pero he olvidado si equivale a fuerza 10 o 12. Informe telegráfico del tiempo: cielo cubierto, algunas lluvias.

12 de diciembre.

Informe de posición. Vapor *Diderot*. No hay información de posición. (Como diría Stephen Leacock.)

13 de diciembre.

Tres de la mañana. El viento es ahora de fuerza 10–11. En el puente inferior con Primrose y el *Commandant*, que dice a Primrose riendo:

«Pues ahora no hay nada que hacer, pero, si quiere, señora, puede rezar».

—Escena —que paraliza— de la tormenta vista desde el puente, del barco presa de la zozobra y recibiendo en su interior ola tras ola de fuego blanco a la deriva; después de cada embate la espuma sube como humo por el mástil y hasta por encima de la luz del palo de trinquete.

Más tarde. Ya llevamos dos noches —creo que han sido dos— sin dormir: resulta imposible tumbarse ni sentarse siquiera. Nos mantenemos de pie apoyándonos y sujetándonos. Gracias a Dios, este escritorio está fuertemente afianzado, por lo que con una mano me aferro a él y con la otra escribo. Espero que pueda leer estos garabatos después. Primrose pasa la mayor parte del tiempo en el puente inferior. Sé que está aterrada, pero no lo dice. De vez en cuando viene tambaleándose para tranquilizarme o darme las últimas noticias. Primrose...

Me dice: todo el mundo está en su puesto, excepto el primer oficial, ¡que está durmiendo! El capitán envía a un hombre a que lo despierte: imposible. Al final, el capitán en persona baja hecho una furia. Gritan y lo zarandean, pero, según dice André, «era como un cadáver».

Negrura absoluta y agua desenfrenada en derredor. Vuelta a empezar con el problema del timón. Escena pavorosa en la caseta del puente: el timón girando, completamente inútil, y el barco lanzado como un murciélago escapando del Infierno. ¿O lo he soñado?

El barco parece saltar fuera del agua, estremecerse de punta a punta.

Sonnez les matines!

Sonnez les matines!

De vuelta en el camarote del jefe de artilleros, recuerdo que Gerald dijo en cierta ocasión: «Cuando no sepas qué hacer, redacta un memorando». Así lo hago... la muerte comparada con un manuscrito rechazado. Soy el nieto de mi abuelo, que se hundió con su barco: ¿debo hacerlo yo? En cualquier caso, el buque no es mío... Parece innecesario. Sería de lo más embarazoso, la verdad. Bochorno para el capitán. Un relato: «El último *apéritif*»

Martin pensó que ese tipo de pensamientos estúpidos eran un simple mecanismo para cortocircuitar la ansiedad sobre Primrose en una situación de inacción forzosa. Esa ansiedad, cuando cedes un poquito, no parece tanto ansiedad cuanto inoculación contra una pena intolerable y atroz, una pena que en verdad se parece exactamente a esta mar...

Primrose, riendo, consigue gritarme: «Mira, he tenido la idea más estúpida: si tenemos que montar en el bote salvavidas, no debo llevar puesto mi abrigo de piel; ¡no quiero echarlo a perder!»

Pero, en realidad, ya no hay botes salvavidas.

Resulta inútil intentar meterse en la litera: acabamos arrojados al suelo.

Otra forma de afrontar la muerte es la de concebirla como un inspector mexicano de Emigración: «Hola. ¿Qué le pasa? Parece que se hubiera tragado el chivo de Pat Murphy y los cuernos le salieran por el culo».

(Ése es el admirable comentario que el pescador de la isla de Man hizo al capitán del buque que no sólo había estado a punto de hundirle la barca, sino que, además, se puso a gritarle como una furia por no apartarse, conque cuento a Primrose esa historia, que le divierte mucho. De hecho, es suficiente para hacer reír a Dios, esa historia, siempre lo he pensado. Posiblemente algo parecido a esa anécdota —que me contó un pescador de la isla de Man— sea el origen de la amenaza de un personaje —¿Bildad?— de *Moby Dick*: «Me tragaré un chivo vivo, con pelos, cuernos y todo».)

Nuestra casa. Días increíblemente preciosos a veces en diciembre. ¡Menudo resplandor para ser diciembre! Vistas celestiales. Luego una campana que sonaba en la neblina. Me gustaría que alguien la tuviera, viviese en ella, sin miedo a que lo expulsaran.

—Tú, dios de esta gran inmensidad, refrena ese oleaje
    Que lavan el Cielo y el Infierno: el silbido del marinero
    Es un susurro en los oídos de la muerte,
    Desatendido.

Pero debemos agradecer que no haya seis susurros *breves* seguidos de uno *largo*.

En realidad, supongo que se han salvado muchas vidas gracias a que el tiempo fuera tan malo, a que no se pudiese abandonar el barco.

Sonnez les matines!
Sonnez les matines!

Tres S.O.S. emitidos a la vez. La radio en el camarote contiguo chisporrotea como una pequeña tormenta dentro de una tormenta en el interior. El radiotelegrafista me ha dicho —¿cuántas horas hace?— que un petrolero costarricense lleva tres días hundiéndose. Otro griego y otro finlandés también están pasándolo mal y ahora otro panameño. El barco griego se llama ΑΡΙΣΤΟΤΕΛΗΣ para comunicarnos, simplemente, nuestras unidades, es de suponer, ya que el destino personal de Aristóteles no es de gran ayuda. (Nota: Aristóteles se ahogó.) Estamos todos demasiado lejos unos de otros, demasiado en las últimas, a nuestra vez, para poder ser útiles. Aun así, es un consuelo mutuo saber que no estamos solos. Al parecer, se trata de una de las peores tormentas que se recuerdan en el Atlántico. Aunque siguen llegando mensajes, que «nada tienen que ver con la navegación».

Los ventiladores cantan con desenfrenada alegría de órgano: ¡Escúchanos, Señor, desde el Cielo, Tu morada!

—Ningún barco resistiría muchos oleajes así: en los antiguos barcos de vapor, la mitad de la tripulación quedaba incomunicada en el castillo de proa. Ahora son los pobres pasajeros, los salvadoreños, etcétera, los que permanecen incomunicados.

Ideas populares y falsas que desterrar sobre los franceses, sobre los oficiales y la tripulación de este barco, en cualquier caso (mensaje en una botella).

La de que son predominantemente homosexuales. (No parece que haya ninguno a bordo de este barco, si bien un francés puede llevar una vida equilibrada e incluso caballeresca con una jirafa hembra sin infligírtela.)

La de que son predominantemente infieles a sus esposas. (Todos los hombres casados, oficiales y marineros, con los que he hablado tienen en común un deseo vehemente: el de pasar la Navidad con sus esposas, si bien ésta puede ser una virtud propia de los navegantes casados.)

La de que son mezquinos. (Su *concièrge* puede serlo. La señora P. P. lo es.)

Fuera cual fuese el yugo al que estuvieran sometidos, por mucha hambre que pasaran, creo que nunca se encontrarían en Francia, o entre franceses, los atroces espectáculos de desesperación y degradación que se pueden ver diariamente en las calles de Vancouver (Canadá), donde el hombre —tras haber dado la espalda a la naturaleza y por carecer de otro patrimonio de belleza y fe en una civilización en la que Dios ha pasado a ser una lavadora estadounidense o un automóvil, se niega incluso a conducir correctamente y, al carecer del impulso estadounidense que procede de una fe en el acto mismo de domeñar la propia naturaleza, porque los Estados Unidos, al haberse quedado sin naturaleza que domeñar, se están volviendo hacia el Canadá, con lo que este país se siente acorralado, mientras que la mejor forma de caracterizar a un canadiense es la de considerarlo un conservacionista dividido contra sí mismo— cae en pedazos delante de ti. Los informes nada tienen que ver con la navegación. Esa propia situación extrema del Canadá, en lugar de malos augurios, probablemente presagie un importante nuevo nacimiento de la sabiduría en ese país, que los propios Estados Unidos habrán de agradecer.

La de que no son buenos navegantes. (Incluso Conrad, con su talante más hosco, reconoció en *The Rover* que eran de los mejores.)

La de que no tienen sentido del humor o es afectado, limitado o simplemente cortés. (El «sillón de las carcajadas» de Rabelais nunca ha estado vacío.)

Prosper Merimée a propósito de los escoceses y de los norteamericanos colocados en mesas distintas en la Riviera (durante la Guerra Civil de los Estados Unidos) «para impedir que se comieran entre sí». Se deberían disipar ideas falsas similares sobre los estadounidenses, los ingleses, los judíos, los mexicanos, los negros, etcétera, etcétera. Un ejemplo de humor que se puede apreciar en cualquier lengua: Grisette está ahora en celo.

La peor falta de los franceses es la de que no escuchan lo que se dicen unos a otros. No es de extrañar que caigan sus gobiernos... o más bien es que hablan tanto todos a la vez, que tal vez ni siquiera los oigan caer.

Oración a la Virgen de los que a nadie tienen.

Pues es la Virgen de los que a nadie tienen.

Y de los marineros en el mar.

Y al Santo de las Causas Desesperadas y Peligrosas.

Y de los tres salvadoreños, del deportista húngaro y de los tres Mynheer von Peeperhorn.

El aprieto de un inglés que es un escocés, que es un noruego, que es un canadiense, que es un negro de Dahomey en el fondo de su corazón, que está casado con una estadounidense y va a bordo de un barco francés en apuros construido por norteamericanos y descubre por fin que es un mexicano que sueña con los Acantilados Blancos de Dover.

Objeción mística al cambio de religión, pero que el mundo entero empiece de nuevo. Una amnistía universal (extensiva incluso a los matones, a los inspectores mexicanos de inmigración, a los maestrillos y, por último, a mí, que nunca he levantado un dedo para hablar contra la muerte en vida que me rodea hasta este momento). La sociedad —esos asnos, esos hombres—, que siempre ha hecho algo peor, es demasiado culpable ante Dios para exigir colectivamente cuentas permanentes y en sentido amplio a un hombre por un delito contra ella por perverso que sea.

El día en que en la isla de Bowen encontramos las campanas de bronce y vimos los patos abigarrados.

Oración por Einar Neilson, que nos despidió cantando «Shenandoah».

«Y de toda la Tierra, mientras gira por el espacio, llega un canto». (C. A.)

Sonnez les matines!
Sonnez les matines!

¿Le gusta este jardín? ¿Que es suyo?

La vanidad de los seres humanos es tremenda, más fuerte que el miedo, peor que en aquella historia de Schopenhauer.

En el camarote contiguo se sigue oyendo un S.O.S. *Battement de tambours!*

Dios salve al Rey de los Pescadores.

No puedo decir en absoluto lo que está pasando en cubierta y de momento absolutamente nada se puede hacer, cosa que nunca es como la imaginamos. No obstante, se trata, pensó Martin, de una situación en la que se encuentran tarde o temprano todos los novelistas. Póngase el chaleco salvavidas pasando los brazos por entre las tiras de los hombros. Ni hablar. Aunque lo intentara, no podría. Siempre he tenido problemas con cosas así. Pon el chaleco salvavidas a Primrose, pensó Martin, pero Primrose, que estaba comiendo un bocadillo, ya había decidido volver al puente, conque, entretanto, conseguimos una copa. Es una bebida bastante buena, extraña.

À ce signal:

—Vaya a su camarote.

—Abríguese bien.

—Póngase el chaleco salvavidas y diríjase, dejándose guiar por el personal, al puente de embarcaciones, por el lado protegido del viento...

La señal de abandono... Con este ruido no podría oírla.

El camarote del jefe de artilleros.

Martin juró que, si sobrevivía, no volvería a cometer por voluntad propia otra acción perjudicial, ni una acción generosa con segundas intenciones, a no ser que fuese desinteresada, pero lo que había que hacer era *no olvidar esto*, como el personaje del relato de William March, si llegas a salir del apuro. Dios, bríndame —pide— la oportunidad de ser caritativo de verdad. Hazme saber qué es lo que quieres que haga...

—Ojalá estuviera aquí el viejo Charon...

El todo es un ensamblaje de partes aparentemente disonantes que se deslizan unas por delante de las otras...

Algo parecido a nuestro engranaje de la dirección, en realidad.

—la ley de las series.

Sonnez les matines!

Sonnez les matines!

Noches milagrosas como éstas... etcétera.

Santo Dios... parece que volvemos a tener dirección.

Y el Viejo Marinero contempló su país natal.

Y para enseñar, con su propio ejemplo, amor y reverencia a todas las cosas que Dios hizo y amó.

El segundo oficial dice a Primrose, riendo: «Hemos pasado toda la noche salvándole la vida, señora».

El amanecer y un albatros, ave del cielo, deslizándose a popa.

À 9nds, arrivée Bishop Light, Angleterre, le 17 Dec. vers 11 H.

—El vapor *Diderot* zarpó de Vancouver el 7 de noviembre y de Los Ángeles el 15 de noviembre con destino a Rotterdam.

> *Frère Jacques*
> *Frère Jacques*
> *Dormez–vous?*
> *Dormez–vous?*
> *Sonnez les matines!*
> *Sonnez les matines!*
> *Ding dang dong!*
> *Ding dang dong!*

EL EXTRAÑO CONSUELO
QUE BRINDA LA PROFESIÓN

Sigbjørn Wilderness, escritor americano que se encontraba en Roma con una beca Guggenheim, se detuvo en los escalones por encima del puesto de flores y escribió, echando vistazos de vez en cuando a la casa que tenía ante sí, en una libreta negra:

Il poeta inglese Giovanni Keats, mente meravigliosa quanto precoce, morì in questa casa il 24 febraio 1821 nel ventissesimo anno dell'età sua.

Entonces, presa de un repentino acceso de nerviosismo y echando de vez en cuando vistazos no sólo a la casa, sino también a la iglesia de Trinità dei Monti, situada tras él, a la mujer del puesto de flores, a los romanos que subían y bajaban la escalinata o pasaban abajo por la Piazza di Spagna (pues, aunque era varios años después de la guerra, temía que lo tomaran por un espía), dibujó, lo mejor que pudo, la lira, similar a la que figuraba en la tumba del poeta y que aparecía en la casa entre el texto italiano y su traducción:

Después añadió rápidamente las palabras situadas bajo la lira:

El joven poeta inglés John Keats murió en esta casa el 24 de febrero de 1921, a la edad de 26 años.

Acto seguido, volvió a guardarse la libreta y el lápiz en el bolsillo, dirigió de nuevo a su alrededor una mirada más detenida y penetrante —pero que, en realidad, estaba cargada de tal malestar, que nada vio, sino que iba destinada a decir: «Tengo perfecto derecho a hacerlo» o «Si me habéis visto hacerlo, pues muy bien, soy alguna clase de detective, tal vez incluso alguna clase de pintor»—, bajó los escalones restantes, lanzó en derredor otra mirada desasosegada y, con un suspiro de alivio, entró, como quien se va a la cama, en la reconfortante obscuridad de la casa de Keats.

Allí, tras haber subido la estrecha escalera, se encontró casi al instante ante un rótulo en una vitrina que decía:

Restos de resinas aromáticas utilizadas por Trelawny para la cremación del cadáver de Shelley.

Y también copió —pues su libreta, con la que había vuelto a armarse, en modo alguno estaba fuera de lugar allí— esas palabras, aunque no hizo comentarios sobre las propias resinas, que le pasaron en gran medida inadvertidas, como, de hecho, también la propia casa —había aquella escalera, había un balcón, estaba obscuro, había muchos cuadros y aquellas vitrinas—, se parecía un poco a una biblioteca, en la que no vio ninguno de sus libros: ésas fueron más o menos las percepciones no registradas de Sigbjørn. De las resinas aromáticas pasó al atesorado certificado de matrimonio del mismo poeta y Sigbjørn transcribió también ese documento, escribiendo con rapidez a medida que sus ojos iban adaptándose a la tenue luz:

Percy Bysshe Shelley, de la parroquia de Saint Mildred, Bread Street (Londres), viudo, *y* Mary Wollstonecraft Godwin, de la ciudad de Bath, soltera, menor de edad, *contrajeron solemne matrimonio en esta Iglesia con el consentimiento de* William Godwin, padre de la novia, *el día treinta de diciembre del año mil ochocientos dieciséis,* ante mí, Sr. Heydon, coadjutor.

PERCY BYSSHE SHELLEY

MARY WOLLSTONECRAFT GODWIN

En presencia de

WILLIAM GODWIN

M. J. GODWIN.

Debajo, Sigbjørn añadió misteriosamente:

Némesis. Matrimonio del marino fenicio ahogado. Un poquito raro aquí, si acaso. Triste: me siento un canalla mirando estas cosas.

Después siguió adelante rápidamente —pero no tanto como para no tener tiempo de preguntarse, al tiempo que sentía una remota punzada, por qué, si no había razón para que ninguno de sus libros estuviera allí arriba, en los estantes, estaba justificada la presencia de *In Memoriam, Sin novedad en el frente, Luz verde y Guía de campo de las aves occidentales*— hasta otra vitrina en la que aparecía una carta enmarcada e inconclusa, evidentemente de Severn, el amigo de Keats, que Sigbjørn copió como antes:

Estimado señor:

El estado de Keats ha experimentado cierto empeoramiento —al menos su mente ha empeorado mucho, muchísimo— y, sin embargo, no ha vuelto a vomitar sangre, su digestión ha mejorado y, exceptuada la tos, debe de estar mejorando, es decir, por lo que se refiere a su cuerpo... pero la fatal perspectiva de la tisis sigue cerniéndose en su cabeza y lo convierte todo en desesperación y desdicha: no quiere oír hablar de vivir, no, señor, parece que pierdo su confianza al intentar infundirle esa esperanza [las líneas siguientes habían sido tachadas por Severn, pero Sigbjørn las anotó igualmente con determinación: *pues su conocimiento de la anatomía interna le permite juzgar cualquier cambio con exactitud y contribuye en gran medida a su tortura*], se niega a considerar su futuro favorable —dice que los continuos esfuerzos de su imaginación ya lo han matado y, si se recuperara, no escribiría ni un verso más—, no quiere oír hablar de sus buenos amigos de Inglaterra, excepto de lo que han hecho —lo que constituye otra carga—, pero de sus inmensas esperanzas puestas en él —en su éxito seguro, en su experiencia— no quiere oír ni una palabra y la necesidad de algún tipo de esperanza para alimentar su viva imaginación...

Como la carta se interrumpía ahí, Sigbjørn, libreta en mano, se dirigió despacio y de puntillas hacia otra vitrina, ante la cual, en vista de que aparecía otra carta de Severn, escribió:

Estimado Brown:
Nos ha dejado: murió con la más completa serenidad, pareció quedarse dormido. El día 23 a las cuatro y media aparecieron los atisbos de la muerte. «Severn, levántame, porque me muero: va a ser fácil, no te asustes, agradezco a Dios que ya haya llegado». Lo levanté en mis brazos y las flemas parecían hervirle en la garganta. Fue en aumento hasta las 11 de la noche, cuando se fue sumiendo en la muerte tan serenamente, que aún pensé que estaba dormido... pero no puedo decir más ahora. Estoy destrozado y me fallan las fuerzas. No puedo quedarme solo. Llevo nueve días sin dormir: los transcurridos desde entonces. El sábado un caballero vino a moldear en yeso su mano y su pie. El jueves hicieron la autopsia. No quedaba nada de los pulmones. Los doctores no...

Sigbjørn, muy conmovido, lo releyó tal como figuraba ahora en su libreta y después añadió debajo:

El sábado un caballero vino a moldear en yeso su mano y su pie: ésta es la línea más siniestra para mí. ¿Quién era ese caballero?

Una vez fuera de la casa de Keats, Wilderness no se detuvo ni miró a derecha e izquierda, ni siquiera al American Express, hasta que llegó a un bar, en el que entró sin pararse a anotar su nombre. Tuvo la sensación de haber avanzado de una vez, de una zancada, desde la casa de Keats hasta el bar, en parte simplemente porque no había querido firmar con su nombre en el libro de visitantes. ¡Sigbjørn Wilderness! El propio sonido de su nombre era como una boya de campana o —dicho más eufónicamente— un buque faro a la deriva y llevado por el Atlántico hasta un arrecife, pero, ¡cómo detestaba escribirlo! (¿Le gustaría verlo impreso?)... Si bien, como le ocurría con tanta frecuencia, tenía poca realidad, si no lo hacía. Sin parar a preguntarse por qué, si tanto lo consternaba, no elegía otro nombre para firmar sus escritos, como, por ejemplo, su segundo nombre de pila, que era Henry, o el de su madre, que era Sanderson—Smith, seleccionó la mesa más apartada que pudo encontrar en el bar, que estaba como en una gruta aislada, y se bebió dos *grappas* en rápida sucesión. Con la tercera empezó a experimentar algunas de las emociones que debería haber tenido en la casa de Keats. Sintió plenamente la sorpresa, que apenas lo había afectado, de que se hallaran allí algunas reliquias de Shelley, si bien más asombroso resultaba que Shelley —cuyo cráneo, además, había escapado por poco de que Byron se lo apropiara como cáliz para beber y cuyo corazón, arrancado a las llamas por Trelawny, según le parecía recordar haber leído en Proust, estaba enterrado en Inglaterra— hubiera sido enterrado en Roma (donde el pasaje de la canción de Ariel inscrita en su lápida podría, en cualquier caso, haberlo preparado para acoger lo suntuoso y lo extraño) y se sintió conmovido por la caballerosidad de aquellos italianos que, según decían, habían preservado, durante la guerra y corriendo un gran riesgo para sus personas, el contenido de aquella casa frente a los alemanes. Además, ahora le parecía que empezaba a ver la propia casa más claramente, aunque sin duda no como era, y volvió a sacar su libreta con el fin de añadir a las notas ya tomadas esas impresiones que le llegaban retrospectivamente.

«Cárcel Mamertina», leyó... Lo había abierto por una página que no era y en la que figuraban las observaciones que había hecho el día anterior en una visita a la histórica mazmorra, pero, por sentirse melancólicamente entretenido con lo que vio, siguió leyendo y, al hacerlo, empezó a notar la sensación, intensa sobremanera, del frío y húmedo horror del confinamiento en aquella celda subterránea, o de otra celda subterránea, no sentida —sospechaba— de verdad en el momento.

CÁRCEL MAMERTINA [era el encabezamiento]
   La de abajo es la verdadera cárcel
   de la Mamertina, la cárcel estatal de la antigua Roma.
   La celda de abajo, llamada Tullianus, es probablemente el edificio más antiguo de Roma. Se utilizaba esa prisión para encarcelar a malhechores y enemigos del Estado. En la celda de abajo se ve el pozo en el que, según la tradición, San Pedro hizo surgir milagrosamente una fuente para bautizar a los carceleros Proceso y Martiniano. Víctimas: políticos, Poncio, rey de los sannitas. Muerto en 290 a.C. Giurgurath (Yugurta), Aristóbulo, Vercingetórix. – Los santos mártires Pedro y Pablo. Apóstoles encarcelados en el reinado de Nerón. – Proceso, Abundio *y muchos otros desconocidos* fueron

> *decapitati*
> *suppliziati* (asfixiados)
> *strangolati*
> *morti per fame.*

Vercingetórix, el rey de los galos, fue sin duda *strangolato* en 49 a.C. y a Yugurta, rey de los númidas, lo dejaron morir de hambre en 104 a.C.

La de abajo es la cárcel de verdad: ¿por qué había subrayado eso?, se preguntó Sigbjørn. Pidió otra *grappa* y, mientras la esperaba, volvió a su libreta, en la que, bajo sus comentarios sobre la cárcel

Mamertina, sus ojos se encontraron con este memorando, añadido, recordaba ahora, en la propia mazmorra:

Encontrar la casa de Gógol —donde escribió parte de *Las almas
muertas*— de 1838. ¿Dónde murió Vielgorski? «No hacen caso de mí,
no me ven, no me escuchan», escribió Gógol. «¿Qué les he hecho
yo? ¿Por qué me torturan? ¿Qué quieren del pobre de mí? ¿Qué
puedo darles? Nada tengo. He perdido las fuerzas. No puedo soportar todo esto». *Suppliziato, strangolato.* En su maravilloso y
horrible libro sobre Gógol, Nabokov cuenta que, cuando aquél
estaba agonizando, «se podía sentir su espina dorsal a través de
su estómago». Sanguijuelas le colgaban de la nariz: «Quítenlas,
llévenselas...» Henrik Ibsen, Thomas Mann, ídem el hermano:
Buddenbrooks y Pippo Spano. A.: ¿dónde viviría? ¿Se broncea-
ría? Tal vez fuera feliz aquí. Prosper Merimée y Schiller. *Suppliziato.* Fitzgerald en el Foro. ¿Eliot en el Coliseo?

Y debajo de esto figuraban estas palabras enigmáticas:

Y muchos otros.

Y debajo:

Tal vez Máximo Gorki estuviera aquí también. Tiene gracia.
El encuentro entre el barquero del Volga y el santo Pescador.

¿Cuál era la gracia? Mientras Sigbjørn, al pasar las hojas para
volver a la casa de Keats, se preguntaba qué había querido decir, aparte de que Gorki, como la mayoría de esas otras personas
distinguidas, había vivido una temporada en Roma, ya que no en
la cárcel Mamertina —aunque con otra parte de su mente lo sabía perfectamente—, comprendió que la peculiar esticometría de
sus observaciones, anotadas cual si pensara que estaba escribiendo
como un poema, había hecho que se le hubiera acabado la libreta
prematuramente:

El sábado vino un caballero a moldear en yeso su mano y su pie: ésa es la línea más siniestra para mí: ¿quién era ese caballero?

Con esas palabras concluía su libreta.

Eso no significaba que no quedara espacio, pues sus libretas, reflexionó, avuncular, igual que sus velas, solían consumirse por los dos extremos; sí, como pensaba, había algunas notas al principio. Le dio la vuelta, pues estaba boca abajo, sonrió y se olvidó de buscar espacio, pues reconoció de inmediato aquéllas como las notas que había tomado en los Estados Unidos, dos años atrás, en una visita a Richmond (Virginia), momento grato para él, conque se dispuso, divertido, a leerlas, y encantado también de verse así transportado, en un bar italiano, de nuevo al Sur. No había hecho nada con aquellas notas, ni siquiera recordaba que estuviesen allí, y no siempre era fácil imaginar con precisión las escenas que evocaban:

La maravillosa plaza en declive de Richmond y la trágica silueta de árboles desnudos y entrelazados.

En una pared: *el sucio y apestoso degenerado de Bobs estuvo aquí, procedente de Boston, North End (Massachussets). Tarado hijo de puta.*

Sigbjørn se rió entre dientes. Ahora recordaba claramente el día invernal de un frío cortante en Richmond, el impresionante Palacio de Justicia en el escarpado parque, la larga subida hasta él y el cáustico testimonio de solidaridad con el Norte en el servicio de caballeros (blancos). Sonriendo continuó la lectura:

En el altar de Poe, extraño recorte de periódico conservado: LLENO COMPLETO PARA RENDIR HOMENAJE A LAS OBRAS DE POE. *El estudiante universitario que se quitó la vida, enterrado en Wytherville.*

Sí, sí, eso también lo recordaba, en la casa —o una de las casas— de Poe, la que tenía la gran ala obscurecida por la sombra en el ocaso, donde la amable señora que la cuidaba y que le había enseñado los recortes de periódico, le había dicho en un susurro: «Conque, ya ve, no creemos que todas esas historias sobre su afición a la bebida puedan ser ciertas». Continuó:

Enfrente de la casa Craig, en la que vivió la Helen de Poe, estas palabras en la fachada, las ventanas, el portal, del lugar desde el que E. A. P. debió de contemplar —si no me equivoco— a la dama con la lámpara de ágata: Dolor de cabeza —A.B.C.—, Neuralgia: PROHIBIDO ENTRAR CON ALCOHOL —disfrute Pepsi— beba Royal Crown Cola — *Root beer* del Dr. Swell — «Se alquila habitación amueblada»: ¿viviría de verdad Poe aquí? Por fuerza debió de vivir allí y sólo pudo haber descubierto a Psique desde las regiones en las que está PROHIBIDO ENTRAR CON ALCOHOL. — Mejor que carecer totalmente de él. Apuesto a que Poe no sigue viviendo donde está PROHIBIDO ENTRAR CON ALCOHOL. ¿Cómo explicar, si no, lo de «Se alquila habitación amueblada»?

Rec.: Consultar el viernes al Caballo que Habla.

—Dadme la Libertad o dadme muerte [leyó entonces Sigbjørn]. En el camposanto, ante la tumba de Patrick Henry; un letrero: «Prohibido fumar a menos de tres metros de la iglesia»; después:

Fuera de la casa de Robert E. Lee:

Sírvase tocar el timbre

Para que suene.

—Dentro del Museo Valentine, con las reliquias de Poe...

Sigbjørn se detuvo. Ahora recordaba mejor aquel día invernal. La casa de Robert E. Lee estaba, desde luego, mucho más abajo que el Palacio de Justicia, lejos de Patrick Henry y de la casa Craig y del otro altar de Poe, y debía de quedar bastante alejada del Museo Valentine, aun cuando Richmond —ciudad cuyo carácter helénico no se limitaba a su arquitectura, sino que habría sido reconocida en sus cuestas por una cabra montés griega— no hubiera estado agrupada en torno a calles tan empinadas, que resultaba doloroso imaginar a Poe subiéndolas fatigosamente. Las notas de Sigbjørn no estaban ordenadas y debía de haber sido por la mañana y no al atardecer, como en la otra casa con la señora anciana, cuando había ido al Museo Valentine. Volvió a ver la casa de Lee y le vino a las mientes una vaga impresión de la belleza de toda la ciudad helada fuera y después la imagen de una casa blanca de la Confederación, cerca de la gigantesca chimenea de una fábrica de ladrillos rojos, con una vislumbre, muy abajo, de una calle empedrada, y una figura solitaria cruzando un erial, como entre tres siglos, de la casa a las vías del tren y aquella chimenea, que pertenecía a la *Bone Dry Fertilizer Company*. Ahora bien, en la secuencia de sus notas el rótulo «Sírvase tocar el timbre para que suene», en la casa de Lee, había parecido surtir un efecto musical de solemnidad, pero le había dado paso, en cambio, al museo de Poe, al que ahora Sigbjørn volvía a entrar en el recuerdo.

Dentro del Museo Valentine, con las reliquias de Poe [leyó una vez más]

Por favor

No fumen

No corran

No toquen las paredes ni los objetos expuestos

La observación de estas reglas garantizará a usted y a los demás el disfrute del museo.

—Chaqueta y chaleco de seda azul, regalo de las Srtas. Boykin, que pertenecieron a uno de los dentistas de George Washington.

Sigbjørn cerró los ojos, mientras en su cabeza luchaban un momento y en vano las resinas crematorias de Shelley y el regalo de las Srtas. Boykin, y después volvió a las palabras que seguían. Eran del propio Poe y formaban parte de unas cartas, en tiempos escritas —era de suponer— en un momento de angustiosa desesperación personal, pero ahora ofrecidas para su examen detenido a cualquiera cuyo disfrute de ellas estaría «garantizado», mientras no fumara ni corriera ni tocase la vitrina en la que, como las resinas (en el otro extremo del mundo), estaban preservadas. Leyó:

Pasaje de una carta de Poe —tras haber sido expulsado de West Point— a su padre adoptivo. 21 de febrero de 1831.

«Sin embargo, será la última vez que moleste a un ser humano: me siento como en una cama de enfermo de la que nunca me levantaré».

Al tiempo que sentía una punzada de dolor, Sigbjørn calculó que Poe debía de haber escrito aquellas palabras casi siete años justos después de la muerte de Keats; luego, lejos de no haberse levantado nunca de su cama de enfermo, se alzó de ella para cambiar, gracias a Baudelaire, todo el rumbo de la literatura europea, sí, y no sólo para inquietar, sino también para aterrar mortalmente a varias generaciones de seres humanos con piezas tan selectas como «El rey Peste», «El pozo y el péndulo» y «Descenso a la vorágine», por no hablar del efecto causado por el compendioso y profético *Eureka*.

El oído me ha dado una guerra indescriptible: me estoy consumiendo por momentos, aun cuando mi última enfermedad no me hubiera dado la puntilla.

Sigbjørn se acabó la *grappa* y pidió otra. La sensación producida por la lectura de aquellas notas era en verdad muy curiosa. En primer lugar, era consciente de estar leyéndolas allí, en aquel bar romano, y, además, de haber estado en el Museo Valentine de Richmond (Virginia) leyendo las cartas a través de la vitrina y copiando fragmentos de ellas y después de que el pobre Poe hubiera estado tristemente sentado en alguna parte escribiéndolas. Tras eso venía la visión del padre adoptivo de Poe de leer asimismo algunas de dichas cartas y, pese a no haberles hecho —por lo que sabía— el menor caso, guardarlas para lo que resultó ser la posteridad, aquellas cartas que, independientemente de lo que pudiesen no ser, habían sido concebidas —volvió a pensar— para que se mantuvieran en la intimidad, pero, ¿de verdad habían sido concebidas para ese fin? Incluso entonces, en aquella situación extrema, Poe debió de sentir que estaba transcribiendo la historia que era E. A. Poe, en aquel preciso momento en el que se veía pasando la mayor necesidad, su desgracia —por conscientemente fraguada que hubiera sido—, debió de sentirse algo renuente, tal vez, a enviar lo que había escrito, como si hubiera pensado: «Qué caramba, podría utilizar algo de esto, puede que no sea de lo mejor, pero al menos es demasiado bueno para malgastarlo enviándoselo a mi padre adoptivo». Lo mismo se puede decir de algunas de las cartas del propio Keats publicadas y, sin embargo, era casi estrambótico cómo y hasta qué punto, entre aquellas vitrinas, en aquellos museos, se movía uno, se veía encerrado, entre aquellos cinéreos testimonios de la angustia. ¿Dónde estaba el astrolabio de Poe, la jarra de burdeos de Keats, los «útiles nudos de marinero» de Shelley? Cierto era que el propio Shelley podía no haber conocido las resinas aromáticas, pero incluso esa hermosa e irrelevante circunstancia que era el regalo de las Srtas. Boykin no parecía carente de sugerencias de sufrimiento, al menos para George Washington.

Baltimore, 12 de abril de 1833

Me estoy muriendo —muriendo, literalmente— por falta de ayuda y, sin embargo, no estoy ocioso... ni he cometido delito alguno contra la sociedad que me hiciera merecedor de un destino tan duro. Por el amor de Dios, tened piedad de mí y salvadme de la destrucción.

E. A. POE

Dios mío, pensó Sigbjørn, pero Poe había resistido dieciséis años más. Había muerto en Baltimore a la edad de cuarenta años. El propio Sigbjørn llevaba nueve de retraso en esa partida hasta entonces y —con suerte— podía ganarla fácilmente. Tal vez si Poe hubiera resistido un poco más... tal vez si Keats... pasó rápidamente las páginas de su libreta, para encontrarse simplemente con la carta de Severn:

Estimado señor:
El estado de Keats ha experimentado cierto empeoramiento —al menos su mente ha empeorado mucho, muchísimo— y, sin embargo, no ha vuelto a vomitar sangre... pero la fatal perspectiva de la tisis sigue cerniéndose... *pues su conocimiento de la anatomía interna... contribuye en gran medida a su tortura.*

Suppliziato, strangolato, pensó... *La de abajo es la cárcel de verdad. Y muchos otros.* Y no he cometido delito alguno contra la sociedad. *No poco, dirás, hermano.* La sociedad podría rendirte los máximos honores, poner incluso tus reliquias junto al chaleco que perteneció al dentista de George Washington, pero en el fondo de su corazón gritaba: *el sucio y apestoso degenerado de Bobs estuvo aquí, procedente de Boston, North End (Massachussets). ¡Tarado hijo de puta!...* «El sábado un caballero vino a moldear en yeso su mano y su pie...» ¿Lo habría hecho alguien, se preguntó Sigbjørn, al tiempo que probaba su nueva *grappa* y consciente de pronto de su menguante Guggenheim, comparar, quiero decir, a Keats con Poe? — Pero, ¿comparar en qué sentido, a Keats, con qué, en qué sentido, con Poe? ¿Qué era lo que quería comparar? No la estética de los dos poetas ni el análisis de *Hiperión*, en relación con la concepción por parte de Poe del poema breve ni aun la ambición filosófica de uno con el logro filosófico del otro. ¿O sería más apropiado distinguir entre una capacidad negativa y un logro negativo? ¿O deseaba simplemente establecer una relación entre sus melancolías? ¿Sus libaciones? ¿Sus resacas? Sus agallas mismas —¡que los comentaristas tan amablemente olvidaban!—, el carácter, en un sentido elevado de esa palabra, en el sentido en que Conrad lo entendía a veces, pues, ¿acaso no eran en sus almas como desventurados patronos de barco, decididos a conducir sus averiados navíos llenos de valiosos tesoros a toda costa, del modo que fuera, hasta puerto y siempre luchando con el tiempo y, sin embargo, por entre tempestades lo que se dice interminables, tifones que tan raras veces amainaban? ¿O simplemente lo que parecía fúnebremente análogo en la mutualidad de sus altares? O podía elucubrar incluso, comenzando con Baudelaire de nuevo, con lo que el director de cine francés Epstein, que había hecho *La Chute de la maison Usher* de un modo que habría encantado al propio Poe, podría haber hecho con *The Eve of St. Agnes: And they are gone!*... «Por el amor de Dios, tened piedad de mí y salvadme de la destrucción!»

Ajá, ahora le parecía haberlo encontrado: ¿acaso no denotaba la preservación de aquellas reliquias —más allá del archivador del malicioso padre adoptivo que quería sorprendernos— una obscura venganza no tanto por el inconformismo del poeta cuanto por su mágico monopolio, su posesión de las palabras? Por una parte, podía escribir su translunar «Ulalume», su arrobado «A un ruiseñor» (lo que explicaría la presencia de la *Guía de campo de las aves occidentales*) y, por otra, podía decir, simplemente: «Estoy muriéndome... Por amor de Dios, tened piedad de mí...» Al fin y al cabo, era exactamente como el resto de la gente... ¿Qué es esto?... Y, a la inversa, podría aparecer una trágica condescendencia en observaciones como, por ejemplo, la tan citada de Flaubert —«*Ils sont dans le vrai*»— y perpetuada por Kafka —Kaf— y otros, y dirigidas a la fecunda, lozana y alegre Humanidad en general. ¿Condescendencia? Qué va: autoaprobación invertida, algo totalmente innecesario. Y Flaub... ¿Por qué habrían de estar *dans le vrai* más que el artista? Todos —personas comunes y corrientes y poetas— son en gran medida lo mismo, pero algunos poetas son más lo mismo que otros, como podría haber dicho George Orwell. George Or... Y, sin embargo, ¿qué poeta moderno no preferiría morirse (aunque harían todo lo posible para impedírselo, ya lo creo) antes que ver su «Por el amor de Dios, enviad ayuda», fuera de su poder, no incinerado, exhibido en una vitrina? Constituía un lugar común la afirmación de que en este tiempo los poetas no sólo eran personas comunes y corrientes, sino que, además, lo parecían. Lejos de ser inconformistas ostensibles, los propios escritores, como los periódicos, aprovechaban —mayor vergüenza debería darles— cualquier oportunidad para señalar en tono triunfal que se vestían como empleados de banco —y buena parte de ellos lo eran— o —¡maravillosa paradoja!— se dedicaban a la publicidad. Era cierto. Él, el propio Sigbjørn, se vestía como un empleado de banco: ¿cómo, si no, iba a tener valor para entrar en un banco? Era discutible que los poetas, en particular, en la más absoluta intimidad, dejaran ya escapar cosas como «¡Por amor de Dios, tened piedad de mí!» Sí, se habían vuelto más comunes y corrientes que las propias personas comunes y corrientes. Y la desesperación en la vitrina —una vez destruida cuidadosamente toda la correspondencia privada y, sin embargo, destinada a volverse diez mil veces más pública que nunca, al vérsela a través de la gran vitrina del arte— estaba ahora transmutada en jeroglíficos, condensaciones magistrales, obscuridades que debían descifrar expertos —sí y poetas— como Sigbjørn Wilderness. Wil...

Y muchos otros. Probablemente hubiera una idea válida por ahí, asomando por entre aquellas flagrantes contradicciones; la piedad no le impediría aprovecharla ni tampoco cierta sensación de horror que volvía a sentir en toda su intensidad ante el hecho de que aquellos momificados y desnudos gritos de desesperación estuvieran así, expuestos a la vista en permanente incorrupción, como embalsamados para siempre en sus eternos y particulares velatorios: particulares y también lo contrario, pues, ¿acaso no era como si el grito de Poe desde Baltimore, en forma misteriosa, en la forma como los dos cuartetos de un soneto, pongamos por caso, encuentran respuesta en los dos tercetos, hubiera recibido ya respuesta, siete años antes, en el grito lanzado por Keats desde Roma, por lo que, al menos según la realidad especial de la libreta de Sigbjørn, la propia muerte de Poe parecía algo extraformal, casi extraprofesional, una ocurrencia tardía? Y, sin embargo, formaba parte inequívoca del mismo poema, del mismo relato. «Pero la fatal perspectiva sigue cerniéndose...» «Severn, levántame, porque me muero» «Les levanta el ánimo. Los preserva...» La *root beer* del Dr. Swell.

Fuera o no una idea válida, en aquella libreta no quedaba ya sitio para plasmar sus pensamientos (las notas sobre Poe y Richmond, tras pasar por Fredericksburg, enlazaban sin solución de continuidad con sus observaciones sobre Roma, la cárcel Mamertina y la casa de Keats y viceversa), por lo que Sigbjørn se sacó otra del bolsillo del pantalón.

Era una libreta mucho mayor, de papel más tieso y fuerte —lo que revelaba que databa de antes de la guerra—, que, tras meterla en la maleta en el último momento, temiendo que fuera difícil de encontrar en el extranjero, se había traído de los Estados Unidos.

En aquella época casi había dejado de tomar notas: toda nueva libreta que compraba representaba un impulso, que no tardaría en resultar sofocado, para volver a escribir; como consecuencia, de ello, había acumulado varias libretas como aquélla en casa, pero que estaban casi vacías y que nunca había llevado consigo en sus viajes más recientes desde la guerra, pues, de lo contrario, habría parecido que determinado viaje se iniciaba con un sesgo destructivo en su alma procedente del pasado: aquélla había parecido una excepción; por eso la había metido en la maleta.

Con todo, vio que no estaba horra de escritura: varias páginas al comienzo estaban cubiertas con su caligrafía, de aspecto tan tembloroso e histérico, que Sigbjørn hubo de ponerse las gafas para leerla. Seattle —descifró—, ¿julio? de 1939. ¡Seattle! Sigbjørn bebió, apresurado, un trago de *grappa*. Mira por dónde, la muerte se había erigido un trono en una extraña ciudad perdida allá, muy abajo, en el remoto Oeste, ¡donde lo bueno y lo malo, lo mejor y lo demás, han ido eternamente para peor! La de abajo es la verdadera Seattle... Sigbjørn se consideraba digno de ser disculpado por no apreciar Seattle del todo, sus gracias montañosas, en aquella época, pues no eran notas lo que había encontrado, sino el borrador de una carta, escrita en la libreta, porque era el tipo de carta que sólo podía escribir en un bar. ¿Un bar? En fin, se lo podría haber llamado bar. Pues en aquella época, en Seattle, en el Estado de Washington, aún no servían licores en los bares —como, por lo demás, también seguían sin servirlos hasta el presente en Richmond, en el Estado de Virginia—, lo que constituía a medias la horripilante y absurda razón por la que se encontraba en el Estado de Washington. PROHIBIDO ENTRAR CON ALCOHOL, pensó. No, no, no sigas el camino de Virginia Dare... Tampoco recurras a la Pepso —tan arraigada—, pues alberga un veneno letal. La carta databa —no le cabía la menor duda al reconocerla, si bien no recordaba si había hecho otra versión y la había echado al correo— del punto absolutamente más bajo al que había caído en aquella bajamar de su vida, una época marcada por la siniestra circunstancia de que el pequeño legado del que entonces vivía había pasado a depender de un abogado de Los Ángeles, al que aquella carta iba dirigida, de hecho, tras haberse negado su familia, que lo consideraba un inepto, a tener nada más que ver con él, como también el abogado, quien lo había enviado a vivir con una familia de Seattle seguidora del movimiento del Dr. Buchman, con la condición de que no le confiaran más de 25 centavos al día.

Estimado Sr. Van Bosch:

Aparte de todo lo demás, resulta psicológicamente de la mayor urgencia que yo abandone Seattle y vaya a Los Ángeles a verlo a usted. De lo contrario, me temo un completo desmoronamiento mental. He cooperado mucho más de lo que consideraba el límite de mi capacidad aquí en lo relativo al licor y también he intentado trabajar intensamente, sin vender, por desgracia, nada hasta ahora. Tampoco puedo decir que me haya visto tan limitado como pensaba por la familia Mackorkindale, que al menos ha entendido mi punto de vista en algunos asuntos y, si bien reza en busca de guía en las escasas ocasiones en que considera conveniente superar los 25 centavos al día, al menos se muestra comprensiva con mis deseos de regresar. Puede deberse a que el anciano Mackorkindale está literal y físicamente exhausto de seguirme por Seattle o a que no haya usted facilitado medios suficientes para mi alojamiento y manutención, pero su comprensión acaba, desde luego, ahí. En una palabra, me comprenden, pero sinceramente no pueden aceptarlo ni tampoco le aconsejarán a usted que me haga regresar, y en todo lo relativo a mis escritos —y esto me resulta casi lo más difícil de sobrellevar— me veo aleccionado con la opinión de que debería considerarlos «cosa del pasado». Si se limitaran a afirmar que con ello colaboran con usted o con mis padres, sería comprensible, pero me lo manifiestan independientemente, de forma algo blasfema para mi gusto —aunque no cabe duda de que así lo creen—, como si procediera directamente de Dios, que diariamente se inclina desde lo alto para informar a los Mackorkindale, aunque no con estas precisas palabras, de que, como escritor de literatura seria, soy pésimo. Así las cosas, como intuyo que algo de verdad hay en ello, me resultaría bastante desalentador que ahí quedara, y no llegase más lejos, la esperanza abrigada, milagrosamente congruente también con la de mis padres y la de usted, de que podría, en cambio, llegar a ser, si a ello me dedicara, un logrado creativo publicitario. Como no puedo —repito— por menos de considerar respetuosamente que son sinceros en sus creencias, lo único que puedo decir es: ojalá que en ese diario acercamiento al Todopoderoso en Seattle se les haya deslizado alguna plegaria por equivocación en pro de que se permita, ¡por Dios!, a esta calamidad regresar a Los Ángeles y llegue a ser atendida. Pues me resulta imposible describir mi aislamiento espiritual en este lugar y la melancolía en que me he sumido. He disfrutado, naturalmente, con la costa —los Mackorkindale lo habrán informado sin duda de que el Grupo estaba celebrando una pequeña concentración en Bellingham (¡ojalá pueda usted visitar Bellingham algún día!)—, pero he agotado completamente cualquier valor terapéutico de mi estancia. Dios sabe que nunca —y sé lo que me digo— me recuperaré en este lugar, separado como estoy de Primrose, a quien, diga usted lo que diga, deseo con todo mi corazón hacer mi esposa. No puedo concebir mayor angustia que la que sentí al descubrir por fin que se estaban abriendo las cartas que ella me dirigía y tener incluso que escuchar los sermones sobre su carácter moral pronunciados por quienes las habían leído y con ello me habían impedido contestarlas y le habían causado a ella un dolor en el que no quiero ni pensar. Esta separación de ella sería un suplicio insoportable por sí solo, pero, así las cosas, lo único que puedo decir es que estaría mejor en una cárcel, en la peor mazmorra que imaginarse pueda, que aprisionado en este deplorable lugar que tiene la tasa más alta de suicidios de la Unión. Me estoy muriendo, literalmente, en este agujero macabro y recurro a usted para pedirle que me envíe una cantidad suficiente del dinero que, al fin y al cabo, es mío para mi regreso. No soy, desde luego, el único escritor, ha habido otros en la Historia cuyas actitudes se han malinterpretado y que han fracasado... que han salido adelante... éxito... publicanos y pecadores... no tengo intención...

Sigbjørn interrumpió la lectura y, tras resistir el impulso de arrancar la carta de la libreta, para que no se soltaran otras páginas, se puso a tacharla meticulosamente renglón tras renglón.

Y ahora que ya estaba casi hecho, empezó a lamentarlo. Pues ahora no iba a poder —¡maldita sea!— utilizarla. Incluso cuando la había escrito, debía de haberla considerado demasiado buena para el bueno de Van Bosch, aunque había que reconocer que eso no era decir gran cosa, dondequiera o quienquiera que hubiese podido utilizarla, pero, ¿y si hubiesen encontrado aquella carta —quienesquiera que fuesen— y la hubieran colocado en una vitrina de un museo entre sus reliquias? No gran cosa... Aun así, ¡nunca se sabía!... Bueno, pues, ahora no podrían hacerlo. En cualquier caso, tal vez recordara lo suficiente de ella... «Me estoy muriendo, voy a perecer absolutamente.» «¿Qué les he hecho yo?» «Estimado señor.» «La peor mazmorra». Y muchos otros: *¡y el sucio y apestoso degenerado de Bobs estuvo aquí, procedente de Boston, North End (Massachussets). ¡Tarado hijo de...!*

Sigbjørn se acabó su quinta e irregenerada *grappa* y de repente soltó una carcajada, una carcajada que, como si hubiera comprendido por sí misma que debía pasar a ser algo más respetable, se convirtió inmediatamente en un prolongado —aunque en conjunto relativamente agradable— acceso de tos...

UNA ELEFANTA Y EL COLISEO

Eran las primeras horas de la tarde de un día brillantemente soleado en Roma, una joven y azul Luna estival se inclinaba sobre los
jardines de la Villa Borghese y bajo el toldo de la terraza del Restaurante Rupe Tarpea, atestada de hombres y mujeres entregados
a la conversación, estaba sentado un hombre solo, llamado Kennish Drumgold Cosnahan, bebiendo un vaso de leche con sombría expresión de pánico.

«Y este pánico, Cosnahan, ¿dirías tú que se debe exclusivamente a que no sabes cómo pedir un vaso de vino en italiano?»

«Algo así, Drumgold, algo así.»

«O, mejor dicho, si bien puedes soltar un firme *"vino rosso,
per favore"* en una bodega o una *trattoria*, tienes miedo de que
aquí te traigan una botella entera, tan cara, que no esté al alcance
de tu bolsillo.»

Cierto era que Cosnahan tampoco sabía pedir un vaso de
leche en italiano, pese a que su abuela había nacido en Sicilia,
pero, por haber aparecido un vaso huérfano en la bandeja de
un camarero que miraba hacia él, se había aclarado la garganta,
había hecho acopio de valor y había murmurado algo así: «*Nel
mezzo del cammin di nostra vita mi ritrovai in...*», que era más
o menos todo el «italiano» (y, desde luego, todo el Dante) que
sabía.

Validada de ese curioso modo su presencia en la terraza, Cosnahan siguió sentado esperando el aumento de confianza que debía —le parecía— propiciar, pero, no, echando de vez en cuando un vistazo a la novela que había dejado bastante deliberadamente sobre la mesa, empezó ya a sentir miedo a acabarse el dichoso vaso de leche, pues con ello acercaría mucho más el suplicio del pago, otro suplicio, también de carácter lingüístico, pues lo obligaría a hablar de nuevo al camarero, que incluso entonces estaba atravesándolo de nuevo con la mirada.

Pues no iba a ser sólo la leche lo que iba a pagar (como tampoco cualquiera que comprara aquel libro pagaría sólo el alimento espiritual que contenía), sino también el estratégico emplazamiento del Restaurante Rupe Tarpea en la Via Veneto, por no hablar de las otras tres terrazas de los restaurantes situados en las otras tres esquinas formadas por los cruces con la Via Sicilia y su alquiler o sus ocupantes exquisitamente femeninas tomando helados, a cuyas encantadoras actividades sentía que debía, vagamente, contribuir, como también pagaría, naturalmente, la vista, si se diera la vuelta, de la Porta Pincia y, por último, la propia Via Vittorio Veneto, con sus aceras de tres metros de ancho y las sombras moteadas de sus plátanos a ambos lados, que bajaba formando grandes curvas hacia la invisible Piazza Barberini, la Via Veneto, que, con su incesante tráfico de coches de caballos y bicicletas, combinados con caros automóviles americanos, italianos e ingleses, no sólo daba la sensación física de su amplitud, sino que, además, le infundía —cuando olvidaba de vez en vez su acuciante desasosiego— una efusiva sensación de gran riqueza y paz, una sensación de arrullo y estruendo —y, sin embargo, atenuada en cierto modo, como el motor de un Rolls Royce—, de que la vida era como una corriente continua, como si nunca hubiese habido una primera guerra mundial y, mucho menos aún, una segunda, que era como una evocación de 1913, de aquella época de verdadera preguerra de la que sólo conservaba aquella curiosa, pero intensa, sensación, cuando debió de visitar con sus padres Londres o Dublín o al menos Weston—super—Mare, a la edad de cinco años.

«Y, sin embargo, esa deficiencia incluso en los primeros principios de la mayoría de las lenguas extranjeras en alguien cuya razón inconsciente debe de encerrar un auténtico tesoro de literatura gaélica... ¿no te parece, Cosnahan, extraño?... en alguien, cuyo linaje, si no se remonta, de hecho, hasta Oshin, el...»

«¡Sí que me lo parece, Drumgold! Y me hace preguntarme a veces si soy humano. *Ta dty lhiasagh dty ghoarn!*»

«Tu recompensa está en tu propia mano...» Cosnahan recogió la novela que había caído al suelo y después —mirando con disimulo al camarero— los papeles que se habían salido de ella. Arregló la sobrecubierta de la novela, al tiempo que adoptaba de repente una expresión oficial al mirar la fotografía impresa en la última página de cubierta: mostraba el mismo rostro que se reflejaba en la ventana, pero sin la gravedad ni el pánico. «Feliz» era el calificativo que merecía y el rostro parecía considerablemente más joven, pese a que sólo hacía dieciséis meses que se había tomado la fotografía. *El arca de Singapur.* Un título poco afortunado. Arthur debería haber pensado en otro mejor. En el otro lado de la cubierta aparecía representado el capitán de un barco mercante con la pipa cayéndosele de la boca y desconcertado —y con razón— ante los toldos del puente, sobre el que salpicaba la espuma, ante el espectáculo de un elefante joven y sano que salía de su caseta de derrota. En torno al barco de vapor se alzaba el oleaje...

Cosnahan examinó el rostro de la fotografía. Le desconcertó ligeramente la sensación de diferencia, de no estar mirando del todo su propio retrato y, sin embargo, lo misterioso era la forma como aquellos ojos le devolvían la mirada. Podía haber estado mirando al joven Emmanuel Swedenborg, o a algún otro, con talante despreocupado y, sin embargo, aquella tarde Cosnahan no lograba recordarse a sí mismo en la dichosa escena de la instantánea ni en la persona entera que representaba, del joven, de unos treinta y cinco años de edad, bronceado, en buena forma y vestido con bañador, del brazo de una muchacha bonita y alegre y de aspecto algo alocado, vestida con pantalón corto y jersey, que sonreía y sostenía frente a la cámara un gato con cara de bigotudo que se parecía mucho a Theodore Roosevelt... Los Cosnahan en Nantucket, decía la leyenda, con *Citron–le–Taciturne*.

En la faja figuraban estas palabras: «Publicado por Arthur Wilding and Co., 30.000 ejemplares».

También eso —aquella fotografía— había sido idea de Arthur —recordó Cosnahan— y había sido Arthur quien la había adoptado y también quien había bautizado su nuevo gato entonces sin nombre, en aquella ocasión en que había acudido en avión a Nantucket para ayudarlos, durante un fin de semana, a corregir las pruebas. A medianoche, tras considerar —pero se equivocaba— que una cerveza danesa los ayudaría a mantenerse desvelados, Cosnahan había dicho: «¡Por el amor de Dios, leamos alguna otra cosa escrita por otro!», por lo que Art había cogido un libro al azar, una biografía antigua, de los estantes y había leído en voz alta, con voz sepulcral, unas palabras de este tenor: «De joven, me había rozado con frecuencia con la espantosa peluca del duque de Brunswick, al cruzar los pasillos de restaurantes nocturnos, en la cálida atmósfera de gas, pachulí y comidas picantes; en Bignons, en el sofá del fondo, me había encontrado una noche a *Citron–le–Taciturne* comiendo una loncha de *foie-gras*...»

En aquel momento su innominado gato había saltado por la ventana entornada al hombro de Arthur y a partir de entonces lo habían llamado siempre *Citron–le–Taciturne*.

Y entonces Cosnahan sintió una punzada al preguntarse dónde estaría el gatito. Aunque era difícil calcular qué hora podía ser en Nantucket, tal vez estuviese en aquel momento tomando su merienda antes de hacer su inspección nocturna de cuerdas y cabos y antes de pasarse —podía ser— por la *Tavern on the Moors*, aunque a veces sus amos inventaban para él mesones felinos, como, por ejemplo, el *Claw–bar and Grill* o el *Ratskeller* o incluso —cuando parecía que podía haberse alejado hasta Nueva York— el Miauseo de Arte Moderno o, en vista de que tenía mucho cariño a Lovey, podía ser que la hubiera seguido hasta el teatro estival en el que ésta actuaba y que la compañía lo hubiese adoptado y estuviera incluso actuando en la obra.

«¡Éxito!...» Cosnahan encendió la pipa.

La forma que había revestido en su caso había resultado inverosímil y contraproducente, como si una obra de teatro —recordaba el sueño que había tenido la noche anterior— hubiese durado tres años en una función de tarde sabatina, pero el problema era que las ventas del libro de Cosnahan se habían mantenido dentro de esa cifra global de treinta mil ejemplares durante medio año, pues la mayoría de ellas correspondían a los primeros meses, a las primeras semanas en realidad. Semejante éxito, parecido a uno de esos terremotos que, cuando has empezado a acostumbrarte a su estruendo y sacudidas, están ya amainando y nivelándose con sacudidas y temblores menores, podía ser el pan nuestro de cada día para Arthur, pero no en el caso de Cosnahan. Había interrumpido su trabajo completamente. Se había quedado parado en seco desde aquellas primeras semanas, no había podido hacer absolutamente nada.

En la primera edición se habían incluido por adelantado algunas críticas, algunas de ellas de escritores importantes que, empeñados en sus propias luchas lúgubres y sombrías, suelen ver con buenos ojos el humor —en muchos casos el malo incluso— que pueden perfectamente considerar mejor que nada, pero, para la cuarta edición —y el ejemplar que tenía ante sí era de la cuarta edición—, el socio de Arthur, a quien, para empezar, no había gustado el libro demasiado, insistió en una nueva idea: quería dar la impresión de que su acogida no había correspondido simplemente a un público intelectual (esa anomalía se había dado, y se sabía, no sólo en la esfera de la literatura, sino también en la película y el tebeo), sino que, además, había sido espontánea desde Honolulú al Polo Norte. De modo que había citado fragmentos de una gran cantidad de elogios más populares.

La lectura de aquellos elogios posteriores producía en Cosnahan una extraña conmoción mental, como de una infinita reduplicación de espejos, como si no sólo fuera que todas esas críticas se habían escrito antes de otros innumerables libros, sino que, además, se sentía por un momento como un escritor eterno y eternamente sentado en la ciudad eterna, eternamente leyendo esa precisa clase de críticas que siempre le infundían precisamente las mismas sensaciones eternas de placer, dolor, gratitud, tristeza, diversión, consternación y hermosa vanagloria combinadas, si bien, en otro sentido, no podía, desde luego, sentirse en modo alguno así, porque, pese a notarse saciado y tambalearse, de hecho, con las alabanzas, cuando leía alguna de esas críticas o incluso, como en aquel caso, fragmentos de críticas, era siempre como si estuviese leyéndolas por primera vez; ahora bien, ¿era posible de verdad que se hubiesen publicado jamás semejantes opiniones extraordinarias sobre un libro? ¿Era posible que fuese, al fin y al cabo, un caso único? «Puro goce», leyó; «si el lector gusta de una mezcla entre Conrad y Algernon Blackwood en sus mejores momentos, Cosnahan es el autor más indicado». «Una mezcla del primer Conrad y del Wodehouse más divertido —una pura broma—: ¡Me he reído a carcajadas!», decía otro colega generoso. «Unas páginas brillantes y simpáticas», se contentaba con decir otro. «Y si el lector puede imaginar una combinación de Jack London, James Stephens y James Oliver Curwood... con un poco de furioso O'Neill, para no quedarnos cortos, ¡podrá hacerse una idea de lo que representa Cosnahan!», añadía otro. «Un humor mágico, con pinceladas sólidas: ¡un milagro!», puntualizaba otro más, mientras que un último colega de buen corazón, del que resultaba injusto sospechar que tampoco hubiera leído el principio, observaba: «Al final hay un pasaje de filosofía poco común.» En otros casos se señalaba la imparcialidad de los editores o, si no, era un error o el socio de Arthur no había podido resistirse al citar simplemente la lacónica leyenda bajo la fotografía de Cosnahan publicada en la reseña de *Time*, que declaraba rotunda y ambiguamente: «En el mar de Arabia, un Jumbo», y al final volvía de nuevo al autor mediante una faja verde separable del libro mismo en la que se decía: «¡El mundo está leyendo al nuevo y mayor humorista de América! ¡Kennish Drumgold Cosnahan! *El arca de Singapur* ya ha sido traducido al italiano, al francés, al alemán, al sueco, etcétera.»

Tampoco era eso todo.

Kennish Drumgold Cosnahan [se enteraba ahora Cosnahan] nació en Ballaugh en 1908 en el antiguo Reino de la isla de Man. Es
un descendiente colateral de la renombrada familia Cronkbane y
otro antepasado suyo intervino decisivamente en la traducción de
la Biblia al gaélico de la isla de Man. De familia metodista estric-
ta, uno de sus hermanos, Matthias Cosnahan, llegó a ser sacerdote
católico. Sin embargo, uno de sus tíos es mahometano y considera
el famoso nombre de Drumgold de origen obscuro, si bien hubo
otro Drumgold en la rama siciliana de la familia. Otro hermano
desapareció y ahora es miembro del Gobierno de Santa Helena.
Cree que Kennish es un nombre gaélico manxmano más autóctono que su apellido, aunque, según dice, no tanto como Quayne,
Quaggan, Quillish, Qualtrough, Quirk, Quale o Looney. El joven Cosnahan sólo pudo hablar el antiguo gaélico hasta la edad
de nueve años, aunque había visitado Inglaterra varias veces. Cosnahan fue enviado a una escuela en Inglaterra, cuando, según ha
contado él mismo, «un zepelín dejó caer una bomba sobre mí.
Ése», añade, «fue el comienzo y el final de todo mi servicio en la
guerra». [En realidad, había pasado siete meses en la marina mercante americana durante la última guerra, pero no había participado en acciones de guerra, salvo una vez en que su buque encalló
frente a las costas de Venezuela, al intentar embestir un submari-
no inexistente.]

En 1924 se hizo a la mar de marinero raso y más adelante hizo
de ayudante del oficial de cubierta y en *El arca de Singapur* ha re-
vivido su anterior experiencia, en 1927, en un barco de vela con un
cargamento en cubierta de leones, tigres y elefantes procedentes
de Singapur y con destino al zoo de Dublín...

¡Qué majo, ese Arthur!, pensó Cosnahan. Tigres... no había habido tigres ni tampoco leones. ¡Como si no hubiese sido bastante
la compañía de un elefante, cinco panteras negras, diez serpientes
y un jabalí! En cuanto al barco de vela, era un simple vapor volandero británico exactamente igual que el que aparecía en la cubierta, salvo que éste ostentaba, curiosamente, una bandera americana.

... dos años después de lo cual emigró a los Estados Unidos y se estableció en la isla de Nantucket. Como se recordará, entre los personajes de Melville en *Moby Dick* figura un ballenero, calificado simplemente de «entrecano» y procedente de la isla de Man.

Cosnahan recibió una condecoración del Gobierno del Japón por haber salvado vidas en el mar, sobre lo que se limita a decir: «Antes de la guerra, claro está».

(Sí, exacto, pero había sido la Sra. de Cosnahan quien había dado a Art esa información; él personalmente nunca —esperaba— lo habría hecho. Aun así, no le disgustaba...)

Cosnahan es también autor de varios poemas muy conocidos en gaélico manxmano, algunos himnos que aún se interpretan en la iglesia, y en los círculos de jazz se tiene un gran concepto de él cuando se deja convencer para tocar el contrabajo como representante *cool* del *bebop*. En 1940, se casó con Lovey L'Hirondelle, joven actriz. No tienen hijos y viven todo el año en Nantucket y en compañía de su gato, *Citron—le—Taciturne*, nadando y jugando al tenis...

Cosnahan dejó la pipa a un lado, tomó un sorbo de leche, tiró un *Gauloise* arrugado de cuando había estado en París que se encontró en el bolsillo y descubrió un cigarrillo americano que no podía encender, porque no le quedaban cerillas. Un italiano que regresaba a la mesa contigua le ofreció una y Cosnahan, al inclinarse para agradecérselo, abrigó por un instante la esperanza de que el otro lograra identificar a su beneficiario con la fotografía publicada en la cubierta de la novela, que se encontraba sobre la mesa y exhibía esa parte de la cubierta, pero el hombre se había agachado, cortés, a recoger un recorte de periódico que había salido volando y, tras inclinarse, a su vez, se dio la vuelta.

Cosnahan volvió a sentarse y examinó el recorte que, por tener un aspecto más genuino que los otros que poseía y que llevaban el membrete de la agencia encargada de recoger los recortes de prensa para la editorial —lo había recortado él mismo de un periódico de la isla de Man, después de mucho buscar—, hacía que su contenido resultara tanto más doloroso. Era la única crítica que había aparecido en la edición inglesa de su libro en su antigua patria y, bajo el pastoral título de *La zagala manxmana*, decía lo siguiente:

Este libro, aunque va firmado por el en tiempos distinguido nombre de Cosnahan...

(En tiempos distinguido, meditó Cosnahan. ¿Quién le habría quitado la distinción? ¿Él mismo? ¿Su hermano John, en su paradero napoleónico, o su hermano Matthias, en sus vestiduras sacerdotales? En cualquier caso, el nombre era menos autóctono de la isla de Man que de Irlanda.)

... y que, según dicen, ha tenido un considerable éxito en los Estados Unidos, no hace los honores a los ciudadanos de nuestra isla y presenta muy poco interés para nuestros lectores. Con un tipo de humor que pasó de moda hace una docena de años y el trivial asunto de un barco cargado de animales salvajes que se escapan de sus jaulas, en lugar de ser cómico, resulta aburridísimo. En absoluto recomendable.

En aquel momento, al alzar la vista y advertir de repente su reflejo en la ventana, se vio recompensado por una vislumbre de su cara tal como quizá fuese esencialmente. Seguía presente la expresión swedenborgiana, pero esa vez de un Swedenborg mayor, preocupado por que el impresor hubiera situado un ángel en un párrafo que no le correspondiese, y tenía claramente el aspecto de un manxmano, del hombre que sabe de maderas y barcos, que se pregunta si ha cometido un error y, en caso de que sí, está dispuesto a enfadarse consigo mismo. Cosnahan dio la vuelta al recorte. LOS ASEOS EN EL PASEO DE LOCH RESULTARÍAN ANTIESTÉTICOS. *Se ha propuesto la interrupción de las obras. El Concejo acuerda continuarlas.* ¿Y eso? No había reparado antes en la otra cara del recorte.

El concejal Eccleshare [leyó] declaró que, si el edificio hubiera tenido, como el paseo de Queens, unos pocos metros de alto, en lugar de 12, habría quedado mejor, como los aseos públicos de Queens Promenade. El concejal Timmons consideró que se debía poner en marcha algún mecanismo para permitir al Concejo examinar ese asunto y que, de ir a reconsiderárselo, ése era el momento de interrumpir las obras. Carecía de sentido acabar el edificio y después, pensándolo mejor, derribarlo. El regidor Shillicorn objetó que no sólo estaban los aseos a punto de inaugurarse, sino que, además, se estaban utilizando, de hecho, desde hacía varios meses. Dichos aseos eran los mejores de las islas Británicas y honraban a los ingenieros que habían debido superar grandes dificultades.

Esas líneas representaban una crítica más acertada de su libro que la otra, conque se guardó el recorte en el bolsillo, pensando que quizá podría utilizarlo y —cosa extraña— se sintió de mejor humor, al sacar la carta escrita a lápiz y comenzada aquella mañana en la terraza de la cafetería situada bajo su pensión, mientras tomaba una taza de café: iba dirigida a su esposa y, al releerla, su rostro, reflejado en la ventana, adquirió una expresión tierna y serena.

¡Qué horrorosa desilusión la de que no hubiera podido venir a Europa con él! Y, sin embargo, si hubiese podido, habría sido simplemente una desilusión peor para ella. Lovey (su apodo procedía de Lovey Lee, una antigua grabación de los *Memphis Five*, que Cosnahan y ella solían tocar cuando se enamoraron: primero fue simplemente su apodo y después nadie la llamó nunca más Margaret y ahora era también su nombre escénico) era una actriz que casi había dejado de actuar después de haberse casado con él. Había sido una inexplicable racha de mala suerte: o era demasiado joven o era demasiado mayor o habían quitado del cartel la obra antes de llegar a Nueva York o —en una ocasión, desesperante, después de semanas de ensayos, entusiasmo, felicitaciones, la «oportunidad de su vida», después de que se estrenara la obra en Boston— el autor la reescribió y cambió su papel por el de un niño de diez años, pero ahora, en el último momento, después de que hubieran hecho todos sus planes para el viaje a Europa que por fin podían permitirse, le habían ofrecido el papel de protagonista en una función en el teatro estival de Nantucket. No sabía si debía achacárselo en parte —o agradecérselo— a su propio éxito, pero, al ver que la alegría de ella era mayor que su consternación, Cosnahan habría aplazado el viaje. Detestaba viajar por viajar, sobre todo sin su esposa, siempre podían ir el año siguiente, mientras que la función, si tenía éxito, continuaría en Nueva York. Cosnahan se había quedado lo suficiente para ver en los ensayos que había toda clase de razones para pensar que la obra iba a ser un éxito, pero entretanto su hermano Matthias le había dicho en un telegrama que su madre, que era muy mayor, estaba gravemente enferma en la isla de Man, conque había acudido, a fin de cuentas, solo y había partido tres días antes de la noche del estreno de la función de Lovey y, como su propia salud le impedía volar, había llegado demasiado tarde. Su madre —metodista hasta el final, para desilusión de Matt— había muerto y la habían enterrado antes de que él mismo llegara a Liverpool.

Cosnahan escribía una nota a su esposa todos los días: ésta era una de sus cartas más largas, aunque la única que había escrito con otras noticias de la familia que la dolorosamente inexpresable o para decir lo mucho que lamentaba que su madre no hubiera llegado a conocerla. Primero le decía, como siempre, cuánto la amaba (prueba de ello era el simple hecho de escribirle, pues hasta la redacción de una carta le resultaba difícil) y la echaba de menos, la felicitaba por el continuo éxito de la obra, respondía a algunas preguntas de menor importancia y le preguntaba por la casa y, naturalmente, por *Citron–le–Taciturne*.

Después la informaba de que aún no había visto a su hermano Matt, que ya se había visto obligado a marcharse a un congreso católico en Brujas cuando él, Cosnahan, llegó a la isla de Man. La situación de Matt como sacerdote en la isla era un poco embarazosa en aquellas circunstancias y no habían contribuido a facilitarla precisamente las payasadas de su hermano mayor, John, que, como político de extrema izquierda o, mejor dicho, una clase de anarquista del estilo antiguo y moderado de Proudhon, acababa de intentar —como tal vez hubiera leído ella en los periódicos— derrocar suavemente al Gobierno de Santa Helena, donde ahora estaba encarcelado... a no ser que decir eso respecto de Santa Helena fuera una exageración. A Matthias no podía visitarlo en aquel momento allí donde se encontraba (como tampoco, si vamos al caso, a John), pero iba a acudir a Roma, donde tenía asuntos que resolver, y Cosnahan esperaba reunirse con él en cualquier momento. Tampoco había visto aún a Art, quien le había escrito desde París, por lo que Cosnahan sabía al menos que estaba en Europa y también iba a llegar a Roma en cualquier momento; en todo caso, Cosnahan estaba constantemente a la espera de los dos. Después, como no quería decir que, si no se presentaba Matt, no habría visto a ningún conocido suyo en Europa que se hubiera enterado de su gran triunfo americano y como pensaba que le divertiría, le hablaba de la Pensione Borgnini, en la que vivía...

Pero de repente dejó su carta a un lado con un suspiro. Su primer pensamiento, cuando había recibido el telegrama de Matt en el barco: *Profundamente consternado Mamá murió 6 junio Sigue carta Matt*, y el telegrama enviado desde Bellabella (¡su pequeña estación de tren llena de fucsias!), había sido: «Voy a escribir a mi madre y a explicarle por qué no pude escribirle antes de que muriera, cómo tuve que estar pendiente cada segundo de mi éxito: de las noticias sobre más éxito, de las noticias sobre mi libro, el libro más vendido en Dallas, luego en Tombstone y después, sabe Dios, ¡en Eclectic (Alabama)! Y luego menos éxito y después nada de éxito, pero iban a traducirlo al italiano, al sánscrito, al esperanto, ¡al inglés! Ésa fue la razón por la que no pude escribirte, madre querida, por la que no encontré tiempo para enviarte unas letras, y ahora comprendo que todo aquello que me guardé para mí y con lo que me regodeé tú lo habrías transmutado en auténtico oro con la alquimia de tu amor y habrías visto en ello un simple motivo de orgullo de tu hijo». Y después comprendió: nunca volveré a escribir a mi madre, nunca, nunca, nunca escribiré esa carta que siempre aplazaba, no volveré a enviarle un elefante de lapislázuli ni volveré a decirle una mentira ni me jactaré de nada ante ella, ¿y qué voy a hacer ahora, cuando se me caiga encima ese vacío, el remordimiento de no haberle escrito? ¿Qué voy a hacer sin poder disipar ese remordimiento? Y, si perdiera incluso ese remordimiento, entonces, ¿qué?

En realidad, había sido ese pensamiento lo que le había impedido continuar con la carta, pues la repentina reflexión —no he escrito a mi madre este mes— le había venido a la cabeza, del todo consciente, antes de que la trágica realidad, que se agravaba por momentos, hubiera tenido tiempo, al acentuarse, de disiparla: llevaba un mes muerta y él apenas le había escrito en un año... El caso es que quería a su madre, sin sentimentalismo, era una mujer de gran corazón y con humor, pese a su excentricidad. Desde un punto de vista práctico, consideraba mejor incluso para su madre que estuviese fuera ya de todo, pues también su padre había muerto; aunque conservaba toda su lucidez, más incluso de la que debía, era increíblemente anciana, ya no le quedaba gran cosa que esperar en el mundo y estaría mucho mejor, desde luego, en el más allá con el viejo; así exactamente fue como Cosnahan lo expresó para sí mismo: «en el más allá con el viejo», pero, ¿estaría en el más allá —o, mejor dicho, en el más allá idóneo— con el viejo? Pues no conseguía desechar el mortificante pensamiento de que podía estar en lo cierto Matt... de que, en cualquier caso, no era sorprendente que estuviese preocupado por el alma de su madre, por una razón más sólida y bastante más compleja que la de que fuese metodista, pues, a decir verdad, lo curioso era que la madre de Cosnahan era una bruja...

La verdad es que no existe una bibliografía abundante sobre el funcionamiento de los poderes ocultos entre los conversos de John Wesley, pensó Cosnahan, con la mirada perdida en las profundidades ortodoxas de Roma, pero temía que lo que los vecinos decían tuviera un fundamento factual. En realidad, su madre nunca usaba esos poderes sino para el bien y no le parecía a él que pudiera evitarlo y, desde luego, no los consideraba ocultos. En cuanto a la inquietante reputación que dio a los Cosnahan con Ballaugh, sus dotes eran también —cosa irónica— un activo social. El sentido común toleraba no sólo que su madre viviera, sino también que prosperara. Por mucho que se remontara Cosnahan en el recuerdo, siempre la recordaba muy solicitada, pues en su época los fenómenos de *poltergeist* eran muy corrientes en la isla de Man y su madre tenía la capacidad o —dicho con mayor propiedad— el atributo o el deber de un sacerdote católico de poner fin a esas manifestaciones y, en cierto modo, resultaba difícil imaginar algo más lleno de posibilidades profundamente cómicas que una isla acosada por lo diabólico, en la que el fenómeno de carbones que saltaban del fogón y se quedaban suspendidos en el aire y caían uno tras otro a voluntad no era inhabitual y, sin embargo, habían expulsado de ella la propia fuerza que podía anular el mal: el sacerdote católico. *Naturam expellas* con una horca, ¡una cosa u otra *recurret*! Arroja a la naturaleza con una horca, ¡y siempre volverá! Era en gran medida como si Dios, con ese sabio sentido del humor que Cosnahan respetaba cada vez más cuanto más permanecía de huésped en Su tierra, se hubiera reservado a la Madre Drumgold (como temía que la llamaran, pese a que raras veces hacía una exhibición tangencial de sus aptitudes más inquietante que la de impedir que el agua para la tetera hirviese la víspera de la fiesta de San Miguel y sólo inducida por una extraordinaria precisión social), heresiarca tan extrema como para hacer casi de hermana portera dentro del duro bando enemigo, metodista de lo más maravillosamente metodista, si bien sólo un metodista manxmano podría tal vez no ver la menor contradicción en todo ello.

Cosnahan sabía que en los últimos años el asunto de la brujería y lo sobrenatural, que en modo alguno son siempre la misma cosa, había experimentado de pronto un sorprendente recrudecimiento de popularidad entre el público y al menos a él no le resultaba extraño, ya que al admirable cómico de Dostoyevski —pues Cosnahan era un hombre muy leído— se le había ocurrido hacía mucho una solución, para él satisfactoria y de sentido común, por lo menos esto último, que cualquier corredor motociclista del Trofeo Turístico de la isla de Man habría apreciado, a saber y dicho brevemente, que cuanto más te acercabas al objetivo, más se acercaba éste, visto desde otro ángulo (por muchos que fuesen los circuitos de la isla que hubieras de recorrer antes), a ti, lo que equivalía a decir que, mientras el hombre avanzaba de cabeza hacia la muerte aferrado a su manillar, más se acercaba la muerte y el mundo de los espectros al hombre; en una palabra, por mezclar sus metáforas con lugares comunes, como siempre hacía su cabeza, tanto si le gustaba como si no, si el hombre estaba decidido a poner un pie en la tumba, debía atenerse a las consecuencias. Éstas se habían reflejado en la literatura mediante un interés por el otro mundo —y, por tanto, por las «fuerzas ocultas»— tan entusiasta, que casi parecía presagiar como una condena inminente, ya dictada, pensándolo bien, o imposible o innecesaria, y, en cualquier caso, si creías en la Resurrección y en la Vida, no importaba demasiado... salvo a los profetas con interés en el negocio, pero entre escribir simplemente sobre los poderes sobrenaturales o ilícitos y poseerlos efectivamente había —en sentido literal— un mundo de diferencia y Cosnahan estaba más que preparado para afirmarlo, porque poseía, a su vez, poderes ilícitos o al menos no libres de sospecha. Tanto Matthias como él habían heredado dentro de ciertos límites —en Matt era innato, antes de que recibiera ratificación divina— el poder para poner fin a los mismos fenómenos, si bien lo descubrieron por pura casualidad cuando eran muy jóvenes. Como los resultados de dichos fenómenos son a veces graves (y siempre hay que tener en cuenta el *poltergeist),* Cosnahan pensaba con frecuencia que eso había sido lo que había movido a Matt a entrar en la Iglesia, si bien su padre opinaba, en cambio, que con lo que había tenido algo que ver había sido con el alistamiento del propio Cosnahan en la Marina.

Por su parte, a Cosnahan le resultaba difícil desechar la sospecha de que era como un demonio o un demonio a la inversa. Desde aquella muy lejana mañana de Navidad en que su madre, por los motivos que fuera, profundos o cautivadores, o con planes ocultos para su futuro, le había regalado un elefante de gamuza gris —algo grande para ser un amuleto—, había tenido conciencia de que había algo peculiar en su naturaleza. Le ocurrían cosas extrañas. Se producían coincidencias inexplicables y en la escuela había encontrado con frecuencia resueltos —como por otra inteligencia, es decir, en las ocasiones en que no había otra inteligencia humana disponible— problemas geométricos que superaban su entendimiento. Cierto era que las inerradicables creencias profesadas hasta el presente en su isla —en el temido Buggane, por ejemplo, o la grata fantasía de que por la Luna nueva las aves marinas que se dejaban llevar por la novena ola eran las almas de los muertos— no tenían una orientación terrenal precisamente. «Lo sobrenatural», como habría reconocido incluso la zagala manxmana, «debe ser siempre la parte más profunda de la naturaleza de cualquier manxmano...» Pero era el tufillo a frituras que más de una vez había llegado hasta las ventanas de la nariz de Cosnahan durante sus sueños lo que a veces le daba motivo para sentirse alarmado. En tiempos se había consolado reflexionando sobre la idea de que su talento expurgatorio, heredado como era de una mujer bondadosa y devota, procedía del Cielo más que del Infierno. Sin embargo, tan pronto como había encontrado consuelo en ese sentido, el poder parecía desvanecerse y quedar substituido por otra curiosa facultad, de una inutilidad homérica y casi impecable, si tenemos en cuenta que, poco después de verse poseído por ella, emprendió otro viaje por el mar: Cosnahan descubrió que era zahorí. Casi seguía siéndolo. De hecho, aún sentía el tirón a veces, aun cuando no llevara la varita, si bien en mucho más raras ocasiones, pues parecía como si después de la publicación de su libro —aunque él no lo habría expresado exactamente así en su fuero interno— «sus poderes hubieran ido decayendo», por lo que no había sabido si alegrarse o lamentarlo al volver a experimentar aquella antigua inquietud el otro día en la basílica de San Pedro, donde estaban haciendo excavaciones en busca de la tumba de San Pedro y había pensado en preguntar a un sacerdote si estaban buscando también aguas subterráneas, porque, en ese caso, le parecía saber dónde era, pero la timidez se lo había impedido...

Cosnahan envió una plegaria muda al Cielo por el alma de la Madre Drumgold y siguió leyendo lo que había escrito sobre su *pensione*: su cuarto, amplio, limpio, aireado (la Pensione Borgnini quedaba a menos de cien metros de donde estaba sentado, en la Via Sicilia: tan cerca, aunque en cuanto a precio y escenografía, tan lejos), pero tan ruidosa, que no había podido pegar ojo en toda la noche. No había agua corriente y las instalaciones sanitarias quedaban —al estilo de las de México— a un kilómetro de distancia entre el comedor y la cocina. La falta de comodidades no le molestaba demasiado, en Nantucket estaban acostumbrados a eso: lo que lo perturbaba era la combinación de incomodidad, falta de intimidad y ruido; en las puertas no había cerrojos ni números, con lo que no cesabas de meterte en cuartos distintos del tuyo y sorprender a sus ocupantes: la enorme sueca que trabajaba en una fábrica de aeroplanos y que estaba diciendo: «Ha dicho que mi corazón era una fortaleza», a la inglesa que vivía con ella, que siempre llevaba pantalones y a la que, desde que había tenido un ataque de nervios y seguía intentando hacer compras con dinero inglés, no se podía dejar sola... Cosnahan apartó la vista de su carta y recorrió con ellos la Via Veneto, que un coche de caballos en el que iba Nikolai Gógol, con su trágica y brillante nariz y fumando un puro, parecía recorrer eternamente... (Pero, ¡qué crueldad la de reírse de la pobre sueca —la conciencia de su envergadura tal vez fuera para ella como una puñalada en el corazón— o de la pobre inglesa, cuyo ataque de nervios no podía haber sido una diversión para ella! No era de extrañar que los escritores dejaran de escribir. Mejor era reírse de Drumgold Cosnahan, en los momentos en que inscribía su inverosímil nombre para la policía en cada una de las pensiones de esa clase que había visitado en Europa, lo que constituía como una tortura absoluta para él, y su impecable incompetencia para las lenguas y la desdicha de haber olvidado tanto de la antigua lengua, mientras seguía condenado a pensar a medias en ella todo el tiempo. Mejor escribir sobre animales:

se podía ser gracioso sobre ellos sin herir los sentimientos de nadie, ni siquiera los propios... ¿o sí? Mejor aún no escribir nada...) Y la mujer a la que, después de la cena, había oído decir: «Bonito mío, chiquirriquitico, cielo, sol y vida mía».

A continuación estaba intentando describir a su mujer —porque le gustaba en particular ese tipo de cosas— la atmósfera de Roma: el sabor peculiar de las mañanas romanas, el aire fresquito, el sol caluroso y las tardes tórridas y el «carácter excepcional, dorado, de la luz romana». «Y el Corso Umberto, estrecho, con trolebuses atestados de gente y gritos, pues la Via Veneto, en la que está limitado el tráfico, es una excepción, y las aceras de sólo medio metro de ancho en las que la multitud no te deja permanecer y de las que tampoco puedes bajar, si no quieres acabar bajo uno de los autobuses, que pasan a una velocidad tremenda, ¡uno tras otro!» ¿A qué venía eso? No era ésa, desde luego, la forma de tranquilizar a Lovey a propósito de él, bastante preocupada debía de estar la pobre chica por el miedo que él sentía al tráfico, e iba a tachar esa frase cuando vio que la siguiente era aún peor: «¡La Piazza Venezia es un infierno, con doce clases diferentes de autobuses y enjambres de *scooters* que se abalanzan hacia ti desde todas las direcciones!»

Cosnahan tachó esas dos frases de tal modo, que el «carácter excepcional, dorado, de la luz romana» logró deslizarse con una excusa aceptable en una descripción del Foro, con su escalera de mármol que llevaba a ninguna parte y columnas rotas entre las que verdeaba la hierba, y otra frase de tono altisonante sobre «el esplendor y la grandeza de la Ciudad Eterna», que era, no obstante, «tan altiva y cruel como hermosa», y las altas columnas obscuras y los arcos de ladrillo rojo obscuro, y ahí estaban otra vez las columnas rotas, en el suelo esa vez, como árboles caídos, y los amantes entre las flores, tumbados o sentados en el suelo y al sol, exactamente como le habría gustado a él estar en el suelo con ella. Por último, como la de describir la extraordinaria belleza de las italianas no parecía una idea particularmente reflexiva, describía en su lugar a los jóvenes monjes, si es que eran monjes, que se veían por doquier, con sus ojos y barbas castaños, caras de santos y bastas túnicas carmelitas, bajando a grandes zancadas las avenidas con sus sandalias, no sin dejar de añadir que no podía ser más completa su identificación con ellos...

Después abandonó esos vuelos descriptivos e intentó contarle lo que había estado haciendo: sentado en la casa de Keats, sentado en la mazmorra honrada con su presencia por Vercingetórix y —lo que era aún peor para él— sentado todos los días en la oficina de American Express. Se debía a que las cartas de Lovey llegaban en manojos; tan sólo una vez había recibido correo de ella y se trataba de cartas anteriores a las que ya había recibido en París, si bien, habría parado, en cualquier caso, en esa oficina, al sentir cierta conexión en ella con Arthur o incluso con su hermano Matthias, cualquier cosa menos americano, cualquiera de los cuales podría aparecer por ella. Y, naturalmente, había ido al Coliseo, que le recordaba a «Androcles y el león» y también al Albert Hall en una pesadilla de dentista... Llegado a aquel punto, Cosnahan explicaba lo extraño que se sentía porque, pese a haber sido en tiempos un inmigrante europeo, aquélla fuera su primera visita a Roma, pero añadía que, por lo demás, sus visitas debían de parecerle singularmente pías, pues, pensando en su madre y añorando, como añoraba, a su esposa, lo consolaba mucho deambular por las iglesias de Roma e incluso encender velas dentro de ellas... Hasta ahí había llegado en la carta. Resultaba un poco difícil explicar que, pese a carecer de una creencia innata en el poder de las misas y del agua bendita, parecía tener una fe mágica en el poder del agua bendita y de las velas para asegurarlo a él, y a la Madre Drumgold, contra las posibles consecuencias de su heterodoxia. Era demasiado complicado, mientras que lo que sentía era sencillo.

Pero de algún modo había de contar a su mujer algo que le iba a encantar: que se había tumbado —cosa de lo más impía— en un banco y había estado contemplando el techo de la Capilla Sixtina y, sin sentirse particularmente impresionado por el tebeo a base de músculos de Miguel Ángel (aunque no había que descartar la posibilidad de que la presencia de Noé le hubiera despertado una obscura forma de envidia profesional), se había acordado de cuando habían blanqueado el techo de su casita en Nantucket y del terrible mejunje que les corría por los brazos y les goteaba en los ojos. También podría haber contado que en el tapiz de la *Cena en Emaús* de Rafael había advertido que el artista, con excelente previsión humana, había introducido un objeto que Rembrandt, en su interpretación incomparablemente superior, había pasado por alto —una garrafa de vino suplementaria que se enfriaba junto a los discípulos— y esperaba que no se considerara irreverente esa observación, pues, en cualquier caso, el Papa no había considerado tal la exhibición de esa obra en el Museo Vaticano.

Y podía concluir observando que ni sus herejías dominantes ni su protestantismo ni saber que quedaban pocos católicos en la isla de Man —según había dado a entender, Matt se proponía guiar personalmente a la mayoría de ellos hasta Roma el año próximo, Año Santo, lo que era parte de sus cometidos actuales allí— le habían impedido considerar una ofensa personal que, entre los innumerables confesionarios de la basílica de San Pedro, estuvieran representadas casi todas las lenguas conocidas y desconocidas, exceptuado el gaélico manxmano, lo que le había parecido —Cosnahan dejó a un lado la carta y apoyó la barbilla en su mano— razón de más para pronunciar allí y entonces su *Ayr ain t'ayns niau, Casherick dy row dt' ennym. Dy jig dty reeriaght, Dt'aigney dy row jeant er y thalloo myr te ayns niau. Cur dooin nyn arran jiu as gagh laa. As leith dooin nyn loghtyn*: tal como había aprendido en el regazo de la Madre Drumgold, a quien el Señor tuviera en Su gloria.

Como nosotros perdonamos a nuestros deudores, decía el gaélico manxmano, dando por supuesto que ahí estaban, esos enemigos, y en aquel preciso momento estaban contrayendo deudas con nosotros. Y razón tenían al hacerlo, pensó Cosnahan, al tiempo que apartaba la mirada de su mesa y la paseaba de nuevo por la Via Veneto, por la que subía en silencio un Cadillac nuevo del tamaño de un invernáculo, al recordar todas las viejas calles, hermosamente empedradas, y las casas antiguas de Douglas que se seguían destruyendo o derribando, la hermosa iglesia de San Mateo demolida y la campiña destruida para hacer algo equivalente a unas vacaciones en Liverpool. Y, sin embargo, tal vez esa clase de suposición fuera el mayor defecto de la población manxmana y también el de él. Toda la población manxmana parecía estar contrayendo deudas con él: entre otras cosas, porque nadie lo reconocía en su país después de que hubiera tenido éxito en los Estados Unidos. Y no se refería sólo al plano propio de la zagala manxmana. Ni siquiera había visto un rostro familiar en Douglas, a no ser que contara a Illiam Dhone, hombre —cierto era— tan excepcional, que, ahora que lo pensaba, se podría considerarlo todo un recibimiento cívico por sí solo.

Pues Illiam Dhone había sido colgado hacía siglos en un descampado donde ahora se alzaba la Iglesia de San Bernabé y, por un capricho de la rueda de la fortuna, había sobrevivido a tan desagradable ordalía.

Posteriormente había sido indultado y después se había demostrado su inocencia, que se consideró, naturalmente, razón suficiente para su supervivencia, y a aquél más que Lázaro se lo había encontrado fuera del Derby Castle, habían ido a una taberna y se habían bebido juntos una pinta de cerveza negra de Castletown con ostras manxmanas, pero Cosnahan llevaba tanto tiempo alejado de las antiguas costumbres y habla, que —parado bajo el conocido rótulo *Castletown 1st prize Ales* y contemplando por sobre la barra uno de esos almanaques manxmanos, de tan singular composición, correspondiente al pasado mes de noviembre, en el que se leía: 24, el último rey noruego de Man murió en 1205; 27, se inauguró el Hospital Nobles en 1906; 30, nació Winston Churchill en 1874— había olvidado completamente que Illiam Dhone no era el nombre real de su compañero, sino un apodo que significaba «rubio» o «de pelo rubio», sobre lo cual aquél, ahora calvo, no le brindó la menor pista; también había olvidado completamente que aquel apodo no le correspondía a él estrictamente, sino que procedía —con el extravagante y sardónico humor de los manxmanos— de aquel otro Illiam Dhôan, su monarca mártir y héroe rebelde, en tiempos condenado, en virtud de una conspiración, a una muerte cruel, de hecho, que ningún manxmano puede olvidar en realidad, ajusticiado, con éxito, antes de que llegara el indulto, Illiam Dhôan, que era un antepasado de aquel famoso navegante y amotinado del *Bounty*, posterior fundador de otra isla de Man más remota, Pitcairn, y portador también del grande y simple nombre de Christian, pero no tenía relación alguna de parentesco con la única persona en Europa que había reconocido a Cosnahan en su primer viaje a su país en veinte años y ni siquiera aquel Illiam Dhone, que era mecánico y tenía las manos cubiertas de brea, lo había felicitado y él no se había atrevido, dadas las circunstancias, a felicitar a Illiam Dhone.

Si bien éste (que sin duda no había leído *La zagala manxmana*) le había hecho como un cumplido al revés:

«He oído decir por ahí, Cosnahan, que has estado, verdad, haciendo cosas muy buenas.»

Y Cosnahan casi había pensado en decirle también a él:

«Cosas muy buenas, Illiam Dhone...»

Tan cierto como era que esos momentos soñados de reconocimiento nunca se hacían realidad, de vuelta de las guerras, de regreso del mar, famoso o cubierto de oprobio, la acogida en el origen siempre era la misma: inexistente...

Pero, ¿qué esperaba? ¿Tan engreído lo había vuelto el éxito en otro continente? —se preguntó, al tiempo que se guardaba la carta en el bolsillo con aire de importancia, como si fuera un fajo de documentos diplomáticos (la enorme Roca Tarpeya era —había concluido— un lugar demasiado público para acabarla; además, tenía mucho tiempo para continuarla, pues el correo aéreo, que no quería perderse, no salía hasta medianoche)—. ¿Tan presumido, que esperaba completamente en serio que lo reconociesen dondequiera que fuese, que lo reconocieran allí, en la Roca Tarpeya, tan fatuo, que a un tiempo maldecía aquel éxito, como tal, y se lamentaba de que no fuera suficiente o de que hubiese pasado?

¿Se habría vuelto de verdad tan ridículamente presumido?... ¿O era pura y simplemente que se sentía solo de verdad? Parecía más probable eso, esa aflicción endémica de las grandes ciudades. Europa era el lugar al que pertenecía su ser connatural, era su centro, y le habría gustado hablar con alguien a quien conociese de antiguo. Eso era comprensible, aunque no explicara del todo su sentimiento.

Pero, al pasear de nuevo la mirada por la Via Veneto, no había nadie para él, salvo Gógol, en su coche de caballos, subiendo eternamente la calle al trote, con su nariz eternamente brillante y su puro, y aquel ronroneo como de Rolls—Royce entre los árboles y aquel Cadillac del tamaño de un invernáculo y detrás de él la antigua Porta Pincia y delante de él las bicicletas, los triciclos, algunos sacerdotes y muchos americanos subiendo y bajando por entre las sombras moteadas entre los plátanos de la avenida que bajaba serpenteando hasta la Piazza Barberini, que no podía ver, y los toldos rayados en los cuatro cafés de las cuatro esquinas de los cruces, como las velas de yates en una regata que se agitaban en aquel momento con un rizo de brisa y alzaban levemente también las gualdrapas de los caballos... Cosnahan se preguntaba si en verdad era aquél el lugar en el que, de permanecer bastante tiempo sentado, podías, según decían, estar seguro de encontrarte a algún conocido. Tal vez no se refiriesen a un café, sino simplemente a una plaza romana o tal vez ni siquiera a una plaza, sino simplemente a la propia Roma o quizá tampoco a Roma, sino a París o a Budapest... Ven, Arthur; ven, Matt, pensó... Y ahora una de cada dos personas que pasaban por la Via Veneto parecía ser un sacerdote o un editor americano. Otros estaban teniendo, desde luego, más suerte: había observado que en la terraza, unas mesas más allá, dos personas de Twin Falls (Idaho) se habían saludado efusivamente. Sí, según había leído, nunca había habido un momento en la Historia en que se hubieran producido, con aquella avalancha de turistas, tantos encuentros entre amigos y conocidos en Roma.

Y, sin embargo, no parecía que ni siquiera ese encuentro más romántico con alguien con quien ya hubiese hecho amistad en Europa le estuviera reservado, nada, por ejemplo —si no hubiese sido su lealtad total—, como aquel feliz encuentro en Roma del protagonista de un libro que había estado leyendo con una muchacha llamada Rosemary. Recordaba el nombre, porque era el mismo que el de quien —aunque muy diferente— le había inspirado uno de sus personajes en *El arca*, tan diferente, que era una elefanta, en realidad... (La que aparecía en la cubierta de su libro, pues era, por decirlo así, su protagonista.) Pero, de no aparecer Matt o Arthur, cuánto le habría gustado —en cierto modo aún lo esperaba a medias gracias a algún milagro— ver una de las caras de su isla, pronunciar de nuevo uno de los antiguos nombres de Laxey, Ballaugh o Derbyhaven. ¿Dónde estarían? Pues no podían haber muerto, o haber caído en la guerra, todos, con toda su intrepidez así subsumida. Habría dado cualquier cosa por encontrarse con uno de aquellos viejos amigos de nombres retorcidos, crudos, espinosos, fangosos y demenciales, seres curtidos como las recias flores silvestres que arraigaban en las rocas, como la flor del cardo corredor: ¿dónde estarían todos aquellos puristas, los carpinteros y constructores de barcos que conocía, cuya religión había sido el trabajo artesanal, «hacerlo según su más leal saber y entender y no escaquearse en el trabajo», pero cuyo conformismo real acababa ahí? Sus padres habrían muerto, pero, ¿dónde estarían los que sólo contaban treinta o cuarenta años cuando los había conocido y que ahora tendrían setenta, hombres aún de otra época, como Quayle, que pasó de contrabando toda una cuba de ron por la aduana de Liverpool para ganar una apuesta? Sus hijos, los amigos de su infancia, se habían dispersado, pero, ¿por dónde? Y ahora a Cosnahan, con los ojos entornados, le parecía estar sentado una vez más en el malecón de Douglas viendo —con la vista más distante tapada, seguro, por los mejores aseos de las islas Británicas— pasar a la gente, todos con las mismas caras desaseadas y rendidas, todos con la misma ropa desaliñada, parecía incluso, y diciéndose: ¿dónde está Quayne? ¿Y dónde está Quaggan? ¿Dónde está Quillish? ¿Dónde está Qualtrough? ¿Dónde están Quirk, Quayle y Looney? ¿Y Illiam Dhone, que había sido ahorcado y, sin embargo, vivió, porque era inocente...?

«Son cien liras, señor», dijo un nuevo camarero en inglés, al tiempo que se le acercaba sonriendo.

«*Lhiat myr hoilliu*!», dijo Cosnahan riendo, al tiempo que se ponía en pie tan agradecido por la sonrisa y las palabras en inglés, que no pensó en las cien liras.

Quocunque jeceris stabit. Eso era también algo que sabía decir, por si servía de algo. Cosnahan, con el bastón y el libro bajo el brazo y encendiendo la pipa, bajó por Via Veneto en dirección de la Piazza Barberini. Se alegraba de que el camarero, que había acabado regalándole las cerillas, hubiera interrumpido su calma, pues tenía —cosa bastante paradójica, si tenemos en cuenta el rumbo de sus pensamientos— una cita, por decirlo así.

Pues la presencia de Cosnahan en Roma no carecía totalmente de objeto. Según la publicidad y con arreglo al contrato redactado en los Estados Unidos, no sólo debían haber hecho una traducción italiana, sino que, además, había de estar ya en las librerías italianas, aunque hasta entonces no la había encontrado, y también en esos otros países. Tal como daba a entender también la publicidad, no sólo Italia, sino también Francia e incluso Suecia se habían apresurado a hacerlo, al ver las críticas en los periódicos de Nueva York, que lo aclamaban como el más grande de los humoristas recientes, pero, naturalmente, sin ojear primero el libro mismo —¿cómo iban a poder hacerlo, si sus editores dependían de sus agentes de Nueva York, que sólo ojeaban las críticas?— ni ponderar las dificultades que entrañaba traducir al italiano, al francés, al sueco, etcétera, a un escritor que aún pensaba a medias en el gaélico manxmano y, sin embargo, escribía en inglés. El resultado fue que su editor francés, cuando por fin lo conoció en París, cosa menos fácil de lo que podría parecer, tras haber efectivamente leído, para su consternación, la obra, lamentó su precipitación y, pese a haberle enviado un anticipo ruinoso en dólares (que había gastado mucho tiempo atrás en los Estados Unidos), estaba más que resignado a encajarlo y abandonar asunto tan poco meditado. Como era lógico, consideraba que, si se llegaba a traducir el libro al francés, su repentina aparición convertiría el asunto en una cuestión de honor. Entretanto, Suecia mantenía un silencio ártico e impenetrable, como del Polo. En Inglaterra, donde no habían tenido que traducirlo precisamente, los elogios recibidos en los Estados Unidos habían predispuesto, a saber por qué, al editor, que lo había dejado caer por la borda silenciosa y furtivamente, lo cual explicaba, claro está, lo ocurrido en la isla de Man, mientras que su editor «alemán», quien había firmado un contrato por el que le concedía el mayor anticipo de todos y que vivía en Suiza —aunque ahora existía la posibilidad de que una empresa honorable de la propia Alemania Occidental lo aceptara—, se había largado a Sudamérica sin pagar un céntimo. En vista de todo aquello, Cosnahan no podía por menos de preguntarse a veces a qué se habría debido que su novela hubiera tenido éxito en los Estados Unidos, para empezar. No podía deberse enteramente a que la literatura contemporánea hubiese llegado a tan absoluto nadir de mala calidad, que su libro brillara en lo alto como el Círculo del Pez Occidental... No, subsistía un misterio, algo había en *El arca*, fuera lo que fuese: Cosnahan no había de abrigar la esperanza de que su editor italiano lo hubiera visto al menos, ahora que había tenido tiempo de leerlo, si bien Cosnahan no había tenido noticias directas de él, sino por mediación del propio Arthur, en una postal que le había llegado el otro día de París:

Ahora estoy en este lado y voy a intentar llegar a Roma *quam celerime*, si aún sigues allí. Me ha dicho un pajarito que tu editor italiano desearía disponer de más material biográfico —detalles de la familia, calles, casas, antepasados: en Italia gustan mucho ese tipo de cosas— y podría, al parecer, utilizarlo en la publicidad. *Arrivederci* y enhorabuena por el éxito de Lovey. Arthur. P. S.— Espero que estés trabajando.

Lo que parecía indicar que, al fin y al cabo, el libro se había publicado allí, aunque no se atrevía —le dio un vuelco el corazón— a darlo por hecho... ¡Y, naturalmente, Arthur esperaba que estuviera trabajando! Pero, ¿habría tenido en cuenta Art las circunstancias poco propicias a que él mismo aludía? ¿Las habría tenido en cuenta él mismo? ¿Habría tenido en cuenta que la presencia de Cosnahan en Europa se debía exclusivamente a ese obscuro, pero intenso, anhelo de verse, después de tantos fracasos anteriores, traducido (la propia palabra «traducido» tenía una resonancia mística para él) en realidad a otras lenguas europeas? Se debía en parte al pequeño y curioso nicho lingüístico en que había vivido en sus primeros años. En primer lugar, aquel nicho lo había aislado, naturalmente, de la lengua inglesa, pero eso no había sido todo. El cercano Gales lo había hecho entrar en contacto con una lengua celta, en efecto, pero tan incomprensible como magnífica, salvaje, grave y druídica y con palabras tan largas como sus estaciones ferroviarias y, una vez aprendido el inglés, en Liverpool, ciudad cercana y sombría, lo había recibido un habla que, pese a la familiaridad con sus acentos captados en su propia isla invadida, había de sonar más extranjera y dura a sus oídos que la lengua de los monjes tibetanos haciendo girar las ruedas de las oraciones. Y, sin embargo, si bien lo había entristecido aprender aquella lengua y adaptarse a ella hasta el punto de adoptarla, en esa misma medida había representado mucho más que una victoria para él no sólo haber dominado el inglés, sino haberlo hecho tan magistralmente, que se podía traducir el resultado a... ¿A qué? ¿Al francés? ¡Cosnahan y Flaubert! Era fenomenal, heroico, pero, ¿el italiano? Tenía, además, grandeza y nobleza. ¡Drumgold Cosnahan traducido a la lengua de Dante, Garibaldi y Pirandello! De modo que se podía decir que, en realidad, estaba en Europa porque había abrigado la esperanza de verse traducido en ella y había esperado con un ansia indecible al emocionante momento de comprobarlo junto con su esposa.

Así había sido, en cierta medida —se abandonó al recuerdo— en París, donde, tras alcanzar, mal informado de la dirección de su editor francés, el último de los quince pisos de un edificio sin ascensor, en el que, en cuanto encendía la luz en un piso, se apagaba despiadadamente la de todos los demás, hasta que, aturdido de cansancio y temiendo caer desde una altura de veinte metros a un patio sumido en las tinieblas, pues no había barandilla, había llamado y llamado a una puerta de detrás de la cual le llegaban ruidos como de crimen, o de risas ahogadas, para pedir ayuda, y, tras esperar en la obscuridad cinco minutos, sólo comparables a los momentos de angustia de un alpinista atrapado por una tormenta en un saliente insuperable, volvieron a encenderse todas las luces del edificio con un seco chasquido y quince bigotudos gendarmes armados, salidos de una novela de Zola, subieron chacoloteando y matraqueando con sus metálicas pisadas la escalera de piedra, lo detuvieron y se lo llevaron en un coche celular, en el que, al descubrir al poco su común interés por el *rugby* y que en tiempos Cosnahan había jugado como medio de *mêlée* contra el Racing Club de France, se hicieron de lo más amigos al instante. Al final, Cosnahan no sólo había sentido cierta renuencia a abandonar la Bastilla del séptimo *arrondissement*, que le parecía mucho más alegre que su cuarto de hotel, sino que, además, había llegado a la conclusión de que en ningún país del mundo ser detenido constituía un privilegio semejante.

Y, tras haber olvidado entretanto lo que de indecoroso había tenido aquel incidente y la particular decepción que presagiaba, casi lo constituía también allí, en Roma. El primer día, mientras caminaba por aquella misma calle soleada hacia el Foro, había tenido la sensación de que la traducción al italiano de un autor manxmano como él y su propia presencia, a su vez, en la Ciudad Eterna constituía un fenómeno tan notable, ¡que debería haber sido saludado con salvas de cañón desde el monumento a Vittorio Emmanuele!

Pero resultaba que, aunque tenía en su poder una copia de sus contratos francés, sueco y alemán, no había llevado consigo una copia del italiano, por lo que, al no recordar la dirección de su editor ni, de momento, su nombre y dadas sus particulares dificultades para hacer averiguaciones, primero se había dejado guiar equivocadamente hasta una oficina situada junto al Tíber y que resultó ser una distribuidora, algo así como un enorme cobertizo o almacén, pero la maquinaria de sus prensas zarandeaba todo el edificio, como si fuese la oficina de un periódico americano; tal era la impresión que daba o tal vez fuese el titánico estruendo del tranvía fuera, el *Circolare Sinistra*, y la dificultad para encontrar aquel lugar siquiera, junto con la extraordinaria complejidad de explicar el asunto que lo había llevado hasta allí —que, cuando por fin entabló contacto, supusieron instantánea y secretamente que tenía relación con el mercado negro, por lo que le indicaron que pasara a un cuarto trasero, donde, rodeado de pilas de otras traducciones americanas que no cesaban de llevarse en grandes bloques y entre las cuales esperaba ver en cualquier momento desaparecer su propia obra, intentó explicar, cada vez más desanimado, lo que ahora varios italianos, incluido un pobre viejo mendigo y alguien que se había colado de la calle e intentaba venderle un décimo de lotería, le aseguraban que era totalmente imposible, como también un muchacho, que le robó la cartera—, lo había dejado tan desanimado al final, que, al ver, justo enfrente, el Palacio de Justicia, aparición acompañada de una reminiscencia que en aquel momento sólo conservaba su aspecto amenazador, se había sentido de pronto totalmente exhausto y había dejado pasar tres días antes de intentarlo otra vez.

Entretanto, mientras caminaba por Corso Umberto, había recordado que el nombre —que parecía imposible olvidar— de su editor era Garibaldi; se trataba del otro editor de Roma que publicaba traducciones y resultó que ahora se encontraba en Via Oficino del Vicario, adonde debía de haberse trasladado desde Corso Umberto; recordaba haber visto también aquel nombre en el contrato; había tardado la media hora previa a su almuerzo temprano de aquella mañana en localizarlo por teléfono con ayuda de su amable *padrona di casa*, quien había obtenido la extraña información de que no volvía a abrir hasta las cuatro de la tarde.

Faltaba bastante, pues era la una, pero la presentación incluso a una cita poco precisa era para él una operación circumambulatoria, más aún cuando creía que tenía que prepararla.

«Conque ahí estás, Cosnahan, hijo...»

«¿Dónde estoy, Drumgold? El libro está muerto, ¿verdad?»

«¿Muerto, Cosnahan? Pero, ¡qué dices! Cuando puede haberse publicado la traducción italiana, ¡y a saber si no habrá sido un éxito sensacional!»

Roma, pensó, con ligera paranoia... Qué razón tenía ese historiador que debía leer algún día: el éxito induce al autoabandono mediante el desenfreno, pues, ¿qué otra cosa estaba haciendo aquella tarde sino seguir persiguiendo el precario atisbo de ese evanescente duendecillo que representa una fama aún mayor? ¿Qué se ocultaba tras ese «más material biográfico» de Arthur que ya estaba preparando mentalmente para Garibaldi, para lo cual se había concedido tres horas, las suficientes, más o menos, para esbozar el argumento de una *Guerra y paz*? A ese ritmo, ya veía a otro yo suyo vagando tras esa quimera, ese *ignis fatuus*, por toda Europa —por Finlandia, Alemania, Suecia tal vez, Dios sabe dónde— y acabar siguiendo los pasos a su traductor suizo alemán hasta Sudamérica y no volver a casa nunca.

¿Qué diablos perseguía? ¿Era lo que deseaba en realidad el tipo de reconocimiento que nadie habría sospechado? Habría bastado una palabra o ni siquiera una palabra, sino una señal, una mirada comprensiva, la mirada que le dijo, que le había dicho en los Estados Unidos, el esmerado trabajo, la destreza, que podía haber en su condenado libro. ¿Era eso lo que andaba buscando allí? ¿Y era la clave oculta que él, manxmano, se viese, como un «americano con éxito», un «capitalista forrado», obligado a soportar —ante desdeñosos jueces de su propia estirpe europea que con los ojos se ponían morados de fiambre en lata, mientras les salía Coca—Cola por las ventanas de la nariz— el trato conocido como «displicencia europea»?

¡Maldito Moddey Doo! Y, sin embargo, ¿qué otra cosa esperaba sino esa palabra amable? Desde luego, había experimentado en prácticamente todos los beneficios que se derivaban de todo aquello en los Estados Unidos, en aquel momento de «éxito instantáneo» (¡y como si un inmigrante «inglés» pudiera anteriormente desconocer del todo la displicencia americana!), saber, que de repente hubieran empezado a llamarlo a cada momento para pedirle dinero prestado quienes se negaban a prestarle dinero alguno cuando era pobre, que le hablaran quienes antes se negaban a hacerlo, que algunos le enviaran telegramas desde Hollywood diciendo «Es dinero, quiero decir, un dineral, Cosnahan» y, cuando veían que no lo era o no bastante y que su fama no era tanta como había supuesto en un principio, abandonaran todo el asunto, que otros, al enterarse de que se iba a Europa, insistieran en que le hacían un favor al darle, a cambio de dólares, billetes de cinco mil francos que le quitaron en la aduana por no ser de curso legal y nunca se los devolvieron, con lo que le dejaron sin un céntimo para pasar el fin de semana en París, que ahora escritores que tampoco le habrían hablado antes quisieran mirarlo simplemente o quisiesen que contribuyera gratuitamente a sus revistas, que el tres veces maldito escritor canadiense se hubiera tomado la molestia de decirle, a la inversa: «Naturalmente, no he leído su libro, Cosnahan», que la señora, también escritora, y con mucho más dinero que él, a la que en cierta ocasión había conocido en un bar antes de casarse, hubiera presentado en serio una reclamación judicial a Arthur del veinticinco por ciento de los beneficios, porque en aquella ocasión, diez años antes, él había comentado en broma que, si alguna vez escribía un libro que tuviera éxito, cosa que entonces parecía de lo más improbable, le daría, qué caramba, una cuarta parte de sus derechos de autor y —lo que era peor— hubiese presentado un testigo tembloroso, pero implacable, de su precipitación; había experimentado todo eso y, además, lo había perdonado, o había intentado hacerlo, pues, al fin y al cabo, ¿acaso hay algo más irritante e inquietante que un conocido que de repente se hace famoso? ¿Acaso no lo ha hecho en cierto modo para nosotros? ¿Acaso no nos pidió que tomáramos una copa con él hace diez años y, aunque nos negamos, no nos molestamos en contestar sus cartas, acaso no es simplemente como continuar el asunto donde lo dejamos? Desde luego, ¿acaso no ha justificado, o eliminado, en un abrir y cerrar de ojos, todo lo que no hemos hecho con nuestra vida entretanto? Y, de hecho, ¿no sería mejor que fuéramos a verlo por su bien, porque lo conocemos, sabemos lo gastador que es y, si no llegamos a tiempo, volverá a estar arruinado de nuevo, como cuando lo conocimos, en menos que canta un gallo, y, además, tenemos exactamente el tipo de trabajo para él que nos hará famosos, pero al mismo tiempo dará más lustre a su nombre? Todo eso lo había conocido entonces, así como la generosidad auténtica de las pocas personas que creyeron en él, el puñado de críticos que habían escrito lo que pensaban de verdad y las personas como Arthur, Seward y Bill, pero las personas que creyeron en él eran todas americanas y allí, en Europa —una vez más sintió aquella inexplicable punzada infantil, pero tan profunda, que no pudo creer que su causa fuera mezquina o indigna—, no había recibido palabra alguna procedente del corazón, ninguna palabra, a no ser (sin contar la acogida cívica que le había dado Illiam Dhone) que lo fuese lo que le había dicho su hermano Matt por teléfono durante aquella única conversación de larga distancia, en la que, después de los dos primeros minutos de plática seria y clara, pasaron la mayor parte del tiempo diciendo «¿Cómo?» «No te oigo» y sufriendo, además, las interrupciones de una misteriosa voz alemana que desde alguna parte no cesaba de repetir, por entre la barahúnda continental, algo así como *«Nicht so besonderes schlecht»* o *«Hamburger Beefsteak mit zwei Eier und Kartoffelnsalad»*... ¡oh, al diablo con todo aquello!

¡Y cómo habían rezado en tiempos por su éxito su madre, su padre y Matthias y su otro hermano, John, ahora vilmente encarcelado en Santa Helena (al que, tras detenerse ante un quiosco, se preguntó si debería enviar una postal de la mazmorra Mamertina, si le alegraría o heriría sus sentimientos, o bien una felicitación de Navidad, tal vez una felicitación de Navidad, si la conseguía, llegara a tiempo para Navidad), con la esperanza de que hubiese «algo bueno en él» y «sentara la cabeza por allí». Ah, eso era lo que dolía, que su «sentar la cabeza» hubiese llegado demasiado tarde; su padre había muerto, su madre había muerto y, aunque le había enviado al final un ejemplar de *El arca de Singapur* con sus elogiosas críticas por adelantado, al que siguió un elefante de lapislázuli que le había comprado en Provincetown, resultó, lamentablemente, que el ejemplar, por ser americano y nuevo, había sido retenido por alguna razón y se había perdido. Podía haber sido incluso que la Madre Drumgold, al no saber qué era, se hubiese negado incluso a pagar los derechos de aduana. Aún no había averiguado por qué no le había llegado. Matt era pésimo para escribir cartas. De hecho, pese a ser sacerdote, era casi analfabeto. Cuando poco después se publicó una edición inglesa —un rotundo fracaso—, su madre ni siquiera pudo enterarse, pero, ¿por qué seguir torturándose? ¡Qué manida era la tradición a la que pertenecía el dramatismo de incluso aquella versión del éxito! Y, sin embargo, aunque pareciera ingratitud, ¿cómo iban a poder los europeos dejar de ver a los Estados Unidos, en ciertas circunstancias, como su caja de resonancia, su prueba de resistencia primordialmente? Si la oportunidad era mayor, también lo era la competencia y, tras haber llegado por fin a ser «alguien», era frecuente que regresaran a su país de origen con los substanciales beneficios obtenidos a expensas de su magnánimo oponente y sin volver nunca la vista atrás. Ahora Cosnahan se había nacionalizado americano, se había casado con una americana, había echado raíces en tierras americanas. No tenía el menor deseo de volver a vivir nunca en la isla de Man, pero aún conservaba algo de europeo, pues podía hacerse la antigua pregunta: ¿cómo puede un europeo sentirse americano sin hacer antes las paces con Europa, sin llegar a reconciliarse, por tortuosamente que sea, con su tierra natal?

Por todo ello, que Matthias hubiera dicho —y su voz le llegaba a intervalos con extravagancia fraterna y secular por el teléfono en Douglas—: «No, hombre, no he dicho que no tuviese gracia, porque la tiene. Lo que he dicho...» —y, después de un catastrófico estruendo en varias tonalidades, se oyó de repente una voz: «*Hamburger Beefsteak mit zwei Eier und Kartoffelnsalad*» «¿Cómo?» y después su voz clara y sus risas de nuevo— «... ha sido que me recordaba a los tiempos en que solíamos cantar "Escúchanos, Señor, desde el Cielo, Tu morada"», con lo que le recordó el antiguo himno de los pescadores manxmanos, tal vez fuera más importante para él que ninguna otra cosa, pese a haberlo hecho con voz casi inaudible y por teléfono desde Brujas.

Tras decidir no cruzar allí, reanudó su paseo por la misma acera de la Via Veneto con dirección a la Piazza Barberini. Cosnahan no era exactamente una persona que caminara sin pensar adónde iba. Al contrario, con frecuencia pensaba tan intensamente al respecto, que, todas las veces que se acercaba a lo que a otro habría parecido un cruce lógico, modificaba su dirección con la decisión de evitar a toda costa, de ser posible, ese cruce. Al mismo tiempo, le gustaba caminar sin rumbo, guiándose mediante cálculos a ojo. Cosnahan había conocido a otros hombres que vivían en el campo, casi siempre antiguos marineros o prospectores, que combinaban el gusto de caminar en sí con los mismos recelo y miedo invencibles del tráfico. En su caso ese miedo se había intensificado en Europa en gran medida —sospechaba— porque no iba acompañado de su esposa y recordaba cómo solía ella guiarlo por las calles en sus escasas visitas a Boston o a Nueva York: «Corre, Drumgold», decía, «que ahí va un cochecito de niño estupendo y podemos colocarnos detrás de él» o: «Aquí tenemos a una encantadora anciana con un precioso niño de tres años que nos servirán de escudo». La risa de Lovey sonaba clara como una alegre campanilla.

Lo que en verdad empeoraba la situación era que ahora se viese privado de toda la diversión que aquello les brindaba, pues le gustaba exagerarlo un poco o, a la inversa, tener arranques conscientes y aterradores de heroísmo y guiarla a ella.

—Cosnahan sabía que era distraído y que su distracción, combinada con aquel tráfico romano, le daba unos sustos de muerte... Entretanto, disfrutando de las aceras de la Via Veneto, generosamente anchas y sombreadas bajo los plátanos, recordó oportunamente el premio al valor que le había concedido el Gobierno japonés.

Había sido veintiún años atrás, en la temporada de los tifones y al atardecer. Su barco se encontraba anclado y apacible en el puerto de Yokohama, cuando se acercó una tormenta cada vez más negra en torno a la punta. La mitad de la tripulación estaba en tierra, casi todos los demás se habían acostado y el segundo camarero, un fogonero y él estaban a la puerta del camarote del segundo camarero, en el medio del barco, tomando una copa de *samshoo* chino y contemplando —divertidos porque iba equipado con una sirena con motor que orgulloso exhibía a intervalos— un barco de pesca japonés, a un cable de distancia ahora, que llevaba un rato entrando despacio en el puerto, con un bote detrás. De pronto se hizo la obscuridad, se encrespó el mar y empezó a soplar un viento huracanado y a llover; después estalló una colisión de truenos casi al mismo tiempo que una gigantesca descarga de relámpagos con cuyo fulgor el buque de pesca pareció prendido en la noche; resplandecieron un poco más los relámpagos y vieron que el buque se partía en dos como un palo y, mientras las dos mitades se hundían, su tripulación salió disparada hasta el bote de popa, que, cuando soltaron las amarras, quedó al instante a medias anegado.

Después, en medio del tumulto se elevó, arrastrado por el viento, un grito desgarrador de auxilio y, entre las voces que se alzaban y bajaban de los demás náufragos, pareció distinguirse la de una mujer.

El deber de Cosnahan era más exactamente el de permanecer junto a las tiras de aparejo del bote salvavidas que el de ser uno de sus miembros salvadores, pero igual montó junto con el bombero en el anticuado bote de remos, como también lo habría hecho el camarero, si el capitán no le hubiera ordenado bajar a calentar mantas, para el caso de que salvaran a alguien, y preparar *whiskey*, cosa que en su caso era redundante.

Lo que parecía más probable era que no consiguiesen lanzar el bote salvavidas y avanzar y, si lo lograban, iban a necesitar salvarse a sí mismos, pues el mar estaba alzándose tan increíblemente, que los macarrones de su carguero, amarrado a boyas por la proa y por la popa, casi quedaban debajo de él con el balanceo. Cosnahan sonrió al recordar lo importantes que habían llegado a ser todos al instante, aquella esquelética tripulación de hombres solitarios, mientras el capitán gritaba contra el viento y el telegrafista decía: «Sí, sí, señor», al tiempo que subía y bajaba escalerillas corriendo.

Sin embargo, rescataron a todos los japoneses remolcando el bote, si bien al final tuvieron que soltarlo y trasladar a los náufragos que lo ocupaban a su bote salvavidas, que había quedado a cargo, por fin, de un obeso intendente llamado Quattras, un cobarde fanfarrón, pensaba todo el mundo, que tenía una esposa portuguesa en Surabaya, a quien, según decían, maltrataba. Por esa razón, sus compañeros de barco raras veces reconocían después el heroísmo de aquel hombre. Mientras que los hombres japoneses se comportaron todos con el estoico valor de su raza, como una mujer es una mujer en cualquier lengua, nada podía inducir a aquélla —que pesaba más de cien kilos y estaba, además, como loca— a abandonar el bote: por puro valor tal vez, pues era lo único que había quedado en el mundo a la familia. Pese al imponente mar y, sobre todo, al espantoso estruendo, al que la pobre mujer añadía sus gritos frenéticos, con lo que el conjunto resultaba un miserere conjuntado, gemidos de la tierra y del cielo confundidos en un único aullido, que luego estallaba en una luz lívida y después se reanudaba con la misma barahúnda otra vez, Quattras, quien no sabía nadar, había saltado al bote, que cabeceaba, y desde esa posición lanzó su pesada y operística carga al bote salvavidas, en peligro, a su vez, de volcar.

Ahora bien, aquel intendente era también manxmano y, como todos los hombres de esa procedencia, se creía escritor o poeta, aunque en inglés, y en todas las guardias después de aquel incidente se lo iba a ver, para saturnino regocijo de la tripulación, trabajando en un relato que, por consejo de Cosnahan —fue su única concesión a la economía—, tituló lacónicamente «El bote», pero que nadie se equivocara sobre su vocación, el intendente trabajaba de pie y con la puerta de su camarote abierta de par en par, sus papeles extendidos sobre la litera superior vacía y el pelo cayéndole en desorden en la cara en una maraña de inspiración.

Ahora bien, en su relato —«El bote»— no había la menor alusión al dramatismo de lo ocurrido. No era bastante novelesco para

Quattras. Nada había sobre la familia japonesa que había perdido sus posesiones, su barquito, incluso su dichosa sirena de motor, nada, a decir verdad, del propio bote haciendo agua, que había permanecido a la vista durante la mitad de aquella noche, iluminado por destellos intermitentes y arrastrado a sotavento la mañana siguiente, cuando el propio Cosnahan, que, obsesionado por él, no había podido dormir, se tiró desde el portalón y lo ató; nada sobre su trágica alegría entonces ni sobre su gratitud por haber sido salvados por un puñado de bárbaros marinos extranjeros: un intendente que, cuando estaba de servicio, parecía demasiado obeso para moverse, dos aprendices asustados, un fogonero y un ayudante de carpintero, los dos últimos de los cuales estaban medio piripis, apenas sabían qué pasaba, se limitaron a obedecer a su instinto y su destreza y, de hecho, estuvieron, en el momento peor, desternillándose de risa. Tampoco figuraba Quattras, su heroísmo, no por modestia ni por aversión alguna a lo subjetivo o incluso porque tuviera la juiciosa idea de que la verdad no se vendería bien. Al contrario, consideraba que lo que había escrito era la verdad, que se vendería bien, pero sólo a un «auditorio de categoría». Y, si no —era lo bastante artista para reconocerlo—, sería sólo porque era demasiado veraz, demasiado realista, demasiado «arte por el arte» y, en una palabra, demasiado parecido a aquel mar Sagami del Japón que había estado a punto de envolverlos a todos, «por encima de sus cabezas», conque, en pro de ese arte, de esa verdad, introdujo piratas, contrabandistas de opio, un vagabundo con astrosos pantalones blancos, mientras la pobre y anciana madre de setenta años, a la que él mismo había rescatado, pasaba a ser una hermosa americana que huía de su brutal padre, con la connivencia de un francés alto, moreno y esbelto, que no había participado en la gallarda intervención, pero tenía una fortuna en Shanghai.

—¿Qué sabía el hombre de su propia naturaleza? ¿Cuántas personas pasaban por la vida pensando que eran distintas de lo que eran? Ni siquiera el testimonio de su propio ser esencial ante sus rojas narices lo convencería. ¿Cuántas vidas eran necesarias para averiguarlo? El heroico Quattras, ahora canadiense, nunca había perdido la ilusión de ser escritor —¿y quién era Cosnahan para negárselo?— e incluso había conseguido que por fin le publicaran algo en un periódico de Montreal, un artículo marcial sobre mariposas en el que, por considerar que esa vez estaría indicada un poco de propaganda, había descrito con toda seriedad los insectos como «mariposas viriles y fuertes... enderezadoras de entuertos» y que, «combatiendo al enemigo» y «prietas las filas», avanzaban triunfantes, al parecer, contra el Kremlin...

Y, sin embargo, ¿qué sabía él, Cosnahan, de sí mismo? ¿Era escritor? ¿Qué era un escritor? ¿Se podía obtener una clave de lo que era dando a Garibaldi, su editor italiano, unas notas biográficas más elaboradas, como proponía Arthur, cuando por fin lo viera? No carecía de sentido, desde luego, pero, ¿qué contribuiría a explicar de Cosnahan, si dijese: «Mi bisabuelo, Cronkbane, procedente de Cronkbane...»?

Cosnahan se encontró en un largo y estrecho laberinto de calles empedradas sin haber llegado a la plaza Barberini. Era una zona de restaurantes subterráneos, escaleras siniestras que conducían a grutas cerradas con candado, el tipo de lugar exactamente en el que le habría gustado preparar sus notas tomando un coñac o una *grappa*, sólo que ninguno parecía abierto. Antros nocturnos. «Y de joven me había rozado con frecuencia con la espantosa peluca del Duque de Brunswick, al cruzar los pasillos de restaurantes nocturnos...» Le parecía también que la otra noche había vuelto por aquella calle, cerrada al tráfico motorizado, en un coche de caballos, ¡y qué hermoso había sido! Primero el espectacular ocaso tras el Arco de Constantino y los rayos de sol pasando del rojo al rosa y del rosa al violeta y las luces que empezaban a encenderse. Clip, clop, en el coche inclinado hacia un lado por el empedrado, clip, clop, por aquellos callejones y callejuelas y después la repentina aparición de la Fuente de Trevi —¡cómo le gustaban las fuentes, cosa natural tal vez, ya que eran las primas hermanas urbanas de los manantiales y los pozos!— y las frescas cascadas y el estanque verde claro parecían llevarse todo el polvo y el calor del día y la gente permanecía sentada y contemplando el agua en torno al bajo pretil semicircular.

Y después, aquella misma noche, había atravesado el parque en otro coche de caballos y había recorrido la avenida de magnolias, cuyas hojas relucían intensamente, como talladas bajo la luz de los faroles, y una intensa y dorada Luna joven, mayor de lo que recordaba haberla visto antes (era la misma que, algo más vieja, seguía visible a media tarde por sobre los jardines de la Villa Borghese), suspendida tras cipreses negros y, al pasar ante ellos, brillaban algunos pequeños cafés con sus luces y flores, y el coche de caballos parecía tan intemporal e impersonal, que podía imaginarse en cualquier siglo, salvo cuando recordó que era Drumgold Cosnahan...

Salió al calor y la luz de una de las indeterminadas y peligrosas calles de los alrededores del monumento a Vittorio Emmanuele y se detuvo ante el titánico estruendo y la confusión del tráfico. ¿Cómo avanzar? ¿Cómo empezar a avanzar? Y, sin embargo, aquel tremendo tráfico apenas era un síntoma de la época en la que vivía: en el siglo II —había leído en su guía— el tráfico era tan intenso, que habían de hacer las entregas de noche para evitar la congestión y estaban incluso prohibidas en ciertas calles, como lo estaban en parte en la zona crepuscular que acababa de atravesar, por el ruido causado en el empedrado. Cosnahan veía desde allí el Coliseo —allí había sido donde había cogido el coche de caballos— y, un momento antes de que lo hiciera (y sin necesidad de cruzar la calle), había habido una escena que le había hecho sentir como nunca su soledad...

Habían estado bajando hacia el Arco de Constantino camiones cargados de soldados italianos que, cantando y gritando, agitaban ramas de hojas verdes, camiones y camiones que se recortaban en el espectacular cielo del ocaso, en el que no cesaban de formarse nubes, y, al pasar por delante de Cosnahan, al verlo, lo saludaron agitando las manos; les devolvió el saludo, los soldados del camión siguiente lo vieron y también lo saludaron cada vez con mayor entusiasmo hasta que acabaron gritando todos y agitando las manos frenéticamente y un soldado arrancó todas las hojas verdes de su rama y se las arrojó a Cosnahan con las manos en alto...

¡Qué gozosa y alentadora fue aquella escena! ¡Qué deliciosamente irónico aquel reconocimiento triunfal de Cosnahan por lo que no era o aquello en lo que no había participado! Como tampoco podía su absurda conciencia de ser un «distinguido manxmano» por menos de ver en aquel recibimiento algo que obscuramente entrañaba también su reconocimiento, pues a su vanidad no le parecía extravagante, ni por un momento, imaginar que de aquel modo se les daba la bienvenida a Italia, a Lovey y a él; entonces recordó que Lovey no estaba allí, aunque, ¿cómo podían saludarlo agitando las manos así, si no la hubieran visto a ella, tan bonita, situada a su lado? ¡Y cómo le habría encantado aquello! «Mira, han traído al Ejército para darte la bienvenida, Drumgold», habría dicho y no habrían cesado de reír hasta llegar a casa.

Cosnahan contempló el caos de la calle y, uniéndose en cierto modo a un agitado grupo de sacerdotes que salió de repente de uno de los callejones, inició el atroz y peligroso cruce hacia el Foro.

Dentro del Foro, al que le dio acceso un boleto que hubo de comprar, precedido de los mismos sacerdotes que, sin saberlo, lo habían guiado a través de la calle y de dos monjes joviales, o al menos así le parecieron a él, respiró mejor. Al menos allí no había tráfico. ¡Y cuántos sacerdotes había! No tenía idea de las diferentes órdenes y, de los dos que había calificado de «monjes joviales», uno llevaba un hábito blanco y sobre éste una capa negra en la cual, vista por detrás, iba el emblema de la Cruz, el brazo vertical en rojo y el horizontal en azul, mientras que el otro, que, evidentemente, lo estaba agasajando aquella tarde, llevaba un simple hábito obscuro, pero había toda clase de sacerdotes. Había unos que pisaban con fuerza con sus pesadas botas, otros que llevaban zapatos y calcetines negros y otros zapatos y calcetines blancos y había sacerdotes majestuosos con fajas y botones azul cobalto que les recorrían hasta abajo y por delante sus hábitos negros como el azabache, otros imponentes con hábitos escarlatas y otros altos y solemnes que llevaban el sombrero tras la espalda. Había toda clase de sacerdotes, en una palabra, excepto aquél al que Cosnahan quería ver, el Padre Matthias Cosnahan, su hermano y, sin embargo, le alegró el corazón verlos. Pensó que se trataba de pensamientos inhabituales en alguien que había nacido en una atmósfera en la que se vilipendiaba a los católicos y se vituperaba sin piedad a los sacerdotes como parásitos barrigudos: la fe de Matt había tenido que superar una época en que, si es que se podía hacer entrar a un sacerdote a hurtadillas, procedía de Liverpool y tenía que celebrar su oficio en un establo. También le daba la sensación de que, confirmara o no sus leyendas, Roma era un lugar en el que no tenías por qué sentirte solo. Por otra parte, la propia multiplicidad asombrosa de aquellos hombres de Dios estuvo a punto de ponerlo nervioso de nuevo: era casi alucinatoria, por lo que, al avanzar despacio, con el bastón bajo el brazo, hacia la Basílica de Constantino, se imaginó que veía a Matthias por doquier y empezó a tener la sensación de que debía de haber un error, de que Matt había dejado ya un mensaje posterior que no había recibido. Tantas cosas habían ocurrido, para bien o para mal, desde que los hermanos se habían visto por última vez y, aun así, no iba a haber tiempo para contar ni la mitad.

Cosnahan contempló las golondrinas negras o vencejos, que revoloteaban, como murciélagos, en torno a la Basílica. ¿Como murciélagos? Confió en que ese pensamiento laurenciano no fuera un mal presagio. El apellido de Lovey, L'Hirondelle, significaba "golondrina" y recordó que —desde que, durante una ola de calor, habían encontrado uno extraviado en un sendero polvoriento a la luz del Sol, con sus manitas y cara como de gatito, y él lo había colocado en una rama, al abrigo de una sombra fresca e intensa, de la que se colgó boca abajo, al tiempo que le bufaba— habían tomado cariño a los murciélagos...

Y las golondrinas, por negras que fueran, parecían volar por amor, lanzándose por el aire estival como dardos de niños, en torno a las evocaciones de un esplendor desaparecido, en torno a la Basílica, por la que ahora sentía —medio avergonzado— menos interés que en los blancos convólvulos, dondiegos y geranios silvestres que crecían por doquier y de los que no hablaba la guía.

¡Las flores silvestres de la isla de Man! Cardo corredor en el norte, perejil marino en St. Anne's Head, poleo en los margales de Ballaugh y col marina cerca de Peel...

Y allí enfrente de él, examinando algún tipo de flor con pinchos y capucha azul y blanca, estaba Matthias otra vez, aunque no habría sido propio de él llevar un largo y acordonado hábito carmelita y sandalias. Que un monje le hubiese parecido lo mismo que un sacerdote, que no supiese distinguir entre las numerosas denominaciones y órdenes, que hubiera de recurrir al diccionario para descubrir la diferencia entre un sacerdote y un fraile y pudiese confundir una dedicación parcial con la retirada completa del mundo de la carne, le recordó, no obstante, la distancia que lo separaba de Matt.

Volvía a verlo ahora, aunque no lo hubiera visto, su fuerte y graciosa cara con los dos dientes de delante rotos en una nada hierática refriega de un partido de *rugby*, y volvía a oír su voz, aunque la había escuchado sólo por teléfono, grave, segura, sonora y llena de picardía y soltura poco sacerdotal. Esa clara comprensión de la dedicación y la fe de su hermano surtió el efecto por un momento —como podría haber surtido en una persona que nunca hubiese amado ni hubiera sido amada— de hacerle pensar que cierto objetivo o significado grandioso de la vida le había pasado inadvertido y, al carecer en realidad de una religión definible, salvo la fe en su libertad y la apreciación de los prejuicios de los demás —¿o era porque le parecía notar una vez más, a lo lejos, aquel ligero, pero inconfundible, olor de un Cosnahan achicharrándose?—, se sintió por un rato excluido, por aquella misma tolerancia universal que un momento antes lo hacía parecer una persona tan benévola y condescendiente, como del gran círculo de la religión totalmente y más solo que nunca.

Cosnahan fue subiendo por la Colina Palatina y a mitad de camino se sentó, cansado, en un banco. Mi bisabuelo Cronkbane fue —¿debía decirlo?— ahorcado por robar una oveja. Aunque la oveja no había sufrido daño alguno, se apareció en una visión al pariente más próximo pidiendo venganza e inmediatamente después revocaron la ley que imponía la condena a muerte en la horca por el robo. ¿Qué ocurrió entonces?... ¿Habría empezado mi bisabuelo a aparecerse a la oveja?

Una pareja de enamorados estaba sentada en la hierba más abajo de la Casa Flavia y no pudo por menos de contemplarlos; de vez en cuando, se quedaban largo rato mirándose a los ojos, después apartaban la mirada otra vez y luego se reían. El muchacho cogió una brizna de hierba y empezó a mordisquearla, la muchacha se la quitó y después se rió. Luego se pusieron a mirarse a los ojos otra vez, pero la simple y burda descripción de aquellas acciones absurdas, como en una antigua película muda, no daba idea de lo hermoso que era, de cómo se miraban o de lo que representaba para él.

Mi bisabuelo Cronkbane no sólo fue poeta, sino también inventor e ingeniero de éxito. (Colina Palatina arriba, otros amantes eternos pasaban caminando por delante de más monjes y sonrientes sacerdotes eternos.) Exploró el istmo de Panamá y en 1855 presentó a los Estados Unidos un plan para la construcción de un canal sin esclusas, pues fue el primero en afirmar que los océanos Atlántico y Pacífico tenían el mismo nivel... La poesía de Cronkbane es —hemos de reconocerlo— tosca, pero vigorosa...

Al cabo de un rato, Cosnahan, como un tocón flotante atrapado en una corriente tras unos botes muy vistosos, acabó incorporándose a la procesión. *Onid aalid ben.* Ah, sí, todo el mundo en Roma parecía estar enamorado o ser un sacerdote y todas las muchachas eran bonitas. ¿Bonitas? Casi todas aquellas mujeres italianas eran exquisitamente hermosas y, al verlas pasar, con aquel paso lento y conmovedor, una brizna de hierba en los labios y acompañadas de sus amantes, aquellas muchachas que alzaban los pies del suelo y volvían a colocarlos en él con tanta delicadeza, como si estuvieran ejecutando una lenta danza de amor (pero siempre acompañadas de algún amante), con sus cabellos tan brillantes y sedosos, o rubios como ángeles, y sus largas y esbeltas piernas, casi dolorosamente hermosas, y sus tímidas miradas, casi deseabas que la muchacha de cuyo pelo, porte o manos te hubieras enamorado ya, al contemplarla por detrás, se volviera y resultase fea; eso te calmaría al menos —pensabas— el dolor de corazón y, sin embargo —sin dejar de abandonarte, medio abstraído, a aquellos ensueños pseudoproustianos o, mejor dicho, contraproustianos—, la comparación era el único alivio humano que te quedaba, pues, tras haberte enamorado de tan exquisita fantasía y haberla perdido, era casi necesario imaginar que la siguiente que pasaba era aún más hermosa, aunque sólo fuese para no pensar en tu mujer, conque podías decirte: en fin, no era esa otra la que me estaba destinada, sino ésta y consolarte incluso con esa idea producto de la reflexión, de que iba a pasar otra que sería aún más hermosa, la que diría o nunca diría: «Bonito mío, chiquirriquitico, cielo, sol y vida mía» o como fuera en su versión italiana.

Un negro estaba mirando con expresión sombría el Templo de Venus y Cosnahan quiso hablarle y decirle algo alegre, pero no lo hizo; retrocedió unos cincuenta metros para sonreír a una pobre mendiga a la que faltaba una pierna (tras haber pasado antes mezquinamente de largo) y darle cincuenta liras —la mitad del precio de la leche que se había tomado— y siguió su camino, sintiéndose más mezquino que antes de dárselas.

¡Qué calor hacía! ¡Demasiado para fumar la pipa! Cosnahan cambió de dirección y se dirigió hacia el río, donde podía estar más fresco y allí estaba el amarillo y bajo Tíber con gente bronceada que se bañaba y jugaba en la arena. Los romanos se zambullían desde lo alto de una como casa flotante en el fango, bajo la orilla. A Cosnahan le habría gustado nadar un poco, pero probablemente hubiera que pertenecer a algún club. Junto a la ribera, el tráfico era más intenso y ruidoso incluso, aunque la calle era estrecha y al menos estaba bien marcada, con una isla para peatones en el medio, y no estaba obligado a cruzarla aún: faltaba mucho tiempo para que abrieran su editorial; aun así, podría ser más prudente localizarla claramente por adelantado, porque quería buscar un bar fresco y tranquilo en el que pasar una hora sentado e intentando escribir sus ideas para aquellas «otras notas biográficas» y, como saben todos los escritores, «donde está el editor está el bar». Algunos escritores nunca pasan del bar.

Por los puentes o a lo largo de la ribera, se precipitaban motocicletas rojas y brillantes con ruedas del tamaño de las de bicicleta, todas con la misma muchacha exquisita en el asiento trasero, todas Beatrices o Lauras, y qué imprudentes eran aquellos romanos que conducían a toda velocidad bicicletas de ruedas sin protección por entre aquel tráfico y con las manos separadas del manillar; más tipos con muchachas sentadas en la barra de sus bicicletas cuyos guardabarros zumbaban al pasar y más sacerdotes: móviles esa vez, los más despreocupados e imprudentes de todos, y ahí iba un sacerdote anciano y con gafas de motorista como alma que lleva el diablo por el Lungo Tevere y de nuevo se mezcló Cosnahan con la procesión de sacerdotes que iban y venían a pie, sacerdotes con sombreros hongos, con sombreros planos, con carteras, sin sombrero, sacerdotes barbudos que llevaban paquetes de papel marrón, sacerdotes con sombreros de terciopelo negro y maletines estrechos, otros más altos y solemnes que llevaban el sombrero tras la espalda, curitas buenos que leían sus breviarios a lo largo de la ribera, sacerdotes que caminaban pavoneándose y a los que una repentina ráfaga de viento y polvo procedente de la Basílica de San Pedro dejaba casi sin hábitos. Por el Puente Garibaldi pasó como una flecha una motocicleta que parecía un mosquito rojo y que también iba conducida por un sacerdote con una expresión que había visto tan sólo en otra ocasión, en el semblante del gran George Dance, al superar en la isla de Man el puente Ballig, cuando parecía que iba a ganar una carrera motociclista para personas de edad sobre una Sunbeam de un cilindro. Y ahora había más sacerdotes: sacerdotes con suelas de goma, con suelas desgastadas, con ribetes azules, escarlatas, e incluso un pobre sacerdote que cojeaba y escupía, ¿y por qué no habría de hacerlo, como todo el mundo? Y ahí llegaban tres más, vestidos con hábitos blancos, capas negras, capuchas y medias de lana y zapatos negros, bromeando... ah, le encantaban, la verdad, todos aquellos sacerdotes, en particular aquellos tres, no porque fueran graciosos, sino porque parecían disfrutar como niños riéndose de sí mismos: eran los mismos que había visto el día anterior en el Vaticano, pensó, en la sala de las momias, el mayor de los cuales iba explicando a los otros dos las glorias del antiguo Egipto, y Cosnahan se inclinó y sonrió, aunque no lo reconocieron, y se sintió momentáneamente triste; además, podía ser augurio de una decepción peor... El caso es que sacerdotes había —no cabía duda— suficientes para llevar por el aire a la Madre Drumgold hasta el Cielo y, mientras caminaba a solas, rezó por que así fuera, pero, al ver una pequeña procesión de sacerdotes sonrientes sobre *scooters* grises, Cosnahan susurró para sí: ¡sacerdotes mecanizados! ¡Dios Santo! No se debía permitir a Matthias que volviera a su país sin uno de aquellos *scooters* grises. Le insistiría al respecto.

Ajá, ahí estaba otra vez el Palacio de Injusticia. Cosnahan se acordó de su editor y empezó a ponerse nervioso y a desear que Arthur lo acompañara. El buenazo de Art... Y entonces Cosnahan imaginó que, en lugar de a Matthias, veía por doquier a aquel hombre al que tanto debía: un tejano alto, delgado, jovial y, sin embargo, de ojos tristes, de una paciencia infinita, pero que siempre caminaba como si se dirigiera hacia la red para lanzar un tiro directo en el tenis. También había empresarios benevolentes y de aspecto juvenil en *scooters* que podrían haber sido Art e incluso pasajeros muy tiesos en los asientos traseros de aquellos *scooters* que igual podrían haber sido Arthur, como tampoco dejó de otear las caras de los pasajeros en los enormes trolebuses verdes con sus siniestras antenas en alto y lanzados a todo tren por la red de cables aéreos.

Cosnahan estaba pensando con tal intensidad en Arthur, que, a saber cómo, sobrevivió a otro cruce: tras dejar atrás el Tíber, se encontró, agradecido, en otro laberinto de calles empedradas y de las que estaba excluido el tráfico, dio casi al instante con el antiguo patio en el que se encontraba su editorial y, al observar al mismo tiempo, exactamente como había sospechado, un lugar recoleto, como situado allí para consuelo de los autores preocupados o rechazados, continuó hacia la tabernita casi vacía con mesas y bancos bajos, se sentó y pidió una gran *grappa*, algo que sabía pedir.

Enfrente de él, junto a la puerta, había un rótulo: *Chi ha ucciso el Pettirosso*?, más allá del cual, en una placita, dos músicos callejeros forcejeaban con lo que parecían oficleidos. Eso estaba bien: era como si la banda hubiese acudido ya a recibirlo. Sin embargo, no tardaron en marcharse.

«¿Quién mató el petirrojo?» era —según le explicó el camarero— lo que significaba el rótulo, aunque siguió siendo un misterio la razón por la que estaba allí.

Sí, era una historia triste, la verdad; le hizo llorar de angustia cuando la conoció por primera vez. En su juventud había leído una extraña historia del mismo título, algo sobre la belleza natural y cómo la había destruido el hombre con fealdad y maquinaria y con su propio espíritu: algo así. Le había parecido sentimental entonces, como algo que él mismo había escrito sobre las chimeneas de fábricas de Eleusis, pero ahora Cosnahan, mientras bebía su *grappa*, se puso a recordar los antiguos versos: «Soy tu agonizante lengua materna, la primera habla de la raza de esta isla. Yo fui quien mantuvo alejados a los extranjeros...» Y Cosnahan tomó el lápiz y escribió:

«Mi bisabuelo, Cosnahan Curghey Cronkbane, de Ballabeg, nació en 1816, en la Cronkbane Street de Douglas... Además de ser poeta, se aficionó... a los estudios de historia natural. A los dieciséis años, ingresó en la Universidad de Edimburgo... En 1832 investigó la historia natural de la isla de Man... Fue un consumado patriota, que se enorgullecía de tener sólo sangre manxmana en las venas... visitó Francia, Suiza, Alemania, Argel, siempre estudiando la historia natural... en 1844 fue nombrado paleontólogo oficial... Un busto de mármol... conmemora su recuerdo. Su poesía es —hemos de reconocerlo— tosca, pero vigorosa».

Y ahora, un momento después, su bisnieto, con una sensación de auténtico alivio y ni rastro del nerviosismo que Cosnahan esperaba, con confianza serena, en realidad, se encontraba esperando en las enormes oficinas, silenciosas y frescas, de su editor italiano en

Roma, en Via Officino del Vicario. Bueno, pues, allí estaba, ¿no? ¿De verdad? Pues, aunque no lo había notado antes, ahora que un poco del licor se le había subido al cerebro, se había dado cuenta de que los vapores del renombre impoluto debían de haber permanecido allí latentes durante toda la tarde esperando tan sólo a que los despertara aquella agradable compañía para dejar sentir sus efectos plenamente, por lo que, aunque nadie podía decir que estuviese bebido, en cuanto a euforia serena, era más bien como si hubiese bebido siete copas y no dos simplemente. Se habían disipado sus recuerdos de Francia, de su decepción en Inglaterra, del silencio de Suecia, del abandono de la Alemania ocupada con destino a saber dónde, de la indiferencia con que lo habían acogido en la propia isla de Man; era como si nunca hubiese abandonado el despacho de Arthur en Nueva York aquella mañana extraordinaria en que había dicho displicentemente: «Arthur, ¿son buenas las críticas?» Y Arthur había respondido: «¿Buenas? ¡Lee esto, hombre! He pasado toda la noche despierto...» Casi no se había dado cuenta, de tan embelesado como estaba consigo mismo, de que llevaba diez minutos allí de pie y absolutamente solo en la oficina, con la edición americana de *El arca de Singapur* en la mano, junto con sus notas biográficas suplementarias casi a punto para entregárselas a uno de los ejecutivos de la empresa, cuya aparición en breve sería sin duda el resultado de las actividades ocultas del agradable joven italiano con la camisa abierta y la corbata suelta que ahora estaba hablando por teléfono de su asunto, o presentárselas a aquel joven mismo, en caso de que deseara consultar de nuevo el ejemplar americano de su libro, cosa que —en aquel momento volvió a entrar sonriente el joven— hizo, al parecer: esa vez se lo llevó consigo, al tiempo que tamborileaba con los dedos, pensativo, en la cubierta.

Tal vez el joven italiano estuviera hablando incluso con su traductor. Drumgold Cosnahan, por fin traducido en la lengua de Boccaccio, Manzoni, Croce y Pirandello, ¡que había escrito un relato sobre un *poltergeist*! En la tabernita, mientras fuera sonaban en otra parte los oficleidos, que ahora oía débilmente, como procedentes de otro mundo, se había olvidado completamente de su tristeza por la antigua lengua. Era abrumador y las oficinas de la editorial Garibaldi eran tan abrumadoras como el acontecimiento. Las paredes, en las que colgaban cuadros con grandes marcos dorados, estaban cubiertas de un raso carmesí obscuro: los techos, de una madera tallada y lustrada y con finos motivos dorados, debían de tener nueve metros de altos. En torno a un enorme escritorio de roble había dispuestas sillas suntuosas, mientras que el despacho contiguo, con paredes de damasco satinado de color verde jade, parecía del tamaño de una pequeña estación de ferrocarril, estaba totalmente recubierto de papel rojo y oro y tenía sillas talladas y tapizadas de seda en torno a una mesa circular tallada y en torno a Cosnahan, en el despacho privado, estaban dispuestos los libros de la editorial, que, como aquellas otras malhadadas oficinas cercanas al Palacio de Justicia, estaba especializada en traducciones, si bien, en lugar de ser libros en rústica, estaban todos encuadernados suntuosamente. Y entre aquellos libros —si es que podía encontrarlo— estaría el suyo, aunque eso era lo que no había podido hacer comprender al joven italiano. Cosnahan había descubierto —cierto era— un libro con un barco en la cubierta que podría haber sido *El arca de Singapur*, pero, tras examinarlo más detenidamente, resultó ser la traducción de un volumen en el que figuraba *Typhoon* de Conrad, y acababa de ver otra cubierta que podría haber sido la del suyo, pero, lamentablemente, era la de *Noah* de André Obey, cuando volvió el joven italiano.

Después su conversación fue, al parecer, más o menos de este tenor:

«La verdad es que su nombre no figura en nuestros ficheros, no he podido averiguar si vamos a publicar su libro, *Signor*».

«Pero ya le he dicho que es Kennish Drumgold Cosnahan: está ahí, en la cubierta de ese libro que tiene usted en las manos». Cosnahan cogió *El arca de Singapur*, que el otro le había devuelto. «Y éste es el libro que han publicado ustedes. ¡Este mismo!»

«Lo siento, *Signor*... ¿cómo ha dicho que se llama?», dijo, al tiempo que giraba la cabeza y miraba la cubierta una vez más, interesado y a medias displicente a un tiempo, como si el título fuera ligeramente indigno de su atención, si bien, aunque hablaba un inglés excelente, no se mostró reacio a añadir una nueva palabra a su vocabulario. «¿El arca? ¿El arca?»

«Sí, *El arca de Singapur*. Lo han publicado ustedes: la editorial Garibaldi y Cía».

«Ah, pero no tenemos esa *Arca* entre las existencias, no».

«¡Entre las existencias! Pero ustedes son editores, *Signor*, no una librería, ¿no? ¿O he vuelto a equivocarme?»

«Sí, eso es, se ha equivocado», dijo el joven. «Publicamos, en efecto, traducciones, pero las mejores. Tal vez busque usted otro editor: Piccoli, Tíber abajo, sí, enfrente del Palacio de Justicia».

Cosnahan dio un respingo. «Soy un autor de ustedes y, de hecho, querían ustedes más datos biográficos... pero eso es igual. Aquí estoy: mire, éste soy yo, en la última página de cubierta, y ésta es mi esposa y éste mi gato...»

«Sí, pero no lo tenemos a usted aquí, *Signor*».

«Pero, ¡me han pagado ustedes en dólares!»

«¡Ah! ¿Quiere usted cambiar dólares americanos? ¿Cuántos quiere usted cambiar?», dijo el joven, amablemente.

«No quiero cambiar... *Tusen tak... Muchas gracias, señor*», explicó Cosnahan, paciente. «Ya me han pagado ustedes mi novela en dólares. Según mi contrato, no sólo se debe de haber traducido el libro al italiano, sino que debe de hacer un mes que se ha publicado. Naturalmente, puedo entender que se haya agotado la edición. Lo que no entiendo es que no haya usted oído hablar de mí nunca ni tampoco del libro y lo que menos entiendo, *Signor*, es por qué demonios habían ustedes de pagar dólar alguno por el dichoso libro, para empezar...»

«¿Trae usted una copia del contrato, *Signor*?», dijo el italiano, también paciente, al tiempo que se ponía unas gafas.

«Eso es lo que he intentado explicarle antes», respondió Cosnahan. «No he traído mi contrato a Europa y no conseguía recordar su dirección. Algo más difícil era olvidar su nombre y, cuando descubrí un día que me encontraba en el Corso Umberto I, reconocí la dirección también. Cierto es que se trataba de la de Via Officino del Vicario, por lo que supongo que se habrán mudado ustedes».

«No, no nos hemos mudado, pero es que mire, *Signor*, sólo somos una sucursal».

«Una su...»

«Sí, mire, nuestras oficinas centrales están en Turín. Creo que en eso es en lo que se ha equivocado usted. En el Corso Umberto de Turín...»

«En Turín... Perdóneme. *Raad erbee cheauys oo eh, hassys eh*!»

Kennish Drumgold Cosnahan iba caminando por el desdichado e ilusorio Corso Umberto que no estaba en Turín: estrecho, con trolebuses atestados y estruendosos y aceras de sólo medio metro de ancho en las que la multitud no te dejaba permanecer y de las que tampoco podías bajar, si no querías acabar bajo uno de los autobuses que pasaban a una velocidad tremenda, uno tras otro, y de los que había hablado a Lovey... aunque no lo había advertido hasta el último momento. Por una vez en su vida, Cosnahan no sólo había perdido el sentido del humor, sino que, además, se sentía de verdad desesperado.

En cierto modo, supuso, después de lo que ya había sucedido, había estado preparado para ello. Podrían haberlo preparado para ello, en cualquier caso, los intérpretes de oficleidos, que se marcharon en cuanto llegó él a aquel bar, los sacerdotes de la sala de las momias, que no lo habían reconocido, su pensamiento sobre que las golondrinas fueran como los murciélagos y muchas otras cosas y, sin embargo, aquello era casi peor que nada, peor que no haberse encontrado con ningún conocido, al tiempo que intensificaba insoportablemente la sensación de que en aquel preciso lugar, donde podía haber esperado que al menos les sonara su nombre, no habían oído hablar lo más mínimo de él ni de su libro. Sí y después aquel incidente ridículo —¡y una sucursal! ¿Qué cúpula de los placeres de Kublai Jan, qué palacio de los dogos, debían de albergar entonces aquellas oficinas centrales de Turín?— lo había disgustado tanto por su suprema y artera futilidad, que no iba mirando por dónde iba, se había olvidado incluso de preocuparse del tráfico.

«¿Cosnahan?»

«Sí, Drumgold».

«Es vanidad, Cosnahan. Ese incidente carece de importancia o al menos tiene la que tú le atribuyas, pero que no vayas mirando por dónde vas no carece de importancia...»

«Y, me hayan pagado o no, tampoco parece que me hayan publicado en Turín».

«¿Y qué importa eso? En cualquier caso, no vas a ir allí. Vete a contemplar los pavos reales...»

«Nada de pavos reales, Drumgold. ¡No quiero más malos augurios!»

«... ¡para que veas lo fatuas que pueden ser en realidad algunas de las criaturas de Dios!»

Nel mezzo del camin di nostra vita mi ritrovai in... Y allí estaba la *bosca oscura*, el bosque obscuro. Eran los jardines de la Villa Borghese o tal vez aquella sección se llamara el Parque de Umberto, un parque espacioso de cipreses y coníferas obscuros, árboles de hojas quebradizas que parecían no perder nunca, y en el que la luz del Sol y la sombra eran intensas. Cosnahan había dado casi una vuelta completa desde el punto en que había partido y estaba posiblemente a menos de cinco minutos a pie de la Porta Pincia y el restaurante Rupe Tarpea de nuevo, pero nunca se le había ocurrido antes la idea de visitar los jardines de la Villa Borghese. Era extraño que no se le hubiera ocurrido, pues en seguida empezaron a disipársele los pensamientos sombríos. Había algunas parejas abrazadas y tumbadas en la alta hierba, entre las flores y las amapolas. Policías montados, como estatuas ecuestres a cámara lenta, recorrían despacio las calles transversales del parque, bajo los árboles, por las que pasaban raudos algunos *scooters*, aunque había poco tráfico transversal. Las sombras arrojadas por los cipreses eran intensamente negras, no claras y etéreas como, según había advertido, las del Bois de Boulogne y aquella verde hierba cubierta de amapolas, pues nada había allí parecido a un césped, era hirsuta y en algunas partes llegaba a los treinta centímetros de altura y, por encima, aún pálida e inclinada, la Luna vespertina. *Vota Garibaldi, Vota De Gasperi*, se leía también en una pared. Garibaldi. Hum. Pobre John. Le iba a enviar una felicitación de Navidad. Cosnahan cruzó una calle. Había estado buscando a los pavos reales pavoneándose entre los árboles, como en cierta ocasión los había visto en Burton Woods, en Inglaterra, aunque aún no había visto ninguno (había acertado a oír la frase «unos pavos tan preciosos en los jardines» en la *pensione* y había supuesto que se trataba de los famosos jardines de la Villa Borghese) y en aquel momento sintió una punzada, como un tirón de su ser, muy parecido al que se siente al hacer de zahorí, no cuando la ramita se volvía hacia abajo, sino cuando sentía que el agua estaba cerca... no era lo mismo, pero se parecía y de repente, como en respuesta a eso, allende una puerta renacentista como una media esfera de la que salían puntas de hierro y que daba acceso a un jardín con un bonito césped lleno de sátiros de piedra, había un parque zoológico.

Cosnahan entró detrás de unas monjas que escoltaban a una docena de niños, pero era —no cabía duda— el Parque Zoológico. ¡Y qué estúpido había sido —y qué inhabitual en él— no haberlo sabido, no haber preguntado por él y haber acudido antes! Pues, desde luego, habría acudido; el caso es que algo inconsciente, o incluso más fuerte y más misterioso, parecía haberlo impulsado hasta allí, mientras que un parque zoológico, después de un bar, era más o menos el primer lugar al que se dirigía cuando estaba solo en cualquier ciudad grande y después resultaba que en él se encontraban también todas las demás atracciones, pues, aunque dolía a Cosnahan la idea de los animales y las aves encerrados en jaulas, no menos que su captura o muerte (y él mismo era un tirador de primera que nunca cazaba), su amor de los animales salvajes y de todo lo salvaje y silvestre, que databa de su infancia en una isla entonces salvaje, era implícito y genuino. Reconocía que había animales perversos, como había personas perversas: sí, hasta ahí —sí y tal vez fuera más lejos— coincidía con los swedenborgianos. El propio *Citron—le—Taciturne* era un poco perverso,

francamente siniestro en algunos sentidos, pero no por ello dejaba uno de querer a ese gatito o de reconocer sus destrezas lunares, sus rituales y pomposidades nocturnos, pues representaban,
todos ellos, la magia especial de su lunidad... pero, fuera como
fuese o fuera lo que fuese —incluso una comprensión irónica de
su extraordinaria rareza— lo que había guiado sus pasos inexora-
blemente hacia aquel lugar, fuera cual fuese la empatía, abismal o
divina o ambas, al parque zoológico era, evidentemente, a donde
se dirigía Cosnahan y se alegraba de ello, para buscar consuelo y
—¿quién sabe?— para brindar algún consuelo a las focas que jugaban como marsopas, a los perplejos e inquisitivos osos polares
y tal vez a los pobres leones esquizofrénicos que no cesaban de
caminar, dentro de cada uno de los cuales se encontraba atrapado sin duda el alma de un autor manxmanoamericano. Y ahí estaban los pavos reales, eran blancos, en dos jaulas contiguas, con un
par de ellos en cada una: parejas mal emparejadas, por desgracia;
era una historieta internacional, un enredo de puros pavos, pues,
mientras que la pava de una jaula y el pavo de la otra intercam-
biaban besos descarados por entre las mallas metálicas y la pava
abandonada se encogía y el correspondiente pavo abandonado,
ahora desplegando todo su esplendor, lanzaba chillidos que eran
en parte rebuznos y en parte maullidos, el guarda estaba recogiendo de su zona común para dormir los huevos de la pava rival...

ORARIO DEI PASTI

Antropomorfi	9,30	19
Scimmie	10	19, 15
Carnivori	18,45	
Orsi Bianchi	20	
Elefanti	19	
Rapaci	18	
Foche	10,30	18,30

Tras comprender que era demasiado temprano para ver comer a ninguno de los animales, Cosnahan, que se había alejado por tener la sensación de que estaba inmiscuyéndose en la intimidad, tan escasa, de los pavos reales, siguió la dirección aproximadamente indicada por dos letreros blancos, situados uno encima del otro: el superior decía *Rapaci* y el inferior *Equidi*. Animales rapaces, pensó, y *equus, equi*, caballo, de lo que dedujo que se trataría de las cebras y demás. Cosnahan sonrió, satisfecho con su inteligencia, y se sintió ya mucho mejor. Estaba contemplando el león sobre una alfombra de flores silvestres, pues allí crecían margaritas blancas, amapolas y campánulas de color lila, a veces dentro de las jaulas. Allende las flores, allende un abismo y dentro de una pintoresca guarida rocosa, el león yacía dormido con el calor de la tarde. Aunque eran casi las cinco en el reloj de la fachada del restaurante, el sol abrasaba y Cosnahan recordó su época tropical en el mar y lo mucho que agradecía siempre, por ser carpintero y, por tanto, trabajador diurno, dejar el trabajo justo cuando hacía más calor, que no era al mediodía, sino por la tarde entre las seis y las ocho campanadas, es decir, más o menos hora y media antes —y en aquel momento volvió a sentir, más fuerte, la misma punzada familiar o el tirón de su ser—, cuando, en aquella travesía en la que estaba pensando, él... *Elefanti*, leyó. Cosnahan avanzó más rápidamente por entre un olor a elefantes y rosas. El paseo que conducía a las jaulas de los elefantes estaba sombreado, aunque los propios animales se movían al sol. Y entonces, repentina, maravillosamente —¿podía ser?— vio...

Pues vio que un hombre estaba lanzando heno a dos elefantes desde fuera de sus jaulas, lanzándoles el forraje que con una horca cogía de un montón. No era su hora de comer, pero les daban un refrigerio, de todos modos, lo que estaba bien. Los elefantes estaban en dos jaulas, recintos sin techo, bien concebidos y bien construidos, con una alta y resistente verja de hierro, fuera, con pinchos en la parte de arriba y a cierta distancia del paseo. Al unísono sacaban la trompa y la bajaban penduleante hasta el montón de heno, después la alzaban, con gesto benévolo y refinado, y se metían el forraje en sus bondadosas y sardónicas bocas. En los intervalos, saludaban, por entre los barrotes, con una rotación experta e intelectual de las trompas, como si guiaran al hombre de la horca o, con actitud más severa pero aún amistosa, a dos niños que, sin mala intención sin duda, estaban intentando darles papel para comer. Los dos elefantes parecían adoptar exteriormente una aptitud tolerante al respecto, pero tiraban, indignados, el papel y volvían al heno. Entonces uno de ellos pateó suavemente la banqueta de que estaba provisto, como diciendo: ¡qué lástima que no te educaran mejor, muchacho! Pero incluso esa muda reprimenda fue administrada con dignidad —parecía— y con extraordinaria paciencia.

¡El elefante!, pensó. Si jamás hubo una creación que atestiguara la existencia de Dios Todopoderoso y Su grande y desbordante sentido del humor, fue el elefante, esa maravillosa yuxtaposición de lo grotesco y lo sublime, aun cuando, según Victor Hugo, eso haría del Todopoderoso un romántico, pero, ¿cómo —podríamos preguntar, sin ánimo de ofender— no iba a serlo, entre otras cosas?

Era habitual ponerse sentimental a propósito de los elefantes y mucho se ha escrito sobre su memoria, longevidad, fidelidad, su paciencia y sapiencia, su ilustrada compasión para con sus crías y su ilimitada capacidad como esclavos, en la paz o en la guerra, al servicio del hombre. Como en cautividad permitían a los niños año tras año y sin quejarse, montar sobre su lomo o darles de comer papel —Cosnahan se alegró de que el guarda hubiera impedido que aquellos mocosos siguiesen haciéndolo, pues no acababa de decidirse a lanzarles una mirada severa en italiano—, era común atribuirles las virtudes de la paciencia, el amor y la gratitud, en el sentido humano, como si el elefante existiese para provecho o diversión exclusivos del hombre. Después, cuando ocurría un accidente y alguien resultaba herido o muerto, se consideraba malo al elefante, se lo mataba de un tiro y se desacreditaba su especie, cosa que resultaba injusta.

Porque un elefante es, por cierto, un elefante y, como en el caso del hombre, nadie sabe cómo y por qué vino al mundo, salvo que, en opinión de Cosnahan, podíamos estar seguros de que no había sido como se solía suponer. (Pues, ¿acaso no ocurría con nuestras ideas sobre la evolución como con muchas de nuestras lucubraciones, como dijo el gran Manzoni, que de las invenciones de la gente común y corriente las personas cultas tomaban prestado lo que podían adaptar a sus ideas, de las invenciones de las personas cultas los incultos tomaban prestado lo que podían entender, y de la mejor forma posible, y con todo ello se formaba un revoltijo bárbaro e indigesto de irracionalidad pública llamado opinión pública?

Y un elefante, como tal, dentro de su propio ser paradisíaco y tormentoso como elefante, entre otros elefantes, en su propio mundo principesco, conmovedor y oblicuo, tenía sus propias virtudes elefantinas que, si resultaban parecerse a algunas humanas, era algo fortuito, a menos que, como parecía ser, atestiguara simplemente en ese caso una divinidad común. Si resultaba que un elefante nos daba pruebas de un amor o una inteligencia que acostumbrábamos a considerar «casi humanos», lo que hacíamos era, como de costumbre, autohalagarnos.

Así, pues, ¿no debía de haber un principio previo de bondad y sagacidad presente en las percepciones del elefante que éste pudiera reconocer también en la propia y muy diferente situación de cautividad o esclavitud respecto del hombre en la que después se vio obligado a vivir, un principio de tolerancia o, sobre todo, piedad, para con su captor, que no podía por menos de hacer lo que hacía, y cierto interés o aventura deportiva en lo que éste hacía que reconociera como divertido e instructivo para sus facultades elefantinas, por monótonas que pudiesen parecernos todas ellas a nosotros?

En un ser humano, esa aceptación de la esclavitud sería totalmente innoble, pero no había motivo para creer que un elefante viera las cosas así, pensó Cosnahan. Una cosa es la jungla y otra muy distinta la cautividad. La libertad pertenece al espíritu. Así razonaba el elefante, mucho antes de que se inventaran los semanarios de noticias, aunque a Cosnahan, que gustaba de pensar que tenía un sentido trágico y, además, estaba incorregiblemente a favor del mal comportamiento, le habría gustado, si hubiera servido de algo, liberar el elefante que estaba contemplando.

Pero quizás no hubiese tenido en cuenta la naturaleza auténtica del elefante, que incluso en su estado salvaje era un animal profundamente meditativo. Como el ibis sagrado, que tiene la costumbre de permanecer durante horas sobre una pata junto al Nilo, de un modo que ha de antojarse idiota a la mayoría de los seres humanos, así también, en su estado de profunda abstracción, en el caso del elefante. Además, ¿acaso no advertimos, al contemplar elefantes dedicados a alguna actividad tranquilamente destructiva en una película, al observar sus rostros con detenimiento, que, cual ibis, están sonriéndose suavemente a sí mismos y disfrutando al mismo tiempo con una broma transcendental? Y tal vez sea así... ¡Compasiva criatura de oraciones titánicas! ¿Quiénes somos nosotros para decir que el elefante no tiene una comprensión más alta de la voluntad, como esos grandes místicos que viven en algunas de las regiones de origen? Para Cosnahan, el tipo de animismo que podía interpretar semejantes cualidades en un elefante no estaba basado en la superstición, sino en la experiencia personal. Un elefante podía servir al hombre, o ser un espectáculo para el hombre, y un amigo del hombre, pero a lo que sirve de verdad es al elefante, su elefante superior.

Pero, para entender esas cosas, tal vez fuera necesario primero haber amado un elefante, tal vez en alguna medida, más que a uno mismo, haber compartido, en alguna medida, la vorágine y, sin embargo, también la extraña paz primordial en la que vivía un elefante, tal vez incluso, como había hecho Cosnahan en cierta ocasión, las propias circunstancias de encarcelamiento de un elefante, si puede ser cierto en este caso, como se dice de los seres humanos, que en ciertas adversidades comunes se manifiesta en su más alto grado el espíritu de concordia, camaradería y comprensión. Así, pues, para conocer el elefante, ¡oh, cornacas y maharajás!, probad a pasar con uno de ellos por la cola de un tifón en un vapor volandero británico, que recorría ocho nudos en una hora en el año 1927, a ser posible, a la edad de diecinueve años, compartir

también con el elefante las calmas y el tremendo calor y el aburri-
miento, la insoportable monotonía de los mares orientales, la
inconmensurable duración de aquel viaje por la mitad del mapa
del mundo, sobre aquel inacabable desierto de zafiro, en aquel
barco que avanzaba a la mitad de la velocidad de una bicicleta,
el sonido de cuyas máquinas es siempre *Frère* Jac*ques*, *Frère* Ja-
c*ques*, *Frère* Jac*ques*, permanecer en la alquitranada cubierta de
proa con esa criatura solitaria durante los monzones, bajo la tremenda sombra de la lluvia... Entonces podréis en verdad, como un
Renan en los océanos, ¡ver al elefante en comunión con vosotros
respecto de vuestro origen y destino!

Y precisamente porque eran esas cosas increíbles las que en
cierta ocasión había hecho —se daba cuenta— en realidad con un
elefante, el elefante de la izquierda, el que parecía tener ideas más
fecundas sobre el uso de su comida, había sido el que había llamado la atención de Cosnahan, aunque, al decir esto, no expre-
samos sus sentimientos, pues, pese a Jung, la lógica y la filosofía,
si Cosnahan estaba en lo cierto, ahí tenía un elefante que no era
sólo verdad porque existía, no era un simple fenómeno, sino también una conclusión, una afirmación y un juicio subjetivo de un
creador a un tiempo. ¿Y cómo podía ser así? Y, sin embargo, de
vez en cuando, mientras contemplaba, ¡zas!, el elefante cogía un
manojo de heno de su comida y se lo colocaba cuidadosamente
sobre la cabeza, donde, con la adición continua de más manojos
refrescantes al majestuoso montón —pues su conmovedor objetivo era el de refrescarla—, acabó formándosele una adherencia
graciosa, como un sombrero de paja exfoliado. Cosnahan avanzó
discretamente.

¿*Sería* posible?... Lo era... Era ella... Lo era y no necesitaba preguntar, si hubiese podido hacerlo, y como le habría gustado, pero el guarda se había marchado... Sin embargo, ¿cómo iba
a haber podido olvidar? Y, como parecía ahora, nunca podría haber olvidado. Lo hizo remontarse, naturalmente, a la experiencia
de veintitantos años atrás en la que se había inspirado el propio
El arca de Singapur, a una época en la que el vapor volandero británico

en el que él era ayudante del carpintero, en la misma travesía que le había brindado su meritoria aventura en el puerto de Yokohama, si bien, varios puertos después en su ruta hacia casa, había recibido aquel cargamento ya mencionado de heterogéneos animales salvajes en un puerto de una colonia británica del Asia sudoriental, es decir, que no era Malasia, desde luego, sino Siam, en Bangkok: numerosas panteras blancas, cierta cantidad de serpientes, un jabalí y una joven elefanta. Esa carga inhabitual, instalada en la cubierta de proa, en la bodega de proa e incluso en el castillo de proa, pues el castillo propiamente dicho estaba en la popa, había ido acompañada de un guardián, pero inmediatamente se planteó el problema de encontrar a un marinero que lo ayudara. Con arreglo a la legislación británica, una vez hechos a la mar, podían rechazar semejante tarea y, pese a la vaga perspectiva de recibir una gratificación en Londres, además de las horas extraordinarias a razón de un chelín por hora, fue rechazada por toda la tripulación del castillo de proa después del primer accidente. El superior de Cosnahan, el propio carpintero, afirmó que, mientras estaba amarrando las jaulas, la elefanta, con expresión inocente, le había dado intencionadamente un pellizco: en adelante pocos de los miembros de la tripulación —por pura superstición, en opinión de Cosnahan— se aventuraban más allá de la barrera de cuerdas, a no ser que fuese absolutamente necesario, y la tarea de ayudante del guardián recayó en Cosnahan y ocupó la mayor parte de su tiempo en la travesía de regreso a casa.

Casi todos los demás animales iban destinados al Parque Zoológico de Dublín, pero iban a descargarlos en Londres, y la principal excepción era la elefanta, cuyo destino era Roma. Como el barco no hacía escala en Roma, lo mejor era trasladarla a un buque italiano en Port Said, pero al final el barco estuvo a punto de no llegar a Port Said ni a ninguna parte.

Sí, sí, sí, no podía ser de otro modo. Podía ser que muchos elefantes tuvieran esa costumbre de usar su merienda de tocado, pero en la vida de Cosnahan sólo había habido aquél y lo que recordaba, o volvía a recordar, era precisamente aquel momento de la separación de la elefanta de ellos en Port Said hacia su destino final en el puerto tirreno de Roma, desde donde sería trasladada, desde Ostia —¿no?—, ¿adónde sino allí? Nada menos que al Parque Zoológico de Roma. A aquel sitio precisamente.

Y así había sido. Y aquella separación se había ejecutado de forma semejante, pero inversa, a la de su primer encuentro, cuando, con aplastante indignidad, fajada como un niño y, ay, chillando igual, la habían bajado a una gabarra frente al Casino Palace Hotel, mientras detrás de ella, en la perversa ciudad de Port Said, los anuncios de té *Lipton* se encendían y apagaban y una inacabable procesión de ennegrecidos esclavos humanos que transportaban cestas de carbón había pasado toda la noche subiendo por los tablones inclinados y oscilantes de otras gabarras, por los costados de un barco contiguo, sin dejar de salmodiar pasajes del Corán.

No había sido fácil olvidarlo, como tampoco que los reflectores en el Canal de Suez, donde se habían detenido once veces durante la noche anterior, la habían molestado antes ni cómo la habían enloquecido de miedo los gritos de las panteras durante la parte tempestuosa de la travesía ni que, un poquito antes de llegar a Suez, habían contemplado la Luna suspendida en un cielo verde sobre el monte Sinaí a las cinco de la mañana desde los Lagos Salados o dondequiera que fuese exactamente, sabiendo que pronto tocaría a su fin su amistad, como tampoco que varias veces —cuando las cuerdas de salvamento estaban estiradas desde la proa hasta la popa y el esforzado y cabeceante barco avanzaba a sólo tres nudos por las aguas himalayas y ni siquiera un vigía se atrevía a avanzar— había relevado al guardián para pasar la noche sentado junto a ella —porque, aunque no era demasiado joven para no ser separada de su madre, seguía echándola tristemente de menos— y en determinado momento Cosnahan se había atado a su jaula para impedir que el agua lo arrastrara por la borda y estuvieron a punto de ahogarse los dos y después —¿y se le podría perdonar jamás?— la había llevado a salvo hasta su esclavitud.

No, no era algo fácil de olvidar, aquella separación antes de que hubiese acabado la travesía, pero la había olvidado... y lo curioso era que nunca habría podido olvidarla, si no hubiese escrito *El arca de Singapur*, pues, para que su libro llegara a un final satisfactorio, o en pro de la unidad, era necesario que todos los animales sin excepción, después de su breve hora de victoriosa y absurda libertad, llegaran satisfactoriamente a Londres. ¿Y cuál fue, en realidad, el origen de la fuga, en la que la *Rosemary* de la novela, tras haber escapado, se había puesto a dar patadas a las otras jaulas y a dejar salir a los otros animales? Había sido en parte el miedo de los otros marineros a que eso precisamente sucediera durante la tormenta y en parte el hecho de que *Rosemary* hubiese escapado, en efecto, de su jaula una vez y hubiera dado patadas a la jaula contigua del jabalí, que también había escapado, pero *Rosemary* había obedecido la voz de Cosnahan y había vuelto al final...

Cosnahan sonrió. Unidad, sí, pero, ¡cuánto mayor era aquella unidad! Y pensar que durante todos aquellos años, los necesarios para llegar a la madurez, *Rosemary* había estado esperando, paciente, allí, sirviéndole a su modo, cumpliendo con sus tareas cotidianas con la regularidad de un péndulo de reloj, pese a Mussolini, el fascismo, las guerras, los desastres, los triunfos, lo de Abisinia, los alemanes, Pirandello, Marinetti, la liberación americana, Garibaldi, de Gasperi y Roberto Rossellini, comiéndose su heno y después, a las siete, bebiéndose sus cubos de leche y mascando su apio y sus zanahorias, haciendo acopio de fuerza y envejeciendo sin egoísmo, como esperando precisamente a que Cosnahan volviera a encontrar el camino de vuelta hasta ella, primero mentalmente y después, como si no fuese bastante que le hubiese brindado así por primera vez la base para ganarse el sustento, para que pudiese reunirse de nuevo con su benefactora en carne y hueso, ¡le había pagado, de hecho, el pasaje para que volviera a cruzar el Atlántico!

Y había obedecido a la voz de Cosnahan al final... Cosnahan avanzó discretamente y dio palmaditas a aquella trompa que tan bien sabía buscar. «*Rosemary*», dijo, «¿cómo pude olvidar que debías estar aquí?... Dios mío, cómo has crecido, muchacha... En fin, nada de melancolías ahora. *Jean traagh choud as ta'en ghrian soilshean!*»

Y *Rosemary* sacudió las orejas, que no eran demasiado grandes, porque era una elefanta india y, mirando a Cosnahan con sus sagaces e inteligentes ojillos, barritó de repente:

«...»

Cosnahan se quedó mudo.

Naturam, expellas, horca. ¡La naturaleza!... A propósito del regreso de la naturaleza, ahí estaba la horca también. *Rosemary*... Ningún absurdo reconocimiento en la literatura, o en la realidad, al antiguo cornac, a John Carter después de la larga separación en la jungla en *Tarzán y los monos*, a Sabu —reconocimiento era anagnórisis y ahora sabía por qué se había acordado de Androcles y el león— podría haber sido más completo o constituir —pensó— un desafío mayor a quienes afirmaban que, al fin y al cabo, la extraordinaria memoria del elefante, excepto de los agravios, era una fábula, ni más espectacular, a su modo, pues, ¿acaso no presentaba —le parecía a él— cierta reminiscencia de Aristóteles?

—Ah, *Rosemary*, depositaria de mis antiguos secretos juveniles, compañera de mis sueños en el violáceo océano Índico (en el que padeciste fuertes mareos), ¡cuántas veces, hablando en sentido figurado, te sostuve la cabeza, te consolé, mientras anunciabas tu elefantino sufrimiento al monzón! ¡Cuántas veces te lavé, te dejé la enorme esponja empapada en agua, para que, cuando tuvieras demasiado calor, como ahora, pudieses alzarla con la trompa y darte una agradable ducha! ¡Cuántas veces te di la merienda para que te hicieras un sombrero!... ah, querida *Rosemary*, ¡qué bien lo pasamos! Como trunca fue nuestra amistad y, aun así, tan profunda, así también, como vemos, fue indestructible, casi eterna. ¿Y cómo te irá, cómo te habrá ido ya tal vez, traducida al italiano? A saber si no serás ahora mismo el último grito en Turín, ¡en la tierra de los piamonteses!... Aunque mejor no hablar de eso de momento.

Pero ahora parecía como si *Rosemary* estuviese convirtiéndose ante sus ojos en un elefante dentro de una jaula de madera, entre los imbornales y la escotilla número dos, a babor de la cubierta de proa de aquel viejo barco mercante. Después de la tormenta, la cubierta era puro balanceo y susurro ocioso y aletargado con somnolientos e intermitentes chorros de espuma por entre los imbornales. Arriba, en el puente, al timón, que giraba en silencio, iba un hombre lento con los ojos puestos en tropos más alocados que el del compás: Quattras. También allí arriba reflexionaba, aburrido, el oficial de guardia, con la barbilla apoyada en un pliegue de la lona impermeable. En alguna parte las máquinas murmuraban para sí: *Frère* Jacques, *Frère* Jacques... Una campanada y un pez volador, ante los asombrados ojos de *Rosemary*, cayó de repente encima de su jaula y Cosnahan se apresuró a atrapar ese trémulo ser celestial y, eligiendo el momento, lo devolvió al mar, ante la mirada extasiada de sus hermanos y hermanas acompañantes. *Rosemary* estaba convirtiéndose en un elefante de lapislázuli y el elefante lapislázuli en un retrato de una joven elefanta, en la cubierta de una novela titulada *El arca de Singapur*, delante del capitán de un barco que, a la entrada de su caseta de derrota, la contemplaba con asombro, con el mismo asombro en gran medida con que el autor contemplaba el mismo retrato, sentado una vez más y aún riéndose para sus adentros, bajo el toldo del Restaurante Rupe Tarpea de la Via Veneto Vittorio, en el atardecer romano.

... En verdad, Cosnahan había cambiado, a su vez: aparte de la extraordinaria sensación de bienestar que experimentaba, era consciente, de uno de esos cambios que, salvo en la ficción, muy pocos tienen la oportunidad de advertir exactamente cuando se producen, por la sencilla razón —pensó— de que tal vez se produzcan durante el sueño y Cosnahan notó que se había despertado. El camarero, aquél al que había pagado al mediodía la leche, había dicho, al tiempo que se dirigía hacia él, en tono de bienvenida: «¿Y dónde ha estado usted toda esta hermosa tarde?» A lo que respondió alegre: «*Cha bee breagerey creidit, ga dy ninsh ch y n'irriney*!», observación que nada tenía que ver con el crédito, sino que significaba simplemente: «¡A un mentiroso no se le cree ni siquiera cuando dice la verdad!» Y con absoluta confianza había pedido, como apropiada para aquella ocasión, la botella de espumoso que con tan consumado goce estaba bebiendo, pero primero debía informar de todo aquello a su esposa y Cosnahan volvió a sacar la carta, ya no reacio a acabarla allí, pero apartando la vista de ella y dirigiéndola a la Via Veneto, al tiempo que se preguntaba qué debía decir.

El mismo tráfico incesante y, sin embargo, la misma sensación extraña y antigua de riqueza, paz y gracia en la corriente que recorría la propia Via Veneto, entre los plátanos y las aceras de tres metros: pero, ¿cómo no había advertido antes que se debía en parte a que por la Via Veneto no pasaban autobuses ni tranvías, sino que tan sólo la cruzaban transversalmente, como allí, en la Via Sicilia?

Y ahora se había disipado el claro del día y la luz del cielo estaba pasando de escarlata a rosa y de cobalto a violeta en polvo y, cuando las luces empezaron a brillar, Cosnahan se preguntó qué era lo que hacía tan teatral el rápido paso de figuras o de una figura solitaria bajo una farola de una gran ciudad.

Le habría gustado «entenderlo», captar también —sentía un deseo casi apasionado de hacerlo— la belleza de las interminables procesiones bajo las altas farolas eléctricas de Roma. Y ya había salido su maratoniana Luna naranja. Arcturus, Spica, Formalhaut, el Águila y la Lira, pero, ¿qué decir a Lovey?

Y Cosnahan volvió a apartar la vista de su carta y la dirigió a donde, con la persistencia de la alucinación a medias, un enigmático coche de caballos en el que iba un Gógol en penumbra, visible ahora sólo como una brasa de puro, parecía seguir subiendo lentamente la colina.

Sí, ¿qué debía decir? ¿Que el hallazgo de *Rosemary* (y, naturalmente, ¿cómo iba a poder Lovey —ya que él lo había olvidado— saber que la inspiradora de su protagonista iba a Roma?) le había recordado —¡como si necesitara que se lo recordasen!—, al rememorar aquella época de añoranza de su casa en el mar, también aquella época más reciente como de guerra en el Caribe desocupado y sin submarinos, cuánto añoraba ahora regresar junto a ella, a Nantucket, con *Citron–le–Taciturne*? ¿O que, de no haber sido por *Rosemary* —lo que también era cierto— podría no haber conocido nunca a Lovey, ya que, de no haber sido por su deber para con *Rosemary*, se habría trasladado en aquella época a un buque gemelo en Penang, mientras que después había sido el guardián del animal, como recordaba ahora, quien primero le había aconsejado emigrar a los Estados Unidos? Tal vez debiera decir medio en broma que, tras haber pasado su ingenua alma sin enterarse por otras trivialidades adolescentes, *Rosemary* había sido en verdad su primer gran amor desinteresado y, por tanto, tal vez a él se debieran a saber qué cualidades que Cosnahan pudiese tener en opinión de Lovey. O... pero, ¿qué significaba su encuentro con *Rosemary*? Nada de eso era lo que quería decir y parte de ello ya lo sabía ella. No, ¡era todo mucho más extraño, misterioso, maravilloso, milagroso en cierto modo! Y mucho más complicado que cualquier cosa que pudiese decir tan evidentemente, aun cuando fuera verdad, sobre que había sido un poco como encontrarse consigo mismo. De repente Cosnahan, que no habría encontrado la menor dificultad para atribuir la misma facultad a un agente exterior, tuvo como la sensación de que hubiera algún poder profundo dentro de su cabeza capaz de pensar en cien cosas a la vez, cada una de ellas más graciosa que la anterior, más puramente absurda, pero al mismo tiempo más puramente seria, solemne incluso, por lo que, al comprender por fin la enorme comicidad de todo ello, por una parte, y, por otra, su igualmente enorme majestuosidad, tuvo la sensación, al tiempo que cerraba los ojos, de que iba a reventar y partirse con un ataque de gigantesca risa silenciosa. Además, ahora cien ideas, cien significados, parecían subir vertiginosos de las mismas profundidades, del mismo punto de su mente: como una concurrencia de ángeles irreverentes, subían vertiginosos como por entre un éter mental, al que había dirigido su ojo interior, y, tan pronto como lo había imaginado, ya eran ángeles de alguna clase y, como si ahora el cielo exterior se hubiese introducido también en su interior, le pareció advertir entre aquellos ángeles a la Madre Drumgold que ascendía en su viaje celestial.

¿Su madre? Pero la respuesta llegó antes de que Cosnahan tuviese tiempo de formular la pregunta.

Pues, ¿acaso no era *Rosemary* una señal de su madre? O, mejor, ¿acaso no era casi como si su propia madre hubiese hecho aparecer a *Rosemary* o al menos hubiera guiado sus pasos hacia ella, su dócil e increíble elefanta, hacia un encuentro que, a su amablemente bufonesco modo, resultaba casi sublime? ¿Y resultaba sublime porque parecía casi decirle que la vida, toda la vida, debía tener un final feliz, que nuestro sentido trágico era el más frívolo, pues se nos había concedido por razones estéticas exclusivamente, que, más allá de la tragedia, más allá del mundo, ya que no más allá del arte totalmente —no demasiado pronto, era de esperar, claro está—, se encontraba la reconciliación superior a nuestros sueños más delirantes de optimismo, que Cosnahan, pese a ser —había que reconocerlo— un escritor inferior, era más serio que Shakespeare o algún otro? ¿Y cuál era otro motivo de esa señal, aquella reunión, aquella guía? Pues el de decirle que, al aceptar la muerte de su madre, y ahora por primera vez la había aceptado plenamente, la había liberado y le parecía verla ahora ascender volando por entre las azules nubes romanas vespertinas, más allá de la joven y dorada Luna naranja en el cielo meridional, ascendiendo, acompañada de esos ángeles reales o imaginados, para ser recibida por su San Pedro con una sonrisa ligeramente apenada, en gaélico manxmano, en aquella puerta... Cosnahan encendió la pipa. Temblaba un poco. Estaba conmovido y, un momento después, no le parecía que hubiese tenido esos pensamientos, que eran algo primitivos incluso desde un punto de vista primitivo y, sin embargo, no menos difícil era expresar en palabras para Lovey el efecto puramente terrenal que su encuentro con *Rosemary* parecía haber surtido en él.

En cierto modo, aunque resultaba difícil comprender por qué, había sido como esas secuelas olvidadas pero universales de alguna riña de recién casados, por culpa de haber bebido demasiado en alguna fiesta absurda, tras escapar de la cual te encontrabas en el inevitable bar con algún amigo de la juventud, al que tal vez no hubiera acompañado la suerte, pero que, en lugar de pedirte dinero prestado o dar señales de querer reanudar la amistad, decía, sorprendente y amablemente: «Pero, chico, ¿qué comprensión esperas encontrar en un lugar como éste que no puedas recibir en tu casa?», por lo que, aunque no te marchabas a casa inmediatamente, un poco después veías que, en realidad, ese consejo —«¿Por qué no te vas a casa? No aguantas la bebida»— debía de haber surtido efecto en el momento, pero en ese caso no era que no pudiese aguantar el alcohol, era... con lo que su anterior corriente de pensamiento, como el propio Cosnahan en su paseo por Roma, había vuelto al punto de partida...

Era el propio éxito, oh, lo había sabido, había algo en sus efectos que no podía asimilar, y la fútil búsqueda de él que debía abandonar: que tradujeran su maldito libro en el gaélico de la isla de Man, si querían, es decir, que era esa vanidad lo que tenía que abandonar, pues, ¿quién no iba a sentirse sinceramente orgulloso de ser traducido al italiano?

¿Y abandonarla para qué? Pues, ¡para continuar con su obra! Sí, su obra valiosa, ridícula, mediocre y, sin embargo —para él y para su esposa también, para que pudiesen vivir—, transcendental: eso era lo que le había estado echando de menos todo el tiempo, buscando algún estímulo, en alguna parte, en cualquier parte, para empezar de nuevo, y, en el acto de buscar, la excusa para aplazar ese comienzo, y ahora, en uno de esos raros momentos en que la vida y la poesía coinciden, había aparecido *Rosemary*, pues *Rosemary* era, por decirlo así, su obra —Cosnahan bajó la vista para mirar de nuevo la cubierta de su libro—... Ah, Rosemary, elefanta excepcional, la única, desde luego, que resultó ser también el pájaro azul de la felicidad.

Mañana, a esa excepcionalidad tuya, haré una ofrenda de las zanahorias romanas más selectas, un manojo del más fresco y crujiente apio cisalpino. Y a veces, de tan desafortunado que me parece el hombre, tengo en verdad la sensación de que, si hay una evolución, debe ser hacia algo como tú, pero, aun siendo, como eres, *Rosemary*, grande y sabia, no puedo por menos de señalar, por estar nuestra estrella en el ocaso, que el hombre es más diverso.

Cosnahan tomó un sorbo de vino y contempló un momento la escena vespertina, sintiendo que se intensificaba su sensación de fraternidad: los triciclistas, los ciclistas, los motoristas, los numerosos turistas, los mucho menos numerosos sacerdotes, el gran número de americanos de uniforme, los pobres a los que no podía socorrer, los enfermos por los que sólo podía decir una oración, los dos *carabinieri* de ahí enfrente que, con los ojos bajos, parecían tener centrada la atención más bien en una invisible escena mamertina bajo la tierra o como cavilando sobre las innumerables cariátides de la angustia humana que sostenían la calle, privadas de la contemplación de la felicidad y del buen humor, la mujer sueca que volvía a la Pensione Borgnini y retrocedía, medio temerosa también, ante la potente irrupción de un autobús transversal... Ven, Matthias; ven, Arthur... Pero ya vendrían a su debido tiempo, ya los vería. Les presentaría a *Rosemary*, que les encantaría y preguntaría a Arthur cuál de los Huxley fue el que escribió que los hombres no deberían buscar sus diferencias, sino lo que los une, cuál quien lo había hecho sobre esa propia variedad, excepcionalidad, en la que él acababa de pensar —poco importaba: los dos tenían razón— y cuál el que habría dicho: pero, ¿sabe reír *Rosemary*?

Pero no era saber que volvería a trabajar —aunque volvería— lo que le infundía su más profunda satisfacción, que ahora lo hacía sentirse tan feliz como... pues, ¡como un viejo mago que acabara de recuperar sus poderes y hubiera conseguido un golpe maestro!

Las palabras casi se le habían escapado de la boca y de repente, al comprender lo que quería decir, se apoderó de Cosnahan una alegría pura ante todas sus nuevas y cómicas consecuencias, por lo que lanzó una carcajada.

¡Santo Dios! Él mismo era un mago o ésa era la verdadera y salvaje fuente de su sentimiento, de repente compartido, pese a parecer humano (al mismo tiempo más que universalmente ancestral); ésa era la fuente verdadera, antigua y secreta de su orgullo presente, de su futura salvación; a eso debía de haberse debido la traducción de su libro y con ello, más aún, que él mismo su encarnación —hijo, por fin, de su madre— como miembro consciente de la raza humana.

¿Y quién podía ser ése? ¿Quién era él? ¿Quién era cualquiera?

Pues los papeles decían que aquel hombre era Smithers, podrían decir incluso que era Drumgold, podrían decir que Cosnahan era ese hombre. Y en alguna parte tenían la idea de que era tan común como el siglo...

Pero hombre era Quayne y también Quaggan y Quillish y Qualtrough, Quirk, Quayle y Looney e Illiam Dhone, al que habían ahorcado y, sin embargo, vivió... ¿porque era inocente?

EL ESTADO ACTUAL DE POMPEYA

Bajo los truenos, a mediodía, en un atardecer plomizo, nada más salir de la estación de Pompeya, un hombre les dijo:

«Vengan a mi Restaurante Vesuvio. El otro restaurante ha quedado destruido... con el bombardeo», añadió.

Durante la tormenta eléctrica, hubo dentro del restaurante un momento de pura felicidad en la obscura sala interior, cuando empezó a llover. «Ahora, gracias a Dios, no tendré que ver las ruinas», pensó Roderick y miró, por la ventana, la paloma en su casita azotada por la lluvia, de la que sólo asomaban las patas, y luego, un momento después, a menos de un dedo de distancia, la misma paloma en el alféizar de la ventana.

Esa felicidad quedó arruinada con la constante insistencia del propietario en preguntarle qué iba a comer... cuando a él le habría bastado perfectamente, después de un *antipasto*, un poco de pan y vino; además, ahora que la lluvia había cesado, no le quedaba más remedio que ver las dichosas ruinas.

Aun así, podría haber seguido eternamente sentado en aquella obscura sala interior y desierta del Restaurante Vesuvio.

Sí, se estaba de maravilla en el restaurante allí, en Pompeya, con el tren, a un lado, que pasaba pitando y, al otro, los truenos, que retumbaban en torno al Vesuvio: con la lluvia —líquidas sílabas de su epílogo—, la paloma, la muchacha que cantaba y lavaba platos con el agua de lluvia bajo la espaldera del jardín y Tansy contenta, aunque impaciente, nunca habría querido marcharse, abandonar aquella escena, pero, cuando el nivel de la botella llena de *vino rosso* había bajado con el contenido correspondiente a un vaso, el ánimo de él se abatió en la misma medida y por un momento casi dejó de importarle quedarse o marcharse, pero sí que le importaba: quería quedarse.

¡Si al menos aquella jarra de esperanza se quedara también, intacta, con ellos! ¡O si se pudiera seguir mirándola como si fuese una vasija simbólica de una felicidad indesalojable!

Allí sentado, Roderick McGregor Fairhaven escuchaba a su esposa, que estaba describiendo las escenas del día anterior en el tren (no este tren, que era el *Circumvesuviana*, sino el *Rápido*, el Expreso Roma—Nápoles), lo rápido que pasó por delante de los magníficos acueductos claudianos y de la estación Torricola —ya lo creo, era un rápido de verdad, pensó, cuando una vez más le vino el recuerdo— y, ¡zas!, pasaron como una flecha por *Divino Amore*. (No había parada para el amor divino.) Y los bueyes blancos y las líneas de alta tensión, los altramuces y los heniles, las flores de campanillas y las amarillas candelarias, los almiares como torres inclinadas de Pisa, un halcón solitario revoloteando a lo largo de las líneas de telégrafos, la rica tierra negra; Tansy había visto y se le había quedado grabado todo, hasta las flores silvestres cuyo nombre no conocía: «Lila y oro, como una alfombra persa». El relieve montañoso y escarpado y ahora, en la estrecha llanura costera, la sensación de ver la forma de Italia: «Como un cerdo de lomo puntiagudo». De repente la lluvia y las ciudades almenadas en las cumbres de las colinas, unos túneles obscuros y más allá, en los campos, con una brillante luz del Sol de nuevo, los hombres aventando el trigo, la negra granza llevada por el viento. Y no había habido nada tan bonito, decía Tansy, como las bermejas amapolas agitadas por el viento entre el delicado trigo empenachado y marfileño. Y después Formia, estación sin interés, pero con una ciudad parecida a Nápoles a lo lejos. Habían contemplado por la ventanilla más ciudades almenadas construidas sobre roca gris, una llamarada de amapolas junto a un muro en ruinas, una bandada de gansos blancos que se dirigían a un estanque en el que vacas de color gris obscuro permanecían sumergidas como hipopótamos. «Tendrías que haberlos visto: creí que eran hipopótamos», dijo Tansy, aunque a continuación se trataba de un rebaño de cabras, de color rojo ladrillo, negro y crema, que un niño flaco, descalzo, con el pecho descubierto y pantalones azules brillantes arreaba colina arriba. Y los rótulos: *Vini Pregiati, Ristoro, Colazioni Calde...* ¿Para qué quería uno visitar ruinas? ¿Por qué no había de preferir el restaurante Vesuvio a Pompeya o al propio Vesuvio, si vamos al caso? Ahora Roderick, en la medida en que estaba escuchando, pero encantado de oírla hablar, estaba disfrutando indirectamente con el viaje en tren de un modo que no había experimentado en el propio tren eléctrico que no cesaba de pitar. Otra parada breve: Villa Literno. Y el letrero: *È proibito attraversare i binari.* Ése era el tipo de cosas que había pensado apuntar para sus alumnos... pero era Tansy la que resultaba estar memorizándolas y, cuando se acercaban a Nápoles, pensó: hay un anonimato en el movimiento, pero, cuando se detiene el tren, las voces parecen sonar más fuertes, más inquisitivas, ha llegado el momento de hacer balance. Es un mal momento para aquél de quien se hace balance... Y también había anonimato en permanecer sentado en la quietud de un obscuro restaurante de Pompeya escuchando a su esposa hablar de forma tan fascinante y no quería que parara. Nápoles había estado suficientemente en ruinas en aquel año de 1948 y lo bastante triste como para hacer que el propio Boccaccio —Giovanni della Tranquillità, en verdad— se volviese a Florencia sin haber visitado siquiera la tumba de Virgilio...

«Pompeya», leía Tansy en voz alta en su guía... pues ahora, gracias a Dios, había empezado a llover otra vez, «antigua ciudad osca que data del siglo VI a.C., había adoptado la cultura griega, estaba situada en la rica y fértil *campania felix*, cerca del mar, y tenía, además, un puerto muy activo...»

«Ya sé... exportaba salsa de pescado y ruedas de molino... Pero estaba pensando...», Roderick sacó su pipa, «que he leído poco sobre el malestar de los viajeros, incluso la sensación de tragedia que debe asaltarlos a veces por la falta de relación con el medio».

«¿... cómo?»

«El viajero ha trabajado muchas horas y ha entregado considerable dinero a cambio. ¿A cambio de qué? De algo a lo que, sobre todo, eres ajeno. Es alguna gran ruina que te causa esa migraña del distanciamiento y en esta época parece haber casi sin falta alguna ruina de algún tipo, pero es también algo que se te desliza por los dedos de la mente, por decirlo así, y que, por haberlo visto sin verlo, nada te dice: y detrás de ti, a miles de kilómetros de distancia, es como si oyeras tu vida real sumiéndose en su perdición».

«¡Oh, por el amor de Dios, Roddy...!»

Roderick se inclinó y volvió a llenar sus vasos de vino, al tiempo que captaba su reflejo en un espejo agrietado en el que también aparecían el tonel para recoger el agua de lluvia, la espaldera chorreando en el jardín, la paloma y la muchacha que lavaba los platos y en el que, detrás de la palabra Cinzano y a un lado de una tarjeta metida en el marco y que decía enigmáticamente: *26—27 Luglio Pellegrinaggio a Taranto (in Autopullman)*, se vio a sí mismo: radiante, alegre, con gafas, fornido, reflexivo y serio, enérgico y, sin embargo, valiente y tímido a la vez y sobre todo paciente, impaciente sólo con la impaciencia y la intolerancia, el profesor escocés—canadiense de mentalidad abierta y progresista: se negó rotundamente a atribuirse la sombría corriente de pensamientos que acababa de ocurrírsele y, de hecho, su semblante la contradecía.

«... la erupción comenzó el 24 de agosto a primeras horas de la tarde con la emisión de gran cantidad de vapores, sobre todo vapor de agua, que se elevaron rápidos en el aire formando una columna vertical y acabada en un dosel de nubes...»

Al contemplar a su esposa, con admiración y conmovido ante su entusiasmo, lo embargó un gran sentimiento de ternura para con ella y después le pareció por un momento que no era distinta de la ternura para sí mismo. De hecho, al contemplarse a medias contemplando a su mujer en el espejo, casi podía imaginar que veía la sagacidad y generosidad de su alma centelleando desde sus gafas.

«Ruddy, parece haber despejado un poco, ¿verdad? En fin, si no para, ¡igual iremos con la lluvia!»

Y ahora, cuando se acercaba el momento de abandonarlo, el restaurante Vesuvio estaba ya empezando a revestirse de cierta nostalgia y, después de tomar otro vaso de vino, se deleitó reflexionando sobre que algo correspondiente a lo más profundo del ser de su esposa parecía responder ante una emocionante escena en movimiento y fluctuante: Tansy, bonita, un poco alocada, encantadora, entusiasta, era una viajera nata y con frecuencia se preguntaba él si no sería su auténtico ambiente simplemente ese fondo siempre en movimiento y en transformación; se buscó en el bolsillo las cerillas y salió volando un recorte de periódico.

«¿Es eso que va ahí volando la última recopilación de noticias de papá?», preguntó Tansy.

El suegro de Roderick, que era constructor de embarcaciones en la Columbia Británica, cerca de Vancouver, prácticamente nunca escribía a su hija y su correspondencia con Roderick consistía en recortes de periódicos. A veces había pasajes marcados; otras veces, no; muy de tarde en tarde había media página con algún comentario en lápiz rojo de carpintero. El material adjunto que Roderick había recibido en el American Express de Nápoles aquella mañana era bastante más copioso y consistía en media página, la mayor parte dedicada a anuncios de agentes de bolsa fusionados, sociedades petroleras limitadas y empresas perforadoras y todo ello coronado por un gigantesco titular: ¡PETRÓLEO! ¡PETRÓLEO! ¡PETRÓLEO! En letra más pequeña decía: LA COLUMBIA BRITÁNICA CONOCE UN EXTRAORDINARIO AUGE ECONÓMICO, EL PETRÓLEO, EL GAS Y EL ALUMINIO ENCABEZAN UN COLOSAL PROGRAMA DE EXPANSIÓN INDUSTRIAL DE MILES DE MILLONES DE DÓLARES.

Al principio, Roderick pensó que era una referencia irónica a su modesta especulación, que tan asombrosos beneficios había rendido. Después vio el artículo que el viejo había marcado: un pequeño artículo «de relleno» que no parecía tener nada que ver con la Columbia Británica y que era de este tenor:

MUERTOS DE MIEDO

En Arizona, un bosque de 4.000 hectáreas de enebros se marchitó de repente y murió. Los guardas forestales no consiguen explicarlo, pero los indios dicen que los árboles murieron de miedo, si bien no se ponen de acuerdo sobre la causa.

Erídano. En aquel momento, en julio, el bosque, detrás de las bonitas cabañas construidas sobre pilotes y agrupadas en torno a la bahía y con el cobertizo de construcción de embarcaciones de su suegro en el medio, el serpenteante sendero que, por entre el aroma de las setas y los helechos y obscuros abetos, conducía a espacios abiertos en los que la dorada luz bajaba tamizada por entre los arces con hojas de pámpano y jóvenes avellanos balanceantes estaría en pleno esplendor de hojas, celestialmente verdes y bañadas por el sol. El rocoso jardín de Tansy, de tres metros, estaría cubierto de flores de dedaleras y geranios silvestres, caléndulas, capuchinas y alhelicillos; chamicos y vellosillas debían de haber brotado en la orilla; el mar (entre las visitas de los buques petroleros a la refinería de la bahía), frío, salado y puro, brillaría al sol y al viento bajo el porche y más allá las montañas, todavía con retazos de nieve en lo alto, se alzarían hasta el cielo en una bruma turquesa. Los cerezos silvestres y los cornejos habrían perdido ya sus flores y los arándanos estarían maduros. Todos los días el visón saldría del tronco hueco en el que vivía con su familia y brincaría y se lanzaría como una flecha por la playa o, como dándose importancia, pasaría —mera minúscula cabeza carmelita, bruñida y maliciosa— nadando. Los pescadores habrían zarpado todos hacia el Norte, a Active Pass y Prince Rupert, y, salvo los fines de semana, no habría nadie allí, excepto los Wilderness y tal vez los Llewellyn y su suegro. Y allí era donde él debería estar entonces —no en París, Nápoles o Roma—: en Erídano, leyendo, corrigiendo textos y tomando notas en el largo ocaso estival, charlando con el padre de Tansy o paseando por la bahía en su bote de remos o llevando a Tansy y a Peggy a una merienda campestre: contemplando las constelaciones; *mens sana in corpore sano*. Habría veleros deslizándose con la corriente o virando por la bahía y por la noche las luces del pequeño transbordador avanzarían silenciosas por la rápida y obscura corriente entre los reflejos de las estrellas y por la noche, cuando Peggy estuviera dormida, Tansy y él conversarían, nadarían a la luz de la Luna, hablarían un poco más, mientras consumían toda una tetera, sobre *Time*, *Life*, Thomas Mann, el comunismo, la *Partisan Review*, la confusión esténica del avance tecnológico, las responsabilidades de la educación, el futuro de Peggy, la *Angry Decade* de Gurko...

«La catástrofe ocurrió en 79 a.C. Durante treinta y seis horas el Vesuvio vertió sobre la ciudad una lluvia de piedra pómez, seguida de un diluvio de cenizas y agua hirviendo, y la masa formada con la mezcla cubrió la tierra con una capa de varios metros de espesor. Los supervivientes regresaron después de varios días de terror».

De repente Roderick recordó una noche del verano anterior, la recordó con tal intensidad y añoranza, que miró en derredor un momento como buscando alguna forma de escapar del restaurante Vesuvio. Unos días antes, una cría de foca había llegado nadando hasta la playa; Sigbjørn Wilderness y él, temiendo que corriera peligro o se muriese de hambre sin su madre, la habían recogido y la mantuvieron varios días en su bañera. Aquel día habían llevado la foca a nadar y de repente, como una centella, se escabulló y desapareció. En vano nadaron tras ella y recorrieron la playa buscándola y su suegro, que con razón consideraba sumamente pueril todo aquel trajín, lo había irritado ligeramente al elegir aquel momento para farfullarles por extenso una historia sobre una sirena que, según decía recordar, habían recogido unos pescadores en cierta ocasión en Port Roderick, en la isla de Man, y también la habían metido en una bañera. (Según él, habían hervido unos huevos para el pobre monstruo, pero, mientras estaban haciéndolo, la sirena escapó y, según recordaba con claridad, cuando volvieron de buscarla por la playa, se había evaporado toda el agua de la cacerola.) Como desde la torre de control del *Second Narrows Bridge* se había avistado una orca —y no una simple orca, sino una orca blanca, una albina, la primera que se veía en diecinueve años— introduciéndose en la ensenada (formaba parte de un banco de orcas, pero había sido la melvilleana calificación la que había hecho pensar en la amenaza), habían estado preocupados por la foca, se maldecían a sí mismos por haberla recogido y se plantearon también la paradoja que entrañaba todo el asunto, ya que la foca era el peor enemigo de sus amigos los pescadores, y Roderick y Tansy habían acabado sentándose a conversar en el porche de los Wilderness... Algo después —debía de haber sido casi medianoche, pues estaba obscuro—, Fairhaven había vuelto a su cabaña a buscar una antología de literatura antigua mal traducida y publicada a finales del siglo XIX, libro, por lo demás, de lo más estúpido —Lamartine, Volney, sabe Dios quién más—, en la que por alguna razón quería consultar un pasaje como respuesta a algo que había dicho Wilderness. Y ese paseo por el bosque y de regreso era lo que ahora recordaba en particular: la quietud en el bosque, la paz absoluta, las estrellas brillando y resplandeciendo por entre los árboles (en lo alto de un cedro la luz de su linterna se reflejó en los cuatro curiosos ojos, vigilantes, brillantes y asustadizos, de dos mapaches), la quietud, la paz, pero también la sensación de pena, la angustia por que se hubiera vuelto a hablar aquella noche de la posibilidad de que llegara hasta allí el ferrocarril o de que talasen el bosque a fin de hacer sitio para campamentos de cabañas o urbanizaciones, por lo que sus problemas habían parecido de repente —o una vez más— semejantes a los de los campesinos en la novela de George Eliot o de los colonizadores finlandeses del decenio de 1860 (o, como había comentado amargamente Primrose Wilderness, de los canadienses o los seres humanos de casi cualquier período) y también la sensación de algo caótico; Roderick permaneció quieto por un momento en su porche, escuchando la conversación de la marea que subía y consigo traía a lo lejos, como una sombra más luminosa, un petrolero. Para él, allí parado en su porche, con el libro y la linterna en las manos, era como si Erídano se hubiese vuelto de repente, igual que la antigua Roma, un teatro de prodigios, real e imaginario. Como si la ballena blanca no hubiera sido bastante, el noticiario de las cuatro de Vancouver, que había escuchado en la radio de los Wilderness, lo había vinculado, según diversas informaciones de «varias fuentes dignas de crédito», con los famosos «platillos volantes» de aquel período que desde varios puntos diferentes se habían visto aquella misma tarde pasando por sobre la propia zona de Erídano y con una declaración jurada del jefe de policía, «hecha pública ahora por primera vez, de que, estando el domingo anterior pescando junto con su hijo más allá de Erídano, [había] visto, retozando por allí, una serpiente de mar». ¡Dios Santo! Todo aquello era increíble y horriblemente cómico y Roderick habría podido reírse otra vez al pensarlo en aquel momento, pero la verdad era que no le hacía la menor gracia: aquellas cosas, combinadas con sus otras y más profundas angustias, lo inquietaban con ese tipo de obscura convicción respecto de lo monstruoso y amenazante que resulta todo, inspirada a veces por una resaca y, al no poder integrar esos asuntos cómodamente en el archivador de una mente civilizada, era como si, quieras que no, hubiese empezado a pensar, en cambio, con la mente arcaica de sus remotos antepasados y el resultado era sumamente alarmante. Más alarmante aún era que con su mentalidad civilizada se hubiese tomado lo que podía resultar una amenaza para el mundo entero mucho menos en serio que el rumor sobre una amenaza para su hogar. Roderick vio que el petrolero había pasado a hurtadillas y en silencio por delante de la refinería sin que él lo advirtiera:

> Frère Jacques!
> Frère Jacques!
> Dormez–vous?
> Dormez–vous?

…decían las máquinas, si escuchabas atentamente…

Y ahora, con un atroz sonar de cadenas, repicar y agitar de campanas, alboroto de cabrestantes, agitación submarina de hélices y órdenes que resonaban como si se hubieran pronunciado a medio cable de distancia, aunque el barco estaba a dos millas y, además, ahora casi invisible, con todos aquellos ruidos desplazándose por sobre el agua a la velocidad de un tiro de honda, dejó caer el ancla: unas pocas órdenes finales flotaron por la ensenada y después silencio. Roderick se quedó mirando la refinería de petróleo, «toda iluminada», como había dicho Wilderness, «como un acorazado en el cumpleaños del almirante...» Pero, si bien, en un momento inexplicable, el petrolero había parecido amenazar la refinería, ésta, con su intenso y brillante resplandor eléctrico e impersonal, parecía en aquel momento amenazarlo de repente a él. En un día de prodigios, la refinería ocupaba ahora su lugar, aunque puramente absurdo, en la serie. Como si nunca hubiera visto aquel lugar de noche, o como si acabara de materializarse, electrizada con una premonición impersonal, parecía ahora un augurio siniestro.

Había luz en la casa contigua, la de su suegro, y por la ventana veía al anciano constructor de embarcaciones, sentado a la cálida y suave luz dorada de su quinqué de petróleo, que proyectaba sombras ligeras sobre los martillos, cuñas y azuelas, las herramientas, aguzadas y aceitadas todas y amorosamente cuidadas, fumando su pipa, pero con sus otras tres pipas a su lado en la mesa y cargadas ya para la mañana y leyendo con las gafas puestas la *Historia de la isla de Man*.

«Se pueden visitar las ruinas diaria y gratuitamente desde las nueve hasta las cinco. En la entrada, e incluso en la estación, guías que hablan italiano, francés, alemán e inglés ofrecen (¡y cobran!) sus servicios a los turistas».

«¡Huy, la Virgen! Sí, ¿qué?», dijo Fairhaven suspirando y sonriendo a Tansy.

«En una visita guiada se tarda de una hora y media a dos horas, pero, para visitar todo el lugar adecuadamente, se necesitan cuatro o cinco horas. No se permite a los visitantes entrar con comida.

Mira, cuando yo era muy pequeña, mi madre tenía un estereopticón», dijo Tansy, «con fotografías de Pompeya. En realidad, era de mi abuela».

«¡Vaya, vaya!»

«¡Oh, me gustaría saber si será como aquellas fotografías! Las recuerdo perfectamente... No has escuchado ni una palabra de lo que he dicho».

«¿Eh? Sí... Van a llovernos cenizas y agua hirviendo y no podemos entrar con comida», dijo Roderick, «pero, ¿y con vino?»

«Aquí hay toda clase de pájaros», dijo el guía, «caracol, conejo, ibis, mariposa, zoología, botánica, caracol, conejo, lagarto, águila, serpiente, ratón».

No había nadie más en la ciudad de Pompeya (que a primera vista le había parecido un poco como las ruinas de Liverpool un domingo por la tarde o —suponiendo que hubiera sufrido otra catástrofe reciente después del Gran Incendio de 1886— la propia Vancouver: algunas columnas de la Bolsa, chimeneas de fábricas, los restos del Banco de Montreal), sólo el guía, y Roderick, al tiempo que correspondía con otra mirada semejante a la burlona y divertida de una Tansy con ojos como platos ante aquella misteriosa declaración, sabía que había hecho todo lo posible para esquivarlo.

No precisamente por tacañería —pensó Roderick— ni porque pocas cosas hubiera que le inspiraran más repugnancia innata que todo el asunto del regateo y las propinas, no, había esquivado al guía por un miedo casi ridículo, pues en aquel viaje había fracasado de forma tan palmaria y frecuente al intentar hacerse entender, como en aquel momento anterior en el restaurante Vesuvio, en los intercambios más elementales, que ese fracaso estaba empezando a afectar a su *amour propre*. Por eso, en lugar de estropearlo todo al comienzo haciendo el ridículo, prefería deambular, pasear a solas con Tansy, dejando que aquella sensación del extraño y total sinsentido, para él, de lo que lo rodeaba se integrara con la de la felicidad de los dos simplemente por estar juntos, que, desde luego, era real, en la felicidad de ella por estar en Europa... como también le habría gustado que se integrara en el paseo con ella entonces por Pompeya. Además, en tales ocasiones tenía la oportunidad de imaginar que él (como —qué caramba— debería ser, como quería ser) era el cicerone: Tansy era demasiado inteligente para dejarse engañar y también demasiado buena persona para demostrarlo, pero, en cualquier caso, la treta funcionaría en realidad y la magia surgiría o se preservaría en forma de un cuerpo astral mutuo de desinterés fuera del cual la inteligencia y la encantada respuesta personal de Tansy funcionaba sin duda independientemente, pero desde el cual, como si fuera una nube divina, Roderick podía imaginar que su afirmación más trivial parecería útil e informativa, como había pensado decir, en aquel preciso momento, algo así como «Templo de Vespasiano» o «Dórico y Corintio» o incluso «Bulwer Lytton».

Pero el guía había estado esperándoles, sentado entre dos ruinas, y en un abrir y cerrar de ojos se habían encontrado en sus garras y, en realidad, Roderick recordaba a medias que Tansy había dicho que no se podía escapar de sus garras, pues el visitante estaba obligado por ley a ir acompañado de un guía. Había dejado aquella vez el regateo totalmente en manos de Tansy, pese a que se había desarrollado en inglés, pero, por fortuna, Tansy estaba demasiado absorta en su felicidad ante la situación inmediata para advertir la vergüenza de Roderick, que, sin embargo, no le había inspirado antipatía alguna para con el propio guía, quien le recordaba vagamente a su hermano mayor. Era un hombre moreno, de movimientos rápidos, nariz aquilina y estatura media, con ojos brillantes, ropa raída y andares militares.

«Pompeya fue una escuela de inmoralidad, no una vida hipócrita como la nuestra», iba anunciando, pensativo, mientras avanzaba un poco por delante de ellos. «Montañas azules, cielo azul, mar azul y una blanca ciudad de mármol».

Los Fairhaven sonrieron. Las montañas y el cielo eran, en efecto, azules, ahora que la tormenta eléctrica se había alejado y, si se hubiera podido ver desde aquel punto, no cabe duda de que también la bahía de Nápoles habría parecido azul, pero había algo extraordinariamente fantasmagórico en la forma como el guía les había dicho eso, pensó Roderick, mientras lo seguían por entre los truncados y obscurecidos restos de la inundada y exhumada ciudad, al tiempo que añadía, sonriendo, orgulloso, a Tansy: «¡Sí, soy pompeyano!», como si para él aquella mezcla de Cuernavaca y Acapulco de los romanos y fabricante de salsa de pescado y ruedas de molino no fuese un montón de ruinas, sino que estuviera aún allí, radiante, viva, poblada y floreciente y con el mar, ahora retirado a kilómetros de distancia, a su puerta misma; «Después de que Pompeya quedara destruida», prosiguió, rápido pero aún reflexivo, al tiempo que contemplaba por un momento el Vesuvio, «los cristianos hicieron una intensa propaganda. Dijeron que su Dios había destruido Pompeya por su perversidad. Ahora bien, los pompeyanos decían: "¿Que Pompeya era una ciudad inmoral? En ese caso, el Vesuvio debería venir todos los días a castigarnos a nosotros"».

Roderick sonrió, el guía le caía bien y también miró al Vesuvio de nuevo, que, ahora claro, con su clásica pluma de humo, parecía demasiado lejano e insignificante para haber causado demasiados daños, en cualquier caso. Aun así, para ser justos con el volcán, parecía oportuno observar —prosiguió diciendo Roderick a Tansy— que su insignificancia física debía deberse en gran medida a los daños que había causado.

Por desgracia, el pobre y viejo Vesuvio había reñido en realidad una guerra de desgaste consigo mismo en el siglo pasado. La montaña que vomitaba fuego ya no crecía y aumentaba de altura con el sacrificio de los que vivían bajo ella, todo el territorio que había demolido en los últimos años había sido a sus expensas, con cada explosión e inundación que había lanzado había disminuido su propia estatura hasta parecer ahora, tras haber volado literalmente su cono, poco más que una colina lejana. El Vesuvio era Paricutín a la inversa. Aunque podía estar acumulando, incluso en aquel preciso momento, más furia, tal vez el dios que deseaba ser creído se mostrara precavido a la hora de hablar con demasiada frecuencia mediante el fuego y dar demasiadas señales directas de su presencia.

En realidad, le daba miedo el Vesuvio, en la medida en que podía ponerse a pensar siquiera en él. Todo ello le recordó que Tansy y él lo habían escalado dos días antes en compañía —«visitando su antiguo territorio», dijo Tansy— de unos griegos y, desde luego, no deseaba menospreciarlo entonces, pensó Roderick, mientras se persignaba al pasar por delante del Templo de Venus en dirección al Foro. Se les metieron cenizas en los zapatos, los guías, con sus báculos, envueltos en bruma y parecidos a oficiantes de magia negra, los habían instado con fuertes gritos a seguir hacia la cima, donde Tansy lamentó que ya no fuera posible bajar, como Lamartine, hasta el cráter, porque un terremoto reciente había abierto grandes grietas en el sendero que bajaba al fétido y destruido abismo. Roderick había encendido un cigarrillo, colocándolo en la tierra, para que le diera suerte.

Resultaba difícil seguir el ritmo del guía, que ahora parecía presentar un aspecto algo diferente, tal vez porque su aire de pertenencia, de propiedad incluso, había empezado a conferirle una dignidad curiosa y diferente: tenía —o presentaba ahora—, para Roderick, el aspecto de un hombre de negocios sólido, próspero y jovial, muy atildado, vestido con traje de viajante de comercio conservador: americana rayada de color gris obscuro, pantalones de franela de color gris claro, corbata de color gris obscuro y camisa blanca. Su americana, de cuyo bolsillo sobresalían papeles, le quedaba demasiado ajustada en el estómago, las mangas dejaban ver la camisa, mientras que los pantalones estaban raídos, con lo que daba una sensación de desaliño, pero al mismo tiempo tenía energía y marcialidad y unos rápidos andares militares, como los del hermano de Roderick, unos andares que con frecuencia lo hacían avanzar, y a Tansy con él, muy por delante de Roderick, quien caminaba con parsimonia. Cruzaron el Foro en diagonal y desaparecieron por delante de él entre unas enormes columnas ennegrecidas.

«Mire, Templo de Augusto», estaba diciendo cuando Roderick los alcanzó. «¿Ve? Bellota y laurel: fuerza y poder. Los romanos decían: "Cada momento de amor perdido es un momento de felicidad arruinada..." Los romanos decían: "La vida es un largo soñar despierto"» —y saludó con una seña a Roderick— «"cerrados los ojos, todo se acabó, todo es polvo..." Los amantes son como las ovejas... Pasan la vida en la miel, una vida dulce.» «Quiere decir abejas», explicó Tansy a Roderick, al tiempo que se volvía hacia él con expresión conspirativa. «Ovejas, abejas... Bellota, laurel, carniceros, mercado de pescado y de carne. La ventilación del mar, la brisa llegaba dentro y se llevaba el olor».

«Ah, sí», dijo Roderick... *«Der Triumphbogen der Nero»*.

«¿Cómo dices, querido?»

«El *Arco di Nerone*. Sólo, que me parecía que sonaba mejor en alemán».

«Sí. *Arco di Nerone*... Los romanos decían: "La vida es una serie de formalidades, tomadas demasiado en serio"», les aseguró el guía, al tiempo que se daba la vuelta. Tenía un nombre admirable: *Signor* Salacci.

Y no cabía la menor duda, pensó Roderick de nuevo: aquella ciudad, que a un tiempo existía y no existía, era, evidentemente, muy real y completa para el excelente *Signor* Salacci: él la veía entera y, además, estaba totalmente amoldado a ella. El *Signor* Salacci, en un sentido mucho más real de lo que vive su escena un actor, vivía allí, en Pompeya. Entretanto, aquellos arcos, templos y mercados se creaban y se deshacían ante los ojos de Roderick, por lo que casi empezaba a verlos con los ojos del guía. Lo que resultaba extraño era aquel trágico —trágico, por resultar casi logrado— intento de representación. Parecía a veces como si los romanos hubieran hecho realidad allí todos sus sueños en cuanto a aseos públicos, buenos y malos por igual. Hacía mucho que el Vesuvio había acabado con los antiguos habitantes de Pompeya, pero parecía haber una inmortalidad en dichos aseos, idea que resultaba inquietante.

«Puede que Pompeya fuera una ciudad de hermosas proporciones, pero, que yo sepa, no fue una ciudad singular en su época por nobleza alguna de su concepción», dijo. «Por otra parte...»

«Si la comparamos con Bumble (Saskatchewan)...»

«Pero lo que me parece más notable es que nadie haya intentado extraer una moraleja de esta relativa supervivencia de Pompeya cuando tanto se ha perorado en vano sobre el juicio divino de su destrucción. De las dos cosas, la supervivencia parece lo más siniestro... Comparada con Saint—Malo o ciertas partes de Rotterdam, es un triunfo. En realidad, comparada con lo que ha quedado de Nápoles, me parece que tiene cierta gracia urbana».

Los enebros que habían muerto de miedo... Ruinas, ruinas, ruinas...

—La noche que llegaron a Nápoles habían tomado un coche y habían paseado durante una hora tras el caballo que avanzaba ladeándose por el paseo. ¿Qué quedaba de aquella gran ciudad de asombrosa historia, en la que Virgilio había escrito la *Eneida* y que en tiempos fue el punto occidental más extremo del mundo griego? Mucho había sobrevivido sin duda y, sin embargo, a él le había parecido —cuando no era un simple montón de escombros grises— un centro turístico costero de segundo orden, con feos edificios impersonales y poco apto para la natación, en la costa nordoccidental de Inglaterra. Desde luego, había pensado, con la mano de Tansy cogida en la suya en el traqueteante coche de caballos, él podía infundirle más fascinación para que ella la disfrutara.

Aquella noche se pasearon por las obscuras calles, increíblemente empinadas, de los suburbios napolitanos, por delante de los altares, los nichos, los niños que montaban una girándula, por las maravillosas escaleras, largas y hediondas, entre casas, por delante de camas instaladas en la calle, de los marineros que llevaban tambaleándose las bolsas de las muchachas: la *Cena en Emaús* de Rembrandt a la vuelta de todas las esquinas. Desde la ventana más alta de un edificio alto y estrecho bajaron una cesta, poco a poco, y abajo la llenaron con vino, pan y fruta y la alzaron bamboleante y así debía ser viajar, pensó Roderick, como aquella cesta que se baja hacia el pasado y se vuelve a alzar y a pasar a salvo por la ventana, llena del alimento espiritual brindado por los viajes. Y eso era, esperaba encarecidamente, para Tansy... Allí estaban los pobres, allí estaban las ruinas, pero la gran diferencia entre aquellas ruinas debidas al hombre y las de Pompeya era la de que no habían considerado la mayoría de aquéllas dignas de conservación o se las habían llevado... La propia vida era algo parecido a la desolación que nos asalta eternamente al atravesar el poema de *La tierra baldía* sin entenderlo. Aterrado por su crueldad, su ignorancia, su falta de tiempo, su miedo a que no haya tiempo para construir nada hermoso, miedo al desalojo, miedo a la expulsión, el hombre ya no pertenece al mundo que ha creado ni lo entiende. El hombre se ha vuelto un cuervo que contempla fijamente un criadero de garzas en ruinas. En fin, a él le corresponde deducir de ello, si puede, su corvinidad.

Llegaron a la *Casa dei Vettii* o *Domus Vettorum*, la casa más famosa de Pompeya, lo que en parte explicaba la prisa de su guía; Pompeya cerraba a las cinco y habían comenzado la visita tarde.

El *Signor* Salacci sacó una llave, abrió una puerta y entraron: «¿Quiere usted, señora casada, ver las pinturas? Sólo las casadas pueden verlas», explicó. «Cada casa una pequeña ciudad: jardín, teatro, vomitorio —para vomitar— y una cámara amorosa dentro».

«Y a la derecha de la entrada hay un Príapo», observó Roderick, leyendo en la guía, «que sólo se muestra a quien lo solicite. Sin embargo, Tansy», prosiguió, «aquí "tenemos la mejor representación posible de una casa de noble pompeyano, ya que se han conservado intactas las hermosas pinturas y decoraciones marmóreas como estaban en el peristilo, al que se ha añadido un jardín. Se ha añadido techo y ventanas a una parte de la casa para proteger los murales, sorprendentemente bien conservados y fabulosamente ejecutados, que representan escenas mitológicas. Hay una cocina que contiene utensilios y, contiguo, un gabinete privado y cerrado (pinturas obscenas) que pertenecía al dueño de la casa y también en él hay una estatua de Príapo que formaba parte de la fuente..." Espero», añadió Roderick, «que no fuera eso lo que te enseñara tu madre en el estereoptición».

«Estanque para peces rojos», estaba diciendo el guía. «Pavos reales y perros. Ponían fósforo en la piedra. Columnas blancas y un cielo azul. Resulta difícil de creer... original...» dijo entre suspiros el *Signor* Salacci.

«¿Quiere usted decir...?»

«Surtidores, pájaros volanderos y fósforo en el pavimento», entonó el *Signor* Salacci, «y las paredes pintadas con laca roja y después enceradas, con leopardo africano, y un friso erótico...»

«Ponían antorchas ardiendo para que el interior de esta sala tuviera una luz roja que excitara a todo el mundo», explicaba Tansy a Roderick, que se había mantenido a cierta distancia, «pero, en contraste con esto, el jardín era todo él de mármol blanco, con frescas fuentes en las que corría el agua, y bañado por la luz de la Luna».

«Solían celebrar esas orgías en los días de Luna llena», dijo el guía, pensativo y nostálgico.

«¿Y durante esas orgías?»

«Los esclavos debían orar por ellos...» —habían llegado ante un altar consagrado a los dioses del hogar, los Lares y los Penates (¿cómo estarían su vieja tetera, su fogón, las cacerolas de cobre de Tansy?)—, «pues los solteros», dijo con fervor, «tenían mucho que hacer».

El guía estaba ahora abriendo el candado que cerraba una tapa oblonga de madera, que dobló y retiró para descubrir, momentáneamente, una pintura de marco oblongo, de unos cincuenta centímetros de largo por treinta de ancho, evidentemente de un singular Cyrano de Bergerac, pintado (y, según todas las apariencias, muy reciente y sutilmente mejorado en Marsella) en negro, ocre y rojo, de un Cyrano ocupado en pesar, parecía a primera vista, en una como balanza Safeway, su nariz, que emitía curiosos destellos rojos: «Donde hay dinero hay arte, hay gusto, hay inteligencia, hay perdición, hay lucha... ¡eso es Pompeya!», dijo en tono radiante el *Signor* Salacci, al tiempo que volvía a cerrar con llave el candado sobre aquella atlética reliquia celosamente conservada.

«Siempre he oído decir que había una reproducción del tornillo de Arquímedes en Pompeya», observó Roderick, «pero pensaba que lo accionaba con los pies».

«Pero no entiendo lo de las ventanas, Rod», dijo Tansy entre risitas, tal vez para disimular su turbación o su turbación por manifestar ante el guía que era alguien en quien una inocencia y decencia naturales se combinaban con una contenida, pero entusiasta, apreciación rabelesiana.

«Pues es lo que acaba de decir este señor, Tansy querida. No hay ventanas que valgan o, mejor dicho, no había. Igual que las paredes no eran de mármol, sino que estaban cubiertas con una imitación en estuco del revestimiento de mármol. Son simples pinturas de ventanas para dar la impresión de que estás mirando por una ventana de verdad». Roderick cargó la pipa. «Desde luego, según Swedenborg, el amanecer real es también una imitación... Parece una técnica de origen vagamente literario».

«Hay que reconocer que presenta ciertas ventajas en cuanto a la intimidad...»

«Ah, sí... En una palabra, con ciertas salvedades evidentes, es bastante parecido a la bastarda mansarda de la antigua Wigwamme Inne Cockington Mossejaw y Perdición del Mundo».

«¿Qué has dicho, Rod?»

«Decía: ¿recuerdas al hombre que quería enguijarrar la casa de Gerald? O tal vez estuviera yo pensando en esa tela con que tiene revestido su garaje Percy, que imita los ladrillos rojos».

«Primero el vino, todo el mundo bebía y después el burdel», anunció el *Signor* Salacci, al tiempo que cerraba, tras ellos, la *Casa dei Vettii* y con expresión de anfitrión indulgente que en plena orgía propusiera otros placeres.

Abandonaron la casa y recorrieron, a buen paso y bajo el sol, el *Vico dei Vettii* y, tras echar un vistazo a la *Strada del Vesuvio* orientada hacia la montaña, giraron en la Strada Stabiana.

«¡Qué ocurrencia la de colocar ahí un volcán!», dijo Roderick, cuando, tras pasar por delante de la Casa di Cavio Rufo a su derecha, llegaron a un cruce formado por la intersección de la *Strada degli Augustali* con la *Strada Stabiana*.

Giraron a la derecha de nuevo y se internaron por una calle estrecha, llena de baches, extraordinariamente sinuosa y serpenteante y que parecía no tener fin.

«*Vico dei Lupanari*. La calle del vino, las mujeres y las canciones», cacareó el guía en tono triunfal. «Primero vino y después el burdel», repitió. «El pan y la mujer, el primer elemento de la vida, simbólico... Todo simbólico... ¡esperen! Una entrada: los solteros abajo; los casados, los sacerdotes y los vergonzosos, arriba».

Pocas cosas hay en la vida —a no ser que seas un Toulouse—Lautrec— menos provechosas que ir a un burdel, a no ser, reflexionó Roderick, que se trate de un burdel en ruinas. Aquélla era toda una calle de burdeles en ruinas. Todas las casas estaban construidas con piedra, pero hacía falta considerable imaginación para poblarlas y más aún con placeres. A él le parecieron al principio una serie de hornos desvencijados o, si fueran concebibles pocilgas de ladrillo, pues entonces pocilgas, pero con estanterías y nichos, por lo que parecía que se habían hecho para albergar las consumaciones de alguna raza de enanos voluptuosos.

«Roderick, mira, mi amor, ¡aquí están los molinos en los que trituraban el grano!... y los hornos, mira: ¡incluso hay una hogaza petrificada!»

«Sí, primero el pan, después el vino y luego la mujer en esta calle», asintió el *Signor* Salacci con expresión de importancia. «Los primeros elementos de la vida, ¡todo simbólico!»

Roderick tenía ahora cierta sensación de hastío e insensibilidad. Aun así, la de toda una calle de burdeles muertos que tan milagrosamente habían sobrevivido —relativamente— a la ira de Dios, ¡era una idea que tal vez pudiese estimular, al fin y al cabo, las facultades mentales inferiores! O, si no, podría hacerlo en verdad la botica en ruinas, que estaba indicando el guía, tan convenientemente situada en la esquina. Resultaba más que claro también que una vez más, por lo que se refería al *Signor* Salacci, aquellos lugares no sólo existían, sino que, además, ejercían, para él, un comercio animado, aunque fantasmagórico. Su guía parecía complacido en particular por el cyranesco—priápico emblema comercial que, colocado de vez en cuando entre el empedrado, indicaba, burlón, la dirección que tal vez siguieran incluso entonces los fantasmales solteros de Pompeya hacia sus horripilantes locales de la planta baja, donde, una vez arrellanados, una eterna procesión ascendente de casados, sacerdotes y vergonzosos circulaba por delante de ellos camino de la planta de arriba, donde serían vampirizados y sodomizados. El romántico apego del *Signor* Salacci conmovía y encantaba a Roderick. Estaba salvando la tarde. Ni siquiera era imposible —Roderick lo vio en cierta ocasión limpiándose lo que podría haber sido una lágrima— que una gran pena, un amor, sobreviviese, para él, allí.

No obstante, Roderick sintió de repente que detestaba aquella calle con una virulencia inexplicable. ¡Cómo detestaba Pompeya! La boca le salivaba de la aversión. Roderick estaba que casi se subía por las paredes. Ahora le parecía que era como si, en virtud de una gracia perversa, de la inundación total de una ciudad del Pacífico nordoccidental, se hubiera preservado una parte del hotel de la estación, una sección de la fábrica de gas, los esqueléticos restos de cuatro o cinco cines gigantescos, otros tantos bares y varios urinarios públicos, un fragmento del mercado, junto con el edificio que en tiempos había albergado la lavandería Star, lo que quedaba de varias casas excelentes de industriales (pinturas obscenas), un estadio de fútbol, la iglesia evangelista, una estatua rota de Bobbie Burns y, por último, los restos de los burdeles de Chinatown, que, pese a que el alcalde y las fuerzas de policía habían luchado hasta el momento mismo de la catástrofe para conseguir su eliminación, habían sobrevivido durante cinco mil novecientas noventa y nueve generaciones, de lo que se había deducido, probablemente con razón, que la ciudad, en su estado actual, era una de las siete maravillas del mundo, pero también —y sin razón— que nada valioso se hubiera alzado allí originalmente, exceptuadas las montañas. El guía acababa de decir también que incluso el ruido del tráfico había sido tan ensordecedor en Pompeya, que durante ciertas horas habían habido de interrumpirlo del todo, cosa fácil de imaginar con aquellas calles empedradas: ¡Dios mío, cómo debían de anhelar marcharse! Y después recordó que Pompeya en modo alguno era una ciudad, era sólo un pueblo, junto al, junto al...

—Roderick había encontrado su libro entre una colección de ejemplares del *American Mercury* que debían de estar allí desde que había construido la casa y emprendió el camino de regreso, pero, cuando se asomó a su porche, se detuvo: la belleza de la escena era espectacular, aterradora, amenazadora y, sin embargo, extrañamente tranquilizadora a un tiempo. Había salido la Luna y brillaba alta en un cielo de vellón, en el que había trozos de cielo del color de sarga azul obscura, centelleando con estrellas brillantes. La marea estaba alta y las aguas tan tranquilas y quietas, que todo el cielo se reflejaba como en un espejo obscuro. Entonces advirtió que no era la luz de la Luna ni la ensenada siquiera lo que daba a la escena su nueva y excepcional belleza, sino la propia refinería de petróleo precisamente o, más precisamente aún, el contrapunto industrial, la parpadeante pira roja de la quema de los residuos del petróleo crudo. Entonces sobre el agua (tan quieta, que oía a los Wilderness hablando bajito a unos doscientos metros de distancia) se oyó la lenta campana de alerta de un tren de mercancías que repicaba por la vía ferroviaria de Port Boden como llamando a unas continuas vísperas, ora cercanas ora lejanas ora de timbre bizantino, al vibrar en el agua, ora dolorosas como las campanas oaxaqueñas: tan pronto era un sonido triste como, al acercarse, más lleno, más globular, y después se apagaba, pero siempre como un sonido del campo oído mucho tiempo atrás que podría haber inspirado a un Wordsworth o a un Coleridge para su descripción de un toque de campanas de iglesia transmitido por el campo hasta una pareja de enamorados que paseaban al anochecer, pero, mientras que la luz de la Luna borraba el color de todo y lo substituía por luminosidad, daba iluminación sin color, las bermejas llamas que producía la combustión de los residuos del petróleo crudo bajo la Luna a la derecha, a media altura de la orilla opuesta, arrojaban el más extraordinario color cárdeno, tremendamente real y, por decirlo así, malo; mientras la campana seguía repicando intermitente por la vía férrea, las continuas vísperas que no se apagaban ni quedaban ahogadas por un ocasional pitido lastimero y un lejano rechinar metálico de ruedas sobre hierro, Roderick pensó en lo diferente que resultaría Erídano visto desde la refinería. ¿Qué verían? Absolutamente nada, tal vez sólo el quinqué en la casa de su suegro y las ventanas abiertas e iluminadas de los Wilderness, nada más, probablemente ni siquiera el embarcadero de los Wilderness, que tan magnífico resultaba a la luz de la Luna, recortado sobre su reflejo con sus hermosas riostras transversales y geométricas, tan sólo la imprecisa masa de la cabaña de su suegro y después la obscura masa del bosque y las montañas que se alzaban por encima; ni siquiera verían las formas de las cabañas ni quizás distinguiesen siquiera la existencia de una ensenada, por resultar tal vez el todo inseparable de su sombra.

De la casa de su suegro salió el gato de los Wilderness y lo siguió subiendo a saltos los escalones y por la senda, guiándolo de vuelta a la casa de los Wilderness, deteniéndose para que lo alcanzara y después volviendo a saltar. Una vez se detuvo a acariciar al animalito, que de repente le parecía como un curioso aspecto o afecto de la eternidad y, a saber por qué, allí parado en el bosque, le había parecido extraño que los gatos debieran de tener el mismo aspecto y el mismo comportamiento exactamente no sólo en la época de Volney, pongamos por caso, sino también en la del Dr. Johnson. Entretanto, alumbrándose con la linterna, buscó uno de los pasajes de *Las ruinas de Palmira* de Volney que recordaba y quería leer: «¿Dónde están las murallas de Nínive, aquellas murallas de Babilonia, aquellos palacios de Persépolis, aquellos templos de Balbec y Jerusalén...?» Era sin lugar a dudas una parrafada ditirámbica y trivial de lo más evidente, pero, teniendo en cuenta la época en que estaba escrita, podría —así, en cualquier caso, le parecía en aquel momento— ser interesante en su conversación con Wilderness compararlo con Toynbee. «... los templos están derruidos, los palacios derrocados, los puertos colmados, las ciudades destruidas y la tierra, vaciada de sus habitantes, es ahora un paraje de sepulcros. ¡Dios Santo! ¿De dónde proceden tan fatales revoluciones? ¿Qué causas han cambiado tanto la fortuna de esos países? ¿Para qué se destruyen tantas ciudades?... ¿Dónde están esas brillantes creaciones de la industria?...»

Al pasar por el bosque aquella noche junto con el gato, que brincaba y daba vueltas al aire, le había parecido de pronto, como si estuviese totalmente fuera del tiempo, que en cierto modo aquellas ciudades de Volney no habían sido destruidas, hablando propiamente, que las antiguas poblaciones se habían reproducido y perpetuado o, mejor dicho, que todo aquello estaba sucediendo entonces, en aquel momento, repitiéndose constantemente, que continuamente estaban creándose y destruyéndose y volviendo a crearse, por decirlo así, ante sus ojos aquellos imperios y ciudades; entonces empezó a pensar de nuevo que, mucho más misterioso que cualquiera de las preguntas formuladas por Volney, era que la gente siguiese considerando necesario formularlas o darles respuesta con explicaciones insatisfactorias. ¿Habría dicho Toynbee algo nuevo de verdad? ¿Lo habría dicho Volney en su época? Gracias a la linterna, mientras el gato se afilaba las garras, impaciente, en un árbol, recurrió una vez más al olvidado Volney. «Los individuos sentirán que la felicidad privada va unida al bien común». Hombre, ése parecía un aspecto digno de examen, en cualquier caso, pero, ¿qué era el bien común? ¿Qué era la felicidad privada?

«En Alemania, Inglaterra, luces rojas», iba diciendo el *Signor* Salacci. «La idea romana, mejor: un gallo fuera».

En fin, Saint—Malo había quedado borrado del mapa y Nápoles desfigurada, pero aún sobrevivía un gallo en la calle a la puerta de un antiguo burdel pompeyano. Bien, ¿por qué no?

«Las serpientes de Esculapio fuera, un médico...», prosiguió el guía. «Botica y baños públicos... Soldados, estudiantes, los precios más baratos. Justo antes de la guerra, en la época de Mussolini, era también así. El precio normal era quince liras. Para los estudiantes y los soldados, la mitad: siete con cincuenta... pero lo barato siempre es peligroso... Botica y baños públicos», señaló por el *Vico dei Lupanari*. «En la Italia meridional había muchas purgaciones. El setenta por ciento de la gente tenía purgaciones, pero ahora, con la penicilina americana —¡zas! ¡en unos días!—, por lo que nadie sabe el porcentaje».

Roderick estaba encantado... El hombre, con su excelente ingenio, había descubierto la cura para las purgaciones en veinticuatro horas. Sin recursos, ¡no puede afrontar nada de lo que podría venir! Así, pues, con sus recursos veía, en ese maravilloso descubrimiento, la posibilidad de pescar un tipo diferente de purgaciones cada día durante los setenta y dos siguientes y tal vez en el septuagésimo tercero una clase absolutamente única.

«Calle del vino, calle de las mujeres y los baños públicos», entonaba el guía en tonos sombríos, casi bíblicos... «En Pompeya se pagaba por adelantado. Muchos hombres acudían. *Étrangers*. Forasteros, verdad, y marineros. No hablaban latín, pero los romanos se lo facilitaban. En todas las habitaciones estaban pintadas las diferentes posiciones y los hombres elegían lo que querían. ¡Ah, la calle del vino y las mujeres! Espere», añadió alzando un dedo admonitorio, cuando Roderick parecía a punto de decir algo. «Todas las calles, simbólicas. Todas en sentido Este y Oeste, Norte y Sur. Excepto la calle sinuosa, la del vino y la de las mujeres... Un hombre borracho podía decir: "No sé dónde estoy. No sé dónde estaba". Así, que las calles eran rectas, excepto la curvada, para que no pudiese decir: "No sé dónde estaba"», dijo, mientras bajaban el circundante *Vico dei Lupanari* hacia la *Strada dell'Abbondanza*. «Así, que las calles eran rectas, excepto la curvada para que no pudiera decir: "No sé dónde estaba".» Movió la cabeza.

—El último recuerdo que tenía Roderick de Erídano era el de un incendio colosal: el *Salinas* estaba tranquilamente descargando petróleo crudo en la refinería, con las inocentes chimeneas inclinadas a popa, y de pronto, ¡bum!, y el muelle salió volando, gimieron las sirenas como si de repente fuera la hora del almuerzo, después el petrolero salió hacia atrás en silencio dentro de la ensenada o, mejor dicho, tiró y rompió sus amarras y las llamas en el petrolero se apagaron, al parecer, al tiempo que un hongo de humo se alzaba por su columnario tronco en extensión trescientos metros por el aire desde la refinería; ¡bum, bum!, al tiempo que estallaban los tambores de petróleo, un chisporroteo que se oía incluso a tres kilómetros de distancia y las enormes mangueras visibles: ¡bum!, y el tren de mercancías que pasaba raudo y silencioso por la refinería; ¡bum, bum!, contemplando el fuego desde el embarcadero de los Wilderness, pues parecía un desastre mayúsculo y aterrador para toda la zona de los muelles, con las rodillas

temblándole tan fuerte, que no podía mantener quietos los prismáticos: ¡bum!, y el *Salinas* ya inmóvil justo enfrente y el fuego
agravándose, el chisporroteo, el fragor, y los gemidos en dos notas de las sirenas, que ronroneaban en *diminuendo* y después, al cabo
de media hora más o menos, la llegada del magnífico barco contra incendios con sus torres, relinchando como un caballo, desde
la ciudad, como un dinosaurio orinando, un barco de guerra, una
fantasía medieval pero supermoderna, una creación de Leonardo
da Vinci... y evitado el desastre... a no ser que con el reflujo se in-
cendiara el petróleo y el varaseto del muelle de la compañía pe-
trolera que se recortaba claramente sobre el humo y el vapor, los
aviones que volaban por encima intentando fotografiarlo para los
periódicos y el *Salinas* que no parecía tener ya a nadie a bordo,
despacito, despacito y en silencio, alejándose con aire de culpabilidad hacia Port Boden y después, acabado el alboroto, toda la
tarde el aspecto maníaco del cielo, el Sol como un cubo de fuego
de una gigantesca rueda con el disco negro bordeada por un arco
iris y el hedor a petróleo frito sobre el agua y al atardecer los mi-
rones y curiosos remando hacia el chirriante muelle y después, la
mañana siguiente, ver, aunque el muelle parecía medio destruido,
por Dios, el *Salinas*, con expresión culpable, volviendo a hurtadillas despacio y en silencio a la refinería desde Port Boden, la casita
en la verde ribera opuesta deslizándose despacio a popa del puente, a popa del palo mayor, a popa de la chimenea, mientras, con
su pintura cubierta de cicatrices del fuego a estribor, de nuevo se
acercaba entonces despacio, silencioso y mudo y con esa expresión de culpabilidad, a la refinería, sobre cuyos restos seguía fun-
cionando una sola manguera como una lejana y parpadeante línea
blanca, el *Salinas* tenía ahora una expresión como la de un borracho con resaca al acercarse por la mañana temprano a la taberna
de la que había sido expulsado la noche anterior, la imprescindible
bandera fingía flamear en el atrofiado trinquete, como una corbata arrugada y anudada con mano temblorosa, y la bandera americana en la popa, como si le colgara el faldón salido de la camisa
por detrás en la lúgubre y serena atmósfera de las siete campanas

por la mañana, con el deseo a medias, evidentemente, de rehuir la refinería, pero, tan evidentemente, teniendo que pasar por delante de ella (y, tan evidentemente, con el deseo de parar en ella), presa de su aborrecimiento por ella y, como un Don Quijote pícaro y sumiso —por excesos en ella que no conocía o no recordaba, pero que, en cualquier caso, se le achacarían probablemente, de puntillas por delante de la refinería, pero un momento después— y por Dios que tenía agallas, tenía carácter, para hacer frente en persona aquella mañana al airado y agotado expendedor de petróleo, como si estuviera apoyando el codo en la devastada y destrozada barra de la refinería, en el mismo sitio exactamente que el día anterior... «Como le decía, amigo, cuando nos vimos tan groseramente interrumpidos...» Y aquella noche, muchas horas después, con una descarada pero inequívocamente desenfadada y tunante escora a estribor hacia el muelle, en el mismo sitio exactamente, como charlando por los codos. Y después —¡ahí quedaban los símbolos y las presciencias del desastre!—, la mañana siguiente, un amanecer azul, limpio y puro, con caballos blancos corriendo por delante del muelle de la refinería, que ahora parecía completamente intacta, y el *Salinas* desaparecido, sumergiéndose, inocente, en algún punto del azul Pacífico, pasada la resaca y extinguido el fuego, y desaparecidos el olor, el ruido y las sirenas, y de nuevo el verde puro del bosque, el azul y blanco humo de los aserraderos flotando sobre las verdes colinas y el cielo maníaco desaparecido y las altas montañas y el azul, frío y limpio mar y un Sol inocente por encima de todo...

«Donde hay demasiada religión, hay perdición: luz blanca y roja y un gallo fuera», reflexionó el guía, al tiempo que descubría otro emblema horizontal en el pavimento fuera del ex respetable lupanar. «¡Formalidades!» Miró aquel poste indicador desplazado e inhabitual —tal vez el antepasado de todos los postes indicadores— un momento. «Un amigo preguntaba...», empezó. «Pero, ¿cómo encontrar esa casa? El amigo decía: ve hasta la fuente y a treinta pasos a la izquierda encontrarás el gallo que señala. El amigo iba...» Hizo un gesto demostrativo, como si se hubiera marchado.

«Y eso, ¿para qué? Entraba. Muy agradable, muy limpio, habitaciones independientes para el amor y un precioso jardín para pasear antes y excitarse...» El *Signor* Salacci estaba cansado y se sentó un momento en una pared en ruinas. La abominable desolación alojada en el lugar impuro. «Calles muy sucias», añadió, al tiempo que se ponían en marcha otra vez. «Contrastes», dijo reflexivo, «en todo. El Imperio Romano empezó a decaer en Pompeya... antiguos mármoles rotos», dijo triste. Señaló un busto solitario, triste a la brillante luz del Sol. «Una copia de Apolo... el mismo tamaño exactamente, pero...», añadió con expresión de desdén, «con cara de mujer, porque los griegos lo hacían todo tan dulce y suave, pero los romanos lo hacían todo así» —con gesto violento, se llevó la mano hacia abajo desde la barbilla—: «con barbas».

«Eran las exageraciones romanas», continuó al cabo de un rato, «todas las exageraciones en la vida son derrotas y, por tanto, decadencias... Miren», dijo, señalando un ejemplo de ese fenómeno, «la cal es más fuerte que la piedra, las piedras se desgastan y la cal sigue intacta. ¡Atención, señores, la curva!» Guió sus pasos en torno a una columna dórica prerromana. «En italiano decimos en broma "Atención, señores, la curva". Un juego de palabras», explicó. «*Curva* significa también "mujer perdida"...» Se acercaron a un montón de escombros. «Los americanos tiraron bombas aquí… Los americanos son capaces de tirar bombas en cualquier parte», se lamentó con fruición. «Estudiantes paseando por el jardín». Los Fairhaven miraron en derredor, pero no los vieron. «Teatro griego, cuartel de soldados, teatro nocturno, pinos», murmuró. «Donde hay demasiada religión, hay perdición», añadió; «luz blanca y roja y un gallo fuera. ¡Formalidades! Miren, cañerías modernas». Y Roderick reflexionó, mientras contemplaban los trozos retorcidos de grandes cañerías de plomo, sobre que en tiempos los romanos habían tenido —cierto era— cañerías modernas.

Mientras un hombre no haya construido una casa (o ayudado a construirla, pues él había ayudado a los Wilderness a construir la suya) con sus propias manos, pensó Roderick, puede tener una sensación de inferioridad ante cosas como las columnas griegas, pero, si resulta que ha ayudado a construir aunque sólo sea una cabaña estival en la playa, no sentirá inferioridad, aun cuando no entienda en conjunto todo el significado de un templo dórico. El fuste sin base, el capitel y la imposta inferior, para conectar las columnas, al menos resultan claros. El fuste era análogo a los pilares de cedro que ellos habían hundido en la capa sólida de la tierra. Habían logrado los capiteles sin proponérselo, exclusivamente porque resultó que, sin querer, habían hundido demasiado un pilar para que el tirante y el poste estuvieran a escuadra, conque entre el tirante y el poste metieron un bloque. El tirante de madera —un tablón de unos cincuenta o setenta y cinco centímetros— correspondía a la imposta inferior, si bien, de haberlo logrado del todo, el tirante habría descansado directamente sobre el poste; así, pues, el capitel, como algo deliberado, tal vez careciera de función y fuese el resultado de una inarmonía original, cuando se construía con madera; alguien había considerado, tal vez en alguna ocasión en que se había equilibrado un error por un lado con un error similar en el otro, que era una mejora estética. Esos curiosos pensamientos se le ocurrieron a Roderick cuando, inclinado sobre su cámara, estaba intentando enfocar a Tansy y el guía, quienes estaban charlando junto al Templo de Apolo, pues la luz del Sol, que ya se dirigía hacia el Oeste, era adecuada ahora y las ruinas estaban llenas de sombras interesantes, aunque bastante obvias. Por ridículo y rebuscado que pudiera parecer, lo que había estado pensando dio a Roderick, al final, cierto parentesco con los constructores de Pompeya... Pero aquellos pompeyanos, ¿para qué habían construido? ¿Qué instinto era ése que hacía a los hombres agruparse en manadas como perdices, como sardinas en salsa de tomate, aquella cobarde dependencia de la presencia de los otros?

De repente le pareció haber dado con lo que fallaba. Aquello —en Pompeya, en Nápoles— le había sucedido a él, a Roderick McGregor Fairhaven, el visitante de la Última Thule. Lo que representaba era la sensación de que no iba a haber tiempo. ¿Querías amargarte contemplando lo que sólo temporalmente se había conservado, lo que al final estaba condenado? Y Roderick no pudo por menos de preguntarse si no estaría el hombre también empezando a mantener, en algún sentido profundo, inexplicable, una relación imperfecta y desplazada, fundamentalmente semejante, con su medio ambiente, como él. El hombre ocupó en tiempos el centro del Universo, como los poetas isabelinos ocuparon el centro del mundo, pero la diferencia entre las ruinas debidas al hombre y las ruinas de Pompeya era la de que no se habían considerado las debidas al hombre dignas de conservación en su gran mayoría o se las habían llevado. ¿Habría desaparecido junto con las ruinas algún componente precioso del hombre? En parte era como si el hombre construyese teniendo presentes las ruinas... ¡Ver Nápoles y morir!

«Gracias, Tansy querida», dijo Roderick, al tiempo que apretaba el disparador. «¿Puedo tomar ahora una de usted solo, *Signor*?»

«Sí», dijo el guía, acabando, evidentemente, algo que estaba diciendo a Tansy. «Sí, yo soy un pompeyano».

Y de repente, riendo, como para agradarles, el guía, aquel hombre perfectamente adaptado, hizo un saludo romano y Roderick le tomó la instantánea allí parado —con el brazo derecho alzado, por lo que la americana le quedaba muy tirante bajo los brazos y los papeles le sobresalían del bolsillo— entre las columnas del demolido Templo de Apolo.

«Le estamos de verdad muy agradecidos por todo, *Signor*», dijo Roderick, al tiempo que hacía correr el carrete y se guardaba la cámara en el bolsillo.

Estaban a punto de abandonar Pompeya por la Porta Marina y el *Signor* Salacci les dijo: «La puerta está construida como un embudo, para la ventilación, para absorber el aire fresco del mar que sube hacia la montaña y ventila la ciudad... la calle está muy ladeada hacia la derecha, por lo que, cuando llueve, el agua corre hacia la derecha, y se puede caminar por el lado izquierdo, seco».

«Los esclavos y los animales, por un lado», les recordó, cuando se dieron la mano en la entrada; «las personas, por el otro».

234

Se quedaron los tres mirando hacia atrás, por encima de la ciudad antigua, hacia el Vesuvio y Roderick preguntó:

«¿Y cuándo cree usted que va a haber otra erupción, *Signor*?»

«Ah...» El *Signor* Salacci movió la cabeza con expresión sombría y después, mientras miraba a la montaña, se le dibujó en la cara una expresión de inmenso orgullo. «Pero si fue ayer», dijo, «¡ayer dio la gran sacudida!»

GINEBRA Y VARA DE ORO

Era un día cálido, nublado, pero apacible, de mediados de agosto. Más que nublado, el cielo estaba simplemente cubierto de un gris perlado y uniforme, como el interior de una concha de mar, según dijo Primrose. El mar, donde lo veían por entre los inmóviles árboles encorvados, estaba también gris y la bahía parecía un espejo de metal pulido en el que se veían, claros e inmóviles, los reflejos de las montañas de un gris plomizo. En el bosque había una gran quietud, como si todos los pájaros y animalitos lo hubieran abandonado, y las dos figuras del hombre y su esposa que caminaban por el estrecho sendero, y su gatito, que saltaba a su lado, parecían las únicas cosas vivas, por lo que, cuando una culebra de jaretas, bermeja, negra y blanca, pasó serpenteando por entre las hojas y ramitas secas, sonó tanto como un ciervo pisando los helechos.

Primrose buscaba por todos lados la pareja de jilgueros cuyo nido, con sus exquisitos huevos de un blanco azulino pálido, habían descubierto en un saúco a menos de dos metros del suelo en mayo y que habían contemplado con deleite durante todo el verano, pero no se veían los pájaros por ningún lado.

«Nuestros queridos jilgueros se han ido a Alcapacingo», dijo Primrose.

«No tan pronto... Se han ido simplemente porque ya no les gusta este lugar, con todas esas casas nuevas que están construyendo y sus antiguos refugios destruidos».

«No te pongas pesimista, Sig querido. Todo saldrá bien».

Primrose y Sigbjørn Wilderness estaban acercándose ya al grupito de casas situadas junto a la linde del bosque. El gato, negro y blanco, con bigotes de color platino, se había quedado olfateando un macizo de claytonias. Se negaba a seguir adelante. Después desapareció. Sigbjørn y Primrose salieron del bosque a un paraje en el que estaban despejando el terreno y después, como por acuerdo mutuo, giraron antes de llegar a la tienda que había aparecido a la vista —y que estaban desmontando en parte para ampliarla— y se internaron por otro sendero lateral a la izquierda. En tiempos también ese sendero transversal conducía al bosque, pero habían despejado el terreno a un lado para construir. Habían dejado los arbustos y todavía era un camino agradable con sus frondosos frambuesos negros y rojos, que en invierno y con la escarcha formaban, a la luz de la Luna, un billón de lunas.

Los condujo abruptamente a una carretera polvorienta, a ambos lados de la cual había, hasta perderse de vista, secciones de tuberías marrones de desagüe y un letrero que decía: *A Dark Rosslyn*.

Ahora las emociones de Sigbjørn eran enteramente las del gato... o las que el gato habría experimentado, si hubiera tenido tan poco sentido común como para acompañarlos hasta allí: terror, miedo, recelo, rabia, angustia y un odio tan puro en su intensidad, que casi resultaba hermoso experimentarlo. Era un domingo por la tarde y ahora los coches pitaban y pasaban zumbando en una barahúnda prácticamente continua y cada uno de ellos levantaba su propio ciclón de polvo de la carretera, ante el cual los dos tenían que detenerse constantemente y volver la espalda. El autobús con destino a Dark Rosslyn pasó por delante de ellos, gruñendo como un animal salvaje atropellado y dejando una estela de aire que agitaba los árboles unos momentos, pues volvía a haber árboles ahora, a ambos lados de la carretera, en un corto trecho y después, donde había estado el bosque, por entre el cual habría continuado su sendero, había una extensa zona de escombros de entre los cuales sobresalían, como alcanzados por el rayo, tocones de árboles, ennegrecidos, huecos, algunos de ellos con formas de cactus. Muy cerca, junto a la carretera, sin pensar en la intimidad, ya se habían construido algunas casas nuevas, pero no habían dejado, como ordenaba la ley, árboles junto a ellas. No obstante, la destrucción del bosque había abierto una magnífica vista de las montañas y la ensenada que antes resultaban invisibles desde la carretera y habría sido de esperar que todas aquellas señales de crecimiento y reconstrucción no hubieran producido otra cosa que desesperación. A cada lado de la carretera, un ligero declive bajaba hacia lo que, en otras estaciones, era un arroyuelo, ahora seco y repleto de maleza. Primrose, buscando flores silvestres dondequiera que quedase un rastro de humedad en aquellas zanjas, iba y venía de un lado al otro de la carretera o incluso se paraba, distraída, en el medio para buscar en los dos lados. En esos momentos, Sigbjørn le gritaba o incluso la cogía por la cintura o por el hombro y la hacía a un lado. «¡Cuidado!» «Dios mío, que viene un coche...» «¡Primrose! Que viene...» «Ya lo sé. Mira, querido...» y volvía a lanzarse, rauda y grácil, con sus pantalones de pana escarlata.

Como de momento iban caminando en fila india y ella por delante de él —aunque, siempre que pasaba un coche, él casi saltaba al declive—, el objeto de la ansiedad de Sigbjørn pasó a ser su lugar de destino en Dark Rosslyn. Dudaba de su capacidad para encontrarlo en el laberinto de carreteras que recorrían la falda de la montaña, en la linde del pueblo, se preguntaba si reconocería la casa por entre los borrosos y dolorosos recuerdos del domingo anterior y, sintiendo aún en el costado derecho el dolor de la caída en el obscuro bosque, empezó a sudar. Ahora quería quitarse la camisa, sabiendo que, si se lo decía, Primrose le replicaría resuelta: «Claro, ¿por qué no?», pero sintiéndose en cierto modo incapaz de hacerlo en aquella carretera principal.

Pasaron ante la oficina de la Compañía de Construcción y Venta de Rosslyn Park —*Rosslyn Park, Infórmese aquí, Parcelas con vista panorámica. Viviendas de protección oficial. Al conta-*

*do o a plazos—: por delante del espantoso tajo de árboles talados, tierra pelada, abierta y fea, cruzada por carreteras polvorientas y salpicada de horrendas casas nuevas donde pocos años antes se encontraba el hermoso bosque que tanto les encantaba.

¡Precaución! ¡Obras! —decía un letrero—. *Arcén blando. Prohibida la entrada: propiedad privada.* Y ahora la carretera estaba medio arrancada y estaban llenando las zanjas, donde había estado el arroyo y donde en tiempos crecían las flores silvestres de primavera, con tuberías para llevar agua y todas las comodidades comerciales y las instalaciones sanitarias de la civilización a lo que en tiempos había sido el remanso de paz y soledad de ellos. Allí, en un tajo particularmente perverso, donde crecían algunos cardos y enormes dientes de león, vieron sus jilgueros alimentándose entre ellos y se detuvieron. Entre ellos había un nuevo pájaro, como un diminuto gorrión con rayas amarillas y negras, y Primrose volvió a cruzar la carretera, seguida de Sigbjørn, que miraba a los dos lados a la vez.

«¡Mira! Es un vencejo.»

«Un vencejo es como una rata.»

«Sí, es verdad, pero existe un pájaro llamado vencejo purpúreo».

«Querrás decir un pinzón americano».

«Claro, pero, ¿qué hace aquí, en la costa? Sólo viven en las altitudes máximas. ¡Oh, qué mono es!».

El pinzón americano salió como una flecha y siguieron su camino dejando ya atrás, gracias a Dios, el final del nauseabundo Rosslyn Park y la nueva y pequeña "cafetería" —Sigbjørn la miró con puro odio: era domingo, pero, en cualquier caso, sólo se podía comprar Coca—Cola y Seven—Up—, la gran escuela nueva y un gran bloque de hormigón de angustioso recuerdo y llegaron a un corto trecho aún relativamente preservado. ¿Qué quería decir con eso: «relativamente preservado»? ¿Serían las sensaciones de horror de verdad auténticas? El Canadá era, en verdad, un país bastante grande para saquearlo, pero sus leyendas, casi toda su historia más valiosa y heroica, era la de un saqueo, en una forma u otra. Ahora bien, el hombre, por mucho que viviese en la naturaleza salvaje, no era un pájaro ni un animal salvaje. La conquista de la naturaleza salvaje, ya fuese real o mental, formaba parte de su proceso de autodeterminación. Se trataba de un problema antiguo que volvía a hacerse realidad: el progreso era el enemigo, no estaba haciendo al hombre más feliz ni más seguro. La destrucción y la vulgarización se habían vuelto un hábito. Como tampoco —aunque habían encontrado como una paz, como un cielo, y ahora volvían a perderlo— habían buscado paz ellos, muy conscientemente. No obstante, no pudo por menos de pensar en el verde encanto de su bosque perdido, etcétera, etcétera, y todos aquellos lugares comunes y contradictorios le zumbaban en la cabeza, mientras seguía a Primrose, que había encontrado un hoyo en el que persistía un charco del arroyo y, protegida del polvo y del calor del verano, una masa de azules nomeolvides silvestres brillaba reluciente y lozana entre húmedo musgo esmeralda y, a su lado, una verónica americana.

Pero Sigbjørn no podía bajar y cogerlas para ella, no podía siquiera recordar su nombre, aunque él mismo había encontrado por primera vez esa flor en junio y la había identificado. Ahora no las quería, dijo Primrose, se habrían marchitado todas antes incluso de que llegaran a Dark Rosslyn; tal vez pudiera cogerle algunas a la vuelta. Y ahora Primrose había visto algunas varas de oro que crecían entre un gran macizo de perladas siemprevivas: las primeras de aquel año. Las cogerían también a la vuelta.

«Tengo incluso más dudas ahora», dijo Sigbjørn.

«¿De qué?»

«De poder encontrar la casa».

«Pero si esta mañana he llamado al taxista. Tú me dijiste que lo hiciera. Le he dicho que pasaríamos esta tarde. Él sabe dónde es, ¿no?»

«No creo que pueda volver a mirarlo a la cara... con su sonrisita de perdonavidas», añadió.

«La casa del taxista está ahí delante, mi amor. Vamos, va a ser sólo un momento».

«Además, es que quería ahorrar dinero», dijo Sigbjørn.

«¡Ahorrar!»

«No te enfades. Estoy seguro de que puedo encontrarla», dijo Sigbjørn, parado en el cruce. «Es por ahí arriba y a la izquierda, me parece».

«Bueno, pero... ¿es muy lejos?», dijo Primrose con desconfianza.

«No demasiado lejos. En fin... tal vez un poco lejos, pero, si no la encontramos, siempre podemos volver a coger el taxi».

Primrose vaciló y después lo cogió del brazo y se internaron por el camino adyacente. Era un camino sin asfaltar y polvoriento, pero al menos se habían librado del tremendo tráfico y del taxista y Sigbjørn se sintió un poco mejor y casi esperanzado, pero la intromisión del taxista le molestaba y confundía. ¿Por qué habría dicho a Primrose que llamara al taxista? Le parecía recordarlo en relación con lo del domingo pasado, pero la relación entre el taxista y el objeto de su visita era imprecisa. No obstante, había tenido suficiente conciencia de esa relación para considerar conveniente que Primrose lo telefoneara y, además, convenía no olvidar que en modo alguno habría conseguido —le había parecido— llegar a pie.

El camino bajaba por un corto trecho hacia el mar, giraba bruscamente a la derecha y después a la izquierda otra vez y ahora tenían delante una larga cuesta empinada. La contempló consternado, pues no la recordaba de nada. ¿Habría sido por allí? ¿O debería haber tomado aquel otro camino a la izquierda, como parecía, según Primrose, más probable? Vaciló, mientras oía el lejano ruido del tráfico: los cláxones sonaban como armónicas combinadas.

«No, estoy seguro de que es por aquí. Vamos», dijo Sigbjørn y se pusieron en marcha cuesta arriba con tenacidad. Ahora, tras haber dejado atrás el tráfico, se lanzó sobre ellos una demencia suburbana: casas bajas y feas, la tierra despejada, herida y pelada, dejada sin árboles que dieran sombra o intimidad o belleza, o salpicada con tocones medio quemados y basura. *Wy Wurk*,[2] *Wy Wurry*[3] *Amble Inn*[4] (otra vez), *Dew Drop Inn*[5], *Dunwoiken*[6], *Kozy Kot*[7], coronado por la obra maestra: *Aunty So—Shall*[8], pero, detrás de cada uno de aquellos horrores burgueses, seguía el obscuro bosque, esperando —¡ojalá!— para vengarse.

Siguieron caminando despacio cuesta arriba y entonces Sigbjørn empezó a sudar de verdad, pues hacía calor allí, un calor húmedo y sofocante que volvía el aire espeso y difícil de respirar y de nuevo le dolía el costado. Se volvió, inquieto, a mirar a Primrose, que se había quitado la chaqueta de pana escarlata y caminaba tras él jadeando y con el ceño fruncido, pues, aunque le gustaba caminar, detestaba subir cuestas y en aquel momento quería que él se enterara bien. Sigbjørn siguió adelante, pero ya se estaba dando cuenta de que ella tenía razón: el camino se alejaba serpenteando de Dark Rosslyn y en dirección a su casa. pero allí también, justo donde torcía el camino, había un rústico arco de madera a la izquierda con el letrero *Whytecliffe Resort, Escuela de equitación. Se alquilan caballos por días u horas. Bebidas.*

Sigbjørn esperó, apesadumbrado, hasta que Primrose lo alcanzó.

«Bueno, ¿qué?», dijo ella. «¿Pasaste por Whytecliffe?»

«No creo. No».

«Eso lo recordarías seguro», dijo Primrose señalando al arco.

«No sé... pero igual podríamos ir a ver».

«Ve tú entonces. Yo voy a sentarme aquí a recuperar el aliento».

Altos cedros, pinos de Oregón, se alzaban allende el arco, como vio al subir por el camino de herradura, y estaba un poco

---

[2] *Wy Wurk* (por *Why Work*): "¿Por qué trabajar?"

[3] *Wy Wurry* (por *Why Worry*): "¿Por qué cavilar?"

[4] *Amble Inn* (por *Come In*): "Entrad sin llamar".

[5] *Dew Drop Inn* (por *Do Drop In*): "No dejéis de pasaros por aquí".

[6] *Dunwoiken* (por *Done Working*): "Se acabó el trabajo".

[7] *Kozy Kot* (por *Cozy Cot*): "Kómodo Katre".

[8] *Aunty So—Shall* (por *Anti—Social*): "Antisocialata".

más fresco, una brisa procedente del mar, allá abajo, refrescaba el aire y ahora podía ver la bahía debajo de él y, a saber por qué, eso le hizo sentirse mejor. Allí, debajo de él y a la derecha, estaban los establos; había gente montando en caballos y desmontando y llamándose y una pareja joven montó y subió al paso hacia él: «¿Qué hago?» «Tira de la rienda derecha simplemente y él lo hará todo por ti». Y, además, era cierto: tras montarlo, el caballo haría todo por ti, incluso lanzarte por el aire. Resultaba difícil irritarse con un lugar en el que se podían alquilar caballos o ver una escuela de equitación como síntoma de modernidad. Primrose y él siempre hablaban de montar a caballo juntos, aunque nunca lo habían hecho, ¡y cuánto mejor empleado habría estado el dinero allí, con ella! En fin, de nada servía mirar, sabía que no había sido allí donde había estado el domingo anterior y dio la vuelta.

«¿No es aquí donde ahora vive Greenslade... por Whytecliffe no sé cuántos?», dijo Primrose, cuando Sigbjørn regresó al arco.

«Creo que sí... Sí».

«Podríamos ir a buscarlo entonces. Debe de saber dónde es».

«¡No!», dijo Sigbjørn. «No. Yo lo encontraré, por el amor de Dios... o vamos a buscar al taxista. Vamos».

«Pero Greenslade estaba contigo. Tiene que saber...»

«No». Sigbjørn comenzó, distraído, a bajar la cuesta. «Tú misma dijiste que no. Dijiste que preferirías estar en el Infierno a volver a ver a Greenslade».

«Es un hombre horrible».

«Siempre cotorreando sobre los beneficios de la civilización. ¡Qué fácil le resulta hablar de los beneficios de la civilización a gente que nunca ha conocido los beneficios, mucho mayores, de no tener nada que ver con ella!»

A media cuesta, Primrose lo cogió del brazo de pronto.

«Mira, Sigbjørn, ahí... esos pájaros con las rayas blancas en la cola».

«¿Gorriones americanos?»

«No. No tienen tanto blanco. Oh, ¿cuáles son?»

«Bisbitas. Algún tipo de bisbitas. Bisbitas americanas», dijo Sigbjørn, al tiempo que los pájaros se posaban en un aliso cercano. «Sí. ¿Ves cómo mueven la cola?».

«¡Qué listo eres...!», dijo Primrose, al tiempo que apretaba el brazo de él contra sí. «Y valiente también. Creo que eres estupendo. Sé que esto te resulta horrible».

«Gracias. Creo que tú también eres magnífica, pero todo esto no resulta fácil y no sé por qué lo hago».

«Pero dijiste que querías empezar de nuevo, dijiste que iba a ser...»

«Sí, iba. Lo es.»

«*Watz–it–2–U*[9]» ¿Y a ti, qué? Frente a esa casa, un poco más adelante, salía a la derecha un camino estrecho y lleno de baches y Sigbjørn volvió a detenerse; no lo recordaba y, sin embargo, tenía la sensación de que el lugar quedaba en esa dirección. En el punto en el que desembocaba el camino había una casa de piedra en construcción. Estaban puestos los cimientos, las paredes en parte levantadas, los huecos de las ventanas habían cobrado su forma cuadrada u oblonga y dentro de aquella casa a medio construir había tres personas: un hombre, su mujer y un niño de unos siete u ocho años. Se paseaban por ella, se inclinaban sobre los alféizares, ahora señalaban hacia donde estaría el techo y cada uno de sus gestos y expresiones revelaba tal esperanza, entusiasmo y gozo, que Sigbjørn dio media vuelta: aun cuando el destino de aquella casa fuera el de llamarse *Amble Inn*, no estaba bien contemplarlos así —le pareció— por horripilante que fuera su nidito.

Se alejó rápidamente, pero en una curva pronunciada del camino se detuvo de pronto ante tres casas delante de las cuales parecía haber un policía o un hombre en mangas de camisa y con gorra azul de la marina, parecida a la de un policía. Se volvió y casi corrió hasta donde se había quedado Primrose, pasada la curva, contemplando más varas de oro.

---

[9] *Wats–it–2–U* (por *What's it to you*): "Y a ti, ¿qué?"

«Creo que es por aquí, pero hay un policía ahí...»

«¿Un policía? ¿Dónde?»

Primrose avanzó hasta girar en la curva y después se volvió y le hizo señas. El policía era un taxista, pero no era el «suyo». Era un desconocido, probablemente de la ciudad, pero, si no era un policía, ¿qué hacía un taxista allí, en aquel lugar? ¿Y qué hacía aquella otra gente que andaba por allí tan campante, pero, por decirlo así, aparentando demasiado manifiestamente no mirar?... Pero no, el taxista acompañaba simplemente a dos señoras mayores que miraban con bastante curiosidad a Sigbjørn, o al menos eso parecía, y volvió a apresurarse a dejar atrás las tres casas y empezó a subir otra cuesta que se perdía en la distancia, pero, en la cima de aquella cuesta, el camino seguía en dirección a la carretera y, ¡oh, Dios mío!, quedaba por delante otra cuesta muy larga y empinada.

«No. Me niego», dijo Primrose. Dio una patada en el suelo. «Si hubiéramos tomado el taxi, ya habríamos llegado y habríamos acabado. Me niego...»

«Por favor. Oh, por favor, Primrose. No te enfades. En realidad, estoy seguro de que es ahí abajo», gritó Sigbjørn con un suave susurro. «Mira, tal vez sea...»

«Me niego...»

«¡Huy, la Virgen! Has dicho que no querías ver a Greensdale y yo estoy haciendo todo lo que puedo, ¡la Virgen!, y creo que ésa es la casa, ¡la Virgen!».

Podía ser. Apretó el paso y se detuvo en una esquina en la que otras tres casas formaban un callejón sin salida en forma de T. Allí era... ¿O no? Allí estaba aquella casa junto a la cercana esquina, una casa de madera y de techo alto, que necesitaba una buena mano de pintura, con un patio desnudo y lleno de trastos en el que un gatito negro y un cachorro jugaban juntos y una niña que jugaba con una sierra se los quedó mirando.

«Bueno, ¿qué? ¿Es aquí?», dijo Primrose al alcanzarlo, pálida y con los labios apretados.

«¡Oh, calla, mujer! Has insistido en acompañarme, ahora podrías...»

«¿Cómo?»

«Oh, por el amor de Dios, Primrose».

«¡Yo qué voy a insistir! Sabes de sobra que me pediste que viniera, Sigbjørn...»

Sigbjørn, profundamente exasperado y mortificado por su injusta y falsa acusación a Primrose, echó un vistazo desesperado en derredor, corrió hasta la puerta y llamó con fuerza.

«¿Por qué no probamos por la puerta trasera?», propuso Primrose al cabo de un rato.

La puerta trasera estaba abierta, por lo que pudieron ver una cocina obscura y sucia, con platos sucios y migas de pan rancio y comida en el suelo y en la pila. Sonaba una radio con el volumen alto. Sigbjørn volvió a llamar. Una tetera colocada sobre el fogón ofrecía un engañoso aspecto de desaliñada inocencia y, aunque el lugar no le resultaba desconocido, seguía sin estar seguro. Y si no contestaba Al —¿Al?—, ¿por quién demonios iba a preguntar? Se sacó la carta del bolsillo e intentó de nuevo descifrar la firma: «Estimado Sigbjørn: Me preguntó usted cómo podía enviarme los 26 dólares. Su mujer insistió de tal manera en que me fuera la otra mañana, que se me olvidó dejarle mi dirección. Es: F. Landry (¿Landing? ¿Fanbug?), Apartado de correos 32, Dark Rosslyn. Atentamente». Debió de sentirse presa de la misma insistencia, pues pareció que se alejaba de la puerta y estaba pensando en si dar la vuelta y dirigirse a la puerta delantera.

De repente Primrose le cogió el brazo y después le besó en la mejilla. «Ánimo, Sig querido, en seguida habremos acabado, valiente».

Sigbjørn respiró profundamente y volvió a llamar, con fuerza; por la parte delantera de la casa apagaron la radio y se oyeron pasos. Sigbjørn se volvió.

«Prometiste», susurró, «prometiste ser amable... y tomar una copa con él, si nos la ofrece».

Y en aquel momento apareció alguien, un hombre, el llamado Al, un tipo bajo y musculoso, despeinado y con pantalones arrugados, tirantes sobre una camisa con manchas y con zapatos abarquillados en la punta y con una suela rota. Sigbjørn sintió que Primrose se ponía rígida detrás de él, al tiempo que se fijaba atentamente en todos los detalles de su gruesa boca medio abierta, sus dientes descuidados y ojos entornados.

«Hola», dijo Sigbjørn.

«Hola. Pasen». Abrió la puerta y entraron en la sórdida cocina, donde Primrose se sentó en silencio en una silla y Sigbjørn se quedó de pie junto a la pila. «No tengo nada aquí», estaba diciendo el hombre, «pero Al puede ir a buscarles una botella».

Sigbjørn, que había creído que aquel hombre era Al, se sintió confundido y ahora el faro de la posible copa en casa del contrabandista de alcohol que había brillado ante él durante todo el camino había desaparecido. Recordó la casi desahuciada, casi vacía, botella en casa y miró a Primrose, pero ésta estaba mirando por la puerta: su claro y frío perfil y la vidriosa y educada sonrisa que le ofreció le hicieron abandonar toda esperanza por ese lado.

«He venido a pagarle lo que le debo del domingo pasado», dijo Sigbjørn. «Aquí tengo su carta».

«¿Ah, sí? Lo he dejado. En fin, lo he dejado por un tiempo, en cualquier caso. Después del domingo pasado, pero no había prisa. Podría haberme enviado un cheque o algo así».

«¿De verdad le debo veintiséis dólares?»

«Exacto. El domingo pasado se bebieron ocho botellas de ginebra aquí. La primera vez que serví copas en mi casa. Intenté, verdad, hacer que se marchara usted, pero entonces llegaron los indios».

«¿Los indios?»

«Sí, sí».

«Pero yo pagué las dos primeras botellas. Tenía el dinero, ¿recuerda?», dijo Sigbjørn. «Y Greenslade pagó las suyas, ¿no? ¿O no las pagó?»

«Sí que las pagó, pero se fue: después de la primera botella se marchó. No bebió tanto. Cogió su botella y se fue, pero usted no se fue. Usted quería llevarse aquellas dos botellas a casa para bebérselas con su esposa, ¿recuerda? Pero entonces llegaron aquellos indios y se puso usted a invitarlos y eso es mal asunto. Ya sabe usted cómo son los indios. Es peligroso. Yo estaba en ascuas».

«Siento haberle causado molestias», dijo Sigbjørn.

«Oh, no se preocupe, amigo, pero nunca he visto a un hombre beber tanto y mantenerse sobre sus pies. Los indios cayeron redondos: uno se quedó tirado en el suelo ahí, ¿recuerda? Y se estaba poniendo la cosa fea: ya sabe usted cómo son cuando beben. Se sienten insultados».

«Ya lo creo», dijo Sigbjørn. «Huy, por Dios...»

«Dar bebida a indios, eso es mal asunto. Intenté sacarlo a usted y después hacer que se tumbara un poco y usted decía: "Me voy a tumbar a dormir exactamente veinte minutos y después me voy a levantar y a tomarme otra copa". Y, por Dios bendito, eso exactamente es lo que hizo. Nunca he visto una cosa igual, señora». Se volvió hacia Primrose. «Eso fue lo que hizo exactamente. Veinte minutos exactamente».

«Sí», dijo ella.

«Bueno, pues, mire, me da rabia ver a alguien víctima de unos aprovechados. Aquellos indios deberían haber pagado una parte. Ya sabe usted que, cuando se lo vendo yo en un domingo, es decir, cuando están cerradas las tiendas de bebidas, tengo que cobrar un poquito más: en fin, ya sabe usted... Pero, mire, ¿sabe lo que le digo? Que podríamos dejarlo en veinte, ¿qué le parece?»

«Gracias... ¿Cómo pude gastar treinta y nueve dólares?»

«Pues mire, amigo, se los bebió usted. Nunca he visto a nadie beber pero lo que se dice tanto y mantenerse sobre sus pies. Llamé a un taxi y lo llevé a su casa, ¿recuerda? Es decir, que lo dejé allí, junto a la tienda, y usted me dijo que podía hacer el resto del camino perfectamente. Y le puse una botella en el bolsillo, quería usted llevársela a su mujer. ¿Llegó usted con ella a casa?»

«Me perdí por el bosque».

«Ha sido la primera vez que te ha ocurrido», dijo Primrose.

«¡Vaya por Dios!» El hombre sonrió. «¡Pues sí que le costó, amigo! Pero, ¿llegó a casa bien?»

«Sí, llegué a casa bien. Ya me vio usted la mañana siguiente. Quiero decir: dos días después por la mañana». Sigbjørn miró al suelo: pero no aquella noche. ¿Dónde habría pasado aquella noche, en realidad? ¿Habría dormido en el suelo? ¿Se habría bebido la botella? ¿Dónde se habría caído? Y la chaqueta nueva, tan preciada porque se la había regalado Primrose por su cumpleaños y que aquella noche era la segunda vez que se ponía...

«Lo he dejado», estaba diciendo el hombre a Primrose ahora. «La persona de la casa de al lado es muy religiosa... uno de aquellos indios se cayó fuera y empleó un lenguaje bastante obsceno...»

¿Y por qué no?, pensó Sigbjørn. ¿Por qué no, por Dios? Y recordó la época en que los ciervos solían bajar por el bosque y cruzar la bahía a nado y en Dark Rosslyn no había contrabandista alguno de alcohol que te vendiera aguardiente los domingos o, si vamos al caso, tampoco había razón para beberlo. ¡Qué fácil es emitir juicios al respecto! Hecha la deducción, otra mentira correría hacia su perdición total, en caso de ser totalmente falsa: la perversión estriba en su media vida, donde se fusiona con todas las demás medias verdades y cuartos de verdad para confundirnos, el medio unificador de las supersimplificaciones en que vivimos. En épocas de prohibición, en las grandes ciudades, el contrabandista de alcohol desempeña una función; en épocas de prohibición parcial, tiene otra; los domingos, allí donde hay una prohibición dominical, es un salvador secular. En las zonas rurales, el contrabandista de alcohol es tan fundamental como la prostituta en la ciudad...

«He estado de soltero durante tres semanas: mi mujer está en Saskatoon. Por eso está esto hecho una leonera», estaba diciendo el hombre para disculparse a Primrose y después a Sigbjørn: «Bueno, lo dejaremos en veinte dólares, ¿le parece bien? ¿Y sabe lo que le digo? A uno de aquellos indios lo conozco bastante bien y tal vez pueda sacarle una botella para que contribuya a pagar su parte. Si puedo, se la llevaré, ¿qué le parece?»

«Muy bien», dijo Sigbjørn, al tiempo que le entregaba los veinte dólares.

Primrose fue hasta la puerta. «Parece que va a llover», dijo, «deberíamos ponernos en marcha».

«Bueno, pues, adiós».

«Hasta pronto, amigo. Nos veremos en la cárcel».

«Ja, ja».

«Ja, ja».

Sigbjørn y Primrose Wilderness bajaron uno al lado del otro y en silencio por el camino hacia la larga cuesta hasta que estuvieron fuera de la vista de las casas. Entonces Primrose abrazó de repente a Sigbjørn.

«Querido Sig, perdóname, por favor, por ser tan tonta. He sido una verdadera tonta, ¡y por Dios que lo siento! Di que me perdonas».

«Pues claro. Yo también he estado asqueroso».

«No, tú no. Has estado valiente. Sé lo horrible que era para ti y... ¡me parece que has estado imponente!»

«Ahí están las bisbitas otra vez... mira».

«Sí que lo son».

«*Watz–it–2–u* ¿Y a ti qué?»... Caminando cogidos de la mano, llegaron al final de la cuesta y había un nuevo sendero que enlazaba por el bosque con la carretera, un atajo que eludía la cuesta. «Pero, Primrose, mi amor, tal vez sea propiedad privada. ¿Y si acaba en el jardín de alguien?»

«No lo dice. Oh, anda, Sigbjørn, vamos a probar».

Primrose empezó a bajar por el sendero, que, aunque muy ancho al principio, iba estrechándose y cubriéndose de maleza, si bien oían, más adelante, los obscenos resoplidos del tráfico de la carretera. Después el camino desembocaba de repente en un jardín y ahí, delante de ellos, había una mujer, azadonando. Sigbjørn y Primrose empezaron a disculparse al mismo tiempo, pero la mujer se irguió y sonrió.

«Oh, no se preocupen. De vez en cuando alguien llega hasta aquí por ese sendero. Pueden pasar por aquí hasta la carretera. Den la vuelta al garaje por ahí y bajen por la entrada de coches».

Le dieron las gracias y Sigbjørn tomó la delantera y Primrose lo siguió.

Una vez más estaban en la carretera, empujados al lado del declive por los coches que pasaban. Primrose iba recogiendo perlinas siemprevivas y altos asteres purpúreos y polvorientos, era ella la que los recogía, porque Sigbjørn apenas podía doblarse por el dolor en el costado, conque se los llevaba y caminaba detrás de ella. *Kozy Kot. Amble Inn.*

Empezó a caer la lluvia, suave, ligera y fresca, una bendición. Llegaron al pequeño refugio, hecho con tablones, de la parada del autobús y se detuvieron un momento, al ver que se acercaba el autobús.

«¿Cogemos el autobús?»

«Oh, no. Vamos andando».

«Pero te vas a mojar. ¿No se te estropeará la ropa?», dijo Sigbjørn, pues le encantaban sus pantalones y chaqueta de pana escarlata.

«Ésta, no. De todos modos, no creo que vaya a llover fuerte. ¡Y, además, es que quiero coger unas varas de oro!»

El autobús pasó zumbando y apartaron la cara ante aquel nauseabundo olor y estruendo que, según observó Proust, el progreso nos ha enseñado a creer que también era nostálgico. Por la carretera procedente de la ciudad apareció una ambulancia silenciosa que parecía —pensó Sigbjørn— un coche fúnebre y se detuvo delante de una casa en la esquina.

«Mira...», dijo Primrose. «¿Recuerdas aquel hombre que solía estar sentado en ese porche escribiendo a máquina siempre que pasábamos?»

«Oh, sí... con aquella grande y pesada máquina de escribir de oficina. Espero que no...»

Se detuvieron a mirar al conductor de la ambulancia, que conversaba con una mujer de cabello gris en el porche, pero parecía que sólo estaba preguntando por alguna dirección y siguieron su camino, confusamente aliviados de que no fuera el hombre de la máquina de escribir, con el que nunca habían hablado una palabra.

Primrose caminaba delante, llevando un tallo de sanguiñuela escarlata, la especie de cornejo diminuto que habían descubierto cierta primavera, y Sigbjørn detrás, llevando las varas de oro. Iba contemplando a Primrose con sus pantalones escarlata y el pañuelo que ahora llevaba a la cabeza para protegerse de la lluvia, que era escarlata, cobalto, esmeralda, negro, blanco y oro con el dibujo de un curioso pájaro con pico de color cobalto y patas esmeralda.

«Tengo que hacer una confesión, Sigbjørn», dijo.

«¿Puedo saber cuál?»

«No perdiste aquella botella de ginebra. Me la diste cuando volviste la mañana siguiente, pero la guardé y tú creíste que la habías perdido».

«Entonces todavía la tenemos».

«Claro y podemos tomar un cóctel, cuando lleguemos».

«¡Qué buena chica!».

Entraron en su propio bosque y el gato acudió brincando a recibirlos. En el fresco ocaso lluvioso y plateado del bosque empezó a florecer de nuevo como una esperanza.

EL SENDERO POR EL BOSQUE
HASTA LA FUENTE

Para Margerie, mi esposa

Todos los días, al atardecer, iba yo a buscar agua pasando por el bosque.

El camino desde nuestra cabaña era un sendero que serpenteaba a lo largo de la ribera de la ensenada por entre zarzas, breñales y frambuesos, con el mar debajo a la derecha y los techos de tablillas de las casas, construidas todas ellas abajo, en la playa, en torno a la medialuna de la bahía.

Muy arriba se balanceaban con suavidad las cimas, como calcés, de los árboles: pinos, arces, cedros, pinabetes, alisos. Muchos de ellos eran de segundo crecimiento, pero algunos de los pinos eran gigantescos. De vez en cuando se talaban los árboles, si bien los huecos que dejaban los leñadores no tardaban en quedar ocultados por jóvenes abedules y enredaderas, que crecían veloces.

Más allá, en dirección de la fuente, los árboles, hilera tras hilera celestial, atestaban las montañas, cuyas cumbres estaban cubiertas de nieve gran parte del año. Al atardecer, se ponían de color violeta y con frecuencia parecían llamear, con las blancas llamas de la neblina. A veces, por la mañana temprano, aquella neblina parecía la enorme colada familiar de los Titanes, puesta a secar entre los pliegues de sus colinas inferiores. Otras veces, todo era un caos y las valquirias de unos cielos que no cesaban de cargarse de nubes lanzaban sus ofensivas tormentosas entre ellas.

Con frecuencia lo único que se veía en todo aquel panorama al amanecer era un Sol enorme con dos pinos recortados ante él, como un gran incendio tras una catedral gótica. Y por la noche los mismos pinos escribían un poema chino sobre la Luna. Los lobos aullaban desde las montañas. En el sendero hasta la fuente, las montañas aparecían y desaparecían por entre los árboles.

Y también, al anochecer, llegaban las gaviotas, que regresaban a casa, por la ensenada, de su excursión diaria a la costa de la ciudad, cuando el viento gemía por entre los árboles, como impelido por una catapulta.

No cesaban de acudir volando desde el Oeste con sus angélicas alas, derechas unas hacia la ensenada, planeando otras por sobre los árboles y otras más lentas, separadas, escalonadas, o a una altura vertiginosa: un disperso maratón de gaviotas.

A la izquierda, semiocultas entre los árboles en actitudes de intimidad monolítica, como celdas monásticas de anacoretas o santos, se encontraban los excusados de madera de las cabañitas.

Eso era lo que se veía desde el sendero, que no sólo era el camino hacia la fuente, sino también una fracción del único sendero por el bosque entre las diferentes casas de Erídano, y, cuando la marea estaba alta, era el único camino para llegar, de no hacerlo en barco, hasta los vecinos.

No es que tuviéramos demasiados vecinos. Durante la mayor parte del año, estábamos con frecuencia casi solos en Erídano. Mi esposa y yo; un constructor de barcos oriundo de la isla de Man, llamado Quaggan; y a veces algunos hijos de éste; un danés, Nicolai Kristbjorg; y un isleño del Canal, llamado Mauger, que tenía un barco de pesca, *Sunrise*, solíamos ser los únicos habitantes y, en cierta ocasión, pasamos todo el invierno solos.

Sin embargo, pese a su apariencia de abandono, la mayoría de las cabañitas estaban preciosas, pintadas con esmero, y algunas tenían sus propios nombres. La más próxima a la nuestra era *Dunwoiken* y, junto a la fuente, a la derecha, la escalera bajaba a

Hi–Doubt[10], que, como si fuera en verdad presa de la duda, no estaba construida sobre pilares hundidos en la base sólida de la playa, sino sobre rodillos flotantes, por lo que, en caso necesario, se podía trasladar toda ella fácilmente hasta otro sitio, y por aquella zona no era inhabitual ver una casa, montada sobre semejantes rodillos, con la chimenea humeando y arrastrada corriente abajo por un remolcador.

La última cabaña, la situada más al norte y más cercana a las montañas, se llamaba Cuatro Campanas y su propietario era un maquinista de locomotoras muy amable y cuyo verdadero hogar estaba en las Praderas.

Por el lado opuesto, a la derecha del sendero y allende la extensión de agua de una milla, corría la vía del ferrocarril, del mismo modo que nuestro sendero a lo largo de nuestra orilla, bajo cuyo terraplén se alzaban misteriosamente otras cabañas.

Siempre sabíamos cuándo volvía el maquinista en su tren con miras a pasar una nueva estancia en Cuatro Campanas, en la que tal vez pudiera distinguir, desde su cabina y allende el agua, su embarcación, dando tironcitos al ancla como una cabrita blanca, por el modo como hacía sonar, alegre, su pitido para anunciar su llegada. Era su fogonero, claro está, quien lo hacía, pero no nos cabía duda de que el artista era el Sr. Bell[11*]. El sonido de su saludo, tras llegar hasta nosotros, resonaba durante todo un minuto por los desfiladeros y entre las montañas y siempre, el día siguiente o en aquel atardecer, se veía salir humo de la chimenea de Cuatro Campanas.

Y, en otros días, durante las tormentas, los truenos retumbaban y resonaban también por la ensenada y los desfiladeros.

El nombre de Cuatro Campanas no se debía a que su propietario fuera un viejo marinero, como yo, sino a que se llamaba Bell y eran tres de familia, por lo que constituían, en efecto, Cuatro

---

[10] *Hi—Doubt* (por *Hideout*): "Guarida".
[11] *Bell*: "Campana".

Campanas. El Sr. Bell era un hombre alto y enjuto, de rostro rojo y curtido y mirada socarrona, poética y responsable, apropiada para su profesión, pero, tan pronto como aparecía el humo y él mismo se ponía a voltejear de aquí para allá en su barco, volvía a ser una vez más tan feliz como el niño que había soñado con ser maquinista.

Los buques de carga de gran calado pasaban silenciosos por la ensenada hasta el invisible puerto maderero, situado tras la punta y allende Cuatro Campanas, o navegaban hacia alta mar, con una gran escora e inclinados como carretillas, y sus máquinas iban diciendo:

> *Frère* Jacques
> *Frère* Jacques
> *Dor*mez–vous?
> *Dor*mez–vous?

A veces, salía también un barco, como una daga enjoyada, de la obscura vaina de la ciudad.

Como nosotros estábamos en una bahía dentro de la ensenada, la ciudad quedaba invisible, como el pueblo —con esto último me refiero al puerto de Erídano junto al aserradero—, invisible para nosotros y detrás de nosotros —nos parecía— por el sendero; casi enfrente de nosotros quedaba Port Boden, del que sólo veíamos los cables de la electricidad tendidos ante el amanecer o un humo blanquivioleta de la fábrica de tablillas de madera para techos y, en la orilla opuesta también, aunque más cerca de la ciudad, se encontraba la refinería de petróleo, pero la punta meridional nos tapaba lo que habría sido, allende las amplias extensiones de la marea, una vista lejana de los puentes voladizos, los rascacielos y las torres de señalización de la ciudad, con otras grandes montañas por aquella parte, y en aquella punta meridional se alzaba un faro.

Era una estructura de hormigón blanqueada, delgada como una cerilla, como un faro mágico, sin farero, pero, curiosamente, como un ser humano, solitario, erguido en su mojón, con su faro rojo por cabeza y su generador fijado a la espalda como una mochila; a comienzos del verano se movían a su lado con el viento rosas silvestres en la orilla y, cuando salía la estrella vespertina, comenzaba también sin falta su benéfica señalización.

Si os imaginarais embarcando una tarde en un vapor de recreo que recorriera la ensenada desde la ciudad, en dirección de las montañas septentrionales, primero habríais abandonado el puerto, con sus grandes cargueros, procedentes de todo el mundo y con nombres como *Grimanger* y ΟΙΔΙΠΟΥΣ ΤΥΡΑΝΝΟΣ, y sus astilleros, y luego, a estribor, quedarían las vías del tren, que se alejaban de la ciudad por la ribera, a través de la estación de la refinería de petróleo y a lo largo de los pies de unos acantilados muy escarpados que se alzan hasta una alta colina boscosa en Port Boden, que, tras curvarse hasta desaparecer, comienza su larga subida hasta las montañas; por la parte del puerto, bajo las cumbres blancas y la enorme espesura de las boscosas laderas de las montañas, se verían las extensiones de la marea, un yacimiento de grava, la reserva india, una empresa de gabarras y luego la punta donde se movían con el viento las rosas silvestres y anidaban las serretas, junto con el propio faro; allí, una vez doblada la punta y tras pasar por delante del faro, cruzaríais nuestra bahía, con nuestras cabañitas bajo los árboles de la playa, donde vivíamos, en Erídano, y ése era nuestro sendero a lo largo de la ribera, pero desde vuestro vapor podríais ver algo que nosotros no veíamos, justo tras doblar la siguiente punta de Cuatro Campanas, en el puerto de Erídano o, de haber sido hoy, lo que entonces era el puerto de Erídano y ahora es una aglomeración urbana, si bien, antes de eso, tal vez vierais aún a unas personas que os saludaran —mientras el hombre del megáfono, encargado de mostraros las vistas en vuestro vapor dijera, despreciativo: "Son unos ocupas; las autoridades llevan años intentando echarlos"— y seríamos nosotros, mi esposa y yo, quienes lo hiciéramos, alegres, con la mano; y después habríais pasado por delante de nuestra bahía y navegaríais directamente hacia el Norte, hacia las cumbres de montañas nevadas, por delante de numerosas islas encantadoras y deshabitadas, con pinos altos, entraríais paulatinamente en la garganta que se estrecha hacia el extremo más alejado de esa maravillosa región virgen que los indios llamaban Paraíso y en la que incluso hoy puedes recibir, entre los anuncios de venenos suaves para dispépticos clavados en los árboles y por el equivalente de lo que en tiempos era una corona inglesa, una taza con una bolsita de té flojo y frío en un sitio llamado *Ye Olde Totemlande Inne*[12].

A este lado de Cuatro Campanas había dos cabañas sin nombre; después venían *Hangover*[13], *Wywurk*, *Dew—Drop—Inn* y *Trickle—In*[14], pero nadie vivía en esas casas, salvo en verano, y el resto del año estaban desiertas.

Al principio, al pasar en una barca de remo —pues los nombres figuraban en la parte de las casas que daba al agua—, el majestuoso nombre de *Dunwoiken* me había picado la imaginación y pensé que había de haberla construido un escocés exiliado, en recuerdo de su condición anterior, quien, pese a haber sido víctima del infortunio, vivía en medio de un paisaje que le recordaba a las montañas y los lagos de su tierra natal, pero eso fue antes de que entendiese que su nombre era primo hermano de *Wywurk* y que las dos palabras eran, por decirlo así, bromas. Habían construido *Dunwoiken* cuatro bomberos, pero, nada más acabarla, dejó de interesarles y jamás volvieron a la playa, si bien debían de alquilarla o haberla vendido, pues a lo largo de los años había habido gente que llegaba y se marchaba.

Tras haber comprendido la broma sobre algunos de aquellos nombres —y la forma como se debían pronunciar, más siniestra de lo que parecía—, empezaron a irritarme, en particular *Wywurk*, pero, aparte de que Lawrence escribió *Kangaroo* en una casa llamada *Wyewurk* en Australia (cosa que, más que irritarlo, le

---

[12] *Ye Olde Totemlande Inne* (por *The Old Totemland Inn*): "La Antigua Posada de Totemlandia".

[13] *Hangover* ("resaca") (por *Hang Over*): "Quedaos aquí".

[14] *Trickle—Inn* (por *Trickle in*): "Id entrando despacio".

divirtió), aunque yo no lo supe en aquella época, la propia irritación se debe —creo yo ahora— a ignorancia o esnobismo. Y en esta época en que las calles y las casas son meros números impersonales, ¿acaso no es una supervivencia de algún instinto de identidad exclusiva respecto de nuestra casa, una forma de contrarrestar con humor irónico y autocrítica esa condición misma de uniformidad, y alcanzar la propia identidad, si bien de mal gusto? Y, aunque no fuera así, ¿acaso fueron más cursis o inimaginativos que los altivos ejemplos que parodiaban? ¿Acaso es *Inglewood* un nombre más imaginativo que *Dunwoiken*? ¿Acaso lo es *Chequers*? ¿O la Casa Blanca? ¿Acaso es preferible el *Miramar* de Maximiliano a *Panorámica de arces*? ¿Y acaso no ha perdido *Cumbres borrascosas* su encanto con el tiempo? Pero el caso es que me irritaron entonces y muy en particular *Wywurk*. El brillo holofrástico de ese nombre particular y la más evidente simpatía que despertaba nunca dejaron de inspirar comentarios a los más ricos que pasaban en lanchas motoras, a quienes, por haber de gritar a bordo para que se los oyera por encima del motor, se los sentía perfectamente desde la costa, pero en años posteriores, cuando vivíamos más cerca de ella, aprendí a agradecer la distracción que aquel nombre brindaba.

Pues los comentarios procedentes del mar que llegaban hasta nuestros oídos y eran sin falta hirientes o crueles y nos desgarraban el corazón antes de que las lanchas motoras llegaran a la altura de *Wywurk* nunca dejaban de ser laudatorios al pasar por delante de la propia *Wywurk*. Primero estaba el acierto del juego de palabras que comentar cuando lo captaban y después su sentido filosófico por debatir entre los ocupantes de la lancha, gracias a lo cual desaparecían al doblar la punta septentrional con ese ánimo de calma tolerancia que invade al lector superior al haber entendido de pronto el sentido de un poema obscuro.

Hangover —sin duda una simple afirmación que conmemoraba un estado mental apreciado, olvidado incluso o tal vez catastrófico y permanente, pues hasta hoy mismo nunca hemos visto a nadie entrar ni salir de aquella casa— raras veces inspiraba más que una risita pasajera, mientras que Cuatro Campanas, nombre elegido con amor, raras veces suscitaba comentarios.

Al final comprendí que no se trataba de un poblado, sino de dos, dividido como estaba casi exactamente entre las casas con nombre y las carentes de él, aunque aquellos dos poblados, como dimensiones imbricadas, se encontraban en el mismo lugar, y, además, había otro pueblo, por decirlo así, junto al aserradero y en torno a la punta septentrional que compartía nuestro nombre de Erídano, como la propia ensenada.

Las casas con nombre —exceptuada Cuatro Campanas, pues las estancias del Sr. Bell se producían todas las temporadas—, *Hangover, Wywurk, Hi—Doubt* y demás, pertenecían a personas que tan sólo acudían a Erídano los fines de semana de verano o para unas vacaciones estivales de una o dos semanas. La mayoría eran electricistas, leñadores, herreros, habitantes de ciudad que tenían buenos salarios, pero no suficientes para costearse casas de verano en uno de los poblados situados más arriba de la ensenada, en los que se podían comprar terrenos, en caso de que hubieran deseado, claro está, hacerlo; construían sus cabañitas aquí porque era un terreno estatal y la Junta del Puerto, a la que debía de acudir —me parecía con frecuencia— el propio Dios en persona, no ponía objeciones. La mayoría de aquellos veraneantes tenían hijos y a la mayoría de ellos les gustaba la pesca deportiva, cosas que habían de hacer en las vacaciones estivales. Cuando venían, la mayoría de ellos lo pasaba de lo lindo practicándolas y después volvía a marcharse, para alivio —lamento tener que decirlo— de nosotros y de las aves acuáticas, y en algunos pocos casos se volvía sin duda la clase de personas que más adelante harían crueles comentarios, mientras, desde su ventajosa posición en las lanchas motoras, observaban los modestos hogares de los ocupas, aún habitantes de verdad en aquellas partes.

Los otros, la mayoría de los cuales vivían en casas sin nombre, eran todos, con una sola excepción, pescadores en alta mar que, antes de que llegaran los veraneantes, llevaban muchísimos años en ellas y disponían de sus casas en virtud de un tipo de derechos sobre la "franja costera entre pleamar y bajamar" concedidos a los pescadores. La excepción era el constructor de embarcaciones de la isla de Man, cuyo cobertizo para la suya, construido con tablones de cedro hechos a mano, era tan grande como una iglesia pequeña y cuyo muelle flotante dividía la bahía en dos mitades y constituía su desembarcadero general, tal vez lo único que hacía del pequeño puerto improvisado una institución, y parecía el padre o el abuelo de la mayoría de los demás pescadores, por lo que formaban, al modo de los celtas, como una gran familia y que no, como comprobé, facilitaba precisamente el ingreso a otros.

A veces, en el último período y cuando el tiempo estaba tormentoso, solíamos sentarnos en su cabaña, en la que reinaba un orden a base de revoltijos, con leznas y sierras para metales, cuñas y cajas de clavos y de pernos, a tomar té —o, cuando lo teníamos, *whiskey*— y cantar el antiguo himno de los pescadores de la isla de Man, mientras la tormenta aullaba enfrente de la ensenada y el agua, apenas menos ruidosa, se precipitaba con gran entusiasmo por el canalón de pinabete.

Como estábamos bebiendo té o *whiskey* dentro, mientras sus hijos, los pescadores, se encontraban fuera –y, además, la extraña vida que llevábamos por entonces había inspirado a mi mujer y a mí aversión incluso a la pesca—, de vez en cuando lo cantábamos un poco irónicamente. No obstante, debíamos de creer a nuestro modo en lo que cantábamos. Yo había recuperado una guitarra que no era de mi época de músico de *jazz*, sino otra más antigua de mi período de fogonero de un barco, mi esposa tenía una voz bonita y el viejo y yo no teníamos malas voces de bajos.

No hay himno tan grande como el cantado con la melodía de "El castillo de Peel" y sus resonantes acordes menores, en los que suena todo el salvajismo del mar, si bien sus palabras de súplica constituyen más un poema sobre la clemencia de Dios que una apelación a Él:

> *Hear us, O Lord, from Heaven, Thy dwelling place,*
> *Like them of old in vain we toil all night,*

Unless with us Thou go who art the Light,
Come then, O Lord, that we may see Thy face.

Thou, Lord, dost rule the raging of the sea
When loud the storm and furious is the gale,
Strong is Thine arm, our little barks are frail,
Send us Thy help, remember Galilee...[15]

Cuando en junio las rosas silvestres empezaban a moverse con el viento en la punta junto al faro y las serretas nadaban entre las rocas con sus pollitos encaramados en los lomos, aquellos pescadores salían —unas veces solos, otras en parejas y en algunas ocasiones tres o cuatro barcos juntos— como majestuosas jirafas blancas, con sus barcos de pesca recién pintados y sus altos aparejos y se los veía doblando la punta.

Se hacían a la mar y algunos de ellos nunca regresaban y, mientras así hacían, los veraneantes invadían Erídano.

Después, en el Día del Trabajo, como barridos por la gran oleada de barcos de pescadores de regreso que rompía en la bahía y la recorría por fin con el sucesivo retumbar de los rodillos, los veraneantes partían, de vuelta a la ciudad, y los pescadores, con sus barcos solos o en parejas, habían vuelto de nuevo a casa.

Sólo eran apenas media docena de pescadores en total los que vivían en Erídano, por lo que, cuando Kristbjorg —quien había navegado él solo hasta Alaska, en su viejo, robusto y chato cascarón pintado de verde para diferenciarlo de los demás— aún no había regresado de aquel equinoccio tormentoso, se notó un vacío.

---

[15] Escúchanos, Señor, desde el Cielo, Tu morada,/Como los antiguos en vano bregamos toda la noche,/A no ser que nos acompañes Tú, que eres la Luz;/Acude, pues, Señor, para que veamos Tu faz. //Tú, Señor, gobiernas la furia de los mares,/Cuando atruena la tormenta y arrecia el vendaval;/Fuerte es Tu brazo y frágiles nuestros barcos;/Mándanos Tu auxilio, no olvides a Galilea...

Quaggan, mi esposa y yo, estábamos reparando la estufa de hierro de aquél con una mezcla de ceniza de madera, amianto y sal y, al mismo tiempo, cantando el himno de los pescadores, cuando apareció Kristbjorg, danés calvo y de rostro fuerte y ancho, pero infantil, que vivía, como pescaba, absolutamente solo. No tardamos en cantar algo muy diferente: un himno suyo, danés, cuya traducción podría ser ésta:

Se levantó una tormenta en el barrio chino
Y tanto arreció, que, aunque ningún
Marinero salió volando en el mar,
Un macoqui sí que salió volando en
la calle. Arreciaba en las ventanas
Y la lluvia calaba los techos,
Pero la panda hizo una colecta y
pagó una pinta. ¿Acaso hay algo mejor
que una panda de curdelas juntos,
aun cuando en el techo salgan goteras?

Kristbjorg siempre acudía a despedirse con solemnidad antes de hacerse a la mar en verano, como si fuera la última vez, pero descubrimos que a veces le gustaba demorar su regreso más de la cuenta, para que lo echáramos de menos y en verdad que así era.

"Estábamos preocupados por ti, Nicolai; pensábamos que nunca ibas a volver con este tiempo."

Pero resultó que sí que había regresado, si bien antes había pasado una semana vagabundeando por la ciudad.

"… En la ciudad he hecho un poco de ejercicio, tras haber pasado tanto tiempo en cuclillas en el barquito. No vi ni siquiera a un barrendero. Se limitan a dejar que se acumule la suciedad. Los tranvías ya es que dan asco. Me he marcado unas botellitas de *whiskey* de centeno… He pensado que caminar un poco sentaría bien a la vieja batería…"

Quaggan apreciaba mucho toda clase de maderas y no lo atraía demasiado la pesca (salvo la local, por el extremo de su muelle, antes de ir a visitar a sus nietos). "El pinabete va muy bien para eso", decía con ternura de su resistente canalón, que había sobrevivido un cuarto de siglo sin pudrirse.

Había otro hombre solitario, oriundo de los páramos de Yorkshire, que vivía en la mayor soledad allende el faro y, aunque raras veces subía hasta nuestra pequeña bahía, de vez en cuando lo veíamos cuando pasábamos hacia la punta. Según nos contó, le daba mucho gusto comprobar que el faro automático funcionaba bien y, en realidad, tan pronto como nos veía acercarnos, empezaba a hablar, como para sí.

"¡Cómo vuelan las águilas en grandes círculos! La naturaleza es una de las cosas más bellas que he visto en mi vida. ¿Vieron ustedes esa águila ayer?"

"Sí que la vimos, Sam..."

"¡Hay que ver! Esa águila estuvo reconociendo el terreno, toda la zona. Sus grandes círculos abarcaban dos millas... Muy pronto se verán cangrejos bajo esas piedras y después vendrá la primavera. En primavera hay cangrejos que no son mayores que moscas. En cambio, ¿han visto ustedes alguna vez cómo está hecho un elefante? ¿Y de dónde sacaban aquellos antiguos romanos sus escudos sino de las alas de gallos?"

"¿De gallos, Sam?"

"Pues sí y fíjense en el desierto —el Sáhara—, donde los camellos pisotean con unas pezuñas como grandes escupideras boca abajo. Una vez construyeron un ferrocarril..." decía apoyado en el faro y moviendo la cabeza, "pero los insectos acababan comiéndose todas las traviesas de madera. Sí, sí. Por eso ahora hacen las traviesas de metal y con forma de pezuñas de camello... La naturaleza es una de las más bellas... Y pronto los pájaros y bastante pronto los cangrejos traerán la primavera, sí, amigos, y los ciervos vadeando la bahía con sus astas, preciosas, que sobresalen como las ramas de un árbol flotante, vadeando, vadeando hasta este faro, aquí mismo, en primavera... Entonces se verán las libélulas dando marcha atrás, como máquinas voladoras..."

Los veraneantes raras veces veían los espantosos estragos que padecían sus casas en invierno ni sabían lo que era vivir en ellas durante esos duros meses. Tal vez se preguntaran por qué sus casas de verano no habían sido barridas por las tormentas, cuyos crujidos, al azotar sus ventanas de ciudad, habían oído, y los troncos que podían imaginar golpeando los pilares y cimientos de sus cabañas, la tormenta, siempre la peor desde 1866, de la que habían leído en el periódico de la ciudad, llamado *The Sun,* comprado en un momento del día en que el Sol de verdad se ponía a veces, sin haber salido, por cierto: el día siguiente podían venir y, tras dejar sus coches —pues, a diferencia de nosotros, tenían coches— arriba, junto al camino, mover la cabeza al comprobar que sus casas seguían allí. "¡Qué buena construcción!", dirían y era cierto, pero la verdadera razón se debía al propio Erídano, que existía gracias a Dios y sin policía ni bomberos ni otras protecciones urbanas, por lo que sus pocos habitantes eran precavidos y un espíritu habría visto que, durante el invierno, los pescadores habían protegido aquellas casas estivales como si fueran suyas, pero, cuando llegaba el verano, los pescadores ya se habían marchado, sin pedir ni esperar agradecimientos y también es cierto que, mientras los pescadores estaban ausentes, los veraneantes no dejarían de proteger la casa de un pescador, en caso de haber vivido el tiempo suficiente en la playa para caer en la cuenta, si resultaban, como así sucedía a veces, ser pescadores ellos mismos o ancianos.

Así era Erídano y el vapor naufragado de la extinta compañía Astra, que le dio nombre, se encontraba detrás de la punta y allende el faro, donde, al fallarle las máquinas varios decenios atrás, lo había arrastrado hasta tierra un vendaval de *faen,* cargado con cerezas en salmuera, vino y mármol antiguo de Portugal.

Las gaviotas dormían, como las palomas, en sus postes de cubierta, donde crecía hierba a popa de la antigua cocina y a comienzos de la primavera picoteaban sus plumas viejas a fin de hacer sitio para el nuevo plumaje brillante como la pintura blanca recién puesta. Golondrinas y jilgueros entraban y salían en el antiguo guardacalor. Una pala de la hélice de repuesto, apoyada en el saltillo de cubierta de la popa, nunca se había usado. Abajo, el peso de palanca y el fulcro dormían en una eternidad de quietud. También crecía hierba en las crucetas caídas y en los antiguos cabrestantes habían arraigado flores silvestres: claytonias y zigadenias con sus cremosas flores. Y en la popa, como un comentario sobre mis orígenes, pues también yo había nacido en aquella terrible ciudad cuya gran vía es el océano, aún se distinguían esas palabras espectrales: *Erídano*, Liverpool...

Nosotros, los pobres, también éramos parte de Erídano, una comunidad condenada, perpetuamente amenazada con el desalojo y, como el propio Erídano, con sus eternos flujo y reflujo, se encontraba la ensenada, pues, como me explicó mi esposa por primera vez, en los cielos de noche corría, apagada y errante bajo la encendida Orión, la estrellada constelación de Erídano, conocida también como el Río de la Muerte y el Río de la Vida y situada allí por Júpiter en memoria de Faetón, quien en tiempos había tenido la espléndida y falsa ilusión de poder guiar los corceles del Sol, como su padre, Febo.

La leyenda tan sólo cuenta que, al sentir aquel peligro para el mundo, Júpiter lanzó un rayo, que, tras acertar a Faetón, lo envió, con la cabellera ardiendo, al río Po y después, además de crear la constelación en honor de Faetón, convirtió, por piedad, a sus hermanas en álamos para que estuvieran siempre cerca de él y lo protegiesen, pero que se hubiera tomado todas esas molestias indica que, como a Febo, le impresionó aquel intento y debía de haber reflexionado al respecto. Recientemente, nuestro periódico local, dando muestra de un sorprendente y repentino interés por la mitología clásica, ha afirmado haber advertido algo insultante en el nombre de nuestro pueblo, de carácter político e incluso internacional o indicativo de influencias extranjeras, por lo que ha habido cierta agitación por parte de algunos contribuyentes lejanos, cuyos motivos desconozco, para cambiarlo por el de Shellvue. Y no cabe duda de que la vista en esa dirección es espléndida, con la roja vela votiva de la quema de los restos de petróleo que sin cesar parpadea toda la noche ante la reluciente catedral abierta de la refinería de petróleo...

II

Fue en el Día del Trabajo de hace años y al comienzo de la guerra, justo después de casarnos y con la idea de que fuese a un tiempo nuestra luna de miel y nuestra primera y última vacación juntos, cuando mi esposa y yo, forasteros procedentes de las ciudades, y yo casi del submundo, vinimos a vivir a Erídano, pero entonces en modo alguno lo vimos como lo he descrito ahora.

La playa estaba abarrotada y, cuando bajamos hasta ella por primera vez desde la carretera, tras haber tomado el autobús en la ciudad, y salimos de la fresca y verde bendición del bosque, fue como si hubiéramos tropezado de repente con un balneario popular, oculto pero ruidoso. Aun así, debió de ser la estridencia y la extrañeza de la luz diurna y del propio sol lo que le atribuyó para mí, acostumbrado como estaba a la noche y a dormir a ratos durante dichas horas diurnas, la impresión de una pesadilla.

Era una tarde de calor abrasador y siete escoceses estaban sentados en la cabañita que, según nos habían dicho, podíamos alquilar por una módica suma a la semana —con la cocina de leña a toda marcha y las ventanas cerradas— parloteando y carcajeándose y acabando su última comida de vacaciones: un potaje de cordero humeante.

Fuera, las montañas estaban cubiertas por una calima calurosa. La marea estaba baja —tanto, que no me imaginaba yo que pudiese llegar a subir— y la franja costera entre pleamar y bajamar, en toda cuya extensión había gente buscando almejas, estaba pedregosa o cubierta de enormes rocas con percebes que me hacían temer por los pies de mi joven esposa, pues, por ser tan pequeños y delicados, me inspiraban el deseo de protegerlos en particular. Algo más abajo, junto al borde del agua, la playa estaba cubierta de algas y detritus y ni siquiera parecía un posible lugar para nadar.

Nadie nadaba, aunque los niños gritaban y chapoteaban en el barro, entre las extensiones de la marea, de las que emanaba el hedor más inhabitual e impresionante que había yo conocido en mi vida. Tras investigar, aquel tufo arquetípico resultó proceder de la propia ensenada, revestida hasta donde alcanzaba la vista con una capa de petróleo que se debía —no tardé en deducir— a un buque petrolero que se encontraba, tan campante, en el embarcadero de la refinería ya citada y enfrente del faro, por lo que ya parecía claro que nunca se iba a poder nadar; como si hubiéramos llegado al golfo Pérsico y, para colmo de calor, que recordaba también al golfo Pérsico, mientras pasábamos entre crujidos de percebes y exoesqueletos de cangrejos o eludiendo los depósitos de alquitrán o creosota, nos hundíamos hasta los tobillos, en cambio, en el resbaladizo y apestoso cieno o chapoteábamos en charcos acicalados, a su vez, con plumas de pavos reales de petróleo, llegaron, desde la playa de más arriba, unas ráfagas de aire caliente y cenizas procedentes de una docena de meriendas a base de almejas, en torno a cuyas hogueras aullaban y cantaban centenares de personas —nos pareció— en una docena de idiomas.

No cabe duda de que, como seres humanos que somos, nos encantaba ver a personas que se divierten, pero, como pareja en luna de miel que éramos y que buscaba intimidad, fuimos pensando que habíamos acudido a un lugar inapropiado, tanto más cuanto que empezó a recordarme a la llegada a un balneario de quinta categoría para una estancia de una noche.

Así de egoístas son los enamorados, carentes de una sola idea sobre nada que no sea ellos mismos. Por el contrario, el escocés ejemplar al que alquilamos la cabaña, pese a ser pobre él mismo y estar claramente debatiéndose contra esa tendencia a la frugalidad en su propia naturaleza que, después de haberse considerado durante tanto tiempo la típica, había llegado a arraigar en él, se mostró extraordinariamente generoso. Al instante comprendió que habíamos acudido allí porque era lo único que podíamos permitirnos y, antes de que él y sus compatriotas escoceses se hubiesen marchado, la cabaña fue nuestra para un mes con un alquiler de doce dólares y una rebaja de tres dólares respecto del precio habitual que él mismo nos brindó *motu proprio*.

«Pero, ¿entiende usted de barcos, joven?», me preguntó, muy serio.

«¿De barcos?»

«Sí, muchacho. Es que mi barco es como la niña de mis ojos».

Conque el barco del generoso escocés formó parte de lo alquilado. Le expliqué que yo había sido maquinista de un barco, pues no quería decir que había sido fogonero.

Pero, ¿se podía alquilar el Paraíso por doce dólares?, pensamos la mañana siguiente, mientras, desde el porche de la cabaña, contemplábamos un paisaje vacío y solitario, en el que la salida del Sol ponía de relieve las lejanas líneas eléctricas, allende la ensenada, en Port Boden, y subía por detrás de los pinos de la montaña, como el encendido resplandor tras los pináculos de una catedral gótica, y oíamos, además, las emocionantes notas diatónicas —a saber de dónde procederían— de una sirena de niebla, como si una gran sinfonía acabara justo de emitir sus primeros acordes.

Desde el embarcadero de la refinería, apenas visible allende la ensenada, el buque petrolero había desaparecido y, con él, la mancha negra; la marea estaba alta, fría y profunda y, tras lanzarnos al agua desde el porche mismo y dispersar las subdivisiones de un banco de pececillos, nadamos y, cuando dimos la vuelta para regresar, vimos los pinos y alisos de nuestro bosque muy por encima de nosotros. Para nosotros, como enamorados que éramos, la playa vacía de su alegre multitud parecía lo opuesto de la melancolía. Volvimos a dar la vuelta y allí teníamos las montañas. Después, nadábamos algunos días tres o cuatro veces.

Paseamos en la barca del escocés por la ensenada y merendamos en una isla deshabitada, con una bahía profunda, donde dejamos la embarcación entre ásteres silvestres, varas de oro y siemprevivas perladas. Los parajes más alejados de la ensenada, bajo las montañas de cumbres nevadas, eran entonces, en septiembre, un cielo desierto y exclusivo para nosotros. Podíamos pasearnos en la barca todo el día y, a partir del puerto de Erídano, apenas ver otro barco siquiera. Hubo un día en que fuimos incluso hasta el otro lado de la ensenada, frente al ferrocarril. Fue en parte porque justo debajo del terraplén de éste, por la parte opuesta, se distinguían apenas, como he dicho, algunas cabañitas más, dispersas y ennegrecidas por el humo, pero por encima de las cuales una franja de las vías del tren a veces parecía ondular, con la marea alta del mediodía, en sintonía con la ensenada que destellaba justo debajo; aun así, nos extrañaba que hubiera personas que pudiesen vivir tan cerca del estruendo de los trenes. El caso es que íbamos a satisfacer nuestra curiosidad. El paseo remando hacia el ferrocarril, que había prometido ser cualquier cosa menos pintoresco, se fue volviendo más hermoso por momentos al salir de nuestra bahía, pues aquella gente —unos cuantos viejos pioneros y prospectores retirados, tal vez un puñado de ferroviarios y sus esposas, a los que no molestaba el ruido—, tan pobres como nosotros, pero a los que habíamos mirado mentalmente con condescendencia por ser más pobres, era más rica al tener a la vista, allende la punta y allende el puerto maderero de Erídano, las montañas más altas de todas, las propias Montañas Rocosas, que a nosotros nos impedían ver los árboles de nuestro bosque, aunque todos veíamos cadenas tras cadenas de las Cascades —las grandes cordilleras que son la espina dorsal del continente desde Alaska hasta el cabo de Hornos— y de las que el monte Hood formaba parte no menos que Popocatepetl. Sí, pese a lo preciosa que era nuestra vista, ellos tenían otra mejor, pues veían también las montañas hacia el Sur y el Oeste, bajo cuyas cumbres vivíamos nosotros, pero sin poder ver ni pizca de ellas. Mientras remábamos a lo largo de la costa con la cálida luz del atardecer, esas grandes cumbres se reflejaban y sombreaban el agua en movimiento y parecían avanzar con nosotros, por lo que mi esposa citó el famoso pico de Wordsworth, que lo seguía; lo nuestro era algo similar, dijo ella, aunque muy diferente, porque nada amenazador había en aquel movimiento aparente; aquellas cumbres que nos seguían eran, más bien, guardianas. Muchas veces íbamos a ver ese fenómeno, como toda una ladera o cresta boscosa de pinos que se separaran de su sitio y se movieran al ritmo de nuestros remos, pero nunca parecieron perseguirnos: parecía recordarnos la dualidad de movimientos opuestos debidos al movimiento de la Tierra, un símbolo incluso, aunque ilusorio, de la intolerancia de la inercia por parte de la naturaleza. Cuando por fin regresamos, la luz del ocaso estaba bañando las filas de retortas de aluminio de la refinería de petróleo, por lo que, de tan prendados como habíamos quedado (aunque era antes de la época en que yo pensaba que parecía una catedral abierta por la noche, pues no había allí la parpadeante vela de restos de petróleo), nos pareció como un extraño y hermoso instrumento musical.

Pero, aun así, no veíamos Erídano como un lugar para vivir. Seguía la guerra, muchos de los barcos que pasaban y enviaban la conmoción de sus estelas a la playa iban cargados de horrores mortíferos y en cierta ocasión me vi diciendo a mi esposa:

"Ésta es una época infernal para vivir. Están vedadas todas esas estupideces sobre el amor en una casita de campo."

Me arrepentí de haber hablado así, pues me pareció ver desaparecer de su rostro una trémula esperanza, y la abracé, pero no era mi intención mostrarme cruel, como tampoco era ella una sentimental y, en cualquier caso, no teníamos una casita de campo ni demasiada esperanza de tenerla en un futuro previsible. La sombra de la guerra había caído sobre todo y, mientras había gente muriendo en ella, era difícil ser de verdad feliz por dentro. Era difícil saber qué era ser feliz, ser bueno. ¿Éramos felices y buenos nosotros? O, de ser feliz en semejante época, ¿qué se podía hacer con la felicidad propia?

Un día en que estábamos remando, nos encontramos una canoa hundida, destrozada, flotando justo debajo de la superficie con un agua tan profunda y clara, que distinguimos su nombre: *Intermezzo*.

Pensamos que podían haberla hundido a propósito, tal vez otros dos enamorados, y eso fue lo que nos movió a no salvarla. Y reflexionamos: sí, tal vez toda nuestra vida aquí no sería sino un *intermezzo*. En realidad, no habíamos pedido ni esperado más que una luna de miel y nos habría gustado saber dónde estarían ahora esos otros enamorados.

¿La guerra? ¿Los habría separado la guerra? ¿Y nos separaría a nosotros también? Sentí culpabilidad, temor y preocupación por mi esposa y empecé a remar para regresar taciturno y mudo y la calma y soleada paz de la ensenada dio paso para mí a las orillas de algún río de los muertos, pues, ¿acaso no era Erídano también la Estigia?

Antes de casarme y después de haber abandonado la navegación, había sido yo músico de *jazz*, pero, de tanto trasnochar y pasar tan sólo una noche en cada sitio por todo el hemisferio, mi salud se había resentido. Ahora, para proteger el matrimonio, había abandonado esa vida y estaba comenzando otra, cosa muy difícil para un músico al que gustara el *jazz* tanto como a mí.

Al principio de la guerra, me había presentado voluntario a filas y me habían rechazado, pero ahora, con mi nueva vida, mi salud estaba empezando a mejorar enormemente.

Incluso entonces, mientras remaba, sin ganas y apenado, estaba notando la mejoría. Poco a poco la autodisciplina, el sentido del humor y nuestra feliz vida en común estaban operando un milagro. ¿Sería aquel esfuerzo en pro de la vida y la salud tan sólo una preparación para la muerte? No obstante, era una simple cuestión de honor intentar prepararme en condiciones —de ser humanamente posible— para la matanza y había sido tanto por eso como por mi matrimonio por lo que había cortado con mi vida anterior en las salas de fiestas y, por cierto, casi mi único medio aceptable de ganarme la vida, si bien había ahorrado bastante para sufragar nuestra vida durante un año y recibía pequeños ingresos de regalías por la venta de los discos, de algunos de los cuales había figurado yo entre los compositores.

¿Y si nos quedáramos a vivir allí? No me pareció una idea seria ni procedente de las profundidades de mi entendimiento, sino una ocurrencia pasajera que había destellado en mi horizonte como uno de esos rayos de reflector que solían centellear sobre las montañas desde la imprecisa dirección de la ciudad, "donde probablemente estarían inaugurando una tienda de comestibles", como solía observar, lacónica, mi esposa. Desde luego, la vida sería barata, pero las lunas de miel no eran precisamente acontecimientos que fueran a durar por naturaleza y, mucho peor que la idea de *intermezzo* era la de que, en un sentido, sería como vivir al margen mismo del mundo, como no había vacilado éste en recordarnos.

Y, mientras que unas vacaciones estivales, aun prolongadas, eran agradables, también había que pensar hasta qué punto sería duro vivir allí, en vista de que mi esposa habría de arreglárselas con un fogón antiguo, la falta de agua corriente, las lámparas de petróleo y la falta de clase alguna de comodidad habitual para resistir un clima muy frío. Pues sí, sería demasiado duro para ella, aun con mi ayuda (pues, aunque yo tenía una torpe fuerza, carecía de la habilidad coordinada y el sentido práctico propios de los marineros). Podría ser divertido para una semana, un mes incluso, pero la vida aquí significaba aceptar las condiciones de la pobreza más extrema, equivaldría, pensé, a renunciar al mundo enteramente, y, cuando calibraba la seriedad con que habríamos de afrontar el panorama en invierno, me limitaba a reírme: no había ni que pensarlo.

Remé al revés para dar la vuelta con la barca. Allá arriba los alisos y los pinos se mecían recortados en el cielo. La casa resultaba bonita con sus líneas sencillas, pero, por debajo de ella, en la playa, se hallaban sus cimientos de pilares y riostras de madera y sus tirantes entrelazados, como la maquinaria de un barco de vapor inmovilizada entre las dos ruedas.

Es decir, que, cuanto más me acercaba, más se parecía a una jaula en la que los tablones de uno por dos, a través de los cuales veía la maquinaria, estaban clavados en vertical a las vigas longitudinales del porche delantero, con lo que desempeñaban —podríamos decir aproximadamente— la misma función que los rastrillos de trenes para impedir que los troncos arrastrados por la marea alta entraran bajo la casa y socavasen los cimientos.

O, por debajo, era como una extraña y enorme jaula en la que hubiera podido vivir un animal anfibio, allí en la playa, cuando, al volver a colocar en su sitio un tirante, entre el olor de las algas, con la marea baja, tenía a menudo la sensación de hundirme en el lodo primigenio, pero se trataba de un trabajo que me encantaba, como me encantaban también la sencillez de los apoyos para los cimientos que estaba observando y que, a diferencia de la mayoría de ellos, estaban, desde luego, por encima del suelo, como en todas las casas más primitivas.

Era simple y primitiva, pero, ¿qué complejidad debió de haber en ella para resistir las fuerzas elementales que había de afrontar? La casa resistía y rechazaba, sin sufrir daño, una tonelada de madera flotante, lanzada con toda la fuerza de una marea ascendente y un vendaval equinoccial tras ella.

Y de repente, mientras ayudaba a mi esposa a bajar y atar la barca, me embargó como un amor. Allí de pie, desafiando a la eternidad y, sin embargo, como con una reacción humilde ante ella, con sus curtidas tablas de forro, que forman parte de los alrededores naturales tanto como un templo sintoísta respecto del paisaje japonés, ¿por qué habían llegado aquellas cabañas a representar para mí una bondad indefinible, incluso una forma de grandeza? Y alguna sombra de la verdad que más adelante iba a revelárseme pareció embargar mi alma, la sensación de algo que los hombres habían perdido, de lo que aquellas cabañas y cabinas, tan resistentes a los elementos, pero a merced del destructor, eran el indefenso, pero robusto, símbolo de la sed y la necesidad de belleza, de las estrellas y del amanecer de los hombres.

Primero habíamos decidido quedarnos sólo hasta el final de septiembre, pero el verano parecía estar tan sólo empezando y a mediados de octubre seguíamos allí y nadando aún todos los días. Al final de octubre el magnífico veranillo de San Martín seguía precioso y a mediados de noviembre ya habíamos decidido pasar el invierno allí. ¡Ah, qué felicidad de vida se había abierto entonces ante nosotros! Llegaron los primeros hielos y en la playa la madera flotante había adquirido un tono plateado y, cuando hacía demasiado frío para nadar, dábamos paseos por el bosque, en el que los cristales de hielo crujían como azúcar candi bajo nuestros pies, y después llegó la estación de las nieblas y a veces éstas se helaban en los árboles y el bosque se volvía de cristal y, por la noche, cuando abríamos la ventana, las sombras que nos daban las lámparas interiores se proyectaban en el mar, en la niebla, contra el fondo de la noche, y a veces eran enormes, amenazadoras. Una noche, al pasar por el porche, tras salir de la leñera, con una linterna en la mano y una carga de leña bajo el otro brazo, vi mi sombra, gigantesca, los troncos de leña tan grandes como un ataúd y aquella sombra pareció un momento la ceñuda encarnación de todo lo que nos amenazaba; sí, incluso una proyección del aspecto caótico y obscuro de mí mismo, mi feroz y destructiva ignorancia.

Y por aquella época empezamos a reflexionar asombrados: éste es nuestro primer hogar.

"Salida de la Luna moribunda".

"Salida del Sol con la Luna moribunda en un cielo verde".

"Hielo blanco en el porche y en todos los techos... Espero que no haya acabado con las capuchinas del pobre Sr. McNab. Es el primer hielo intenso de este año y la primera salida clara del Sol desde hace un mes".

"Hay una flotilla de ojos dorados bajo la ventana".

"La marea está alta".

"Mis pobres gaviotas están hambrientas. ¡Qué frías deben de estar vuestras patas ahí abajo, en esa agua helada! El gato se ha comido todos los restos para vosotras —me lo he encontrado en el suelo—, ¡qué bandido! Los restos del estofado de anoche que había guardado para vosotras".

"Hay un cuervo posado en la cima del gran cedro, ¡y qué criatura hermosa es y también pérfida y temible!"

"Mira... ¡Ahora! Está saliendo el Sol".

"Como una hoguera".

"Como una catedral en llamas".

"Tengo que lavar las ventanas".

"Una parte de lo que hace tan maravillosa esta salida del Sol no se debe sólo a la naturaleza. Es el humo de esas miserables fábricas de Port Boden".

"La salida del Sol hace cosas raras con esas neblinas".

"Tengo que preparar un desayuno para el gato. Volverá hambriento de su paseo al amanecer".

"Ahí va un cormorán".

"Ahí va un gran somormujo".

"La escarcha hace destellar esas neblinas como polvo de diamante".

"Dentro de pocos minutos se derretirá."

Así, todas las mañanas, antes de los días en verdad fríos, cuando me levantaba de la cama, me despertaban los comentarios de mi esposa, mientras encendía el fuego y hacía el café, como si ahora hubiera una continua salida del Sol en nuestra vida, un continuo despertar, y me parecía que hasta haberla conocido había pasado toda mi vida en la obscuridad.

III

Ahora las grandes mareas y corrientes, con sus flujos y reflujos, nos fascinaban. No era sólo por las exigencias que nos imponía nuestra barca, que no era nuestra propiamente, no podíamos anclarla y no siempre era posible mantenerla a flote, por lo que debíamos estar atentos. Con las grandes mareas altas del invierno, cuando el Pacífico estaba casi al nivel de nuestro suelo, la propia casa podía estar en peligro, como he dicho, con los enormes troncos o árboles arrancados que arrastraba la corriente.

Y también descubrí que una marea que, por todas las apariencias esté subiendo, puede hacerlo sólo en la superficie y por debajo estar ya retirándose.

Quaggan, el constructor de embarcaciones de la isla de Man, a quien acabábamos de conocer y que, un atardecer cálido en que toda la localidad era como una minúscula Génova o Venecia en un sueño, pasó remando bajo nuestras ventanas en su barca y se detuvo a contarnos que en la isla de Man con la luna nueva los pájaros posados en la novena ola frente a la costa son las almas de los muertos.

Nada es más irritante y aflictivo para quien ha vivido en el mar que el machacón y despiadado sonido del océano en una playa, pero aquí, en la ensenada, no había ni mar ni río, sino una combinación de los dos, en eterno movimiento, eterno flujo y cambio, tan misterioso y multiforme en sus movimientos y su ser y en el alma, pues ésta discurría con él, como ese otro Erídano, la constelación en los cielos, el río sembrado de estrellas celestes, cuyo origen era lo único visible para nosotros y también al reflejarse en la ensenada en las noches apacibles con una rebosante marea alta, antes de desaparecer tras la preciosa refinería de petróleo en torno al Cetro de Brandeburgo y en el hemisferio meridional o, con semejante tiempo apacible, en el breve período de marea alta antes del reflujo, era cual lo que los chinos llaman, como he leído, el Tao, que, según dicen, surgió antes que el Cielo y la Tierra, algo tan calmo e inmutable y, sin embargo, omnipresente por doquier y sin peligro de agotarse: como "eso que es tan inmutable y, sin embargo, pasa en flujo constante y, al hacerlo, se vuelve remoto y después regresa".

Nunca iba a repetirse el desafortunado aspecto de la playa en aquel primer día. Si a veces aparecía petróleo en el agua, no tardaba en desaparecer y el petróleo mismo era curiosamente bonito, pero, en realidad, por aquella época la ley puso fin al vertido de petróleo por los buques cisterna en las zonas portuarias, si bien, cuando se transgredía la ley y aparecían las manchas de petróleo, resultaba milagrosa la rapidez con la que se limpiaba la ensenada. Era el agua más limpia, fría, tonificante y preciosa en que había yo nadado en mi vida y, cuando hablaron de cerrar la ensenada, cuando más adelante una cervecera británica habló de convertir toda aquella zona en un embalse de agua dulce estancada, con lo que se pervertirían incluso esas puras fuentes, y separarla por entero del mar purificador, fue como si por un momento las fuentes de mi propia vida temblaran, agonizasen y se secaran en mi interior. Además, mareas tan bajas como las del primer día eran, desde luego, excepcionales y con marea baja las propias extensiones de barro eran interesantes, pues pululaban con toda clase de vida extraña imaginable: diminutas y finas estrellas de mar de color turquesa pálido, otras gruesas y violeta y otras más de color bermellón con veinte brazos puntiagudos, como dibujos infantiles del Sol; percebes metiéndose comida en la boca, pólipos y anémonas marinas, pepinos marinos de medio metro de longitud, como dragones anaranjados con púas, cuernos y antenas, extrañas avispas solitarias que cazaban entre los berberechos, rayas marinas cuyos *amours* sonaban como fuego de ametralladoras y laminarias con largas banderolas satinadas de color carmelita, que, según nos contó Quaggan, "cuando sacan la cabeza y la sacuden, significa que la marea está aflojando". Allende la punta del Norte y más allá del puerto había, en verdad, millas de extensiones de barro con las mareas más bajas y con antiguos pilotes como gigantes borrachos sujetándose unos a otros para seguir erectos, como tambaleándose eternamente camino a casa desde una taberna titánica en las montañas.

Por la noche, todo parecía a veces calmo, en reposo en la playa y en las extensiones de barro, envuelto en una quietud reflexiva. Hasta los percebes dormían —nos daba la sensación—, pero descubrimos que nunca habíamos estado más errados. Sólo de noche es cuando ese vasto mundo de restos que aparecen con la bajamar se despierta de verdad. Descubrimos que había pequeños moluscos, llamados "sombreros chinos", que sólo caminaban de noche, por lo que, al anochecer, decíamos siempre en broma, tras volvernos uno hacia el otro riendo, en tono sepulcral:

"Es de noche, ¡y ya están en movimiento los 'sombreros chinos'!"

Y, de igual modo, las rocas de la playa, que al principio parecían amenazar sólo los piececitos de mi esposa, resultaban un encanto. Superábamos la dificultad para caminar por encima de ellas con media marea baja para ir a nadar calzando simplemente unas viejas zapatillas de tenis y, por la mañana, al levantarme de la cama para hacer el café, con el ardiente sol bañando las ventanas, por lo que era como estar en el centro de un diamante —o mirando por las ventanas a la ensenada, donde a lo lejos la luz del Sol, que intentaba abrirse paso, convertía una zona de agua negra en diamantes encendidos—, empecé a ver aquellas rocas intermedias con los ojos de Quaggan, los ojos de un celta, cual presencias en torno, por su parte, como los testigos inmutables de Renan, que no conocían la muerte, cada una de ellas portadora del nombre de una divinidad.

Y, desde luego, obteníamos gran parte de nuestra leña en la playa, para hacer reparaciones en casa y para hacer fuego. En la playa fue donde encontramos un día una escalera que habíamos visto flotando a flor de agua y que más adelante nos sería muy útil y también fue en la playa donde encontré un recipiente viejo que limpiamos y al final utilicé para ir al atardecer a buscar agua a la fuente.

El escocés nos había dejado dos barriles pequeños para recoger agua de lluvia, pero, mucho antes de haber encontrado el recipiente, el agua de beber había empezado a constituir uno de nuestros mayores problemas. En la carretera allende el bosque había una tienda de artículos diversos y un taller con un grifo de agua junto a la bomba de gasolina y, aunque resultaba pesado, se podía perfectamente llevar un cubo para obtener agua de aquella fuente y traerla a casa por el bosque y así lo hacía la mayoría de los veraneantes, pero descubrimos que, siempre que fuera posible, los verdaderos habitantes de la playa procuraban no hacerlo, si bien se trataba en gran medida de una muestra de pundonor, pues el tendero, un hombre bueno, no tenía inconveniente y, además, los veraneantes de la playa constituían una importante fuente de ingresos para él, quien, a diferencia de nosotros, pagaba impuestos y, además, los contribuyentes del distrito solían aprovechar cualquier excusa para quejarse de la propia existencia de los "malditos ocupas" en la playa, a cuyas casas se debía prender fuego, "cual tumores marinos malignos", como escribió un maligno periódico de la ciudad. ¿De qué habría servido decir a semejantes fulanos: "Donde había encontrado amor había sido en las cabañas en las que vivían los pobres". Por esas razones, los residentes permanentes o incluso los veraneantes que llevaban ya tiempo allí, preferían obtener su agua en una fuente natural. Algunos habían excavado pozos; otros, como Quaggan, tenían canalones por los que conducían el agua desde las fuentes de montaña y pasando por el bosque, pero nosotros no lo descubrimos hasta más adelante, pues en aquel momento apenas habíamos conocido a quienes iban a llegar a ser nuestros vecinos y amigos y de cada uno de los más cercanos de los cuales, desde Quaggan, en el Norte, hasta Mauger, en el Sur, nos separaba un buen cuarto de milla. El escocés nos había dejado un barril pequeño lleno de agua potable y nos había dicho que, para buscar el agua con que rellenarlo, iba siempre en barca a una fuente a una media milla de distancia, más o menos, tras la punta del faro y allende el embarcadero de las barcazas, conque cada dos o tres días yo cargaba el barril y un cubo en la barca y mi esposa y yo remábamos hasta allí. Aquel arroyo tenía agua todo el año, pero era tan poco profundo, que no se podía baldearlo. Había que llenarlo allí, donde una cascada, de un pie, más o menos, de alta, vertía el agua por entre las rocas y se podía colocar el cubo debajo.

Allí la playa, en una tierra de nadie entre la empresa de barcazas y la reserva india, era muy llana y baja, sin arena, pero cubierta de una profunda capa de cieno y algas; cuando la marea estaba baja, la barca quedaba a unos treinta metros de la cascada y había que esforzarse para llevar el barril desde el riachuelo hasta la barca pasando por el cieno y el agua poco profunda y hundiéndose en la porquería. En cambio, con la marea alta el mar llegaba justo por encima de la cascada y la cubría completamente, aunque después volvía a salir pura, por lo que había que hacerlo exactamente cuando la marea estuviera por la mitad y pudiésemos acercarnos con la barca o, si no, constituía una tarea casi imposible. Ahora me resulta difícil entender, por mucho que me esfuerce, cómo podía divertirnos tanto semejante labor, pero tal vez parezca divertido ahora al recordar nuestra desesperación el día en que descubrimos que ya no podíamos llegar hasta allí; de momento parecía que por esa razón íbamos a tener que abandonar de verdad Erídano.

Era finales de noviembre y faltaba menos de un mes para el solsticio de invierno y todavía seguíamos allí; las brillantes mañanas escarchadas, los mediodías azules y dorados y las nieblas vespertinas de octubre se habían vuelto de repente amaneceres obscuros y tempestuosos, con nubes hoscas que corrían por las montañas llevadas por el viento del Norte. Una mañana, para aprovechar la media marea, yo me levanté, tomando el relevo de mi esposa, mucho antes del amanecer para hacer el café. Júpiter había estado intensamente encendido y, aunque sólo eran las nueve y media, la Luna menguante seguía brillando. Cuando llevé el café a mi esposa, había un amanecer como de loza o porcelana. Antes había habido un cielo negro y aborregado y ondulaciones rosáceas. A mi esposa siempre le encantaba que le describiera esas cosas, aun cuando fuese, como solía suceder, poco preciso, a diferencia de cuando me las describía ella a mí, al levantarse antes que yo en los días más cálidos.

Pero, al parecer, me equivoqué sobre la salida del Sol, como también antes sobre la marea ascendente, porque más tarde, hacia las diez, seguíamos tomando el café y esperando que saliera el Sol y llegara la marea. Se había vuelto un día calmo y suave, con el agua como un espejo obscuro y el cielo como un trapo de fregar platos. Una garza inmóvil posada en una piedra junto a la punta parecía anormalmente alta y por un momento recordamos que la otra noche habíamos visto a unos hombres trabajando allí con linternas: tal vez la garza fuera algún nuevo tipo de boya, pero después esa alta boya se movió ligeramente, desplegó unas alas de cóndor y luego se quedó, como antes, inmóvil.

Sin embargo, durante todo ese tiempo el Sol había estado saliendo y ya lo había hecho del todo para quienes vivían más allá de la montaña y allende el agua. Digo la montaña porque el Sol ya no salía, como en septiembre, por el Este, sobre el mar, sobre Port Boden, con los cables de la electricidad que lo cruzaban, o por el Nordeste, donde estaban las montañas, sino cada vez más hacia el Sur, detrás de aquella colina boscosa por encima de las vías del tren.

Pero de repente ocurrió algo extraordinario. Más al sur de los cables, directamente por encima del ferrocarril invisible, por sobre las ennegrecidas cabañas bajo el terraplén, el Sol, la única cosa viva en un gris espacio baldío, luchaba por abrirse paso o, mejor dicho, acababa de aparecer bruscamente, el Sol, como un circulito con cinco árboles superpuestos, agrupados en su borde inferior como agujas de una iglesia en una taza de té. Si cerrabas los ojos y volvías a abrirlos de par en par, no había claridad alguna, sólo ese círculo de platino del Sol con los árboles y ningún otro árbol visible con la niebla y después nubes bien recortadas sobre la cima, mientras que el Sol, a medida que ascendía, abarcaba más árboles por la cumbre de la montaña. Luego, el Sol se incendió un momento y después pareció una calavera, la nuca de una calavera. Cerramos los ojos y volvimos a abrirlos y ahí estaba el Sol, un solecito diminuto, encuadrado en uno de los marcos de las ventanas, como una miniatura, irreal, con aquellos árboles superpuestos, pese a que no se veía árbol alguno más.

Montamos en la barca y remamos hasta la ensenada, donde encontramos un nuevo anuncio:

NO PASAR – PROPIEDAD PRIVADA

Pero decidimos, de todos modos, llenar el barril aquella última vez. Alguien bajó corriendo por la pendiente y haciendo gestos airados y con mis prisas por alejarnos con la barca, varada con el mayor peso del barril, uno de los zunchos se le soltó y, cuando llegamos a casa, no sólo estaba casi vacío el barril, sino que, además, estuvimos a punto de hundir la barca del escocés. Mi esposa estaba llorando y, además, llovía y yo estaba irritado; era época de guerra y no teníamos la posibilidad de comprar otro barril y en la riña —una de las primeras— que siguió, casi habíamos decidido marcharnos definitivamente, cuando, mira por dónde, divisé un recipiente que la marea, al retroceder, había dejado en la playa. Mientras lo examinaba, el Sol reapareció a medias y lanzó una pálida luz plateada, seguía lloviendo en la ensenada y mi esposa quedó tan cautivada con aquella belleza, que olvidó todas las expresiones indignadas que habíamos manifestado y se puso a explicarme en qué consistían las gotas de lluvia, enteramente como si fuese un niño, mientras yo escuchaba, conmovido e inocente, como si nunca hubiera visto semejante cosa y, en verdad, parecía que así había sido.

"¿Ves, cariño mío? Cada círculo está entrelazado con otros que van cayendo alrededor", dijo. "Algunos son grandes, se extienden ampliamente y engullen otros y algunos son circulitos más débiles que parecen durar sólo un breve lapso... La propia lluvia es agua procedente del mar, elevada hasta el cielo por el Sol y que, transformada en nubes, vuelve a caer en él".

¿Sabía yo eso? Supongo que sí o algo parecido, pero lo que no había sabido era que el mar, a su vez, había nacido de la lluvia. Sin embargo, lo que dijo lo pronunció con tan inexpresable encanto —repito—, que, al contemplarlo y escucharla, fue como la primera vez que había yo presenciado el suceso tan común de la lluvia que caía en el mar.

Este mundo se ha vuelto tan terrible y ajeno a la Tierra, que un niño puede haber nacido en su Liverpool y nunca encontrar ya a una sola persona que considere digno indicarle la sencilla belleza de semejante fenómeno. ¿A quién puede extrañar que los propios elementos, utilizados tan sólo para destruir la Tierra y por la codicia de los hombres, se revuelvan contra los propios hombres?

Entretanto, el Sol estaba intentando abrirse paso de nuevo y comprendimos que su aparición como una calavera había sido una pose. Como si hubiese sido ese haz desde el faro del cabo Kao, que, según dicen, se puede ver desde una distancia de setenta y seis millas, así vimos nosotros la primavera y entonces fue cuando en verdad decidimos quedarnos.

En cuanto al recipiente, era como los que yo, en la época en que había sido fogonero, había visto a bordo, usados como filtros en la cantina del contramaestre o del maquinista, y supuse que lo habrían tirado por la borda desde un barco inglés. Ya fuera cosa de mi imaginación o no, olía a jugo de lima. Esos filtros eran para el agua, pero solía ser habitual añadirles jugo de lima. Ahora bien, cuando el jugo de lima reglamentario para la tripulación en los buques ingleses es puro, es tan fuerte, que solían usarlo para frotar las mesas de la cantina y blanquearlas —unas gotitas en un cubo de agua surtían efecto—, pero en el metal puede tener un efecto corrosivo, además de higiénico, y se me ocurrió que un muchacho novato de la cantina pudiera haber puesto por error demasiado jugo de lima en dicho filtro o no bastante diluido y el contramaestre, al llegar sediento después de su turno, se había servido un buen trago de un agradable refresco con sabor a óxido, había arrancado el filtro de la pared y, tras amenazar con estrellárselo en la cabeza al desdichado muchacho de la cantina, lo había tirado por la borda. Ésa era la pequeña historia marina que imaginé al respecto para mi esposa, mientras me puse a convertirlo en un buen recipiente de agua limpia para nosotros.

Ahora teníamos un recipiente, pero no un lugar honorable donde obtener agua. El mismo día nos encontramos con Kristbjorg en el sendero.

"... y ahí tenéis vuestra *wand*", dijo.

"¿Cómo?"

"Agua, señora".

Era la fuente. *Wand* o una palabra parecida, aunque no pronunciada como en inglés, era, al parecer, la palabra danesa o noruega para "agua" o, si no, la palabra que Kristbjord usaba a veces. Había estado allí todo el tiempo, a menos de cien yardas de la casa, aunque no la habíamos visto. Se debía a que, como el veranillo de San Martín había sido extremadamente seco y prolongado, no había empezado a correr hasta más tarde y entonces nos habíamos acostumbrado a no tenerla, por lo que no la habíamos visto, pero por un momento había sido como si Kristbjord hubiera esgrimido una varita mágica y de repente ahí teníamos el agua. Y aquella amable persona fue a buscar un trozo de tubería de hierro para que fuera más fácil llenar el recipiente.

IV

Tampoco olvidaré nunca la primera vez que me dirigí por aquel sendero a coger agua. Aquel día el anochecer fue muy peculiar. En el Nordeste una Luna llena como un cardo en llamas había salido por sobre las montañas. Marte, la única estrella, se cernía sobre la Luna. Al otro lado del agua, un banco de niebla se extendía a lo largo de la costa de la ensenada, luminoso por el Este frente a la casa, pero obscureciéndose hacia el Sur y el Oeste, muy a la derecha y más allá de los árboles del promontorio —es decir, que desde nuestro porche, desde el sendero, el promontorio con el faro quedaba detrás de mí, pero era un anochecer tan extraño, que yo no cesaba de darme la vuelta—, tras el cual la niebla aparecía en forma de espirales y bocanadas de humo, como si el bosque estuviera ardiendo. El cielo estaba azul por el Oeste e iba volviéndose un ocaso gredoso con tonos pastel sobre el cual se recortaban los árboles. Por allí un depósito de agua ahusado sobresalía de entre la niebla. El interior de la casa había estado obscuro, pero, ahora que había yo salido al sendero, estaba claro. Eran las seis de la tarde y, pese al cielo azul hacia el Oeste, un pedazo de la Luna se reflejaba en el agua junto a una boya. Bajo los árboles la marea estaba alta. Sin embargo, al cabo de unos instantes, cuando llegué a la fuente, la Luna quedó tapada por una nube y se hizo la obscuridad: el reflejo desapareció y, cuando volví, había una niebla azulada.

"Bienvenido a casa" dijo, sonriendo para recibirme, mi esposa.

"Ah, sí, querida, ahora sí que es una casa de verdad. Me encantan las cortinas que has hecho".

"Es agradable sentarse junto a la ventana y mirar afuera cuando hace buen tiempo, pero, cuando se trata de un ocaso lóbrego, prefiero correr las cortinas y sentirme con mucha luz de lámparas dentro y lejos de la noche lúgubre".

"¿Nada de estupideces sobre el amor en una casita de campo?"

Yo estaba encendiendo las lámparas de petróleo al decir eso y sonriendo al pensar en que ese comentario carente de amor y nada profético había llegado a ser ahora una frase hecha amorosa y cautivadora con el dorado color de la llama de las lámparas de petróleo encendidas y recortadas tras sus preciosos soportes azules, sostenidos por ganchos de estaño acanalado, como aureolas o una custodia.

"Pero ahora es de noche, ¡y ya están en movimiento los "sombreros chinos"! Nos reímos, mientras yo bajaba la llama de un pabilo que estaba ahumando el cristal.

Y fuera la marea estaba entrando aún más desde el Pacífico hasta que la oímos chapotear y arremolinarse bajo la propia casa. Y después, desde la cama, sentimos los motores de un carguero que hacían retemblar la casa:

> *Frère* Jacques
> *Frère* Jacques
> *Dor*mez–vous?
> *Dor*mez–vous?

Pero la mañana siguiente, cuando las gaviotas alzaron el vuelo con destino a las costas de la ciudad, el claro y frío sol entró a raudales en las dos habitaciones de nuestra casa y las inundó con brillantes e incesantes reflejos del agua y luz incandescente, como si supiera que pronto el mundo empezaría a recorrer los montañosos mares del invierno para alcanzar una primavera inevitable. Y aquella noche, cuando apareció la luz de la Luna, después de que las últimas gaviotas se hubieran dispuesto a dormir, tuvo tiempo para adornar las ondulantes ventanas con sus cortinas sobre la inquieta marea de Erídano, que era a un tiempo mar y río.

A partir de entonces, en el crepúsculo, cuando las gaviotas volvían flotando por sobre los árboles, yo solía coger el recipiente para dirigirme a la fuente. Primero subía por la escalera de madera, situada en el terraplén, cuyos peldaños habían substituido los del escocés, viejos y rotos, y que comunicaban nuestro porche con el sendero. Después torcía a la derecha, con lo que entonces miraba al Norte, hacia las montañas, emplumadas de blanco, como las propias gaviotas, con una fresca pintura de nieve, rosada o añil.

Con frecuencia me entretenía por el camino y soñaba con nuestra vida. ¿Era posible ser tan feliz? Allí estábamos viviendo en el límite mismo de la existencia, en condiciones de una pobreza tan precaria y deplorables, a ojos del mundo, que hasta los periódicos o la Junta de Salud Pública censuraban y, sin embargo, a nosotros nos parecía estar en el Cielo y que el mundo exterior —tan pomposo en sus prescripciones de necesidades imaginarias para el hombre, que eran en realidad su condena— era un infierno y por esas ilusorias necesidades, en ese infierno de fealdad fuera de Erídano, los hombres estaban matándose con miras a volverlo aún peor.

Pero, varios atardeceres después, al volver a casa por el sendero, me sentí embargado por la más intensa emoción que había experimentado en mi vida. Fue tan intensa, que tardé un rato en reconocer lo que era, y tan totalmente profunda, que me hizo detener el paso y dejar mi carga en el suelo. Un momento antes había estado pensando en lo mucho que amaba a mi esposa, lo mucho que agradecía nuestra felicidad, después me puse a pensar en la Humanidad y entonces esa emoción, antes inocente, se había vuelto... sí, eso es lo que era en verdad: odio. Además, no era simplemente un odio corriente, era algo virulento y asesino que latía en todas mis venas como una pasión e incluso parecía ponerme los pelos de punta y la boca salivar y se llevaba por delante a todo el mundo, a todos, menos a mi esposa. Y entonces, una y otra vez, cuando me embargaba ese sentimiento al volver con el agua, me detenía en el sendero y soltaba mi carga. Era un odio tan devorador y tan absolutamente implacable, que me asombraba a mí mismo. ¿Qué quería decir todo ese odio? ¿Eran de verdad míos esos sentimientos? El mundo: desde luego, se podía odiarlo por su fealdad, pero en aquel caso se trataba de odio a la Humanidad. Un día, cuando de nuevo no aceptaron enrolarme en el ejército, se me ocurrió que de un modo misterioso yo participaba de la espantosa ira que estaba barriendo el mundo o que estaba a merced de las salvajes fuerzas de la naturaleza, que, según había leído, se habían enviado al mundo del hombre para redimirlo, o algo parecido al horrendo *wendigo*, el vengador espíritu de odio al hombre en la selva, el bosque torturado por el fuego, que los indios temían y en el que aún creían.

Y, con mi angustiosa confusión mental, mi odio y sufrimiento eran el propio fuego del bosque, el destructor, que está aquí, ahí y por doquier; respira, se mueve y a veces vuelve de repente sobre sus pasos e incluso se suicida, con un comportamiento propio de una mente idiota; conque mi odio se convirtió en un objeto en sí, un plan de destrucción, pero el movimiento del fuego del bosque es casi como una perversión del movimiento de la ensenada: las llamas corren hasta un grupito de secos cedros inflamables, las amarillas llamas los resquebrajan, pensamos que esas llamas recorrerán la cresta de la montaña y se desbordarán como una ola de marea. En cambio, una hora después tal vez, el viento habrá cambiado o el fuego habrá llegado a ser demasiado grande por sí solo y ahora está aspirando una corriente de aire opuesta a su avance. Así, pues, el fuego no barre la colina, sino que se limita a devorar los trozos de árboles que resquebrajó durante su primera acometida. Así parecía estar actuando el odio, volviéndose hacia dentro y de nuevo hacia mí mismo para devorar mi propio ser con sus llamas.

¿Qué me ocurría? Pues en nuestro poblado casi todo se hacía con desinterés. Había descubierto que nuestros vecinos esperaban todo el día, como leones benévolos de las montañas, tan sólo para darnos una muestra de desinterés, para ayudarnos de algún modo o traernos un obsequio. También aquí, una sonrisa, un saludo con la mano, una acogida jovial revestían una gran importancia. Tal vez nos consideraran un poco holgazanes, pero nunca nos lo hicieron saber. Recordé que Mauger, el de la isla del Canal, hacía un reconocimiento con su barco para observar nuestra casa y procurar elegir el momento mejor para traernos unos cangrejos o salmón, sin importunarnos y sin aceptar pago alguno. Al contrario, nos pagaba a nosotros por el privilegio de regalarnos los cangrejos y recrearnos con historias y canciones.

En cierta ocasión nos contó que un salmón había ahogado un águila. Éste había huido con un salmón en sus garras, que no había querido compartir con una bandada de cuervos, y, en lugar de ceder una parte de su botín, se había dejado arrastrar al final bajo las olas.

Nos contó que en las regiones norteñas donde pescaba había dos clases de hielo, azul y blanco: vivo y muerto. El blanco, como estaba muerto, no podía trepar, pero el hielo azul llegaba y privaba poco a poco una isla de toda su belleza en árboles y musgo, desangraba el liquen hasta la roca y la dejaba pelada como la puerta del escocés, que había venido a ayudarnos a reparar.

O nos hablaba de visiones árticas, de vientos tan fuertes, que revertían las corrientes de las mareas, en las que se encontraban pescados extraños con espinas verdes...

Cuando regresaba en septiembre, le encantaba cantar:

> Oh you've got a long way to go
> You've got a long way to go
> Whether you travel by day or night
> And you haven't a port or a starboard light
> If it's west or eastward ho...
> The judge will tell you so...[16]

O cantaba, con su curiosa voz entrecortada y con acentos del teatro inglés de variedades, que era más bien como hablar:

> Farewell, farewell, my sailor boy
> This parting gives me pain...[17]

Y también nosotros nos habíamos vuelto desinteresados o al menos diferentes, lejos de los principios del mundo egoísta. No cesábamos de vigilar la balsa de Quaggan para cerciorarnos de que estaba segura y, si se soltaba sin que él lo advirtiera o cuando él iba a la ciudad, la rescatábamos, aunque hiciese mal tiempo, esperando sinceramente que no se enterara de que habíamos sido no-

---

[16] «Oh, te falta mucho camino por recorrer,/Te falta mucho camino por recorrer,/Ya viajes de día o de noche./Y te falta una luz a babor o a estribor./Si es hacia el Oeste o el Este,/Será el juez quien te lo diga...»

[17] «Adiós, hasta pronto, marinerito mío./Esta despedida me duele mucho...»

sotros y, sin embargo, orgullosos de haberlo sido, porque, de lo contrario, habría sido algún otro.

Nadie cerraba las puertas, nadie hablaba de ningún otro con mala intención. Sin embargo, no debemos atribuir las virtudes canónicas a los habitantes de Erídano, si bien hemos de destacar un detalle sobre las mujeres de los pescadores. Nunca había mujeres, salvo las casadas. Los pescadores solteros prestaban con frecuencia sus cabañas a sus amigos en verano, pero, cuando regresaban, eran sacrosantas. Lo que hiciesen en la ciudad era asunto suyo, pero nunca traían putas, por ejemplo, a sus cabañas. La actitud del pescador solitario para con su cabaña y su barco no era diferente. En efecto, su amor a la una era el mismo que el que sentían por el otro. Tal vez su cabaña fuese para él un bien menos preciado que su barco y su amor a su cabaña era menos apasionado; creo que se debía a que sus cabañas eran santuarios de su integridad e independencia, cosa que, como entiende esa clase de ser humano que parece casi haber desaparecido, sólo se puede preservar sin la perversidad del chismorreo y, en realidad, la vida de cada cual era esencialmente un misterio (aun cuando pareciera un libro abierto) para su vecino. Los habitantes profesaban creencias y descreimientos políticos y religiosos diversos y, desde luego, no eran sentimentales. En años posteriores, hubo en cierto momento una familia con tres hijos que vivía en Erídano por necesidad y no por libre elección y estaban de verdad convencidos de que el lugar "no era digno de ellos" y de que los valores auténticos eran los de "no ser menos que el vecino". Se dejaron hundir en la degradación, como si ésta fuera equivalente normal de la pobreza, sin haberse quedado nunca contemplando una salida del Sol. Recuerdo que su desaliño e incapacidad en general dio lugar a comentarios bastante duros entre los pescadores y, cuando se marcharon para trasladarse a un barrio bajo de la ciudad, donde, desde luego, no habían de ir a buscar el agua a una fuente y donde la única señal de una salida del Sol que recibirían sería desde detrás de almacenes de mercancías, todo el mundo se sintió aliviado. Y ni siquiera nosotros estábamos del todo libres del pecado de identificar semejante vida con el "fracaso", cosa que, desde luego, deberíamos haber superado. Y recuerdo muy bien cómo solíamos dejar que nuestra barca derivara y disfrutábamos tomando el sol o nos sentábamos junto al fuego y a la luz de una lámpara, si era de noche y fuera hacía frío, y murmurábamos juntos nuestros sueños en vela respecto del "éxito", los viajes, una casa excelente y demás.

Y en Erídano todo parecía hacerse, como se suele decir, aprovechando lo que había y sin necesidad de hacer sufrir a otros por su posesión: los techos estaban hechos con láminas de cedro hendidas a mano; los pilotes, con pinos; los barcos, con cedro y el arce con hojas de pámpano. El ciprés y el abeto desaparecían por nuestra chimenea y el humo volvía al cielo.

No había lugar para el odio y, tras volver a cargar con el recipiente, decidí desterrarlo —al fin y al cabo, no era a los seres humanos a los que yo detestaba, sino la fealdad que creaban a imagen y semejanza de su ignorante desprecio de la Tierra— y regresé junto a mi esposa.

Pero en el momento en que la vi, olvidé todo mi odio. ¡Cuánto le debía a ella! Yo había sido un noctámbulo, que, sin embargo, nunca había visto la belleza de la noche.

Mi esposa me enseñó a conocer las estrellas con sus rumbos, estaciones y nombres, ¡y cómo se reía siempre, cual repique de alegres campanillas, al contarme de nuevo la primera vez que me hizo contemplarlas de verdad! Era al principio de nuestra estancia en Erídano, cuando yo, acostumbrado a estar despierto durante toda la noche y dormir durante el día, no podía habituarme al cambio de ritmo y al silencio y la obscuridad en derredor. Como me resultaba difícil dormir, ella me llevó, en la obscura madrugada de una noche sin luna, al bosque, en cuyas profundidades nos internamos; me dijo que apagara la linterna y un momento después añadió: "Mira al cielo". Las estrellas estaban en llamas y lanzaban sus rayos por entre los obscuros árboles y yo dije: "Dios mío, ¡nunca había visto nada parecido en mi vida!" Pero nunca veía las figuras que ella me señalaba y todas las veces debía enseñármelas de nuevo, hasta una avanzada noche de otoño en que había una radiante Luna llena. Aquella noche en la playa la leña traída por la marea estaba escarchada y la espuma del oleaje trazaba una lenta línea argéntea. Por encima, la propia noche fulguraba con espadas y diamantes. Desde el porche señaló a Orión —"Mira, las tres estrellas de su cinturón: Mintaka, Alnilam, Alnitak; ahí está Betelgeuse, arriba en su hombro derecho, y Rigel abajo, en su rodilla izquierda..." y, cuando lo vi por fin, dijo: "Esta noche resulta más fácil, porque la luz de la Luna anula todas las estrellas menos las más brillantes".

Pensé en lo poco que había conocido yo hasta entonces las profundidades y mareas de una mujer, su ternura, su compasión, su capacidad para el disfrute, su melancolía, su alegría y fortaleza y su belleza, que, gracias a mi tremenda suerte, era la de mi esposa.

De niña había vivido en el campo y, al regresar a él tras los años pasados en ciudades, parecía que no lo hubiera abandonado nunca. A veces, al dirigirme por el bosque a recibirla de vuelta de la tienda, me la encontraba tan quieta y alerta como la criatura salvaje que había visto y estaba contemplando, una cierva con su cervatillo, un visón o un martín pescador en una rama por encima de su cabeza, o de rodillas, oliendo la tierra que tanto amaba. Con frecuencia tenía yo la sensación de que había en ella una misteriosa correspondencia con toda la naturaleza que la rodeaba, desconocida para mí, y pensaba que tal vez fuera ella misma el espíritu vital de todo lo que amábamos en Erídano, de todos los cambiantes estados de ánimo y mareas, además de las obscuridades, los soles y las estrellas. Ni siquiera el propio bosque podía haber anhelado la primavera más que ella, para quien era como el Cielo para un cristiano, y, por mediación de ella, yo mismo me volví propenso a semejantes talantes, cambios y corrientes de la naturaleza, así como a la incesante putrefacción y conversión en humus de sus hojas caídas y brotes —nada en la naturaleza recordaba, empecé a pensar, más que eso: que acabaríamos muriendo— y al resurgir de la vida.

Además, mi esposa era una cocinera consumada y, aunque la cocina de leña que teníamos nos recordaba a la de Charlie Chaplin en *La quimera del oro*, ella conseguía hacer obras de arte con nuestros limitados y humildes alimentos.

A veces, cuando teníamos el corazón transido por la guerra o temíamos vernos separados o quedarnos sin dinero, ella en la cama se reía en la obscuridad y me contaba historias para hacerme reír también a mí y después nos poníamos incluso a inventar juntos *limericks* obscenos.

Resultaba que raras veces podíamos hacer trabajos fuera, como partir leña o hacer reparaciones o, en particular, cuando construimos el muelle, sin cantar; las tareas engendraban los cantos, por lo que era como si hubiésemos descubierto de nuevo los primeros comienzos de la música para nosotros; empezamos a crear nuestras propias canciones y yo comencé a transcribirlas.

Pero era el acompañamiento de su lenguaje, de su conciencia de todo, lo que entonces me parecía —y admiraba— a medias absurdo y totalmente atinado, pues intensificaba toda nuestra vida.

"Mira la escarcha en las hojas caídas: es como un brocado suntuoso". "Los paros carboneros suenan como campanillas al viento". "Mira ese musgo, es un bosque tropical en miniatura con palmeras". ¿Sabes en qué distingo el espino negro de los alisos? En que los alisos tienen ojos". "¿Ojos?" "Exactamente como los de las patatas. Es allí donde los brotes verdes y las ramas jóvenes dejan su marca al caer". "Esta noche va a nevar, lo huelo en el viento". Así eran nuestras charlas, nuestro cotilleo sobre el bosque.

¡Qué lejos quedaba mi antigua vida nocturna! ¡Una vida en la que mis únicas estrellas eran las luces de neón! Debía de haber tropezado con mil amaneceres alcohólicos, pero, como borracho en el asiento trasero, ni siquiera me enteré. ¡Qué diferentes eran los pocos tragos que tomábamos ahora, con Quaggan o Kristbjorg, cuando podíamos costeárnoslos o cuando había algo para beber! Nunca hasta entonces había contemplado yo una salida del Sol.

Uno o dos domingos, algunos de los chicos que habían tocado conmigo vinieron a vernos, cuando dio la casualidad de que hubieron de actuar en la ciudad, en el Palomar Dance Hall o en el escenario del cine Orpheum. Muchos conjuntos se habían deshecho durante la guerra y mi antigua banda ya no era la misma, pero, pese a lo que el mundo pueda pensar, los músicos de *jazz* no sólo se caracterizan por una integridad inhabitual, sino que, además, son los hombres más comprensivos y menos materialistas y, sabedores de que me aniquilaría, no me tentaron para que volviese a mi antigua vida. No era que me imaginara haber superado el *jazz*: eso sería imposible y tampoco lo desearía y tampoco ellos me habrían dejado concebir semejante ilusión falsa, pero hay quienes pueden resistir ciertas situaciones y otros que no. Nadie puede ser tan idiota como para pensar que Venuti, Satchmo, el Duke o Louis Armstrong hayan "arruinado su vida" llevando lo que yo he llamado, como un presuntuoso, "una vida nocturna". Para empezar, se trata de su vida y para mí presenta perfiles de auténtica gloria, la más auténtica aceptación de una vocación verdadera. Por un lado, me los imagino muriéndose de risa al ver esta clase de lenguaje, pero sabrían que lo que digo es cierto.

En un pasado lejano, yo había pertenecido en cierto modo a la época de la Prohibición —a decir verdad, aún no he perdido el gusto por la priva de contrabando— y de Beiderbecke, que era mi héroe, y Eddie Lang, quien me enseñó a tocar. El *jazz* ha avanzado mucho desde aquella época y el Sr. Robert Hackett logra unas improvisaciones que habrían resultado difíciles incluso a Bix, pero yo sentía un apego romántico a aquella época, como también a la obsoleta etapa de los cuartos de calderas náuticas. Nunca había podido yo tocar música melódica y raras veces había conseguido tocar algo sin beber y, cuando la abandoné, estaba en peligro de algo peor, cosa que mis colegas, embargados por un asombro serio y cortés ante la extraordinaria vida que ahora llevaba yo y en cuyos rostros, marcados por las resacas, las heridas cubiertas con esparadrapos revelaban el heroísmo y la decencia de su visita, lo apreciaban enteramente. Me habían traído un viejo gramófono al que se daba cuerda con la mano, en vista, desde luego, de que no teníamos electricidad, y una colección de discos antiguos y yo entendí, gracias a nuestra jerga habitual, a la que recurríamos todos en confianza, que su sincera impresión se debía a mi necesidad de hacer algo creativo con mi vida, si no quería acabar deshecho, pese a mi felicidad.

Un aciago día muy gris en que soplaba un estridente viento del Norte por entre los desnudos árboles de palo santo y el sendero por el bosque estaba casi impracticable por el hielo y un ventisquero, hubo un repentino alboroto fuera. Eran algunos de los muchachos de mi antigua banda, que me habían traído un pequeño piano de segunda mano. Resultaría difícil concebir el autosacrificio, la organización y el puro y simple esfuerzo inherente a aquel detalle. Habían hecho una colecta, habían encontrado aquel instrumento —a saber cómo— y, como sólo podían venir a visitarme en domingo y, por tanto, no podían contratar a nadie para ayudarlos, habían alquilado un camión, pero, al no poder llegar hasta la casa con él, me lo habían traído cruzando el bosque helado por aquel sendero casi intransitable.

Después, mis amigos me enviaron de vez en cuando muchos arreglos de *hot jazz* para que se los adaptara y, además, me brindaron la posibilidad de complementar mis ingresos con algo que me daba mucho placer y que, que yo sepa, es, encima, único en su género, es decir, que tuve la oportunidad de brindarles en muchas ocasiones títulos con miras a su publicación para ciertos temas de *hot jazz* creados mediante improvisación. En otro tiempo, dichos títulos parecían desprenderse del propio tema y en esa categoría figuran títulos, como, por ejemplo, *For No Reason at All in C* y los solos para piano *In a Mist*, *In the Dark*, de Beiderbecke. *Walking the Dog* es el título de una obra maestra desconocida de Eddie Lang y otro es *Black Maria*. *Little Buttercup* —melodía que, que yo sepa, nada tiene que ver con la de *H. M. S. Pinafore*— y *Apple Blossom* son dos de Venuti en vena poética, pues los negros siempre han sido particularmente buenos para titular esos temas, pero, en los últimos tiempos, pese a algunos títulos soberbios de *bebop*, como, por ejemplo, *Heavy Traffic on Canal Street* (una versión en estilo *swing* de "Carnaval de Venecia" de Paganini) y *Bach Bay Blues* de los *New Friends of Rhythm*, incluso el genio de nuestra raza hermana ha empezado a fallar al respecto. Un día, mis amigos se encontraron en un apuro en San Francisco al buscar un título y, medio en broma medio en serio, me pidieron ayuda en una tarjeta navideña para titular un tema que estaban grabando con una pequeña orquesta, poco después de Año Nuevo. Les telegrafiamos: "Proponed *Swinging the Maelstrom* aunque no sea tan bueno como *Mahogany Hall Stomp* Que Dios os bendiga Feliz Año Nuevo Abrazos".

En adelante, recibí muchas peticiones de esa clase y, como se aceptó la mayoría de mis propuestas, medio en broma, pero con el mayor agradecimiento, obtenía yo una suma de dinero sin comparación con lo que normalmente habría ganado en concepto de regalías por las ventas del disco de que se tratara. Algunos títulos que les brindé y que tal vez se recuerden son, además de *Swinging the Maelstrom*, *Chinook*, *Wild Cherry*, *Wild Water*, *Little Path to the Spring* y *Playing the Pleiades*; e hice una variación sobre un tema de Bix con el piano que llamé *Love in a Mist*.

¡*Little Path to the Spring*![18] De ese modo extraordinario había ganado lo suficiente para mantenernos, con nuestra forma de vida, los dos o tres próximos años y contar con una reserva para mi esposa, en caso de que me llamaran a filas. Y solía concebir todo aquello al ir a buscar agua por el sendero, como un cura paupérrimo que camina por las naves laterales de una gran catedral al anochecer, quien, mientras pasa las cuentas de su rosario y recita su *paternoster*, sigue acosado, sin embargo, por pensamientos muy diferentes. ¡Ah, el senderito hacia la fuente! Se me ocurrió que yo había de ser en el fondo un hombre muy humilde para obtener semejante placer creativo a partir de una simple fuente y no debía permitir que, al enorgullecerme de dicha humildad, lo estropeara todo.

El primer invierno en Erídano fue difícil para nosotros, en muchos sentidos; acostumbrados como estábamos a la vida de

---

[18] "El senderito hasta la fuente".

ciudad, nuestra primitiva existencia aquí, en la playa —bastante sencilla en verano y con tiempo cálido—, nos planteaba todos los días problemas para los que carecíamos de solución y, sin embargo, siempre los solventábamos de algún modo y nos obligaba a lograr hazañas sin saber cómo ni por qué y, sin embargo, al volver ahora la vista atrás al respecto, recuerdo una felicidad muy profunda.

V

En la parte del mundo en que vivimos, los días son muy cortos en invierno y con frecuencia tan obscuros y grises, que resulta imposible creer que el Sol vaya a volver a salir jamás; semanas de lluvia helada y torrencial, con intervalos de tormentas salvajes que barrían la ensenada desde las montañas, en las que el mar bramaba en derredor y bajo nuestra cabaña y batía contra ella hasta parecer a veces que enero nunca se acabaría, si bien alguna vez y muy de tarde en tarde llegaba un día espléndido de sol y claridad, tan frío, que la ensenada humeaba y la neblina se elevaba desde el agua como el vapor procedente de una caldera hirviendo y por la noche mi esposa decía refiriéndose a las estrellas: "Como esquirlas de hielo en un cielo de azabache".

El paisaje invernal podía ser hermoso en los escasos días soleados y con flores de escarcha y con las finas ramas de abedules y arces con hojas de pámpano envueltas en cristal, gotas de diamante en las borlas de las piceas y el brillante follaje escarchado de los árboles de hoja perenne. La escarcha se derretía en nuestro porche en tiras y dejaba un dibujo en la negra y mojada madera, como una extendida capa cubierta de abalorios, que nuestro gatito recorría a saltitos con sus gráciles patas frías y después se sentaba, fuera en el alféizar, con las patas rodeadas por la cola.

Un día obscuro y ventoso de enero, en que no parecía haber luz ni color en un mundo empapado y la ensenada parecía la propia Estigia —agua negra, montañas negras, nubes bajas y negras que se estremecían y gruñían por encima— bajamos caminando hasta el faro.

"… Y pronto los cangrejos traerán la primavera", exclamó Sam, "pero los cangrejos… yo tenía un amigo, un buzo… que era un ladrón en su vida privada y nunca volvía a casa de vacío, aunque lo conseguido sólo fuera un clavo. Sí. Tenía un sótano como un depósito de chatarra… Bueno, pues, aquella vez se sumergió, verdad, abajo y más abajo, a mucha profundidad. Entonces se asustó. ¿Por qué? Migraciones de miles de millones de cangrejos, que trepaban en derredor, migraban en primavera, y no cesaban de trepar en torno a él, arremolinándose y estirando los músculos".

"?"

"Sí. Tal vez hubieran visto alguna otra cosa allí abajo… ¿Quién sabe? Como estaba tan aterrado, no habló con nadie durante dos semanas, pero después cantaba como un ruiseñor y hablaba por los codos… Y pronto, queridos míos, los cangrejos y también los pájaros, traerán la primavera…"

Por aquella época fue cuando empezamos a leer más. Fui a la biblioteca de la ciudad y solicité una "tarjeta rural", que me permitía llevarme ya una bolsa llena de libros. La ciudad, que ya, en pocas horas, había empezado a convertir nuestra existencia casi en una fábula imposible, por lo que yo parecía saber, con triste previsión, cómo incluso sus mayores comodidades, que algún día podríamos anhelar —y así fue al final— como unos cobardes, casi asfixiarían todo el recuerdo de la realidad y el lujo de una vida como la nuestra, la ciudad con su calefacción de vapor, sus barrotes de prisión de las persianas venecianas, las vistas heladas y estáticas de sus techos y unos pocos jardines pequeños y sórdidos con arbustos podados que, en el atardecer invernal, parecían croquetas de pollo cubiertas de azúcar pulverizado. ¡Y, ah, tras haber estado lejos de mi esposa durante todas aquellas horas, regresar de la ciudad para descubrir la casa aún en su sitio y la ensenada en calma y apacible, los alisos y los altos cedros, el muelle allí —pues habíamos construido un muellecito—, el anchuroso cielo y las estrellas en llamas! O ponerme en camino por el húmedo y resbaladizo sendero con los árboles agitándose y gimiendo en derredor, por entre la tormenta y la obscuridad, para llegar a puerto de nuevo, el refugio con la luz de lámparas de petróleo y el calorcito.

Pero a veces también por la noche comenzaba de nuevo a sentirse el desconsuelo elemental y perdíamos todas las esperanzas con el terror al estruendo, las ramas tronchadas, el tumulto del mar, el sonido que anunciaba un desastre bajo la casa, por lo que nos aferrábamos uno al otro como dos animalitos arborícolas en una jungla de medianoche —y éramos dos animales semejantes en semejante jungla— hasta que conseguíamos reírnos de nuevo de la propia conmoción, la propia extremosidad del deber para con una casa colmada de un amor ansioso como el de los oficiales a su barco, cuando navegan en pleno temporal. Ahora bien, en mañanas tempranas de marea alta, en el momento de preparar el desayuno, era cuando la amenaza de los elementos desencadenados resultaba ser con frecuencia la prueba más dura para los nervios, con el mar gris y sus blancas cabrillas casi al nivel de las ventanas y la lluvia azotándolas, el mar estrellándose y silbando al entrar bajo la casa, causando unas horribles conmociones de troncos, truenos rechinando y estremeciendo toda la cabañita, con lo que los soportes de las lámparas tamborileaban junto con las ventanas, ante las cuales pasaba un tronco a la deriva que amenazaba el muelle y, más allá del humo de las fábricas de Port Boden, sólo se veía un gris lluvioso, mientras caían hojas en el mar; entonces nuestra barca, zarandeada allí abajo, parecía estar en peligro y al mismo tiempo se oía el ruido de ramas que se rompían en el bosque, el gran arce se agitaba y bramaba, mientras que las zarandeadas boyas chirriaban lastimeras y las mallas de las redes de pescar de Mauger colgadas del porche se agitaban como espectros enloquecidos y después quedaban inmóviles; y toda la ansiedad que había alcanzado su máxima tensión por miedo a que la pobre barca quedara destrozada, el muelle contra el que un retumbar sordo era como un golpetazo en el corazón, se calmaba, aunque sólo un instante y, un momento después, ya había comenzado de nuevo, por lo que, entre el viento, los retumbos sordos, el placer ante la vorágine de fuera, la ansiedad dentro y fuera, el orgullo de haber sobrevivido, la sensación de vida, el miedo a la muerte y el apetito por el desayuno con los olores del *bacon* y el café, que se arremolinaban con el vendaval cada vez que se abría la puerta, a veces me embargaba una euforia tal, que me daban ganas de zambullirme rápido en aquel mar desbordado para aumentar aún más mi apetito o, si no, porque el mar parecía más seguro que la casa.

Pero después salíamos a encontrarnos con una mañana de gansos salvajes que volaban a ciento por hora con viento de cola y reyezuelos con copete dorado que con rápido y multitudinario vuelo buscaban comida por entre los arbustos sin hojas y otro día de compañerismo invernal avanzaba hasta un atardecer de viento, nubes y gaviotas que volaban a la vez en cuatro direcciones y un cielo negro por sobre los trémulos y desolados alisos, con el corazón ya cubierto con sus verdes alhajas, que yo nunca había visto en verdad, y las gaviotas cerniéndose con su blancura contra aquella obscuridad, y de pronto aparecía la Luna tras las nubes, cuando amainaba el viento, transiluminando desde las alturas sus propias profundidades lunares en el agua, la Luna reflejada en las nubes a medias iluminadas en el agua de allá abajo y detrás, en las mismas profundidades translunares, los reflejos de las riostras y las vigas cruzadas de nuestro sencillo muelle, salvado un día más, dotado subacuáticamente de una antigua y compleja armonía de belleza arquitectónica, una geometría inversa con la luz de la Luna, que transcendía nuestro conocimiento consciente.

En febrero los días eran claramente más largos, luminosos y cálidos, la salida del Sol y su ocaso volvían a ser a veces claros y hermosos, había de repente una Luna cálida y brillante o incluso todo un día que derretía el hielo en los arroyos y los hacía correr de nuevo o un día soleado en el que se podía mirar al cielo por entre los árboles y en el que unos Aconcaguas luminosos navegaban por la azul tarde de Dios.

Al anochecer, cuando iba yo a buscar el agua —y siempre me gustaba que coincidiera con el regreso vespertino de las gaviotas por sobre los árboles y a lo largo de la ensenada—, el ocaso iba alargándose cada vez más y los paros carboneros, los reyezuelos y diversos zorzales revoloteaban entre los arbustos. ¡Cómo me gustaba la vida de aquellos chiquitines! Ahora me sabía sus nombres y algunos de sus hábitos, pues mi esposa y yo los habíamos alimentado durante todo el invierno y algunos eran incluso muy dóciles y me miraban sin temor, cuando me acercaba. Justo después de *Dunwoiken*, el sendero torcía con una curva pronunciada hacia la playa y una pendiente muy empinada y después hacia la izquierda por una corta cuesta y ahí estaba la fuente que bajaba de las montañas, en la que yo llenaba mi recipiente. ¡Ah! La emoción, la belleza y el misterio de las pequeñas fuentes y los lugares en los que hay agua potable cerca del océano.

Aunque la llamábamos "fuente", en cierto sentido no lo era, sino un alegre riachuelo, pero se le daba ese nombre porque sólo un poco antes surgía de debajo de la tierra. Era una fuente de agua, una fuente de abastecimiento; por eso se lo llamaba "fuente"; es un fastidio, pero no insignificante, que en inglés se use la misma palabra para "fuente" y para "primavera".

Un anochecer, de vuelta de la fuente, me acordé de pronto —no sé por qué— de un pasaje improvisado de Bix en el disco de Frankie Trumbauer de *Singing the Blues*, que siempre me había parecido expresar un momento de la más pura y espontánea felicidad. Nunca podía escuchar dicha improvisación sin sentirme feliz yo mismo y desear alguna buena acción. ¿Se podría plasmar csa clase de felicidad en la vida propia? Como se trataba sólo de un momento de felicidad, me sentía animado por impulsos irreconciliables. No se podía volver permanente un momento y tal vez intentarlo fuera una forma de perversidad, pero, ¿es que no había medios de indicar al menos la existencia de semejante felicidad, que es lo que se quiere decir de verdad con la palabra "libertad", que era como la primavera, como nuestro amor, como el deseo de ser en verdad buena persona?

Un día frío y lluvioso, me encontré con Quaggan, un hombrecillo enjuto y robusto, vestido con un jersey de punto de la tribu Cowichan con franjas horizontales: estaba en el sendero cortando corteza de cáscara sagrada.

"El sendero de Proteus", dijo con expresión pensativa.

"¿Proteus?"

"Sí. El hombre que abrió este sendero. Es herrero y ahora vive en la ciudad. Solíamos llamarlo el sendero de Bell—Proteus, porque Bell fue quien lo ayudó", dijo el anciano, al tiempo que desaparecía en la obscuridad con su hermosa carga purgante.

Cuando regresé a casa, busqué "Proteus" en el diccionario que había dejado el escocés (quien, con una asombrosa perspicacia, no lo había devuelto durante veinte años a la Biblioteca Pública de Moose Jaw), junto con unos ensayos sobre Renan y una Biblia, prestada por un tal Gideon, que estaban en la leñera, y descubrí —aunque no puedo decir que no lo supiese ya— que era un dios—nauta profético al servicio de Poseidón. Cuando se lo atrapaba, cobraba formas diferentes.

Pero, ¡qué extraño era!, pensé. Aquí Proteus era un hombre, con cuyo nombre se había bautizado el sendero, pero también era un dios. ¡Qué misterioso! Y Erídano también, que era un barco, el nombre de nuestro pueblo y un puerto, además de una ensenada y también una constelación. ¿Estaríamos viviendo una vida a medias real y a medias de fábula? El nombre de Bell no tenía, que yo supiera, un significado. Tampoco el de Quaggan. Kristbjorg podía tener virtudes propias de Cristo, pero no se parecía precisamente a Él y, aun así, yo no podía por menos de recordar la declaración de Hank Gleason, el contrabajista, sobre Erídano aquel domingo: "No es de este mundo, hermano", había dicho. Me dio una sensación incómoda durante unos momentos, como ver una de esas grotescas películas en las que utilizan dibujos animados con figuras de verdad, una mezcla de las dos formas; era también la sensación, aunque no pudiese concretarla, que me habían inspirado *Wywurk* o *Hi–Doubt*. Y, sin embargo, ¿se debería la confusión a la aplicación de esas etiquetas de una dimensión en otra? ¿O eran inextricables? Como cuando, precisamente por aquella época, en la refinería de petróleo decidieron colocar un gran cartel sobre los embarcaderos, como un anuncio: SHELL, pero pasaron semanas sin que añadieran la S, por lo que quedó sólo HELL. Y, sin embargo, mi propia imaginación no habría podido soñar con nada más bello que el cielo desde el que divisábamos aquel detalle. (En realidad, había acabado encariñándome con la maligna refinería de petróleo, que ahora, como la guerra requería cada vez más lubricación, de noche era con frecuencia una explosión de luces, como un acorazado en el puerto el día del cumpleaños del Almirante.) Pero nunca pude resolver esos problemas: si al menos hubiera podido exponerlos con mi "música" —pues me había puesto a componer en el piano vertical—, ya habría estado bien.

Y después, antes de tener tiempo para pensarlo, pareció que volvía a buscar agua, caminando como por una eternidad por una serie de crepúsculos que se desvanecían por el sendero y al final llegaba la noche como una gran girándula.

Era un crepúsculo muy apacible y yo había salido más tarde de lo habitual. En la cabaña de Quaggan ya estaban encendidas las mudas lámparas, como también en la de Kristbjorg y en la punta de Cuatro Campanas, aunque yo sabía que ninguno de sus dueños estaba en casa, pues acababa de ver a los tres por entre los árboles camino de la tienda. Creo que debió de ser el silencio, la quietud, con la marea alta y el brillo de las lámparas en las casas vacías junto al mar, lo que me lo recordó. ¿Dónde había leído yo algo sobre la Isla Deleitosa —en Renan, claro está—, en la que las aves cantan los maitines y laudes en las horas canónicas? La Isla Deleitosa, en la que las lámparas para los oficios religiosos se encienden solas y nunca se consumen, pues brillan con una luz espiritual, en la que reina una absoluta quietud y todo el mundo sabe con precisión la hora exacta de su muerte y no se siente ni frío ni calor ni tristeza ni enfermedades del cuerpo ni del alma. Y pensé para mis adentros que estas luces son como aquéllas. Aquella quietud es como ésta. Esto es, a su vez, como la Isla Deleitosa y después, tras detenerme en el sendero, pensé: ¿y si lo perdiéramos? Y con aquel pensamiento de una ansiedad devastadora, siempre hacía un alto y suspiraba y después llegó la primavera y olvidé también aquella ansiedad.

VI

¡Ah, hasta aquel año no había yo observado una primavera!

Salimos al porche y miramos las estrellas de la primavera: Arturo, Hércules el Gigante, el León y la Serpiente Marina, la Taza, la Corona y Vega en la Lira.

Una mañana, vimos nuestros dos grandes somormujos con su alto plumaje que se zambullían y se llamaban con silbidos suaves y claros y aquel día las primeras hojas brillantes de las dragonteas se abrieron paso por la tierra en el sendero y cerca de la fuente.

Estábamos hablando de esas cosas en aquel atardecer, cuando de repente guardamos silencio ante una aparición de una belleza aterradora: en la obscuridad, en el cielo nordoriental, dentro de un marco circular, aparecieron las crucetas de un buque de vela en llamas, las crucetas ardiendo de un velero en el puerto, sin velas, sólo los mástiles, las vergas ardiendo; todo un muelle de Birkenhead—Brocklebank abrasado por el incendiado *Herzogin Cecilies* o como una antigua escena de incendio en el muelle de los veleros de Port Boden transportada desde el pasado, en miniatura, al cielo; tan pronto se desmoronaban con las vergas ennegrecidas, a la derecha dentro del marco de la miniatura, como se hundía por debajo del marco circular y ascendía un solitario mástil argénteo, gris ceniza, con sus desnudas vergas inclinadas, una cruz múltiple inclinada, atravesada en perpendicular, de oro en llamas; nos reímos embargados de alegría, pues era tan sólo la Luna llena que se había alzado por sobre los pinos de detrás de las montañas, cosa que debía de ocurrir con frecuencia, pero, ¿quién lo contemplaba? ¿Quién podía verlo? ¿Lo habría visto alguien más? Yo nunca lo había visto. ¿Por qué nos lo había brindado Dios a nosotros?

Y con frecuencia iba yo a preguntar: Dios mío, ¿por qué nos has brindado esto? Pero, cuando la Luna menguaba, al alzarse cada vez más por el Sur, el Sol se alzaba cada vez más por el Norte. Y la realidad de ese sencillo fenómeno, que también me explicó mi mujer por primera vez en la mañana siguiente y comprobé en el cielo, no como un velero ardiendo, sino cual espectáculo que habría podido contemplar un marino naufragado y encaramado en una verga, al ver, a la salida del Sol, el barco al pairo del Viejo Marinero. Desde la ventana el mar estaba tan calmo entre la neblina, que parecía un muro empinado. La boya del Sr. Bell parecía estar por encima de nosotros, a media altura de la ventana y muy por debajo —un poco después—, no separado por el mar o las montañas reflejadas, sino por lo que parecía el espacio mismo, el Sol anaranjado que seguía ascendiendo, obstruido por unas nubes airadas, pero el buque de vela estaba de costado al sol: tres mástiles, tristes en la zona de las calmas, y vergas inclinadas. Y luego, un momento después, había virado, por lo que sólo se veía aquel gigantesco mástil, con botalones cruzados, viniendo hacia nosotros y transformándose en el pino más alto de la montaña, al dejarlo atrás el Sol. Y recordé a mi abuelo, al pairo en el océano Índico, con la tripulación muriendo del cólera, mi abuelo dando a la cañonera que se acercaba la orden final —en aquella época se empezaba a usar el telégrafo— de volar el barco con él a bordo.

Aquella noche, hubo dos garzas vespertinas en la Luna con la marea alta, proyectadas en grande y primigenias frente a ella: una aleteando en alto y ocultando un momento toda la Luna y la otra con los motores apagados, deslizándose tan sólo una pulgada por sobre el agua de la marea alta bañada por la Luna para aterrizar en silencio en la boya; cuando se juntaron, tras haberse esperado una a la otra, se oyó un *croac* y después alzaron el vuelo juntas; el murciélago convertido en luciérnaga delante de la Luna y los mágicos ritos del gato y la marea hasta arriba bajo la ventana, la natación con la marea alta y el amor con la marea alta, con las ventanas licuescentes en el suelo y volver a despertar con la marea alta de nuevo al amanecer y las luces del buque—cisterna del petróleo aún encendidas a lo largo del puerto de la refinería y despertar con el repentino estrépito como de O'Neill, de una sirena de buque que se te llevaba el alma a Palembang contra tu voluntad y de nuevo la natación, ¡la natación al amanecer! Y la gasa rosaceonacarada, como diría probablemente mi esposa, del humo de fábricas a lo lejos, en el Nordeste, en Port Boden, y los cuatro depósitos alumínicos de gas, que más tarde se verían con toda su fealdad, como cuatro pilares dorados (pues cada uno de ellos quedaba a medias en sombra) de un templo griego y, detrás de la vieja fábrica química, como un espectro de una ruina griega, y, tras los cuatro pilares dorados, un tren que trepaba silente como una cadena de cubos dorados, y la estela de una lancha motora bajo la ventana, como turquesa tallada en una oleada hacia nosotros y después el buque cisterna bajo los pilares y las retortas de la refinería, como Troya, con los pilares reflejados en el agua; el maravilloso olor frío y puro a sal en el fresco aire del amanecer y después el puro resplandor dorado de luz desde detrás de las montañas y las dos garzas matutinas y luego los dos ojos abrasadores del Sol por sobre las estribaciones de las Cascades y los cinco flacos pinos que crecían altos en el marco circular y después, con tal resplandor de luz que parecía cortar un trozo de la montaña, las garzas volando, el buque cisterna de petróleo zarpando con la marea matutina…

¡Oh, lo que pueden hacer la luz y el amor con cuatro depósitos de gas reflejados en el agua a la salida del Sol!

Y qué diferente era ahora, en primavera, el sendero del bosque, de las otras estaciones —verano, otoño e invierno— que habíamos conocido allí. La propia calidad de la luz era diferente, la pálida verde, dorada y moteada luz verde, que surge cuando las hojas son muy pequeñas, pues más adelante, en verano, con las hojas plenas, el verde es más obscuro y el sendero también y muy umbrío, pero ahora había esa luz delicada y ese verdor por doquier, la belleza de la luz en las femeninas hojas de pámpano de los arces y las jóvenes hojas de los alisos que brillaban con la luz del Sol como estrellas de flores de cerezos silvestres, verde por encima de la cabeza y verde por el suelo, donde las plantas estaban retoñando con fuerza y se veían los brotes de las flores silvestres que, según dijo mi esposa, llegarían a ser bellezas primaverales: estrellas del sol, dicentras silvestres, saxífragas y campanas de bronce. O en algunas mañanas aún frías surgían las misteriosas nieblas: "En una niebla puede ocurrir cualquier cosa", decía ella, "¡y a la vuelta de la próxima esquina ocurrirá algo maravilloso!"

Y ahora era primavera y no habíamos abandonado nuestra forma de vida; en realidad, con el dinero que yo había ganado habíamos comprado una casita más arriba de la playa, entre la de Kristbjorg y Cuatro Campanas, bajo un cerezo silvestre, por cien dólares. Nadie había vivido en aquella casa durante años y necesitaba reparaciones y limpiezas urgentes, por lo que no nos mudamos hasta mayo y trabajamos denodadamente para dejarla limpia, sana y bella.

A comienzos de la primavera aún no nos habíamos trasladado a nuestra segunda casa y a esa época es a la que me refiero en realidad cuando digo que todos los anocheceres solía ir yo por el sendero a buscar agua. Pasaba con mi recipiente por detrás de *Dunwoiken*, bajaba la pronunciada pendiente hacia la playa y después volvía a torcer a la izquierda y subía una corta cuesta hasta la fuente. Entonces colocaba el recipiente bajo la tubería de hierro que había puesto Kristbjorg y esperaba a que se llenara. Entretanto, contemplaba las gaviotas que subían ensenada arriba u observaba los troncos de los árboles hasta las cimas de las más pequeñas ramas trémulas como una vela monterilla y aspiraba los olores del crepúsculo: la rica tierra húmeda, el mirto y las primeras flores de manzanos y cerezos silvestres, todos los penetrantes aromas de la primavera, mezclados con el olor del mar, los olores de la sal de la playa y el áspero olor a yodo de las algas marinas.

Pero en un anochecer olvidé hacerlo y, para sorpresa mía, no me puse a mirar nada ni oler nada y de pronto la vuelta a casa me pareció muy distinta. Aunque en el recipiente cabían sólo quince litros y yo me había robustecido, por lo que esa tarea debería haberme parecido más ligera que antes, en aquella ocasión empezó, sin embargo, a pesar una tonelada y no cesaba de resbalárseme y deslizárseme a cada paso. Me vi parándome y jadeando a cada momento. Lo peor fue la bajada de la pendiente que, camino de la fuente, yo había subido corriendo y tan campante, pero que se había vuelto una auténtica dificultad en la vuelta a casa, por lo que, más que transportar el recipiente, había de arrastrarlo y hube de parar y maldecir mi suerte. ¿Qué había ocurrido? Ahora que había llegado la primavera que tanto habíamos anhelado, ahora que nuestra vida en la playa parecía doblemente segura con nuestra casa nueva, ¿qué era lo que me preocupaba? Me parecía que todas nuestras plegarias habían sido atendidas y, al no tener yo nada de lo que preocuparme por el momento, hube de buscarme algo que me fastidiara en aquella tarea. Era como si el hombre no pudiese contentarse con nada de lo que Dios le brindara y sólo pudiera pensar que, cuando Dios lo expulsó del Paraíso, se lo tenía merecido.

Y ahora, pese a lo contento que había estado todo el día, parecía que en la primavera estaban esperándome los pensamientos atroces. Mal que bien, conseguí regresar a casa, pero, a saber por qué, por primera vez llegué a temer aquella pequeña tarea. No es que fuese un simple malestar de egocentrismo: los dos pensábamos en el otro más que en nosotros mismos. Tampoco era un caso de ensimismamiento mutuo. Sinceramente, teníamos presentes a nuestros vecinos. Quaggan había llegado en verdad a encariñarse tanto con nosotros, que, todas las veces que íbamos a verlo, ponía una marca roja en su calendario... Un día, vi en el sendero una soga vieja y deshilachada, pero resistente, tirada sobre un tocón, y pensé: sí, ésa es la horrible forma en que acaban semejantes pensamientos. ¿Había sentido la tentación de matarme? Horrorizado ante esa idea, enrollé la soga y me la llevé a casa.

Pero, al mismo tiempo que lo temía, comprendí también que lo deseaba, anhelaba la caminata hasta la fuente, que era como ir hacia el futuro, hacia nuestra nueva casita. El momento en que el Sol entraba en el ocaso era muy agradable y el único del día en que yo estaba de verdad separado de mi esposa, salvo cuando "trabajaba". No lo deseaba para estar separado de ella, sino precisamente porque entonces podía disfrutar del placer de volver a estar con ella, como después de un largo viaje. El trayecto podía ser —o haberse vuelto— angustioso en cierto modo, pero siempre volvíamos a encontrarnos con exclamaciones de júbilo y alivio tras aquella separación interminable de no más de veinte minutos.

Pero a ver, pensé, ¿era angustiosa aquella tarea en sí? Todo lo que nos rodeaba hacía pensar en el Paraíso, en aquella leve tarea, no precisamente mecánica, se tenía la sensación de un sencillo logro humano. Recordé la vieja escalera que habíamos recuperado de la playa. También eso había sido un logro. Al principio, la habíamos vuelto a tirar al mar, pero había regresado a la deriva, lo que parecía una señal para que la utilizáramos. Y reflexioné: sí; y, como esa vieja escalera carcomida, que apestaba a tiñuela y gusanos marinos, arrastrada desde el aserradero, ¡ese tocón medio hundido, la primera vez que lo vi, era el pasado, por el que todas las noches subimos y bajamos mentalmente y sin sentido!

Pero yo había recuperado aquella escalera en el pasado otoño, en la época en que por la noche solía estar despierto y cavilando en la cama, cosa que ya nunca me seducía, y la escalera ya no apestaba ni olía a tiñuela. Gran parte de ella era aprovechable y, tras haber tirado la madera podrida, había usado su armazón y lo había convertido en la propia escalera por la que estaba bajando para saludar a mi esposa en el porche con alegría, tras haber desechado mis sombríos pensamientos, y con mi carga: la misma escalera por la que había subido veinte minutos antes camino de la fuente.

Aun así, una escalera sólo era una escalera, por muy transformada que estuviese, y el pasado permanecía. Así fue como saqué la conclusión de que no era la tarea en sí, porque fuese pesada, sino que se trataba de mis pensamientos, algo que se activaba siempre en mi trayecto de regreso, en particular cuando llegaba a la colina, y que en verdad temía. Aunque no lo entendí hasta después de haberme encontrado el puma y poco después de haberme encontrado el puma, algo había ocurrido también que eliminé de mi cabeza durante muchos años, hasta el otro día, en realidad.

El puma estaba esperándome a media altura de un arce en posición de equilibrio inestable, por la parte del sendero que pasaba por la colina, y lo extraño es que me lo encontrara al regreso sin haberlo advertido, como tampoco había advertido la cuerda, si es que estaba allí, cuado iba camino de la fuente.

En cierta ocasión, un leñador me había dicho que, si prendías fuego a tus mitones y se los lanzabas a un puma, harían efecto y yo sé que los osos son a veces muy susceptibles ante la risa humana, pero esas tradiciones populares —y por esta parte existen muchas sobre los pumas— no ayudaron. Lo único que comprendí al instante fue que no llevaba arma alguna y que, aparte de ser inútil, no era práctico hacer ademán de salir corriendo. Así, pues, me mantuve, conforme a la tradición, absolutamente inmóvil. Después nos limitamos a esperar, los dos, para ver lo que haría el otro, con la mirada fija en los ojos del otro a poca distancia; en realidad, sólo sus brillantes ojos de topacio y la punta de su cola en movimiento, casi imperceptible, mostraban que estaba mínimamente vivo.

Por último, me oí a mí mismo decir al puma algo extraordinario y absurdo, con tono de mando, pero calmo, con una voz tan irreal para mí mismo como si acabara de recogerme a mí mismo en un camino solitario tras haberme caído de una motocicleta y, conmocionado, estuviera ordenando a la propia naturaleza que me ayudara, cosa que después se recuerda a medias bajo los efectos del cloroformo: "Hermano, es verdad. Me gustas en cierto modo, pero, aun así, y no se lo cuentes a nadie, ¡lárgate!" Algo así. El puma, agazapado en una rama en verdad demasiado pequeña para él, cogido desprevenido o en mala posición y tras haber perdido la oportunidad de dar el salto, bajó de un brinco torpe y después, abrumado, como un gato, con la indignidad de aquel lanzamiento y calmado y humillado por mi serena voz —al menos así lo supuse después— se marchó y desapareció entre la maleza con actitud culpable y tan silencioso y raudo, que unos instantes después resultaba imposible creer que hubiese estado siquiera allí.

En aquel momento olvidé por completo el resto de mi trayecto de regreso, aunque resultó —y parecía ridículo— que no dejé de llevar el recipiente conmigo y no recuerdo haber bajado la escalera. Tuve que avisar a mi esposa para que no saliese y después fui a alertar a los vecinos y a dar la alarma a los guardas forestales; fui remando, junto a la costa, y forzando la vista en la obscuridad para avisar a cualquier otra persona que viera por el sendero de la fuente, pero estaba haciéndose de noche y no vi a nadie.

Ni siquiera volví a ver el puma otra vez, que, según me informaron después, tras salir corriendo, no se detuvo hasta haber recorrido quince kilómetros, momento en que se lanzó contra el escaparate de cristal de un trampero, quien le ofreció su codo para comer, mientras que con la otra mano –lamento mucho decirlo— alcanzó un cuchillo de trinchar para degollar la fiera, tras lo cual el trampero se vio obligado, como penitencia, a remar durante varias horas para buscar ayuda en calzoncillos; cuando nos enteramos, lamentamos un poco, a nuestro modo, la muerte del animal.

Pero aquella noche, en la cama, con la luna brillando tras la ventana, los brazos en torno a mi esposa y nuestro gato ronroneando entre nosotros, comprendí que la única razón por la que no tuve miedo del puma –de lo contrario, habría sido un idiota, pero no por eso me libro de serlo— fue la de que tenía más miedo de otra cosa. Cierto era que no me daban miedo los pumas, si bien se debía menos al valor que a una ingenua ignorancia, ni siquiera cuando hubiesen avisado de la presencia de uno de ellos por las inmediaciones, pero es que, en realidad, no me lo creía. Debí de asustarme –quiero decir que el puma debió de asustarme de algún modo—, pero en la cima del sendero a la fuente ya había sido yo presa de un temor –en forma de previsión— mucho mayor que ni siquiera la presencia concreta de un puma había podido anular. ¿Qué era lo que temía? Tendido en la cama, con los brazos en torno a mi esposa y oyendo el bramido del oleaje que no podíamos ver, pues había una bajamar agitada, me sentí tan feliz, que de repente –y por mucho que me esforcé— no supe cómo llamarlo. Parecía algo del pasado y así era exactamente, pero no en el sentido que pensaba. Incluso cuando somos inmensamente felices, se pueden abrigar, en un recodo de la cabeza, las reflexiones más morbosas y así fue en mi caso, antes de dormirme, pero ahora desde la distancia, como retrospectivamente. Era como si hubiese penetrado en el alma de un yo del pasado, no la del yo que simplemente cavilaba por la noche, sino de otro anterior para el que el sueño significaba delirio, con mis pensamientos volando hacia el fondo de un abismo. A medias consciente, pensé que era como si hubiese estado ojo avizor por si hubiera en el sendero algo a punto de saltar por cualquier lado de nuestro paraíso sobre nosotros, lo que no era sino la encarnación en una espantosa forma animal de esos indecibles sonambulismos, culpabilidades, espantajos de delirios pasados, heridas infligidas a otras almas y vidas, espectros acercándose para asesinar, aun cuando no fueran acciones mías en esta vida, traiciones al yo y qué sé yo qué más, listos para saltar sobre mí y destruirme, destruirnos a nosotros y nuestra felicidad, por lo que, al ver sólo un puma, como reacción ante todo ello, ¿cómo iba a asustarme? Y, sin embargo y misteriosamente, el puma era también todo eso.

Pero la noche siguiente y otras posteriores, ocurrió algo aún más curioso, que, como he dicho, me hizo olvidarlo hasta hoy.

En el siguiente anochecer, cuando fui a buscar el agua, lo único que recuerdo es que, por el trayecto o al ponerme en camino, estaba, desde luego, preparado para otro encuentro con el puma, de cuya triste muerte no nos habíamos enterado aún, y para sentir el miedo normal a él, supongo, pese a ir desarmado (se debía a que carecía de un fusil), y mi esposa, que nada temía en la Tierra, salvo las arañas, no se mostró, curiosamente, aprensiva al respecto y tenía una fe implícita en mí. En realidad, en el fondo de su corazón, su amor y su comprensión de los animales salvajes, que llegué a compartir, era tal, que habría preferido –pensaba yo a veces— que, en lugar de ahuyentar el animal, yo lo encantara para llevármelo a casa de compañero.

Algo en el aspecto de las montañas en aquel anochecer me distrajo de pensar en el puma. Aunque era un anochecer cálido, hacía viento y en las montañas reinaba el caos, como una isla ártica vista por entre la nieve y en verdad había nevado y en las tres últimas noches la nieve había llegado bastante abajo, aunque no me recordó que aquel tiempo cambiante era lo que había hecho bajar al puma a zonas más cálidas en busca de comida. El viento rugía y aullaba en las cimbreantes copas de los árboles como un tren expreso. Era el cálido viento del Oeste –la clase de *faen* que años antes había arrastrado por la noche el buque de vapor Erídano – Liverpool contra la costa con su carga de mármol antiguo, vino y cerezas en salmuera de Portugal. Las montañas más lejanas resultaban cada vez más claras hasta parecer las empinadas y rocosas laderas de acantilados de una isla estriada por el guano. Las colinas más cercanas estaban muy claras, pero sus pliegues internos iban obscureciéndose cada vez más. En el caos de la cima se veía una iglesia de cielo azul por equivocación, como pintada por Ruysdael. Una gaviota cuyas alas parecían de un blanco casi maníaco quedó detenida de repente y arrastrada en perpendicular hasta la tormenta. Uno de los hijos de Quaggan pasó por delante de mí corriendo por el sendero:

"Está soplando de verdad con ganas. Voy pitando a ver qué *haya* ocurrido".

Recuerdo que esa forma celta de expresarse me encantaba: tal vez se refiriera a que su barco o, más probablemente, el de Kristbjorg, quien estaba en la ciudad, hubiese arrastrado el ancla y le dije que me lanzara un grito, si necesitase ayuda. Recuerdo haber llenado el recipiente con la fría agua de la montaña que corría a raudales. Las gaviotas se veían arrastradas hacia atrás y una se posó en el techo de *Hi—Doubt*. ¡Qué conmovedora la gaviota, como una paloma, allí, con sus blancas plumas alborotadas! Pero lo siguiente que recuerdo fue que yo estaba cantando y había pasado por la colina sin advertir ni uno solo de mis pasos y sus dificultades y de repente me encontraba con que había bajado la escalera con el recipiente y demás, sin entender con claridad una vez más cómo me las había arreglado, y mi esposa estaba recibiéndome como de costumbre, como si hubiera yo regresado de un largo viaje. No había pensado ni un segundo en el puma. Era como un sueño, con la diferencia de que se trataba de una realidad.

En la siguiente ocasión en que salí con el recipiente, recuerdo que algo precisamente similar ocurrió, aunque en aquella ocasión se trataba de un calmo anochecer primaveral, con las montañas, remotas y apacibles, enfundadas por su base en una gran bufanda de neblina que se alzaba sin dividirse desde el reposado mar reflectante. El trayecto hasta la fuente parecía muy semejante, aunque pareció incluso más de ensueño, misterioso y logrado en menos tiempo, pero una vez más, a la vuelta, sólo me fijé en la colina cuando me di cuenta de haberla cruzado sin esfuerzo.

Al mismo tiempo, noté mis sombríos pensamientos, pero de un modo muy diferente: ¿cómo podría decirlo? Era como si los viese a lo lejos, como por debajo de mí. En cierto sentido, no los veía, sino que los oía, fluían, eran como un río, una ensenada, abarcaban todo un proyecto imposible de recuperar o identificar. No obstante, dichos pensamientos –que eran abismales, no alegres, como habría yo deseado— me hacían feliz, en el sentido de que, aunque se movían, lo hacían con orden: una ensenada no se desborda, por mucho que suba la marea, y tampoco se seca, pues la marea se retira, pero vuelve; en realidad, como había observado Quaggan, puede hacer ambas cosas a la vez; comprendí que iba a ser necesaria una horrenda y extrema autoobservación para cumplir mi proyecto. Tal vez no haya citado mi proyecto o, mejor dicho, cómo lo concebía yo.

VII

Aunque a primera vista pueda parecer que no me tomaba demasiado en serio proyectos como "mi música", "mis momentos de composición" o "mi obra", llevaba meses acariciando la idea de escribir una sinfonía en la que incluiría por primera vez, entre otras cosas, en la música seria (o así lo creía) las verdaderas emociones y el ritmo del *jazz*. Yo no compartía, entre otras perplejidades de mi vocación que aún no había descubierto, la común concepción romántica de la superioridad de la música respecto de las palabras. A veces pensaba incluso que la poesía podía llegar más lejos, o al menos tan lejos, en su propio medio, mientras que la música, destinada a desarrollarse con invenciones cada vez más complejas (yo lo sabía, porque había dominado, casi accidentalmente, la escala de tonos enteros), me parecía entonces tener como fin inconsciente el silencio, mientras que la Palabra es el propio comienzo de la creación. Pese a ello, siempre tuve, como músico de *jazz* practicante, la sensación de que la voz humana arruinaba una grabación instrumental. Otra contradicción era la de que a mi esposa y a mí nos gustaba cantar y a veces pensaba yo que nuestra vida en común era una forma de canto.

¡Qué bien recuerdo mi lucha con todas esas contradicciones y perplejidades y muchas otras! Al final, recé incluso y el otro día, al repasar algunos fragmentos de trabajos anteriores salvados del fuego, encontré, medio quemado, con los bordes chamuscados y desmenuzándose, el siguiente texto, escrito, por decirlo así, sobre una partitura: *Querido Señor Dios, os ruego sinceramente que me ayudéis a ordenar esta obra, por fea, caótica y pecadora que sea, de modo que resulte aceptable para Vuestra mirada, cumpliendo así, como así parece a mi imperfecto y desordenado entendimiento, con los más altos cánones del arte, pero abriendo nuevas vías y, de ser necesario, transgrediendo normas antiguas. Debe ser tumultuosa, tempestuosa, estruendosa, debe sonar en ella la estimulante Palabra de Dios, manifestando la esperanza del hombre, pero, aun así, ha de ser equilibrada, solemne, llena de ternura, compasión y humor. Yo, gran pecador, no puedo librarme de los conceptos falsos, pero dejadme ser Vuestro seguro servidor al hacer que sea algo grande y hermoso y, si mis motivos son obscuros y las notas dispersas y con frecuencia gratuitas, ayudadme a ordenarlo o estaré perdido...*

Pero, pese a mis plegarias, mi sinfonía se negaba a ordenarse o resolverse en términos musicales. Sin embargo, yo sabía lo que debía hacer claramente. Oía aquellos pensamientos ordenándose, como impulsados por fuera de mí: eran angustiosos, pero claros, y eran míos y, cuando regresé a casa, volví a intentar expresarlos, pero entonces me sentí asediado por otras dificultades, pues, cuando intentaba escribir la música, debía expresarla primero con palabras. Ahora bien, era extraño, porque en aquel entonces yo no sabía nada sobre la escritura o las palabras. Había leído muy poco y toda mi vida había estado dedicada a la música. Mi padre, quien habría sido el primero en reírse ante esta forma de exponerlo, había tocado la trompa en la primera interpretación de la *Consagración de la primavera* de Stravinsky. Mi padre era amigo también de Soutine y conocía y respetaba a Cocteau, aunque era una clase de inglés muy como Dios manda en algunos sentidos. Idolatraba a Stravinsky, pero murió a la edad, más o menos, que tengo yo ahora, antes de la Sinfonía *de los Salmos*, en cualquier caso, por lo que recibí muchas lecciones de composición e incluso me crié, aunque no se tratara de una instrucción musical propiamente dicha, con las obras para niños de Stravinsky. Llegué a compartir el entusiasmo de mi padre por la *Consagración*, pero en un aspecto importante sigo considerándola rítmicamente deficiente –de un modo en el que ahora no voy a entrar— y opino que Stravinsky no sabía lo que se dice nada del *jazz*, cosa aplicable a la mayoría de los compositores modernos. Reflexioné brevemente sobre que, aunque mi inconsciente e incluso consciente actitud con la música seria se había basado enteramente en el *jazz*, mi piedra de toque rítmica había resultado ser un método asombroso para separar lo de primera calidad de lo que no lo era o de diferenciar lo aparentemente similar o emparentado en mérito y ambición: desde ese punto de vista, tanto Schönberg como Berg, de entre los compositores modernos, son de primera categoría, pero entre Poulenc y Milhaud, pongamos por caso, Poulenc dice algo a mis oídos, pero Milhaud nada. Lo que quiero decir en realidad probablemente sea que en algunos compositores me parece oír el latido y el ritmo subyacentes del propio Universo, pero reconozco que soy ingenuo –por no decir algo peor— en mi forma de expresarme. Sin embargo, tenía la sensación de que, por grotesco que fuera el modo como mi inspiración se propusiese crear dentro de mí, yo tenía algo original que expresar. Así surgió una sinceridad, algo así como una veracidad para con la verdad, cuando antes no había habido sino una veracidad con la falta de probidad y la autoevasión y con pensamientos, expresiones e incluso melodías ajenos. Con todo, resulta extraño que debiera intentar poner todo eso en palabras, verlo, intentar ver los pensamientos como oía la música, pero en cierto sentido todo el mundo en esta Tierra es un escritor, en el sentido en que lo entiende Ortega, el filosofo español que había yo leído recientemente gracias a uno de los veraneantes, un profesor y ahora uno de mis mejores amigos, quien me prestó sus libros. Ortega afirma que la vida de un hombre es como un relato que va creando al avanzar por ella. Se hace ingeniero y lo convierte en realidad: se hace ingeniero para eso.

No puedo por menos de decir que, incluso en los peores momentos de mi brega, no me sentí como Jean Christophe; mi alma no bullía "como un vino en una cuba", como tampoco mi "cerebro zumbaba febril", al menos no estruendosamente, aunque mi esposa siempre sabía juzgar el grado de mi inspiración por el ritmo en aumento de mis resuellos, que, si estaba de verdad trabajando, seguía a un período de suspiros profundos y silencio abstraído. Tampoco sentí lo de "esa fuerza es mi ser; cuando desaparezca, me mataré". En realidad, nunca dudé que era la propia fuerza la que estaba matándome, aun cuando no presentara ninguna de las dramáticas características antes citadas, y me encantaba de todo punto que así fuera, pues mi intención parecía la de morir con ello, sin morir, desde luego, para poder renacer.

La siguiente vez en que fui a buscar agua, pese a que me había prevenido conscientemente contra cualquier falsa ilusión, ocurrió casi lo mismo exactamente; esa vez la sensación apareció con mayor fuerza que nunca, por lo que me parecía en verdad que el sendero se estaba acortando por los dos extremos. No sólo no advertí la cuesta y el peso del recipiente, sino que, además, tuve la palmaria impresión de que el sendero de regreso desde la fuente estaba resultando más corto que el de la ida hasta ella, aunque éste había parecido también más corto que el día anterior. Cuando regresé a casa, era como si hubiese volado hasta los brazos de mi esposa e intenté explicárselo, pero, por mucho que me esforcé, no pude expresar por entero aquella sensación... aparte de decir que era casi como si "se me hubiese quitado un gran peso de mi alma" o un tópico por el estilo. Era como si algo que solía tardar un rato largo y penoso ahora tardara tan poco tiempo, que no podía recordarlo,

pero al mismo tiempo sabía que había habido una mayor duración temporal, durante la cual había sucedido algo de una enorme
importancia para mí, sin que yo lo supiese y fuera enteramente del
tiempo.

No es de extrañar que a los místicos les cueste mucho describir sus iluminaciones, aun cuando en este caso no se tratara exactamente de eso; con todo, la experiencia parecía ir asociada con la
luz, una luz cegadora incluso, y, al recordarlo años después, soñé
con que mi ser se había transmutado en la propia ensenada, no en
el crepúsculo con la Luna, sino a la salida del Sol, como con tanta
frecuencia lo habíamos visto también, transiluminado de pronto
por la luz del Sol, por lo que parecía yo llevar el Sol reflejado profundamente dentro de mi alma, pero un Sol que, al despertar, se
había transformado, a su vez, con su luz y calor en algo simplicí-
simo al modo swedenborgiano, como el deseo de ser un hombre
mejor, de encarnar más ternura, comprensión, amor...

Los senderos –y en particular los de los bosques— siempre
han tenido algo de sobrenaturales –ahora lo sé porque he leído
más al respecto—, pues no sólo el *folklore*, sino también la poesía, abundan en historias simbólicas sobre ellos: senderos que se
bifurcan en dos, senderos que conducen a un reino dorado, senderos que conducen a la muerte o a la vida; senderos en los que
aparecen lobos y —¿quién sabe?— incluso pumas, senderos en
que te pierdes, senderos que no sólo se dividen en dos, sino que
se convierten en los veintiún senderos que conducen de regreso
al Edén.

Pero entonces no necesité los libros para tomar conciencia
profunda de esa misteriosa sensación sobre los senderos. Nunca
había oído hablar de un sendero que se acortara, pero sí que habíamos oído hablar de personas que desaparecían del todo, personas a las que se veía caminando un momento e instantes después
habían desaparecido, conque, pasando por alto la posibilidad de
que esa experiencia pudiera tener algún significado más profundo
y tan sólo con la intención de ponernos la carne de gallina deliciosamente, aquella noche imaginamos en la cama una historia de

ese tenor. ¿Y si el sendero se acortara cada vez más hasta el punto de que yo desapareciera del todo en un anochecer, al regresar hacia casa con el agua? O tal vez aquella historia fuese una forma de propiciar el destino por el milagro de que no nos hubiéramos visto separados al no darlo por sentado con certeza engreída, una forma de inoculación, pues aún podría habernos separado la guerra (ya habían vuelto a rechazarme por segunda vez, probablemente por considerarme deficiente mental), contra dicha separación, y al mismo tiempo una como parábola del "final feliz" de nuestras vidas en cualquier caso, pues, fuera cual fuese lo que imagináramos para el personaje del sendero, yo estaba, desde luego, seguro de regresar de la fuente y de que ese trayecto acabaría, para nosotros, con una espléndida reunión de amantes.

Pero, en realidad, el sendero sí que pareció acortarse, en efecto, cada vez más, si bien la impresión no volvió a ir acompañada del mismo efecto de una experiencia incomunicable. Por mucho que me propusiera conscientemente recordar durante el trayecto de ida, siempre resultaba que al regreso había subido la cuesta sin advertirlo. Y nuestra historia se había vuelto tan realista, que no muchos anocheceres después, cuando en el crepúsculo regresé con el agua, mi esposa salió a recibirme gritando:

"¡Huy, Dios mío! ¡Cuánto me alegro de verte!"

"Pues aquí estoy, querida".

Tan auténtico era el alivio en el rostro de mi esposa y tan auténtica mi propia sensación al volver a verla, que lamenté haber imaginado aquella historia, pero fue un momento maravilloso y profundo, y por un instante pensé que, si ella no hubiera acudido a recibirme por el sendero, yo podría haber desaparecido en verdad para pasar el resto de mi existencia extraterritorial buscándola por algún limbo.

Arriba, las copas de los árboles se balanceaban sobre el fondo del cielo de abril. De repente, aparecieron por sobre los árboles las gaviotas a toda velocidad con el viento de cola, como lanzadas desde una catapulta, y, por encima del hombro de mi esposa, vi un ciervo nadando por la ensenada hacia el faro, lo que me recordó que, pese al viento, el día era bastante cálido para que yo empezara a nadar de nuevo –lo había dejado prácticamente en diciembre—, conque me zambullí y fue como si me hubieran bautizado otra vez.

Poco después fue cuando nos mudamos a nuestra casita bajo el cerezo silvestre, que habíamos comprado al herrero.

Aquella casa ardió tres años después y con ella se quemó toda la música que había escrito yo, pero construimos nosotros mismos otra casa, con ayuda de Quaggan, Kristbjorg y Mauger, con madera traída por la marea y madera del aserradero del puerto de Erídano, que ahora estaban demoliendo a fin de hacer sitio para una parcelación inmobiliaria.

La construimos en el mismo sitio que la casa anterior utilizando para una parte de los cimientos los pilotes que, por estar quemados, no se pudrirían. Y también reescribí la música de un modo más satisfactorio, porque bastaba con que volviese al sendero para recordar algunas partes de ella. Era como si se hubiese escrito la música durante algunos de aquellos momentos. El resto fue, como entenderán todos los artistas creativos, simplemente trabajo.

Pero nunca pude recuperar mi sinfonía tras haberla perdido en el incendio, por lo que, luchando con palabras, además de música, escribí una ópera. Obsesionado por unas palabras que había leído en algún sitio: "Y de todo el mundo, mientras daba vueltas por el espacio, llegaba un canto", y con el apasionado deseo de expresar mi propia felicidad con mi esposa en Erídano, compuse esa ópera, construida, como nuestra nueva casa, sobre los cimientos quemados y los fragmentos de la antigua labor y de nuestra antigua vida. Probablemente el tema me lo sugirieran mis pensamientos de depuración, purgación y renovación y símbolos como el recipiente, la escalera y demás y, desde luego, la propia ensenada y la fuente. Estaba en parte hecha con la escala de tonos enteros, como *Wozzeck*, en parte *jazz*, en parte cantos tradicionales o canciones que cantaba mi esposa, incluso himnos antiguos, como *Escúchanos, Señor, desde el Cielo, Tu morada*. Utilicé incluso cánones como *Frère Jacques* para representar los motores de los barcos o los ritmos de la eternidad; Kristbjorg, Quaggan, mi esposa y yo mismo, junto con los otros habitantes de Erídano y mis colegas del *jazz*, fuimos personajes o instrumentos exuberantes, todos, en el escenario o en el foso de la orquesta. Intenté expresar el dramático episodio del incendio, junto con nuestra propia vida, con sus altibajos, lo que había aprendido yo con la naturaleza, las mareas y las salidas del Sol e intenté escribir sobre la felicidad humana con los entusiasmos y la seriedad normalmente reservados para las catástrofes y las tragedias. Dicha ópera se tituló *El sendero por el bosque hasta la fuente*.

VIII

Nuestra primera casita, la que nos había alquilado el escocés, pasó, con su muerte, a otras manos, aunque a veces bajábamos por el sendero de la fuente y la contemplábamos. Y el otro día volvimos a hacerlo. Habían pasado muchos años.

Mauger había muerto, Bell se había marchado, como también el viejo Sam, el del faro; pero Kristbjorg y Quaggan, que ya tenía setenta y cinco años y era bisabuelo, seguían bien vivos y en el mismo lugar. Como de costumbre, había amenazas de expulsarnos de la playa, pero el caso es que seguíamos allí. La cabaña de Mauger, camino del faro, se alzaba desolada, con su techo renovado, pero no sentimos tristeza al contemplarla. La de su difunto dueño, que murió diciendo: "Nunca me había sentido mejor en mi vida", había sido una vida lograda.

Cuando murió, resultó que estábamos sin un céntimo, pero alguien había mandado una corona de laurel con la forma de un ancla al entierro, en el que una mujer cantó *Más cerca de Ti, Dios mío* y el ministro protestante leyó el vigésimo tercer salmo en una versión mejorada. Nuestra propuesta de que le siguiera *Escúchanos, Señor, desde el Cielo, Tu morada* no fue aceptada, porque sólo Quaggan y nosotros sabíamos cantarla. Tampoco se aceptó nuestra otra propuesta de que se substituyera *Más cerca de Ti,*

Dios mío, himno que el difunto detestaba, pues su padre había sido fogonero en el *Titanic*.

En el salón de la funeraria había unas columnas corintias muy cursis a ambos lados del ministro, mientras éste leía, y yo no dejaba de verlas transformarse ante mis ojos en los viejos, hermosos y sólidos pilotes de madera cubiertos de mejillones azules que sostenían la casa de Mauger (y seguramente también la de San Pedro en el Cielo, si es que sigue allí). Otro pescador, su hermano, iba a ocupar la casa con sus reticuladas redes verdes colgadas a secar y pensé en lo generosos que habían sido Quaggan, Kristbjorg y Mauger al ayudarnos –privándose de tiempo para sus propias tareas y no aceptando dinero por ello— a construir nuestra nueva casa, al ayudarnos, pese a ser todos ellos ancianos, con la dura tarea de instalar los cimientos y habernos proporcionado la mitad de ellos. Mauger habría agradecido la numerosa asistencia de los que tanto lo estimaban y me sorprendió ver cuántos de ellos eran veraneantes que nosotros no conocíamos. Kristbjorg, uno de sus mejores amigos, tenía ideas muy personales sobre la muerte y no había acudido. Aun así, parecía estar presente también. Cuando, a la salida, nos detuvimos a contemplar a Mauger en su ataúd, parecía estar sonriendo, con una expresión pícara bajo su gran mostacho, e incluso cantando misteriosamente para nosotros con susurros:

> Still you've got a long way to go
> You've got a long way to go
> Whether you travel by day or night...
> The judge will tell you so...[19]

Nuestra aldea en la playa apenas había cambiado. En el frente de nuestra primera casa, en la que habíamos sido tan felices, ha-

---

[19] «Aún te queda mucho por recorrer, / Te queda mucho por recorrer, / Ya viajes de día o de noche... / Y el juez te lo explicará...»

bía una gran placa de madera con un nombre que tal vez no tuviese mérito ni siquiera conforme a las categorías especiales de guasa con los que habíamos de considerarla: *Wuzz–it–2–U?* pero, por lo demás, estaba mejorada. Habían ampliado el porche, tenía una antena de radio… y tal vez alguien escuchara incluso nuestra ópera con ella, pero esperábamos que no fuera así. Es que las autoridades locales, al oír rumores sobre una ópera de un compositor local, los habían aprovechado para volver a denigrar nuestra presencia en la playa, por lo que durante un tiempo tuvimos que ver titulares periodísticos bochornosos como éstos: UNOS OCUPAS OPERÍSTICOS AMENAZAN LA DIGNIDAD DE NUESTRA CIUDAD. NECESITAMOS ALCANTARILLAS, NO SINFONÍAS. UN ADINERADO COMPOSITOR PREFIERE UN PERVERSO NIDO DE RATAS; hasta que otro hijo de catorce años de un contribuyente cometió un delito sexual y el siguiente alcalde cometió un asesinato, por lo que, por fortuna, no hubimos de esperar demasiado. Ahora la casa tenía una escalera para subir al techo, aunque mi antigua escalera seguía en su sitio con sus peldaños. Había una nueva techumbre y una nueva chimenea. Echamos un vistazo por la ventana y nos sentimos como unos ladrones, pero, ¿por dónde, si no, podía toda la naturaleza mirar adentro y seguir conservando la casa su intimidad? Pues así era. No era sólo la entrada de la luz del Sol, sino también el propio movimiento y ritmo del mar, en el que los reflejos de los árboles, las montañas y el Sol volvían a reflejarse multitud de veces con movimientos trémulos dentro de la casa, como si una parte de la naturaleza, el propio reflejo vivo, movedizo y acezante de la naturaleza misma, hubiera sido apresado. No obstante, estaba construida de un modo tan astutamente oculto, que nadie podía mirar adentro desde una casa vecina. Había que hacerlo como un ladrón. Un árbol que habíamos plantado nosotros en la parte trasera tenía ahora el tamaño de la cabaña, un albellanino arracimado como estrellas blancas, otro cerezo silvestre que no había florecido en nuestra época era una nieve de flores, mientras que nuestras propias prímulas, que habíamos dejado para el escocés, estaban en flor; también el cardo cuco había germinado a partir de las semillas de esa adelfilla huésped nuestra no invitada, llevada por el viento desde nuestra segunda casa. En cierta ocasión, en un invierno, cuando nosotros estábamos en Europa, había nacido un niño allí durante una tormenta. Había una nueva estufa, pero seguían allí la antigua mesa y dos sillas, donde comíamos delante de la ventana. Estaba la litera en la que habíamos pasado nuestra luna de miel –¡y qué larga luna de miel había resultado ser!—, nos habíamos deseado, nos habíamos angustiado con el miedo a perdernos el uno al otro, nuestros corazones habían padecido, habíamos visto elevarse las estrellas y la Luna, habíamos oído los bramidos del oleaje en las tormentosas noches de nuestro primer invierno y Valetta, la abuela del gato que ahora nos acompañaba, había dormido con nosotros y nos había tirado de los pelos por la mañana para despertarnos y hacía mucho que había ido a reunirse con el resto de su extraña raza lunar. Con todo, al contemplar aquel lugar, con su aspecto destartalado, su sensación de impermanencia, de improvisación, ¿quién habría creído que semejante existencia tan hermosa, semejante felicidad, hubiera sido posible allí, además de los dramas que habían sucedido? "Mirad esa vieja cabaña", gritan al pasar los ocupantes de una lancha motora con voz que supera el sonido del motor y riendo con desdén. "Bueno, pero ya vamos a demoler todos esos adefesios: empezar por aquí, ¡y seguir a continuación! Campamentos de cabañas para la clase más acomodada, hoteles, cortar todos esos árboles, abrir espacio para el público, situarlo en el mapa. Total, en los nidos de ratas sólo viven receptadores de bienes robados y unos pocos piratas. ¡Ocupas! ¡Las autoridades llevan años intentando expulsarlos!"

Allí había comenzado nuestra vida y, pese a su singularidad y a los conflictos, sentimos una punzada de tristeza. Los anhelos y las esperanzas cumplidos, las pérdidas y los redescubrimientos, los fracasos y los logros, las penas y las alegrías parecían disolverse en una profunda emoción. Desde el porche en el que nos encontrábamos, veíamos vagamente –pues de pronto se había formado una niebla de primavera que iba extendiéndose por el agua— por todo el arco de la bahía donde nuestra segunda casa había ardido y tampoco veíamos una tragedia al respecto. Nuestra nueva casa estaba claramente visible en su lugar, si bien, mientras la contemplamos, empezó a ser tragada por la niebla.

Mientras la neblina avanzaba hacia nosotros y empezaba a envolvernos, con el Sol intentando mantenerse aún como un disco de platino, era como la esencia de un tipo de música que se había desvanecido allí por siempre jamás y parecía evocada por los comentarios de mi esposa, mientras miraba por aquella ventana, afuera, al porche, en los primeros días, cuando pensábamos pasar tan sólo una semana, o en otoño, cuando habíamos seguido quedándonos, mientras ella hacía el café, hablando para sí misma y en parte dirigiéndose a mí, describiéndome cómo era el día, como si yo hubiera sido un ciego que estuviese recuperando la vista y al que debía enseñar de nuevo las bellezas y las rarezas del mundo, parecía como si se hubiera desencadenado, hubiese empezado a sonar, para nuestro oído interno, no una música, sino algo que tenía el efecto de la música, nada sentimental, sino algo puro e inocente y sólo conmovedora porque era tan gozosa o porque la felicidad conmueve o era como un susurro de nuestros fantasmas. "Salida del Sol ante la Luna agonizante, en un cielo verde... Escarcha blanca en el porche y en todos los techos, la primera escarcha intensa del año... Hay una pequeña flotilla de ojos dorados bajo la ventana y los mapaches han estado aquí durante la noche, veo sus huellas... La marea está alta. Mis pobres gaviotas tienen hambre. ¡Qué frías deben de estar vuestras patitas ahí abajo, en esa agua helada!... Mira... ¡ahora! ¡Como una hoguera! Como una catedral en llamas. Tengo que lavar los cristales de las ventanas. Hay una estela de un barco pesquero como un hilo plateado de Navidad. La salida del Sol afecta a esas neblinas... Tengo que preparar un desayuno para el gato, que va a volver muy hambriento después de su garbeo al amanecer. Ahí va un cormorán y ahí un gran somormujo. La escarcha centellea como polvo de diamante. De niña pensaba que eran diamantes de las hadas. Dentro de unos minutos se derretirá y el porche estará negro y húmedo, con unas cuantas hojas abigarradas. En esta mañana las montañas están muy neblinosas y lejanas, señal de que va a ser un buen día..."

Una extraña y magnífica luna de miel que ha llegado a ser toda nuestra vida.

Subimos la escalera —era la misma que había hecho yo y resistía— y empezamos a caminar entre la niebla por el sendero hasta la fuente. La niebla estaba densa en el bosque —como humo brotaba hacia nosotros cual chimenea bajo los arbustos— en el que resultaba curioso oír los intermitentes y aislados gorjeos de los pájaros que iban enmudeciendo poco a poco. Hablando de aquellos primeros días, mi esposa recordó que en cierta ocasión había habido una niebla tan densa durante casi un mes, que no podíamos ver la ensenada, y los barcos que pasaban no estaban visibles, sólo se los distinguía por los constantes y lúgubres sonidos de las sirenas y campanas solitarias. A veces, el barco de Kristbjorg había aparecido vagamente, como ahora, la punta de delante se borraba y reaparecía y a veces apenas podíamos ver nada allende el porche, por lo que había sido como vivir en el borde de la eternidad. Y también recordamos los días en que había habido obscuridad y una helada con una capa de hielo en el ennegrecido porche y la escalera y tuvimos encendida la lámpara hasta las diez de la mañana, los barcos se guiaban, mediante estima, gracias al eco de sus sirenas desde la orilla, aunque nosotros oíamos sus motores, como oíamos ahora el motor de un barco que sonaba muy bajo:

Frère Jacques
Frère Jacques
Dormez–vous?
Dormez–vous?

Y las ventiscas en las que no había eco, la sensación de la nieve que por la noche azotaba también en el mundo exterior y una tormenta que no emitía eco y nosotros parecíamos la única lámpara de amor encendida dentro.

O parecía que había algo en aquellas cabañitas, como ahora, tan misterioso y oculto como el nido nunca encontrado del mérgulo jaspeado, que también rondaba por aquellas costas.

El sendero apenas había cambiado, como tampoco el bosque. La civilización, creadora de paisajes moribundos, como un estúpido fuego de fealdad e idiotez feroz —tan poco imaginativa, que casi había logrado estropear la belleza arquitectónica de nuestra refinería de petróleo—, se había extendido por la orilla opuesta, había saltado por sobre el agua y se nos había acercado, sigilosa, desde el Sur, asesinando los árboles y eliminando las cabañas al avanzar, pero había quedado frustrada por la reserva india y una ley que prohibía construir demasiado cerca de un faro y no se había derogado, por lo que hacia el Sur nos había salvado milagrosamente la propia civilización (de la que un faro tal vez sea siempre el símbolo mayor), como si también ella hubiera tomado conciencia de la futilidad de fingir que avanzaba creando agonías. Y lo mismo sucedía hacia el Norte, donde las batallas entre los tiburones de la propiedad inmobiliaria por el cuerpo vivo y muerto del puerto de Erídano habían tenido como consecuencia el regreso, poco a poco, de la propia jungla y las enredaderas y los frambuesos cubrían ya las parcelas mal conservadas de la zona, entre los pocos árboles que quedaban, pero, aun así, había quienes vivían felices allí, porque podían costeárselo e incluso con cierta belleza, pues el hombre —cuyos estragos, en los casos en que no amenazaban todo el país con sequía y desolación, brindaban a veces por casualidad vistas mejores— no había logrado aún arrasar las montañas y las estrellas.

Los pitidos de un tren, que avanzaba lentamente hacia el Norte por las vías de la costa, empezaron a sonar por entre la niebla y sobre el agua. Recordé una época en que aquellos pitidos me habían parecido exactamente como las campanadas de la escuela, que te llamaban para alguna tarea desagradable. Después habían parecido sombrías campanas de iglesia, que doblaban por un difunto, pero en aquel momento sonaban claras como campanillas alegres, campanas de Navidad, de cumpleaños, de puerto, repicaban por entre la niebla que no se aclaraba como por la liberación de una ciudad o alguna gran victoria espiritual de la Humanidad y parecían confundirse con el canto del navío ahora distante, al doblar la punta, pero el agua es un transmisor tan bueno del sonido, que sus motores sonaban como a la distancia de una braza:

Dormez–vous?
Dormez–vous?
Sonnez les matines!
Sonnez les matines!

¿Y nosotros? ¿Cuánto habíamos cambiado? Teníamos muchos años más. Habíamos viajado, habíamos estado en Oriente y en Europa, nos habíamos hecho ricos y de nuevo pobres y siempre regresábamos aquí, pero, ¿éramos personas más mayores? Mi esposa parecía tan joven, guapa y apasionada como siempre o mucho más aún. Seguía teniendo el tipo y la fascinación de una chica joven. Sus ojazos francos y de pestañas largas seguían cambiando de verdes a amarillos como los de un cachorro de tigre. Su frente podía volverse caótica frunciendo el ceño y era cierto que la desesperación había esculpido líneas de sufrimiento en su rostro, aunque yo pensaba que esas señales desaparecían o volvían a voluntad junto con sus talantes; desaparecían cuando estaba viva e interesada y tenía una vivacidad, una expresividad y un apasionamiento excepcionales.

"Él ya no ama a la persona a la que amaba hace diez años", dijo el decaído anciano Pascal. No me cabe la menor duda. "Ella ya no es la misma, como tampoco él. Él era joven y ella también: ella es muy diferente. Tal vez la amaría aún, si fuese como era entonces". El decaído y profundo anciano Pascal, que en mi juventud me había ayudado tan generosamente respecto de otros asuntos, me había parecido en cierta ocasión amenazar nuestra edad futura y, sin embargo, no fue así. Desde luego, ahora yo la amaba mucho más y podía seguir amándola con la experiencia que dan los años. ¿Por qué había de esperar yo que fuese la misma?

Aunque era la misma en cierto sentido, como la primavera era y no era la misma, como las primaveras de años atrás. ¿Sería el principio de las propias estaciones agotándose tan sólo para renovarse mediante otra clase de muerte lo que deberíamos ver en la edad? Y, en realidad, las propias estaciones habían cambiado en duración y carácter —o así parecía— mucho más que ella. Ahora nuestros inviernos bajaban más directamente del ártico, en el Este se estaban dando nuestros antiguos inviernos occidentales y aquel invierno había sido el más largo y sombrío que jamás habíamos conocido y casi había parecido que estábamos sintiendo el comienzo de otra glaciación, otra búsqueda del Edén. Tanto más grata y amable la primavera, que ya había llegado. Sin embargo, yo sí que había envejecido de aspecto. Tenía incluso bastantes canas, por un lado, y nuestra última broma era la de que estaba "encaneciéndome por la sien". Por otra parte, no me sentía más viejo y físicamente era el doble de fuerte y estaba rebosante de salud en todos los sentidos. La cercanía de los cincuenta ahora no me preocupaba y, en cuanto al anciano Pascal, había muerto a una edad menor que la mía actual. Si el pobre y viejo compadre hubiese vivido un poco más, no habría hecho esas afirmaciones, pensé.

"Me gustaría saber dónde estará Kristbjorg en este momento".

"Pues aquí está".

Acababa de aparecer de entre la niebla. Había estado pescando río Fraser arriba, porque estaba "en las últimas", como él decía, con esa expresión más que explícita, en lugar de "en deuda", pero por primera vez el frío lo había movido a mudarse por una temporada a la ciudad en el invierno pasado, aunque había dejado su barco para que Quaggan y nosotros lo vigiláramos. Iba a cumplir setenta años y estaba mucho más delgado, pero fresco como una rosa, y de su rostro parecían haber desaparecido muchas arrugas. Ya no cantaba la canción sobre la tormenta en el barrio chino, pero seguía llevando su zamarra de leñador y sus buenos pantalones de *tweed* irlandés que había vestido cuando tenía cincuenta y tantos años y era menos de diez años mayor que yo ahora y yo lo había considerado un anciano, aunque ahora me parecía más cercano a mi propia edad.

"¡Hombre! Aquí estás, Nicolai, te habíamos echado de menos".

"Ah, bueno, es que este tiempo está cambiando, señora... He estado en la ciudad... No he visto ni un barrendero. Se limitan a dejar que se acumule la suciedad. Los tranvías ya es que dan asco. Me he marcado unas botellitas de *whiskey* de centeno..."

Se sumió en la niebla y nosotros continuamos por nuestro sendero, el sendero de Bell—Proteus, que en cierta ocasión me había parecido hacerse en el trayecto de regreso mucho más largo y después mucho más corto. La niebla estaba disipándose y pensé:

¡Qué mal habíamos interpretado aquella extraña experiencia! O, mejor dicho, ¿cómo era que en ningún momento se nos había ocurrido en serio interpretarlo en modo alguno, por no hablar de considerarlo un aviso, una forma de mensaje, incluso un mensaje que encerraba un mandato? ¡Un mandato que —así me parecía— yo había obedecido! Y, sin embargo, por mucho que hubiera atendido cualquier aviso que entrañara, no habría evitado el sufrimiento que me esperaba de inmediato. Sólo vagamente, incluso ahora, lo entendí. A veces me parecía que el sendero sólo había parecido acortarse, porque, al haberme fortalecido físicamente, la carga, el recipiente, me resultaba más ligero. Después volvía a convencerme de que el significado de aquella experiencia en modo alguno radicaba en el sendero, sino en la posibilidad de que, al convertir el propio recipiente con el que cargaba en la escalera por la que bajaba siempre que iba a la fuente, al convertir en útiles esos dos trastos viejos, había prefigurado algo que debería haber hecho con mi alma. Además, había que pensar, desde luego y por encima de todo, en el puma, pero carecía de dotación espiritual para seguir aquellos pensamientos hasta sus últimas consecuencias. Lo que entendía y había entendido fue que como hombre había acabado tiranizado por el pasado y tenía la obligación de transcenderlo en el presente. Sin embargo, mi nueva vocación requería utilizar dicho pasado –pues ése era el significado subyacente de mi sinfonía, incluso mi ópera, la segunda ópera que estaba escribiendo ahora, la segunda sinfonía que un día escribiría— a fin de volverlo útil para otros y, para ese fin, antes incluso de escribir una nota, era necesario afrontar dicho pasado sin miedo hasta donde fuese posible. ¡Ah, sí! Y eso era lo que había empezado a hacer aquí y, si no lo hubiese hecho, ¿cómo habríamos podido ser tan felices como éramos?

¿Cómo habría podido ayudarte —parecía estar diciendo yo a mi esposa— y, en el sentido más profundo, haberte incluso amado? ¿Cómo habríamos acopiado fuerzas para soportar el pasado más feroz que entonces teníamos por delante, soportar el incendio, la destrucción de nuestras esperanzas, nuestra casa, ser ricos y luego pobres, conocidos y luego desconocidos de nuevo, soportar el miedo, la aparición y la derrota de la enfermedad, incluso de la locura, pues en cierto sentido se puede decir que verse privado de la casa propia es como verse privado de la propia facultad racional? ¿De qué otro modo habríamos podido sobrevivir a los alaridos de un piano agonizante e incluso haber acabado, en realidad, considerando en cierto modo gracioso todo aquello? Y, sobre todo, ¿cómo habríamos acopiado fuerzas para reconstruir en el mismo lugar, presa del terror del incendio que había surgido entre nosotros y que también había resultado derrotado? Y recordé el momento en que, estando sin hogar, tras haber perdido todo lo que teníamos en el mundo, habíamos sentido el deseo de acudir, pocas semanas después del incendio, a la ruina aún maloliente de aquella casa, antes del amanecer, y, al ver salir el Sol, acopiamos, al parecer, fuerzas gracias a la propia alborada para decidir una vez más quedarnos, para reconstruir aquella ruina fantasmal que amábamos tanto, que creamos nuestro recuerdo más jubiloso aquel mismo día, en que, sin preocuparnos por su trágico olor a quemado, comimos tan a gusto como unos excursionistas dentro de ella y nos zambullimos desde los ennegrecidos postes en la alberca de nuestra sala de estar y seguro que ahuyentamos al diablo en persona, quien, cual enemigo que es de todo humor ante un desastre, como también de todo deleite humano, y con frecuencia disfrazado de asistente social para el bien común –pues que hubiésemos

salvado el bosque no era tan importante como que hubiese parecido que habíamos representado una amenaza para el posible valor
de una propiedad privada—, nada desea tanto como que el hombre se crea indefenso ante cualquier poder que lo supere.

Y, sin embargo, había sido necesario superar —pues, si no,
la vida habría estado compuesta de simples heroicidades, todas las
cuales eran gestos vanos para uno mismo— el remordimiento e
incluso la contrición. Con frecuencia he pensado si el calvario del
hombre no será el de practicar la contrición. A veces tenía yo la
sensación de estar atacando el pasado racionalmente como con
una barra sacaclavos y un martillo, al tiempo que intentaba convertirlo en otra cosa para un fin sobrenatural. En cierto modo lo
transformé al cambiarme a mí mismo y, tras haberlo logrado, me
pareció necesario superar el orgullo que sentía al respecto y acep-
tarme de nuevo como un insensato. Estoy seguro de que incluso
el bueno de Hank Gleason entendería —aunque él lo expresaría
en un inglés mejor o diferente— lo que quiero decir. Nada hay
más humillante que los restos de una casa quemada, los fragmentos de una obra consumida por el fuego, pero es necesario no en-
orgullecerse de esas obras maestras de la damnación, en particular
cuando han llegado a ser casi universales. Si habíamos progresa-
do era –pensaba yo— con miras a la consecución de un paraje
en el que palabras como fuente, agua, casas, árboles, viñas, lau-
reles, montañas, lobos, bahía, rosas, playa, islas, bosque, mareas,
ciervos, nieve y fuego, habían llegado a lograr su ser verdadero o
procedían de él y, así como en un principio esas palabras en una
página representaban tan sólo lo que simbolizaban, así también la
realidad que ahora conocíamos representaba algo más que lo que
simbolizaba o reflejaba; era como si estuviésemos revestidos con
la clase de realidad que antes veíamos sólo a lo lejos o, por expre-
sarlo desde el punto de vista de mi vocación, era como si vivié-
semos en un medio respecto del cual aquél en que nuestras vidas
se habían movido, pese a haber sido felices, era tan sólo la simple
inspiración verbal respecto de la música que habíamos alcanzado.
Hablo por referencia sólo a nuestras vidas: mis propias composiciones

nunca han llegado a la altura de las de los grandes, en realidad tal vez nunca lleguen a ser sino de segunda categoría, pero al menos tenían, según me parecía a mí, un sitio en el mundo y yo –nosotros– disfrutábamos con su ejecución.

Aún seguíamos en la Tierra, aún en el mismo lugar, pero, si alguien nos hubiese reprochado creer que habíamos ido al Cielo y que ésta era la otra vida, apenas se lo habríamos discutido. Además, si se nos hubiera querido persuadir de que habíamos estado en el Infierno un tiempo, probablemente habríamos habido de asentir también, si bien habríamos añadido que en conjunto nos parecía bien, mientras estuviéramos juntos y a veces lo echaríamos de menos, si bien esta vida tenía muchas ventajas respecto de la otra.

Aun así, teníamos un miedo cerval a perder nuestra tercera casa, pero ahora el gozo y la felicidad de lo que habíamos conocido nos acompañarían adondequiera que fuésemos o nos mandara Dios y no decaerían. La verdad es que no consigo expresar bien lo que quiero decir, pero me limito a ponerlo por escrito con el convencimiento propio de Montaigne –o según dijo alguien refiriéndose a él– de que la experiencia de un hombre feliz podría ser útil.

La niebla empezó a disiparse y vimos el tren, arrastrado por una máquina de aspecto siniestro (la primera que había yo visto en mi vida, pero la reconocí gracias a las fotos en huecograbado de *The Sun*), que partía, muy silencioso ahora, hacia el futuro para acabar quedando obsoleto y romántico, a su vez. Los hombres no podían prescindir del todo –parecía– del nostálgico gemido de las antiguas locomotoras de vapor, cuyo eco se extendía por las montañas, por lo que lo habían equipado con un dispositivo –conmovedora solución intermedia– que mugía como una vaca intermitentemente, mientras se deslizaba por entre los pinos de la montaña.

Pero incluso en ese mugido, de timbre náutico, mientras se deslizaba por las grandes cordilleras, por entre aquellas primas norteñas del Popocatepetl, por lo que quienes trabajaban en las líneas debían de pensar que se acercaba un buque carguero, era posible advertir –pensé– aquel detalle artístico propio del Sr. Bell, una señal para su antiguo hogar y las buenas personas, inmigrantes ingleses, un electricista y su familia, que ahora habitaban en él.

Desde donde estábamos en el sendero se oía romper a lo largo de la curva de la playa la estela del carguero invisible, la estela aún invisible, a su vez, al acercársenos, y al mismo tiempo empezó, primero despacio y ligeramente, a llover y, a medida que la estela de plata ondulante iba apareciendo, transversal, y rompía contra las rocas, nos detuvimos para contemplar la lluvia como una cortina de abalorios que caía, detrás de un claro entre los árboles, en la ensenada de abajo.

Cada una de las gotas que caen en el mar es como una vida –pensé– que produce un círculo en el océano, o el medio mismo de la vida, y se amplía hacia el infinito, aunque parezca disolverse en el mar y volverse invisible o desaparecer por entero y perderse. Cada uno de ellos se entrelaza con otros círculos que caen junto a él, algunos son círculos grandes que se ensanchan extensamente y absorben otros; otros son círculos más débiles y pequeños que parecen durar sólo un lapso breve y pensé, sonriendo al recordar la lección que recibí al respecto, en aquella primera ocasión en la que habíamos visto la lluvia caer en un mar calmo, como un espejo obscuro, y habíamos encontrado el recipiente y decidimos quedarnos.

Pero anoche había visto algo nuevo; mi esposa me había llamado para que me levantara de la cama y me acercase a la ventana abierta a ver un banco de pececillos –eso fue lo primero que pensó– que agitaban el agua justo debajo de la casa. Después vimos que toda el agua obscura estaba cubierta de brillantes círculos fosforescentes que se extendían. Hasta que mi esposa sintió la cálida lluvia en su hombro desnudo no advirtió que estaba lloviendo. Eran unos perfectos círculos de luz que se ampliaban, diminutos y brillantes como una moneda primero, y después se volvían aros que se ensanchaban y se hacían cada vez más tenues, mientras que, al caer la lluvia en el agua fosforescente, cada una de sus gotas se ampliaba hasta volverse una onda que se plasmaba en luz y la lluvia misma era agua procedente del mar, como me enseñó mi esposa por primera vez, que subía al cielo por la acción del Sol transformada en nubes y volvía a caer al mar, mientras que en la propia ensenada las mareas y las corrientes de ese mar volvían, se alejaban, y, tras alejarse, regresaban, como eso que se llama el Tao, de nuevo, como habíamos hecho nosotros mismos.

Ahora el Sol, en algún punto del invisible Oeste, donde estaba poniéndose, aparecía por entre las nubes, enviaba una llamarada de luz por el agua, convertía la lluvia en un diluvio repentino de perlas y rozaba las montañas, donde la neblina, que ahora se alzaba, casi en perpendicular, desde los negros abismos, humeaba hacia el cielo como un puro fuego blanco.

Tres arcos iris subieron como cohetes por sobre la bahía, uno para cada cual y el tercero para el gato. Se disiparon y allí, en el Este, una grieta entre las nubes se había vuelto un gran claro de cielo lavado por la lluvia. Arturo, Espiga, Proción justo por encima y Régulo en el León sobre la refinería de petróleo, pero Orión debía de haberse puesto ya tras el Sol, por lo que, aunque nosotros estábamos en Erídano, no se podía verlo y en la punta el faro inició sus beneficiosas señales en el crepúsculo.

¿Y la fuente? Ahí estaba. Seguía manando por entre las arisemas hacia *Hi—Doubt*. Se purificaba un poco al bajar de las montañas, pero siempre llevaba consigo un tenue olor a hongos, tierra, hojas muertas, agujas de pino, barro y nieve, camino de la ensenada y del Pacífico. En los rincones más profundos del bosque, en las sombrías cavernas húmedas, donde las hojas muertas cuelgan, cargadas de musgo, y crecen la zigadenia venenosa y la amanita muscaria, era montaraz, helada y trágica, insegura de su camino. Al abrirse paso bajo la tierra debía de haber pasado momentos sombríos, pero aquí, en primavera, en su último trecho hasta el mar, era, como en su fuente, un arroyo alegre y feliz.

Muy arriba los pinos se balanceaban recortados sobre el cielo, del Oeste llegaban las gaviotas con sus angélicas alas de vuelta a casa para descansar, y recordé que todos los anocheceres solía yo ir por aquel sendero en el bosque a coger agua de la fuente en el crepúsculo... Mirando por encima del hombro de mi esposa, vi un ciervo que nadaba hacia el faro.

Nos agachamos riendo hasta el arroyo y bebimos.